Christoph Hein

Die Ritter der Tafelrunde

und andere Stücke

Christoph Hein

Die Ritter der Tafelrunde

und andere Stücke

Aufbau-Verlag

ISBN 3-351-01632-8

1. Auflage 1990

Einbandgestaltung Helmut Brade
Gesamtherstellung Ebner Ulm

Die wahre Geschichte des Ah Q

Nach Lu Xun

Die Personen

Ah Q
Wang, *genannt Krätzebart*
ein Tempelwächter
eine Nonne
Maske, *der Dorfpolizist*

Die Bühne

Eine Halle, die an einen Getreidespeicher oder einen Dachboden oder eine vergessene Kirche erinnert. An einigen Stellen liegt Schnee, im Hintergrund eine kleine Schneewehe. Zwei Matratzen, eine Kiste, Kleiderbündel, Flaschen, Kerzen, Bücher, ein zerbrochener Spiegel; über einer Matratze hängt eine Glühbirne.

1.

Ah Q tritt auf, säubert seine Schuhe, geht zu seiner Matratze, legt seine Jacke ab, klopft Schnee von der Matratze, rückt sie zurecht, setzt sich, kramt in seinen Bündeln, steht auf, zieht die Matratze an eine schneegeschützte Stelle, trägt seine Habseligkeiten zum neuen Schlafplatz, ordnet sie sorgfältig, untersucht die Matratze, entdeckt einen Riß, kramt ein Stückchen Draht hervor, mit dem er den Riß in der Matratze flickt.

Wang tritt auf, sieht Ah Q an, geht zu seiner Matratze, legt sich hin und rollt sich in die Decke.

Ah Q hat die Arbeit unterbrochen und beobachtet Wang; er geht zu ihm und stößt den reglos liegenden Wang an.

Wang knurrt unwillig und unverständlich, dreht sich weg.

Ah Q antwortet etwas Unverständliches, geht zu seiner Matratze zurück, legt sich hin, rollt sich in die Decke, steht wieder auf, dreht die Glühbirne in der Fassung, bis sie erlischt, geht zu seiner Matratze, legt sich wieder hin und rollt sich in die Decke.

2.

Ah Q und Wang liegen auf ihren Matratzen.

AH Q: Eine nasse Matratze. Und was für ein Schuppen. Man läßt einen Menschen in einem Schuppen hausen.

Was für ein Jahrhundert. Was für Zeiten. Was für ein – *Er überlegt:* Dingsda, zum Teufel.

Ein Ofen könnte hier gute Dienste tun, Krätzebart. Ein eiserner Ofen. Mit Kacheln. Ein Kamin. Ein Plüschsessel davor. Knackende Scheite im flackernden Feuer.

Ernüchtert: Hauptsache, ein warmes Öfchen. Die Frostbeulen aufzuwärmen.

Krätzebart, wir geben nicht auf, nicht wahr? Nur nicht klagen. Uns wird man nicht jammern sehn. Dieses Jahrhundert wird uns nicht auf den Knien erblicken. Trotzalledem. Andere Leute haben Bedienstete, Hausmädchen. Eine Gouvernante, einen Gasherd, einen Klapptisch. In diesem Schuppen ist nicht einmal Nadel und Faden aufzutreiben. Trotzdem, dem Schicksal eins in die Fresse. He, Krätzebart, schläfst du?

Wir sollten es morgen anpacken, gleich morgen früh. Solange wir noch die Herren unseres Verstandes sind. Dem Verhängnis ein Tritt in die Eier. Vielleicht springen neue Matratzen für uns raus, eine trockene Matratze für dich, eine für mich.

Schlafen wir. Gute Nacht, Krätzebart.

TEMPELWÄCHTER *tritt auf:* Es regnet, meine Herrn. Und das Dach? Gute Aussicht, wie? Schnee und Wind, Himmel und Regen. Hatt ich euch nicht gesagt, ihr sollt' das Dach reparieren, ihr Hunde. Mein Tempelchen wird davonfliegen eines Tages. Eines Tages wird es sich davonmachen, mit dem Wind auf Reisen gehn. Wo wollt ihr dann bleiben, ihr Hunde.

Er stößt Wang an. Ich rede mit dir, du Verfluchter.

WANG: Geh zum Teufel.

TEMPELWÄCHTER: Trinkst du schon wieder?

WANG: Laß mich.

TEMPELWÄCHTER: Warum trinkst du? Bist ein studierter Mensch, weißt über das Leben Bescheid. Warum trinkst du?

WANG: Warum ich trinke, du Dummkopf? Es erinnert mich an das Leben. Darum trink ich.

TEMPELWÄCHTER: Versäufst deinen Verstand. Was man dir nicht herausprügelt, versäufst du. Der Dummkopf bist du. Man wird dich noch totschlagen.

WANG: Was redest du. Wer soll mich totschlagen?

TEMPELWÄCHTER: Wer? Die Leute werden dich schlagen, die Leute.

WANG: Idiot.

TEMPELWÄCHTER: Blas dich nicht auf. Vorige Woche haben sie dich halbtot geschlagen. Auf allen vieren bist du gekrochen. Stiehl nicht und man wird dich nicht schlagen. Wer ein Dieb ist –

WANG: Wer ist ein Dieb?

TEMPELWÄCHTER: Du. Hast dem gnädigen Herrn Bücher gestohlen, weiß man doch.

WANG: Schweig.

TEMPELWÄCHTER: Haben dich tüchtig gebläut. Wies sich gehört. Was stiehlst du Bücher.

WANG: Ein Buch nehmen, was hat das mit Stehlen zu tun? Ein Buch, verstehst du das?

TEMPELWÄCHTER: Gestohlen ist gestohlen, Krätzebart. Wofür hast du Schläge bezogen?

WANG: Was haben die Angelegenheiten eines Gelehrten mit Stehlen zu tun, du Dummkopf.

TEMPELWÄCHTER: Paß auf, du. Spiel nicht den Herrn. Sonst kanns passieren, und ich quartier dich raus. So, ja. Was ich sagen wollte. Was war es doch? Ihr müßt das Dach reparieren, hört ihr.
Zu Ah Q: Und du? Amüsierst dich, wie?

AH Q: Ich amüsiere mich, ja.

TEMPELWÄCHTER: Was gibts zu lachen, du Hungerleider.

AH Q: Dies und das, Verehrter, dies und das.

TEMPELWÄCHTER: Bist den ganzen Tag durchs Dorf gestromert?

Ah Q: Bin ich.
Tempelwächter: Hat man dir Arbeit gegeben?
Ah Q: Wollte keine.
Tempelwächter: Ach, du wolltest keine? Wolltest heute nicht essen?
Ah Q: So ist es.
Tempelwächter: Schade. Jammerschade. Ich hab noch einen Rest Bohnensuppe. Saubohnen, süßsauer, zergehn auf der Zunge. Werde sie dem Hündchen geben müssen.
Ah Q: Soll es dran verrecken.
Tempelwächter: Saubohnen mit Schwarzbrot. Jammerschade. Ich bekomme kein Krümchen mehr runter.
Ah Q: Wolltest du mich einladen, Alter?
Tempelwächter: Wer weiß. Hab vielleicht heute meinen Tag.
Ah Q: Saubohnen?
Tempelwächter: Süßsauer, ja.
Ah Q: Krätzebart, he, hat man je gehört, daß der Tempelwächter einem etwas Essen abgegeben hätte?
Tempelwächter: Wer weiß.
Ah Q: Na schön, alter Mann, wollen wir deine Saubohnen kosten. Wird uns wohl nicht zuviel werden.
Tempelwächter: Habe sie dem Hündchen gegeben, dem Hündchen, dem Hündchen.
Ah Q: Alter Mann, warum bist du so bösartig? So nah am Grab und so bösartig. Du Teufel.
Tempelwächter: Auch dich werde ich noch beerdigen, Ah Q. Ich habe noch alle beerdigt. Ich ernähre mich regelmäßig. Vitamine und Eiweiß. Kein Skorbut, keine Diarrhoe, keine Lecksucht. Regelmäßige Ernährung, und du kannst sie alle zur Grube begleiten. Das letzte Geleit, Ah Q. Ich werde das Glöckchen dir läuten, mein Lieber. Zum letzten Geleit.
Ah Q: Wenn sie dir nicht zuvor den Schädel einschlagen, du Teufel.

TEMPELWÄCHTER: Wer soll mich erschlagen wollen? Einen alten Mann, der nichts hat. Nur seine Gesundheit. Ein kraftstrotzender Alter, munter wie ein Hühnchen.

AH Q: Hör dir das an, Krätzebart.

WANG: Warum sprichst du mit dem Dummkopf.

TEMPELWÄCHTER: Im Winter laufe ich Schlittschuh. Im Sommer schwimme ich im Fluß. Immer auf und ab, und ab und auf. Leibesertüchtigungen. Gymnastik. Ein gesunder Geist in einem gesunden Körper.

AH Q: Wer soll sich das anhören.

WANG: Schmeiß ihn raus.

AH Q: Wir leben mit einem Verrückten zusammen, sehen wir dieser Tatsache ins Auge.

TEMPELWÄCHTER: Erkältungen kenne ich nicht. Grippe, Schnupfen, nie gehabt. Nach dem Aufstehen mache ich meine Übungen. Am offenen Fenster. Sommers wie winters, am offenen Fenster. Mit freiem Oberkörper. Kniebeuge, Liegestütz. Und die Hanteln nicht vergessen.

AH Q: Die Hanteln?

TEMPELWÄCHTER: Vor allem aber: keine Rauschmittel, keine Frauen, kein Alkohol.

AH Q: Keine Frauen?

TEMPELWÄCHTER: Ja.

AH Q: Hörst du, Krätzebart, keine Frauen.

WANG: Ein seniler Greis.

AH Q: Keine Frauen. Wo will er in diesem Schuppen eine Frau hernehmen.

WANG: Ein staubtrockener Knochen.

AH Q: Er würde es mit seiner Schwester treiben, wenn er eine hätte.

WANG: Fantasien eines Bettnässers.

TEMPELWÄCHTER: Laßt mich.

AH Q: Alles nur, weil du im Bett deine Hände nicht still hältst. Du solltest sie dir über Nacht festbinden lassen.

TEMPELWÄCHTER: Warum willst du mich quälen, du grüner

Teufel. Lebst auf Gnade, lebst von Almosen. Lebst nicht besser als ich. Vielleicht schlechter, viel schlechter. Warum mußt du einen alten Mann quälen?

Ah Q: Heul nicht.

Tempelwächter: Wenn ich dich rausjage, wo wirst du schlafen, du Habenichts? Einen alten Mann.

Ah Q: Hör auf zu jammern.

Tempelwächter: Wovon lebst du, du Bettler? Ich habe eine Arbeit, eine anständige Arbeit.

Wang: Ein Hund hat mehr Stolz.

Tempelwächter: Ich sollte dich rausschmeißen. Euch beide. Aber ich habe ein zu gutes Herz. Zu gut. Und Undank ist der Lohn.

Ah Q: Wenn du uns rauswirfst, sind wir untröstlich. Es ist das beste Hotel am Platz, nicht wahr, Krätzebart?

Wang: Ach.

Ah Q: Sieh dir das Dach an. Immer gut gelüftet. Hotel Vierjahreszeiten.

Tempelwächter: Ihr solltet es reparieren. Aber was macht ihr, ihr Bettler und Diebe –

Wang: Nenn mich nicht Dieb, du Leichnam. Sags, und ich schlag dir den Schädel ein.

Tempelwächter: Was erregst du dich? Es stimmt. Gestohlen hast du.

Wang: Ich schlag dich tot, du Teufel.

Tempelwächter: Willst dich an mir vergreifen. Tob deine Kraft am Dach aus, wenn du so viel hast.

Wang: Ich werde ein Kirchendach ausbessern. Für wen hältst du mich? Bin ich ein Pfaffenknecht? Soll doch dein Priester auf die Leiter, soll er sich den Hals brechen. Aber nein, er scharwenzelt um den gnädigen Herrn, leckt dem Ausbeuter den Arsch.

Tempelwächter: Mach, was du willst.

Wang: Das werde ich, du Pharisäer. Soll dein Tempel zerfallen. Habt lange genug auf uns herumgetrampelt.

TEMPELWÄCHTER: Was redest du? Wer hat auf dir herumgetrampelt?

WANG: Du und dein Pfaffe. Rom und die Inquisition: Alle ihr bigotten Speichellecker.

TEMPELWÄCHTER: Hast wieder deinen Rappel, Quartalssäufer. Verstehst selbst nicht, was du daherredest.

WANG: Von der Erde werden wir euch fegen. Ertränken im heiligen Blut der Revolution. Die Feinde der Freiheit, die Feinde des Volkes, wir werden sie zerschmettern wie –

AH Q *behilflich:* Wie junge Katzen. Mit dem Kopf gegen die Mauer.

WANG: Schweig, Dummkopf.

TEMPELWÄCHTER: Schreit nicht. Wenn euch der Priester hört, setzt er euch an die frische Luft. Verdient hättet ihrs.

WANG: Pfaffenknecht. Ausräuchern werden wir euch Lakaien. Euch Hyänen.

AH Q: Wir werden ein bißchen Revolution machen, du Gymnastiker. Dann gehts dir an den Kragen.

WANG: Der Sturm wird das Dach mitsamt dem Tempel davonjagen. In alle Winde zerstreuen. Es lebe die Anarchie.

TEMPELWÄCHTER: Na, ich muß gehen. Bis morgen, meine Freunde. Erfriert nur nicht.

WANG: Ja, kriech deinem Priester unter den Rock. Mäste deinen Wanst an der Tafel der Ausbeuter. Die Anarchie spuckt auf dich.

TEMPELWÄCHTER: Morgen früh schließe ich euch wieder auf. Erfriert nicht, meine Täubchen.

AH Q: Wir spucken auf dich. Auf dich und dein Dach. Schau, was wir damit machen. So. *Er wirft eine Flasche gegen das Dach; Scherben, zerbröckelte Ziegel und Schnee fallen herunter.*

TEMPELWÄCHTER: Idiot. *Er geht ab und schließt die Tür zu.*

WANG: Warum hast du das getan?

AH Q: Ich weiß es nicht.

WANG: Warum, du Schäfchen?

Ah Q: Es überkam mich.
Wang: Was meinst du damit?
Ah Q: Es war ein Einfall. Ich kam nicht gegen an.
Wang: Ein Einfall, durch den der Schnee fällt. Schnee und Regen.
Ah Q: Es tut mir leid.
Wang: Behalt deine Einfälle künftig für dich.
Ah Q: Ich versprach mir eine Wirkung.
Wang: Was?
Ah Q: Es sollte ihn beeindrucken.
Wang: Es war beeindruckend.
Ah Q: Man zerstört das Wenige, was man besitzt. Wie die Vandalen. Die asiatischen Barbaren. Keine Kultur, keine Vernunft. Mit fünfunddreißig die Hämorrhoiden, das Haar lichtet sich, Verkalkung, man kann das Wasser nicht mehr halten und so weiter. In schneller Fahrt abwärts zum Grab. Auf zerrissener Matratze.
Wang: Ich werde umziehen müssen. Bald werden wir es draußen trockener haben als drinnen. *Er zieht mit der Matratze und seinen Habseligkeiten an eine andere Stelle.*
Ah Q *sinniert:* Das hat gesessen. Wie ein Schlag mit dem Beil.
Wang: Wovon redest du?
Ah Q: Wie dus dem Alten gegeben hast. Zusammengezuckt ist er.
Wang: Was meinst du?
Ah Q: Als du ihm das Wort um die Ohren gehauen hast: Anarchie. Das hat gesessen.
Wang: Anarchie?
Ah Q: Ja. Ein schönes Wort. Scharf und kräftig. Und es klingt. Anarchie. Was meinst du damit?
Wang: Mit Anarchie?
Ah Q: Ja.
Wang: Das heißt, daß ich gegen alles bin. Gegen alles, verstehst du. Ein Anarchist ist gegen alles.

AH Q: Sind wir Anarchisten?

WANG: Wir haben keine andere Wahl.

AH Q: Wie schön. – Ich bin gern Anarchist. Ich habe soviel Haß in mir. Gegen alles. – Es lebe die Anarchie.

WANG: Was schreist du. Man darf es nicht sinnlos brüllen.

AH Q: Es ist so schön. Es erleichtert mich irgendwie.

WANG: Es erleichtert dich?

AH Q: Ja. Wenn ich es nochmal rufen dürfte, ich glaube, ich wäre glücklich.

WANG: Tus nicht.

AH Q: Nein. Aber es wäre schön.

WANG: Schlaf endlich.

AH Q: Erzähl mir noch etwas darüber.

WANG: Worüber? Über Anarchie?

AH Q: Ja.

WANG: Ein Anarchist ist gegen alles. Gegen alles.

AH Q: Erzähl weiter. Es ist wunderschön.

WANG: Schlaf jetzt.

AH Q: Es ist ein schöner Gedanke, Anarchist zu sein.

WANG: Was meintest du damit: Es erleichtert dich?

AH Q: Ich weiß es nicht. Ein Gefühl.

WANG: Wie beim Pissen?

AH Q: Schöner.

WANG: Noch schöner? – Willst dus nochmal schreien? He, Ah Q, erleichtere dich. – Wollen wir uns zusammen erleichtern?

AH Q: Ich hebs mir für morgen auf.

WANG: Ja, wir wollen nichts vergeuden.

AH Q: Krätzebart?

WANG: Ja.

AH Q: Ich bin fast glücklich.

WANG: Schlaf endlich. Schlaf.

3.

Ah Q und Wang. Ah Q schlägt gegen die Tür.

WANG: Es ist sinnlos.

AH Q: Aufmachen.

WANG: Und es wird nicht sinnvoller durch dein Geschrei.

AH Q: Jeden Tag wird es später.

WANG: Woher willst du das wissen?

AH Q: Eines Tages wird er gar nicht mehr aufschließen.

WANG: Dann haben wir es hinter uns.

AH Q: He, Tempelwächter. Wir müssen zur Arbeit.

WANG: Zu welcher Arbeit?

AH Q: Eine Redensart. Es könnte ja sein, daß uns einer braucht.

WANG: Der ohne uns aufgeschmissen ist, meinst du?

AH Q: Den wir retten könnten.

WANG: Eine menschliche Tat, wie?

AH Q: Ja. Vielleicht ist eben jetzt die Stunde unserer Aufgabe.

WANG: Welcher Aufgabe?

AH Q: Der Aufgabe, zu der wir geboren sind.

WANG: Soll sie warten. Sie hat lange genug auf sich warten lassen.

AH Q: Der Moment eines sinnerfüllten Lebens. Wir hätten nicht umsonst gelebt.

WANG: Ich verstehe. Nehmen wir alle Kraft zusammen und erfüllen wir im Gefühl der Pflicht unser Leben auf dieser Erde.

AH Q: Das hast du überraschend gut gesagt, Krätzebart.

WANG: Eine Lebensweisheit. Als ich vierzehn war, besaß ich ein Kontorbuch, in dem ich Lebensweisheiten eintrug. Es war ein schmales, hochformatiges Diarium mit einer roten und einer grünen Linie. Saldo, Soll und Haben, Debet et Kredit.

AH Q *behilflich:* Import und Export.

WANG: Damals besaß ich über dreihundert Lebensweisheiten. Heute besitze ich nicht eine mehr.

AH Q: Es ist wie mit den Zähnen. Der Lauf der Welt.

WANG: Es waren wunderbare Devisen. Gedanken über das Leben, über die Ehre, über die Pflicht. Tiefgedachte, nutzlose Sprüche.

AH Q: Mit Bildern?

WANG: Mit Geist. Jeden Morgen blätterte ich in meinem Kontorbuch. Ich fühlte mich stark, frei, unbesiegbar, wenn ich darin las. Die Welt stand offen, das Leben lag vor mir. Ich war jung. Ich träumte von Ruhm, von Reichtum, von Frauen.

AH Q: Wer nicht.

WANG: Und ich träumte von Opfermut, Enthaltsamkeit, Märtyrertum.

AH Q: Wenigstens ein Traum, der sich erfüllte.

WANG: Die Stunde meiner Bestimmung sollte mich bereit sehen. Das ist vorbei.

AH Q: Ja, diese Stunde sieht uns eingeschlossen.

WANG: Es ist besser so.

AH Q: Du resignierst?

WANG: Nein, aber ich frage mich heute, was ist unsere Bestimmung? Das Alter macht mich vorsichtig. Man hat Erfahrungen. Ich bin so oft reingelegt worden, daß ich gewisse Zweifel habe.

AH Q: Gut bemerkt.

WANG: Vielleicht ist meine ganze Bestimmung auf Erden, übers Ohr gehauen zu werden.

AH Q: Es spricht einiges dafür.

WANG: Danken wir dem Schicksal, daß es uns in dieser Stunde eingeschlossen hat. Wir sind in Sicherheit.

Die Tür wird aufgeschlossen.

AH Q: Man erinnert sich unsrer. Endlich, du Hund von einem Wächter.

Eine Nonne mit einem Topf tritt auf.

AH Q: Ach, ist Donnerstag?
NONNE: Donnerstag, mein Bruder.
AH Q: Was gibt es diesmal?
NONNE: Milchsuppe, Ah Q, Milchsuppe wie immer.
AH Q: Zwei ausreichende Portionen?
NONNE: Das übliche.
AH Q *nimmt ihr den Topf ab und entnimmt ihm zwei Blechschüsseln:* Ich hasse Milchsuppe. Es soll Klöster geben, die einen französischen Koch haben. Kennst du die französische Küche?
NONNE: Weißt du, was der Prophet sagt?
AH Q: Jeder hat seine Bildungslücken.
NONNE: Iß fröhlich dein Brot und trinke wohlgemut deinen Wein, das sagt der Prophet.

Ah Q und Wang beginnen zu essen.

AH Q: Was sagt er zu Milchsuppe?
NONNE: Wie habt ihr geschlafen? Ihr müßt eure Kleidung sauberer halten. Im Schmutz verbirgt sich die Krankheit. Das Dach solltet ihr reparieren.
WANG: Hat deine Chefin nichts bestellt?
NONNE: Nein. Keine Arbeit. Wenn das Frühjahr kommt, wird Mutter Oberin euch rufen lassen.
WANG: Das Frühjahr. Das ist noch eine Ewigkeit.
NONNE: Keiner hat zuviel.
AH Q: Und der gnädige Herr?
NONNE: Er hat auch Sorgen. Jedem sein Kreuz.
AH Q: Wenn die Revolution kommt, werden wir ihm sein Kreuz abnehmen. Mit allem, was dran hängt.
NONNE: Was du daherschwatzt. Iß deine Suppe und rede keine Dummheiten.
AH Q: Dumm bist du, Nonne. Die Revolution, sie wird –
NONNE: Iß und schweig. Ich will nichts davon hören.

Ah Q: Mußt es nicht deiner Mutter Oberin erzählen.

Wang: Laß sie.

Er gibt ihr die Schüssel. Da. Viel wars nicht.

Nonne: Wir geben, was wir haben.

Wang: Ich weiß.

Nonne: Ich wünschte, es wäre mehr.

Wang: Danke, Nonne.

Nonne: Auch eine kleine Gabe zählt. Sie wird euch helfen, den Fasttag ohne Anfechtungen zu verbringen.

Wang: Sicher. Wer eine Woche hungert, wird auch einen Tag hungern können. *Er geht zur Tür.*

Nonne: Also bis Donnerstag.

Wang: Bis Donnerstag. Und vergiß uns nicht, Nonne. *Er geht ab.*

Nonne: Der Herr sei gelobt.

Ah Q: Der Herr und der gnädige Herr.

Nonne: Versündige dich nicht.

Ah Q: Ein Wort. Was ist das für eine Sünde?

Nonne: Du irrst dich, Ah Q. Es gibt Worte, die mehr sind.

Ah Q: Auch die machen nicht satt.

Nonne: Es gibt Worte, die Kraft geben, die zufrieden machen.

Ah Q: Das stimmt, Nonne. Anarchie, zum Beispiel.

Nonne: Was?

Ah Q: Das ist so ein Wort.

Nonne: Was soll es heißen?

Ah Q: Frag Krätzebart. Er wird es dir erklären.

Nonne: Anarchie?

Ah Q: Ja. Du mußt rufen: Es lebe die Anarchie.

Nonne: Es lebe die Anarchie.

Ah Q: Spürst dus?

Nonne: Was soll ich spüren?

Ah Q: Die Kraft. Die Kraft dieses Wortes.

Nonne: Ein Wort, das du nicht einmal verstehst.

Ah Q: Du mußt es lauter rufen. Ruf es laut.

NONNE: Es lebe die Anarchie.
AH Q: Und jetzt?
NONNE: Nichts.
AH Q: Spürst du nicht ein Gefühl dabei?
NONNE: Nein.
AH Q: Das ist seltsam, Nonne. Wenn ich es rufe, bin ich glücklich.
NONNE: Und dabei weißt du nicht, was es bedeutet.
AH Q: Doch, ich weiß es, Nonne. Ich fühle es. Es ist ein starkes Wort.
NONNE: Es ist ein ausländisches Wort.
AH Q: Seltsam, daß du es nicht spürst. Vielleicht braucht jeder ein anderes Wort, um es zu spüren.
NONNE: Gib mir den Teller.
AH Q: Warte. Wie heißt du, Nonne?
NONNE: Wie ich heiße?
AH Q: Ja, deinen Namen. Ich will deinen Namen wissen.
NONNE: Maria Martha Martirio.
AH Q: Das ist auch ein ausländischer Name.
NONNE: Ich bekam ihn, als ich ins Kloster eintrat.
AH Q: Ach, ein Deckname. Und wie heißt du wirklich?
NONNE: Weiß ich nicht. Wir haben es vergessen.
AH Q: Merkwürdig. Und den Decknamen, hast du ihn dir ausgesucht?
NONNE: Nein, die Mutter Oberin.
AH Q: Sag ihn noch mal.
NONNE: Was, den Namen?
AH Q: Ja.
NONNE: Maria Martha Martirio.
AH Q: Klingt heiter.
NONNE: Er gefällt dir?
AH Q: Klingt nach Frau.
NONNE: Es sind meine Schutzheiligen.
AH Q: Und wie nennen sie dich?
NONNE: Wer?

AH Q: Die im Kloster. Die werden doch nicht alle deine Namen herbeten, wenn sie dich rufen.
NONNE: Schwester Maria.
AH Q: Maria. – Läufst du immer in diesem Aufzug?
NONNE: Ich versteh dich nicht, Ah Q.
AH Q: Ich meine, im Kloster, da ziehst du dir doch was anderes an, oder?
NONNE: Weshalb?
AH Q: Immer dieser Aufzug. Aber du hast doch ein Negligé?
NONNE: Was redest du da.
AH Q: Du solltest ein Negligé tragen, Maria. Ich werde dir eins schenken. Wenn ich Geld habe, werde ich dir eins schenken.
NONNE: So etwas benötige ich nicht.
AH Q: Es würde dir gut stehen, Maria.
NONNE: Ich muß gehen. Leb wohl.
AH Q: Willst du mir eine Bitte erfüllen?
NONNE: Was willst du, Ah Q?
AH Q: Nimm einmal deine Mütze ab.
NONNE: Was fällt dir ein.
AH Q: Nur ein einziges Mal, Maria.
NONNE: Laß mich.
AH Q: Maria.
NONNE: Du darfst mich nicht anfassen.
AH Q: Schlafe mit mir, Maria.
NONNE: Jesus Christus.
AH Q: Schlafe mit mir. Es ist so lange her, daß ich mit einer Frau zusammen war.

Sie kämpfen miteinander.

Du bist eine Frau, Maria. Schlafe mit mir, Frau. Bitte.
NONNE: Maria, hilf.

Sie befreit sich, Ah Q reißt ihren Nonnenschleier herunter und streichelt ihren Kopf, die Nonne stürzt zur Tür.

Ah Q: Schlafe mit mir, Maria.

Nonne: Sei verflucht, Ah Q, du sollst verflucht sein.

Geht ab.

Ah Q: Ach was. Ziert sich, das ist alles. Tut wie eine Heilige, aber ihren Mönch, den läßt sie ran. Schade. Sehr bedauerlich. Eine ärgerliche Wendung der Geschichte. Es wäre ein glücklicher Tag geworden. Morgens Milchsuppe, danach eine Frau. Man soll den Tag nicht vor dem Abend loben. Das Schicksal hängt drohend über unseren Köpfen, es vergißt uns nicht. Mich hat es nie vergessen. Wenigstens eine treue Seele.

Er wäscht und kämmt sich.

Was für eine weiche Haut, die kleine Hexe. Es ist lange her, daß ich eine Frau berührte. Eine Frau. Eine Frau. Lange. Zu lange. Maria Martha Martirio. Das klingt wie ein Atmen. Wie ein Vogelflug. Ist spröde, die kleine Nonne. Geben sich alle spröde. Passend zur Tracht. Ich durchschaue euch. Auch die Heiligen haben ein Geschlecht, Nonne. Schön, werde dir das nächste Mal auf die spröde Tour kommen. Du bist auch nur eine Frau, eine Frau, und der Rest ist Theater. Aber wie du willst, kleine Nonne, spielen wir dein Theater. Diese glattgeschorenen Köpfe, abstoßend und anziehend. Pikant. Vielleicht ist ihr ganzer Körper rasiert. Ich werde es erfahren, Nonne. Weiche, weiche Frau. Kleine, spröde Hexe.

Tempelwächter *tritt auf:* Er ist hier.

Zu Ah Q: Was hast du wieder angestellt? Schimpf und Schande bringst du über mein Tempelchen. Treibs nicht zu bunt, Ah Q. Der Priester wird dich vor die Tür setzen.

Maske tritt auf.

Ah Q: Hoher Besuch. Setz dich, Maske.

Maske: Halts Maul.

Ah Q: Etwas Tee gefällig?

Zum Tempelwächter: Ich bitt dich Alter, bring meinem Besuch Tee.

MASKE: Halts Maul.

TEMPELWÄCHTER: An den Kragen gehts dir. Prügel setzts.

AH Q: Sei still, du Dummkopf.

Zu Maske: Womit kann man dienen. Immer zu Diensten.

MASKE: Ah Q.

AH Q: Ja, Maske.

MASKE: Wieder was angestellt.

AH Q: Nein, Maske. Ich bin gar nicht aus dem Haus gegangen.

MASKE: Na was?

AH Q: Bei meiner Ehre, Maske.

MASKE: Deine Ehre.

AH Q: Beim gnädigen Herrn, Maske, nichts hab ich getan.

MASKE: Und die Nonne?

AH Q: Die Nonne? Welche Nonne?

MASKE: Ah Q.

AH Q: Ach, diese kleine Nonne. Was soll sein. Wir haben geplaudert. Was man so redet.

MASKE: Ah Q.

AH Q: Ich habe Spaß gemacht. Gescherzt, Maske. Ich habe sie nicht angerührt. Eine heilige Frau, Maske, werde ich eine heilige Frau berühren.

MASKE: Komm mit.

AH Q: Warum?

MASKE: Zwanzig.

AH Q: Zwanzig? Zwanzig für nichts?

MASKE: Zwanzig. Nach Vorschrift.

AH Q: Ich habe gescherzt. Es ist ein Mißverständnis.

MASKE: Ein Mißverständnis, sicher. Komm.

TEMPELWÄCHTER: Geh schon, geh. Wirsts überleben.

AH Q: Ich schlag dich tot, Alter, wenn du nicht das Maul hältst. Maske, wir einigen uns.

MASKE: Komm.

Ah Q: Was hat sie denn gesagt? Was hat diese verdammte, verhurte Nonne behauptet?

Maske: Weiß nicht.

Ah Q: Sie ist verrückt.

Maske: Mag sein.

Ah Q: Die Behauptungen einer Verrückten. Dafür soll ich geschlagen werden?

Maske: Der gnädige Herr hats befohlen.

Ah Q: Werde ich eine verrückte Heilige anfassen? Maske, überleg einmal.

Maske: Weiß nicht. Komm.

Tempelwächter: Geh schon. Kriegst deine Prügel nach Tarif. Wies die Ordnung verlangt.

Ah Q: Was willst du hier, Leichnam?

Maske: Gehen wir.

Ah Q: Faß mich nicht an, Maske. Weißt wohl nicht, mit wem du es zu tun hast.

Maske: Ach.

Ah Q: Ich warne dich, Maske. Du kennst mich noch nicht.

Maske: Bist wohl der gnädige Herr, wie.

Ah Q: Nun, der gnädige Herr bin ich nicht. Sehr richtig, Maske. Der gnädige Herr nicht. Aber sagt dir mein Name nichts.

Maske: Dein Name?

Ah Q: Ja, Ah Q.

Maske: Was soll er sagen?

Ah Q: Ah Q, sagt dir das nichts?

Tempelwächter: Ein merkwürdiger Name. Hab ich noch nie gehört.

Ah Q: Ja, ein besonderer Name.

Tempelwächter: Vielleicht ein Hundename.

Ah Q: Du Dummkopf: – Wie heißt der gnädige Herr, Maske?

Maske: Der gnädige Herr?

Ah Q: Ja.

MASKE: Ehrwürdiger Herr Zhao.

AH Q: Richtig, Herr Zhao. Der gnädige Herr Zhao. Zhao und Ah Q. Fällt jetzt der Groschen?

MASKE: Eh?

TEMPELWÄCHTER: Was willst du, Ah Q? Zhao und Ah Q, was soll das heißen?

AH Q: Überleg, Maske. Denk nach, Zhao und Ah Q.

MASKE: Ach was.

AH Q: Ich bin ein Verwandter vom gnädigen Herrn.

MASKE: Eh?

AH Q: Ein Verwandter.

TEMPELWÄCHTER: Was redest du? Du, ein Verwandter. Hast vor Angst den Kopf verloren, Ah Q. Was macht nicht die Angst aus den Menschen. Der eine schreit dir, ein anderer verstummt für immer. Und dich bringt die Angst um den Verstand.

AH Q: Schlägst du mich, Maske, schlägst du einen Verwandten vom gnädigen Herrn.

MASKE: Eh?

AH Q: Du weißt, der gnädige Herr kann zornig werden, sehr zornig. Hast du vergessen, wer dein Gesicht verbrannte? Mit einem Schweißbrenner, Maske. Alles vergessen? Der gnädige Herr kann sehr, sehr zornig sein. Schlag mich, Maske, schlag einen Verwandten, aber denk an den Schweißbrenner.

MASKE: Der gnädige Herr selbst hat gesagt –

AH Q: Eine Falle, Maske. Er stellt dich auf die Probe.

MASKE: Vielleicht.

AH Q: Ich sage dir, Maske . . .

MASKE: Warte.

Er geht und schließt Ah Q und den Tempelwächter ein.

TEMPELWÄCHTER: He, Maske. Warum schließt du mich ein? Laß mich raus. *Schlägt gegen die Tür.*

AH Q: Geschieht dir recht, Alter. Jetzt bist du mal der Gefangene.

Tempelwächter: Ach, du Dummkopf. Weißt nicht, was du redest. Ein Verwandter vom gnädigen Herrn. Wird ein Verwandter in meinem Tempelchen Unterschlupf suchen? Wird ein Verwandter hungern und betteln?

Ah Q: Was weißt du? Hat alles seinen Sinn.

Tempelwächter: Ah Q und der gnädige Herr. Was hast du angerichtet? Totschlagen wird er dich lassen, dein Verwandter.

Ah Q: Gehts dich was an?

Tempelwächter: Wer hat die Prügel angeordnet? Der gnädige Herr. Und da behauptest du, ein Verwandter zu sein. Hast du getrunken?

Ah Q: Laß mich.

Tempelwächter: Es wird Ärger geben. Einfälle hast du.

Ah Q: Alle Menschen sind Brüder, also sind alle verwandt.

Tempelwächter: Nach dem Tod, Ah Q, nach dem Tod sind wir alle Brüder, natürlich. Zu Lebzeiten – du wirsts zu spüren kriegen.

Ah Q: Und die Revolution wird es dir zu spüren geben, dir und dem gnädigen Herrn.

Tempelwächter: Warum soll mich deine Revolution schlagen? Hab ich ihr was getan?

Ah Q: Wir werdens euch zeigen. Gründlich aufräumen werden wir. Aus deinem Tempel machen wir eine Wohnung für alle, einen Palast für die Armen.

Tempelwächter: Wird ein schöner Palast werden mit diesem Dach.

Ah Q: Die Revolution wird auch das Dach reparieren. Alles wird sie reparieren. Das Dach und das Unrecht.

Tempelwächter: Zerstören wird sies, deine Revolution, völlig zerstören.

Hebt den Nonnenschleier auf. Was war mit der Nonne? He, Ah Q, mir kannst dus sagen. Wer bin ich schon.

Ah Q: Eine Ratte bist du.

TEMPELWÄCHTER: Eine Ratte oder weniger. Was war mit der Nonne?
AH Q: Was gehts dich an?
TEMPELWÄCHTER: Hast du sie angefaßt?
AH Q: Das möchtest du wissen.
TEMPELWÄCHTER: Den Kopf angefaßt? Den Hintern? Ah Q?
AH Q: Ficki-ficki, Alter. Jetzt geht dir einer ab, was?
TEMPELWÄCHTER: Du machst dich über mich lustig. Das ist nicht recht.
AH Q: Laß mich in Frieden.
MASKE *schließt auf und tritt ein:* Komm.
AH Q: Was ist, Maske? Was hat er gesagt?
MASKE: Sechzig.
AH Q: Sechzig?
MASKE: Sechzig.
TEMPELWÄCHTER: Da hast dus. Ein Verwandter des gnädigen Herrn. Was ist mir dir?

Ah Q ist ohnmächtig.

MASKE: Komm, du Teufel.
Er schleppt Ah Q raus.
TEMPELWÄCHTER. Schlag nicht zu hart, Maske. Viel dran ist nicht an ihm.
MASKE: Sechzig, nach Vorschrift.
Mit Ah Q ab.
TEMPELWÄCHTER: Vielleicht hat er Glück. Kommt gar nicht zu sich. Merkt von nichts. Oder stirbt und leidet keinen Schmerz. Ein Verwandter. *Er hebt den Nonnenschleier auf.* Ficki-ficki. Er hätts mir erzählen können. *Er geht ab.*

4.

Ah Q und Wang. Ah Q liegt auf der Matratze.

WANG: Nur nicht denken. Sich zerstreuen ist alles. Eine Hühnerbrühe wäre jetzt das Richtige.

AH Q: Sprich weiter.

WANG: Was soll ich dir erzählen?

AH Q: Wie stehts mit der Revolution?

WANG: Gut, Ah Q, sehr gut. Sie reden alle davon. Wo du hinhörst, Ah Q. Es kann nicht mehr lange dauern. Manche sagen, sie sei schon in der Stadt. Und von der Stadt bis zu uns, für eine Revolution ist das ein Katzensprung.

AH Q: Dann werden wir –

WANG: Dann werden wir es ihnen zeigen. Heimzahlen werden wirs ihnen.

AH Q: Ich möchte –

WANG: Red nicht so viel. Erstmal mußt du auf die Beine kommen. Alles andere findet sich.

AH Q: Es tut weh.

WANG: Du darfst nicht daran denken. Zerstreu dich. Hast du keine schönen Erlebnisse gehabt, an die du dich erinnern kannst?

AH Q: Ich weiß nicht.

WANG: Denk an deine Mama. Sie war schön. Sie war sehr schön. Sie hat dir zu essen gebracht. Sie hat dir den Mund abgewischt. Sie hat dir einen Gutenachtkuß gegeben.

AH Q: Sie hat mich geschlagen.

WANG: Ja, ja. Wie wars mit deiner ersten Liebe? Hand in Hand seid ihr gelaufen. Über grüne Wiesen. Ihr wart freundlich und verliebt. Ihr wart glücklich. Die Sonne schien. Die Welt war in Ordnung.

AH Q: Ja.

WANG: Ein Lichtblick. Wenigstens etwas. Erinnere dich, streng dich an. Sie war jung, sie war schön. Denk an ihre Brüste. An ihre Augen. Sie hat deinen Namen geflüstert. Ah Q, hat sie gesagt, Ah Q. Und dann hast du sie geküßt.

AH Q: Ihr Vater.

WANG: Was ist mit ihrem Vater?

AH Q: Er hat uns geschlagen.

WANG: Du machst es mir schwer. Denk an nichts. Schlaf.

AH Q: Sprich weiter.

WANG: Wovon soll ich erzählen? Von der Revolution?

AH Q: Ja.

WANG *beugt sich zu Ah Q, leise:* Es lebe die Anarchie. – Gut so?

AH Q: Ja.

WANG: Willst du es noch mal hören?

AH Q: Ja.

WANG: Es lebe die Anarchie.

AH Q: Wie ein Teufel schlug er zu.

WANG: Maske ist ein Tier. Seit ihn der gnädige Herr so zugerichtet hat, ist er kein Mensch mehr. Ein Vieh. Tut, was ihm der Herr sagt. Weiß nicht, was er tut.

AH Q: Er wollte mich totschlagen.

WANG: Denk nicht daran.

AH Q: Es macht ihm Spaß zu schlagen.

WANG: Er ist Polizist.

AH Q: Er wollte mich totschlagen, Wang.

WANG: Das ist nicht persönlich gemeint. Er denkt sich nichts dabei. Du oder ein anderer, er schlägt zu.

AH Q: Es tut so weh.

WANG: Denk nicht daran. Es gibt Schöneres auf der Welt. – Was war mit der Nonne?

AH Q: Mit Maria?

WANG: Heißt sie Maria? Hast du sie gepudert?

Ah Q schüttelt den Kopf.

Nicht? Du hast sie nicht mal. – Oh, Ah Q, und wofür die Prügel?

Ah Q: Ich wollte mit ihr.

Wang: Du wolltest. Hast du es ihr gesagt? – Wie hast du es ihr gesagt?

Ah Q: Schlaf mit mir, hab ich gesagt.

Wang: Schlaf mit mir. Hast du es so gesagt?

Ah Q: Ja. Gebettelt hab ich sie. Gekniet vor ihr.

Wang: Du hast vor ihr gekniet. Schlaf mit mir, Nonne, schlaf mit mir. War es so?

Ah Q: Ja.

Wang: Schlaf mit mir. Liebe Nonne, schlaf mit mir. War es so?

Ah Q: Jaja.

Wang: Du bist unbezahlbar. Und sie? Was hat die Nonne gesagt?

Ah Q: Maria?

Wang: Ja. Was hat sie gesagt?

Ah Q: Ich weiß nicht. Sie wollte nicht.

Wang: Sie wollte nicht, oh, Ah Q. Hat sie gesagt: Ich will nicht?

Ah Q: Weiß nicht mehr.

Wang: Mit dieser Nummer solltest du auftreten, Ah Q. – Schlaf mit mir, Nonne, schlaf mit mir. – Ich will nicht. – Schlaf mit mir. – Ich will nicht. Ist das nicht komisch, Ah Q? Zum Totlachen?

Ah Q: Ich kann nicht lachen. Es tut weh.

Wang: Es ist zum Totlachen. Es ist eine sehr gute Nummer. Eine gute, gediegene Nummer. Die Nonne in Bedrängnis, das wäre ein guter Titel für die Nummer. Gefällt er dir?

Ah Q: Laß mich.

Wang: Und zum Schluß die Prügel. Das wird eine Nummer zum Totlachen.

Ah Q: Ich hab Schmerzen.

Wang: Du mußt dich zusammennehmen.

Ah Q: Er hat mir alle Knochen zerschlagen.
Wang: Versuch aufzustehen. Komm, ich helf dir.
Ah Q: Es geht nicht.
Wang: Zwei, drei Schritte, Ah Q. Beiß die Zähne zusammen. Halt dich aufrecht und geh ein paar Schritte.
Ah Q: Ich muß mich hinlegen, Krätzebart.
Wang: Noch einen Schritt, Ah Q. Wunderbar.
Ah Q: Es ist entwürdigend. Niederdrückend.
Wang: Die Prügel?
Ah Q: Alles.
Wang: Was willst du. Wir leben.
Ah Q: Ich hatte so viel vor. Ich wollte –
Wang: Wir sind noch nicht am Ende.
Ah Q: Etwas Großes. Bedeutendes.
Wang: Warten wir den Endspurt ab.
Ah Q: Ich möchte ihnen etwas sagen. Ein überwältigendes Gefühl mitteilen. Einen Satz, der alles sagt. – Fast alles.
Wang: Gib nicht auf.
Ah Q: Wie ein Schrei. Wie eine Naturkatastrophe. *Geht an die Bühnenrampe.* Menschen, oh Menschen – *Geht zurück.* Ich habe keine Botschaft für sie.
Wang: Es war ein guter Anfang.
Ah Q: Ich wollte ihnen etwas über den Tod sagen. Über das Leben. Aber was?
Wang: Der Ansatz war nicht schlecht.
Ah Q: Es ist doch schon alles gesagt.
Wang: Sie sollen sich selber was denken. Muß man ihnen alles vorkauen. – Es war ein ausgezeichneter Anfang.
Ah Q: Über das Leben. Dabei muß ich nur daran denken, ob ich daheim das Gas abgedreht habe. Wie soll man da arbeiten.
Wang: Du kochst was?
Ah Q: Wie?
Wang: Hast du einen Braten in der Röhre?
Ah Q: Ich versteh dich nicht.

Wang: Du sagtest, du hast daheim das Gas angelassen.
Ah Q: Das habe ich gesagt? Seltsam. Ich koche niemals mit Gas. Ich vertrag den Geruch nicht.
Wang: Soll aber sparsamer sein.
Ah Q: Tatsächlich?
Wang: Ich habe es irgendwo gelesen.
Ah Q: Es wird viel geschrieben. Wenn du mich fragst, viel zu viel.
Wang: Andrerseits gibts aber auch zu viele Analphabeten.
Ah Q: So?
Wang: Hab ich gelesen.
Ah Q: Da hast dus. – Ich muß mich hinlegen. Hilf mir. – Ich sollte vielleicht in die Stadt gehen. Bis Gras über die Sache gewachsen ist.
Wang: Ja.
Ah Q: Aber ich kann nicht gehen.
Wang: Auf unsere Donnerstagsuppe werden wir verzichten müssen.
Ah Q: Er hat mich völlig zerschlagen.
Wang: Ein Fastentag mehr in der Woche. Man könnte uns für Frömmler halten.
Tempelwächter *tritt auf:* So, meine Täubchen, schlaft. Ich schließe euch ein. – Wie geht's dir, Ah Q? Hab dir einen Tee mitgebracht. Trink ihn, bist bald wieder obenauf. So viel Aufregung. Die Nonne weint und weint. Heult Rotz und Wasser. Was hast du nur angestellt? Ah Q? Hier wirst du keine Arbeit bekommen. Wer nimmt sich schon einen Vergewaltiger ins Haus.
Ah Q: Wen interessiert das, Alter. Ich geh in die Stadt. Geh zu den Revolutionären.
Tempelwächter: Tu das, tu das. Verschwinde. Die werden sich freuen in der Stadt. Werden auf einen Vergewaltiger gerade warten. – Wie sieht dein Rücken aus. Laß mal sehen.
Ah Q: Geh weg, Leichnam.

TEMPELWÄCHTER: Ein Wunder, daß dus überlebst. Maske ist stark, kann zuschlagen. – Und du, Krätzebart, liest. Wie ein Herr, redest nicht mit jedem. Schlaft jetzt, meine Täubchen. *Er geht ab und schließt die Tür zu.*

AH Q: Was ist das für ein Leben, Krätzebart?

WANG: Wart, bis die Schmerzen weg sind.

AH Q: Wir sollten es anders anfangen.

WANG: Jetzt, wo es bald überstanden ist?

AH Q: Ich verschwinde. – He, Krätzebart, ich geh in die Stadt.

WANG: Jaja.

5.

Wang. Der Tempelwächter tritt auf.

TEMPELWÄCHTER: Er ist wieder da, Krätzebart, ist zurück.

WANG: Was schreist du?

TEMPELWÄCHTER: Ah Q ist wieder da. Ist zurückgekehrt, der Hundesohn.

WANG: Ein Dummkopf soll einen Gelehrten achten und nicht stören. Also schweig, alter Mann.

TEMPELWÄCHTER: Er ist da. Nicht wiederzuerkennen. *Geht zur Tür.* Komm, Ah Q, komm herein.

Ah Q tritt auf. Er trägt eine neue Steppjacke; auf dem Rükken ein großes Kleiderbündel.

Ach, mein Täubchen, daß du noch lebst. Hast dich herausgemacht, Ah Q.

AH Q *stellt das Kleiderbündel ab, sieht sich um:* Was für ein Loch.
Zündet sich eine Zigarre an. Wie gehts dir, Krätzebart?

WANG: Frag nicht.

Ah Q: Unverändert. Das gleiche Loch. Die Welt dreht sich, die Planeten wandern, hier steht die Zeit still.
Tempelwächter: Bist zurück, Ah Q.
Ah Q: Bin zurück.
Tempelwächter. Reich geworden?
Ah Q: Geschäfte.
Tempelwächter: Ein Schluck Tee gefällig?
Ah Q: Warum nicht.

Der Tempelwächter geht ab.

Da bin ich wieder, Krätzebart Wang.
Wang: Ich sehe, ich sehe. Bin noch nicht blind.
Ah Q: Du bist erstaunt. Fragst dich dies und das.
Wang *sieht auf:* Worüber soll ich erstaunt sein?
Ah Q: Nun, über alles. *Er zupft demonstrativ an der Wattejacke und raucht.*
Wang: Über alles erstaunt sein. Das könnten die Worte eines Gelehrten sein, eines Weisen. Oder eines Idioten. Ich frage mich, wie du es gemeint hast.
Ah Q: Schön, wir können auch schweigen. Ich habe gelernt zu schweigen. – Alles in allem, ich kann nicht unzufrieden sein. Ein geschäftliches Hoch. Inmitten allgemeiner Wirtschaftskrise ein Boom. Man könnte mich beneiden. Neider gibts überall.
Wang: Was hast du da?
Ah Q: Man war in der Stadt erfolgreich.
Wang: Gestohlen?
Ah Q: So würde ich es nicht sehen.
Wang: Ein Dieb, Ah Q, ein mieser, kleiner Gauner.
Ah Q: Eine Frage des Standpunktes. Es war ein Millionär, ein Ausbeuter.
Wang: Das ist Subjektivismus.
Ah Q: Ein Gebot der Anarchie: Die Frage des Eigentums.
Wang: Das ist individuelle Gesetzlosigkeit. Ein Anarchist ist niemals kriminell. Du solltest mehr lesen.

Ah Q: Und die Zigarre?
Wang: Die Zigarre?
Ah Q: Eine Maduro Brasil.
Wang: Was soll das heißen?
Ah Q: Mit Bücherlesen kommt man nicht zu einer Maduro Brasil.

Wang spuckt aus, liest weiter.

Du bist böse. Sprechen wir uns aus. Ein Meinungsstreit unter Anarchisten ist belebend. Kein Grund, beleidigt zu sein. – Was machen deine Studien? Du kommst voran? Immer unermüdlich, koste es auch die Freundschaft. Bereit sein ist alles. Den Prinzipien treu übers Grab hinaus. – In der Stadt hört man einiges von der Revolution. – Schön, Krätzebart, bewahren wir unseren kalten Verstand. Seelenruhe. *Er raucht stumm.*

Tempelwächter *tritt auf mit Teegeschirr:* Willkommen, Ah Q.
Ah Q: Ich hatte es mir anders vorgestellt. Bewegter, lebhafter. Weniger provinziell.
Tempelwächter: Komm, Krätzebart, trink Tee mit uns. Begrüßen wir unseren Heimkehrer.
Ah Q: Muß nicht sein. Nur keine Vertraulichkeiten.
Wang *erhebt sich, geht zu den beiden, trinkt Tee:* Danke, Alter. Willkommen, Ah Q.
Ah Q: Danke, danke.
Tempelwächter: Ein gutes Zigarrchen. Erste Sorte.
Ah Q: Möchte sein.
Tempelwächter: Eine Zigarre, eine Frau, schon ist man obenauf.
Ah Q: Bedient euch.

Er bietet Zigarren an, sie rauchen.

Tempelwächter: Welch ein Aroma.
Wang: Es gibt da so Dinge –
Ah Q: Was willst du sagen, Bruderherz?

Wang: Nichts. So eine feine Zigarre, und mir steigen die Tränen in die Augen. Versteh das, wer will.

Ah Q: Ja, das wurmt einen mächtig.

Tempelwächter: Was ist in dem Bündel, Ah Q?

Ah Q: Geht dich nichts an. Mein Kapital.

Tempelwächter: Willst du verkaufen? Ich könnte dir helfen.

Ah Q: Kommt Zeit, kommt Rat. Nur nichts überstürzen. Vorerst wollen wir ein wenig die Fühler ausstrecken, uns umsehen, die Geschäftslage sondieren.

Tempelwächter: Bist ein ganz Gewitzter, Ah Q.

Ah Q: Möchte sein. – Eine Schande, dieses Dach. Es ist kränkend, was man einem Menschen zumutet.

Wang: So schlimm ich leben muß, klaglos trüg ich es täglich, ein Traum von Glück jedoch macht Unglück unerträglich.

Ah Q: Jaja.

Sie rauchen stumm.

6.

Ah Q, Wang, der Tempelwächter und Maske.
Ah Q, Wang und der Tempelwächter sitzen und trinken.

Ah Q: Sag dem gnädigen Herrn, es ist alles verkauft.

Maske: Er wills sehen.

Ah Q: Vorbei, Maske. Kein Kattun, kein Seidenrock, alles verkauft.

Maske: Er sagt, er zahlt gut.

Ah Q: Glaubs ihm, aber es ist nichts mehr da. Man hat es mir aus den Händen gerissen. War feine Ware. Feine, feine Ware.

MASKE: Du sollst kommen, sagt er.

AH Q: Ich habe nichts für ihn.

TEMPELWÄCHTER: Etwas Tee, Maske?

AH Q: Kein Tee. Setz dich zu uns, Maske. Stoß mit mir an.

MASKE: Der gnädige Herr wartet.

AH Q: Da. Nimm und trink auf mein Wohl.

TEMPELWÄCHTER: Ist ein Herr geworden, unser Ah Q. Hat Geld und Schnaps. Selbst der gnädige Herr bittet ihn zu sich.

AH Q: Was kümmert mich der gnädige Herr. Soll er warten, bis er schwarz wird. Trink, Maske. Auf mein Wohl.

WANG: Trinken wir. Hast deine Ideale verraten, Ah Q, deine Seele verkauft.

AH Q: Meine Ideale, davon hab ich ausreichend. Könnte noch ein Dutzend verkaufen und hätt immer noch genug. Und was meine Seele betrifft, was soll sie mir. Hätt nie gedacht, daß sie so viel einbringt.

TEMPELWÄCHTER: Deine Seele verkauft, hast du einen Menschen getötet?

AH Q: Du bist dumm, Alter. Da ist Fisch. Iß, trink und schweig, Leichnam.

MASKE *trinkt:* Nichts für ungut, Ah Q. Vorschrift ist Vorschrift, keine Feindschaft drum.

AH Q: Ist schon vergessen, Maske. Jedem das Seine, wie die Philosophen sagen.

MASKE: Prügel ist Vorschrift.

TEMPELWÄCHTER: Ja, wo Gott uns hinstellt, wir haben unsere Pflichten.

WANG: Kretins.

TEMPELWÄCHTER: Was schimpfst du. Das ist das Leben.

WANG: Was wißt ihr, was Leben ist.

TEMPELWÄCHTER: Sags uns, du Gelehrter.

WANG: Leben, das ist etwas ganz anderes als ihr seid. Es ist schön. Es ist – wie eine Frau.

TEMPELWÄCHTER: Das quält dich, wie?

Wang: Früher wußte man, was das ist, Leben. Dann hat man es vergessen.

Ah Q: Wieso vergessen? Wie kann man es vergessen?

Wang: Warum nicht. Man hat viel vergessen. Wenns einem schlecht geht, vergißt man alles. Früher wußte man viel. Man lebte. Da brauchte man keine Polizei, keinen gnädigen Herrn. Jeder hatte genug und keiner zuviel. Da brauchte es keine Gesetze, keinen Staat, keine Kriege. Schlimmstenfalls eine Prügelei, das war alles. Wozu auch Gewalt? Wo Gewalt ist, kann man nicht leben, weiß nicht, was das ist: Leben. Und darum hat man es vergessen.

Ah Q: Es waren Anarchisten wie wir, Krätzebart, nicht wahr?

Wang: Ach du. Du Dummerchen. Warum sollten sie Anarchisten sein? Sie hatten alles.

Maske: Wieso keine Polizei?

Wang: Wozu?

Maske: Und die Vorschriften?

Wang: Gab es nicht. Dafür lebte man.

Maske: Wird ein feines Lumpenpack gewesen sein. Mord und Totschlag.

Wang: Warum sollten sie sich den Schädel einhauen? War genug für alle da.

Maske: Ich kenne die Menschen.

Wang: Was kennst du schon für Menschen? Herren und Knechte, ja, Ausbeuter und Ausgebeutete, ja, aber keine Menschen.

Maske: Predige nicht, Krätzebart. Ich bin unterrichtet. Kenn mich aus. Keine Polizei, schon gehen sie sich an die Gurgel.

Wang: Und jetzt gehst du ihnen an die Gurgel.

Maske: Nach Vorschrift, wies sich gehört.

Ah Q *zum Tempelwächter:* Hast dus der Nonne bestellt?

Tempelwächter: Sie will nicht kommen.

Ah Q: Hast du ihr gesagt, daß ich was für sie habe?

Tempelwächter: Ja. Mach dir keine Hoffnungen.

Ah Q: So ein Luder.
Maske: Keine Polizei. Und die Sonne?
Wang: Was soll das heißen?
Maske: Tag und Nacht, Vater und Mutter, gabs alles nicht, wie?
Wang: Hör dir diesen Esel an.
Maske: Drunter und drüber, Kraut und Rüben, Zigeunerwirtschaft.
Wang: Sei still, Maske. Polizistenseele. – Wie kann man nur mit so einem trinken, Ah Q. Sag ihm, er soll seine Bullenschnauze halten. Er ist lästig. Er enragiert mich.
Maske: Du. Paß auf, du.
Tempelwächter: Trink. Trinken wir auf unseren Heimkehrer, unser Glückskind. Geld wie Heu und hundert Jahre. Machst dich wohl bald wieder auf den Weg, Ah Q?
Ah Q: Wir werden sehen.
Tempelwächter: Wieder in die Stadt, Ah Q?
Ah Q: In die Stadt oder nicht in die Stadt.
Tempelwächter: Bist ein Geschäftsmann, Ah Q, ein Fuchs. Wie ist es in der Stadt? Es heißt, die Frauen sind schön und verderbt?
Ah Q: Wer sagt das?
Tempelwächter: Alle. Der Priester, die Nonnen, alle. Die Stadtfrauen sind aufgeputzt und werfen sich jedem an den Hals.
Ah Q: Sagt das dein Priester?
Tempelwächter: Ja.
Ah Q: Scheint ein Fachmann zu sein, ein Spezialist.
Tempelwächter: Erzähl.
Ah Q: Wozu? Ihr habt Krätzebart gekränkt.
Wang: Erzähl schon. Kümmere dich nicht um mich.
Ah Q: Die Frauen in der Stadt. Wie soll ich es euch sagen. Sobald die Morgenröte erscheint, gehen die jungen Mädchen hinaus, um Rosen zu pflücken. Ihre kleinen Füße streifen die Halme der Gräser, und ihre schlanken

Beine umspült das kristallklare Wasser des Flusses. Die Frauen aber eilen die Straße auf und ab und plappern und lachen und klagen und schreien mit ihren dunklen Stimmen. Am Mittag wird es still. Sie sind in den Häusern, um erst am Abend wieder hervorzukommen. Dann sind sie festlich gekleidet, und ihr Schritt ist langsam. Wie Königinnen. Sie plappern nicht mehr. Sie schweigen und schauen. Aber wenn es Nacht wird, flüstern sie und wispern und lachen auch wieder. So sind die Frauen.

TEMPELWÄCHTER: Und du hast alles gesehen?

AH Q: Ich habe alles gesehen.

TEMPELWÄCHTER: Früher war ich auch einmal in der Stadt. Da war ich noch ein junger Bursche. Aber was da war, habe ich vergessen.

MASKE: Und die Männer?

AH Q: Was soll mit ihnen sein?

MASKE: Wie sind sie?

AH Q: Sie sind so und so, wie überall auf der Welt.

MASKE: Und die Frauen lassen sich mit ihnen ein?

AH Q: Warum nicht.

MASKE: Hast du auch welche gesehen – ich meine, die nicht schön waren?

AH Q: Solche wie dich?

MASKE: Wie ich oder nicht wie ich. Was gehts dich an.

AH Q: Nein, eine Maske habe ich nicht gesehen, Maske. Du bist einmalig auf der Welt. Maske, der Einzigartige.

MASKE: Was gehts dich an.

AH Q: Was soll eine Frau mit dir? Sie erschrickt sich. Komm, trink und denk nicht daran.

WANG: Die Frauen. Hast du nichts anderes gesehen?

AH Q: Ich habe alles gesehen.

WANG: Und die Revolution? Wie weit ist sie?

AH Q: Sie macht Lärm. Man schlägt jetzt den Anarchisten die Köpfe ab.

TEMPELWÄCHTER: Hast dus gesehen?

Ah Q: Mit diesen Augen. Auf dem Markt schlagen sie ihnen die Köpfe ab. Ein scharfes Beil, ein scharfes, scharfes Beil und ratsch.

Maske: Ganz nach Vorschrift. Wies sich gehört.

Ah Q: Zuvor werden sie auf einem Wagen durch die Stadt geführt. In Ketten, mit Berittenen um sie her. Alles ist auf den Beinen, das Volk will sie sehen.

Maske: Ja, das Volk.

Ah Q: Es ist vergnügt. Johlen und Gaffen, ein großes Fest.

Wang: Warum befreien sie die Verurteilten nicht?

Ah Q: Weiß nicht, Krätzebart, werdens vergessen haben.

Maske: Würde ihnen schlecht bekommen.

Wang: Weshalb befreien sie nicht ihre Befreier? Es sind so viele. Was könntet ihr Büttel tun gegen alle. – Und die Verurteilten?

Ah Q: Singen.

Tempelwächter: Sie singen?

Ah Q: Ja. Opernarien.

Tempelwächter: Früher hatten wir auch Hinrichtungen im Dorf. Ich erinnere mich noch. Da wurde auch gesungen.

Wang: Warum singen sie Opernarien?

Ah Q: Warum nicht. Sind doch schöne Lieder. „Mit einer Stahlpeitsche werd ichs dir geben" und so. Es sind herrliche Stimmen dabei. Kraftvoll, laut. Die ganze Stadt kann sie hören. Richtige Künstler. Aber leider, auf dem Marktplatz heißts nur noch: ratsch.

Er schlägt Maske mit der Handkante ins Genick.

Maske: Was soll das? Was erschrickst du mich?

Ah Q: Gewöhn dich beizeiten dran, Maske.

Maske: Mach keine Witze mit mir, Ah Q.

Ah Q: Wenn die Revolution gesiegt hat, wird sie deinen Kopf – ratsch.

Maske: Warum sollte sie? Was hab ich getan? Hab jetzt nach Vorschrift gelebt, werd dann nach Vorschrift leben.

Ah Q: Nach der Revolution gibts keine Vorschrift. Wird abgeschafft, Maske, deine heilige Vorschrift.

Maske: Wir werden sehen. Wird sie abgeschafft, leben wir halt ohne Vorschrift. Wies verlangt wird.

Wang *singt:* „Mit einer Stahlpeitsche werd ichs dir geben." – Den Gefallenen Ruhm und Ehre. *Er trinkt.*

Tempelwächter: Gibts noch ein Fläschchen, Ah Q, mein Herzstück?

Ah Q *gibt ihm Geld:* Hol nur, Alter, hol zwei Flaschen.

Tempelwächter: Ein Geschäftsmann.

Will abgehen, stößt an der Tür auf die Nonne, zieht sie auf die Bühne.

Wer ist da? Ach, du bist es, kleine Nonne. Was belauschst du uns? Trink mit uns. Ah Q spendiert. *Er geht ab.*

Ah Q: Bist gekommen, Maria. Setz dich.

Wang *singt:* „Mit einer Stahlpeitsche werd ichs dir geben". – Ruhm und Ehre.

Ah Q: Sei still, du erschrickst sie. – Hab keine Angst, Maria. Er ist nur traurig. In der Stadt schlagen sie den Anarchisten die Köpfe ab. Das kränkt ihn. Trink mit uns.

Wang: Komm, kleine Nonne. Setz dich zu mir. Das ist Maske, der Büttel. Kennst du Maske, kleine Nonne? Wünsch es dir nicht. Er ist ein Schlächter, ein Vieh. Die Kreatur des gnädigen Herrn, sein Bluthund.

Maske: Ich tu meine Pflicht.

Wang: Frag ihn, warum er die Maske trägt, kleine Nonne. Er hat eine Fratze. Wenn er sie zeigt, gerinnt dir das Blut in den Adern.

Maske: Was gehts dich an.

Wang: Frag ihn, wie er zu der Maske kam, Nonne. Der Herr hat sie ihm verpaßt, der gnädige Herr, mit dem Schweißbrenner. Und um ihn zu trösten, hat er ihn zum Büttel gemacht.

Ah Q: Ich habe was für dich, Maria.

Nonne: Ich brauche nichts.

AH Q: Ach. Und warum bist du gekommen? Du mußt nicht rot werden.

WANG: Ein Vieh.

MASKE: Ich habe eine Mutter wie du.

WANG: Ein Vampir, kleine Nonne.

MASKE: Du bist betrunken.

WANG: Natürlich. Würd ich sonst mit dir reden, Büttel?

AH Q *zeigt der Nonne ein Negligé:* Wie gefällt dir das, Maria?

NONNE: Es ist schön.

AH Q: Ein Negligé. Für eine Frau, Maria.

TEMPELWÄCHTER *tritt auf mit Flaschen, gießt ein:* Beim gnädigen Herrn ist alles beleuchtet. Hat er Besuch, Maske?

MASKE: Weiß nicht.

TEMPELWÄCHTER: Er wird feiern. Wer Geschäfte macht, hat Grund zum Feiern. Hundert Jahre, Ah Q.

MASKE: Er wartet auf mich. Ah Q soll zu ihm kommen.

TEMPELWÄCHTER: Wer wartet schon auf dich, Maske. Trink. Das ganze Haus ist beleuchtet.

AH Q: Billig war es nicht, Maria.

NONNE: Es ist für eine Dame.

AH Q: Für dich ists. Ein Geschenk.

NONNE: Sie wird wundervoll aussehen. Wie ein Engel.

AH Q: Sieh dir diese Schleifen an. Die kosteten allein ein Vermögen. Greif nur zu.

NONNE: Ich wage nicht, es anzufassen.

AH Q: Da nimm.

Er gibt es ihr.

TEMPELWÄCHTER: Das gefällt dir, Nonne. Probier es einmal an.

NONNE: Es ist wirklich schön.

TEMPELWÄCHTER: Zieh es über, Nonne.

AH Q: Ich schenke es dir, Maria.

NONNE: Nimm es zurück. Ich will es nicht.

AH Q: Es gehört dir.

NONNE: Aber wieso?
AH Q: Frag nicht. Nimm es mit.
NONNE: Ich will es nicht haben. Das ist nichts für mich.
TEMPELWÄCHTER: Aber anprobieren könntest dus. Wir wollen sehen, wie es dir steht, kleine Nonne.
NONNE: Du bist betrunken. Schäm dich, alter Mann, in einem Gotteshaus zu trinken.
TEMPELWÄCHTER: In diesem Schuppen wohnt Gott nicht, Nonne. Warum sollte er.
NONNE: Leb wohl, Ah Q.
AH Q: Gefällt es dir denn nicht, Maria?

Nonne geht ab.

MASKE: Bring es dem gnädigen Herrn. Er wird es kaufen.
AH Q: Ich hab nichts für den gnädigen Herrn. Ich verkauf ihm nichts.
MASKE: Er bezahlt.
AH Q: Wang. He, Krätzebart.
TEMPELWÄCHTER: Laß ihn schlafen.
AH Q: Diese dumme Pute.
TEMPELWÄCHTER: Ärgere dich nicht. Die Nonnen dürfen nichts nehmen. Leben wie die Heiligen. Immer nur in Sack und Asche.
AH Q: Laß mich. *Er legt sich auf seine Matratze.*
TEMPELWÄCHTER: Sollen wir gehen, Ah Q?
AH Q: Daheim, in meinem Dorf, haben die Nonnen gesungen. Meine Mutter nahm mich an der Hand, und so gingen wir zu ihnen, wenn sie sangen. Ich hatte furchtbare Angst. Ich heulte, und Mutter schlug mir ins Gesicht, und die Nonnen sangen. Ich weiß nicht, warum ich mich fürchtete, aber es war schrecklich.
TEMPELWÄCHTER: Ihr Gesang?
AH Q: Kinderzeit, glückliche Tage. Vorbei und vergessen.
TEMPELWÄCHTER: Gehen wir, Maske. Es ist spät.

MASKE: Und der gnädige Herr? Was sag ich ihm? Ah Q soll zu ihm kommen.

TEMPELWÄCHTER: Morgen, morgen.

Er geht mit Maske ab und verschließt die Tür.

AH Q: Es war schön. Eine schöne Feier. Hat sie dir gefallen, Krätzebart?

WANG: Wunderbar. Wie in alten Zeiten.

AH Q: Ich frag mich, was die Zukunft für uns vorgesehen hat.

WANG: Ich werde es dir verraten: Einen schweren Kopf und eine lange Einsamkeit.

AH Q: Gewiß. – Wir sollten uns nach einem anderen Quartier umsehen. In einer Kirche hat man sonderbare Träume. Geht es dir nicht auch so?

WANG: Unsere Träume holen uns überall ein. Warum davonlaufen. Schlaf jetzt.

7.

Wang liegt auf der Matratze. Ah Q schneidet sich mit einer Schere die Barthaare.

AH Q: Du solltest es versuchen.

WANG: Versuchen. Ich habe es den ganzen Morgen über versucht.

AH Q: Dann laß es sein.

WANG: Du hättest nicht den billigsten Schnaps kaufen sollen.

AH Q: Natürlich. Champagner sollte es sein. Ich bin untröstlich.

WANG: Das einzige, worum ich bat, war Ruhe. Ein wenig Geduld und Seelengröße.

AH Q: Ist heute nicht Donnerstag?

WANG: Es ist unbegreiflich.

AH Q: Was meinst du?

WANG: Wie ein Verhängnis.

AH Q: Ah ja. Wovon redest du, Krätzebart?

WANG: Da ist man zur Welt gekommen, hat seine Bestimmung, seine Aufgabe, und was tut man? Man richtet sich zugrunde. Die einen mit Alkohol, die anderen mit Denken. Das Ergebnis ist in jedem Fall das gleiche: Ein zerfranster Verstand, tauglich, um Fliegen zu fangen.

AH Q: Man sollte mehr an sich halten, in allem. Die goldene Mitte.

WANG: Wir werden zur Grube fahren, und die Welt wird um nichts besser sein.

AH Q: Uns ist sie dann los. Ist das nichts?

WANG: Du hast recht, Ah Q. In unserer letzten, schweren Stunde bleibt uns dieser Trost.

AH Q: Ist heute Donnerstag?

WANG: Sie wird aufatmen, unsere gute, alte Mutter Erde.

AH Q: Die Nonne muß heute kommen.

WANG: Ist morgen Freitag?

AH Q: Ich denke so.

WANG: Dann muß sie kommen. Oder sie hat uns vergessen. Oder es ist morgen gar nicht Freitag.

AH Q: Eine Unendlichkeit von Aussichten. Wir können uns frei entscheiden.

WANG: Wie lange willst du mit der Schere klappern. Ich habe Kopfschmerzen.

AH Q: Gleich, gleich.

WANG: Gehst du dich nach Arbeit umsehen?

AH Q: Werd sehen. Werd auf der Dorfstraße etwas bummeln. Vielleicht kommt man ins Geschäft, vielleicht läßt man sich Zeit.

WANG: Schwatz nur. Geschäfte, Geschäfte. Lies etwas. Bilde dich.

AH Q: Es ist nicht jedem gegeben, ein Gelehrter zu sein.
WANG: Ein Anarchist sollte ein Vorbild sein. Einer, zu dem man aufschaut. Oder auf den man spuckt, je nachdem. Ein Märtyrer, kein Geschäftsmann.
AH Q: Und die Zigarren? Sie kommen allein ins Haus geschneit.
WANG: Ja, die Zigarren. Gib schon. Zigarren müssen sein, du hast recht. Jeder an seinem Platz.

Die Tür wird aufgeschlossen.

Die Welt hat uns wieder.

Der Tempelwächter tritt auf.

AH Q: Von Tag zu Tag kommst du später. Wirst uns eines Tages gar nicht mehr aufschließen.
TEMPELWÄCHTER: Wer weiß. Fühl mich nicht heute. Überall wird gelärmt.
AH Q: Ist heute Donnerstag, Alter?
TEMPELWÄCHTER: Donnerstag, was sonst.
AH Q: Schön, dann werden wir später bummeln gehn. Wollen den Klosterfraß abwarten.
TEMPELWÄCHTER. Ja, leg dich. Heute gibts keine Arbeit für dich. Nur Lärm machen sie draußen. Also, ich muß mich sputen.
AH Q: Sag der Nonne, sie soll sich beeilen. Kann nicht ewig auf sie warten.
TEMPELWÄCHTER: Ob sie heute kommen wird, Ah Q –
AH Q: Warum soll sie nicht kommen. Heute ist Donnerstag.
TEMPELWÄCHTER: Ja, aber alle sind aufgeregt, laufen herum.
AH Q: Sie wird uns schon nicht vergessen.
TEMPELWÄCHTER: Alles durcheinander, alles auf der Straße. Sogar an die Kirchentür haben sie ihre Sprüche gemalt.
AH Q: Was für Sprüche?
TEMPELWÄCHTER: Weiß nicht. Ist nicht zu entziffern. Die Losungen der Revolution.

Ah Q: Hast du gehört, Krätzebart?

Tempelwächter: Lesbar ist es nicht.

Ah Q: He, Krätzebart.

Wang: Man lärmt. Worte, Worte.

Ah Q: Die Losungen an der Kirchentür. Hehe. Da ist ihnen der Schreck in die Glieder gefahren, was? Angst und Entsetzen.

Tempelwächter: Ach, sie laufen durcheinander. Das ist alles.

Ah Q: Und der gnädige Herr? Hat sich verkrochen?

Tempelwächter: Warum soll er sich verkriechen? Eingebrochen haben sie bei ihm. Bei dem Durcheinander alles gestohlen.

Ah Q: Bravo. Das sehen wir uns an. Und mein Freund Maske, ist er geflohen?

Tempelwächter. Was redest du, Ah Q? Er stolziert die Dorfstraße auf und ab, auf und ab. Wie immer.

Ah Q: Wird nicht mehr lange stolzieren. Wenn die Revolution kommt, hat es sich ausspaziert für Maske.

Tempelwächter. Sie war schon da, deine Revolution.

Ah Q: Was schwatzt du, Alter?

Tempelwächter: Wie ichs dir sage, Ah Q. Die Revolution war da. Ein Fremder aus der Stadt. Er ist gestern nacht gekommen, und da haben sie die Revolution gemacht.

Ah Q: In der Nacht?

Tempelwächter: Ja.

Ah Q: Einer aus der Stadt?

Tempelwächter: Ein Fremder, ja. Es heißt, er hat hier eine Revolutionspartei gegründet.

Ah Q: Hörst du, Krätzebart? Eine Revolutionspartei. Ich frage mich, wieso man vergaß, uns einzuladen. Wieso man es wagte, uns zu vergessen.

Wang: Ignoranten.

Ah Q: Man wollte uns kränken.

Wang: Dilettanten.

AH Q: Man wollte uns provozieren.

WANG: Arschlöcher.

AH Q: Man hat es gewagt, den großen Gelehrten Krätzebart Wang zu vergessen. Von mir will ich nicht reden.

TEMPELWÄCHTER: Schließlich hatten wir gestern nacht eine kleine Feier. Vielleicht wollte man nicht stören.

AH Q: Geh zu ihnen, Alter. Sag ihnen, daß wir enttäuscht und verbittert sind. Sag ihnen, daß wir sie erwarten.

WANG: Sag ihnen, daß wir auf sie scheißen.

TEMPELWÄCHTER: Werd alles bestellen. Falls man es wissen will.

AH Q: Erzähl ihnen, wer wir sind. Anarchisten, sag ihnen das.

WANG: Dummkopf. So was brüllt man doch nicht herum. Wer kennt sie schon, diese Revolutionspartei. Sind es wahrhafte Revolutionäre, Anarchisten wie wir? Oder sind es Opportunisten? Der Abschaum, der auf den Wellen der eisernen Zeit dahintreibt, hierhin gespült wird und dorthin, wie es gewünscht wird.

TEMPELWÄCHTER: Es sind wahrhafte Revolutionäre.

WANG: Was weißt du.

TEMPELWÄCHTER: Der gnädige Herr sagt es.

WANG: Der gnädige Herr. Ist wohl ein Spezialist für Revolutionen?

TEMPELWÄCHTER: Weiß nicht. Aber er ist der Herr.

WANG: Hör dir das an. Es ist Revolution, aber für diesen Kleinbürger ändert sich nichts. Macht seinen Bückling vor dem Herrn. Es gibt keinen gnädigen Herrn mehr.

TEMPELWÄCHTER: Ich weiß. Er heißt jetzt revolutionärer Herr.

WANG: Wer?

TEMPELWÄCHTER: Der gnädige Herr.

WANG: Bist du krank, Alter?

TEMPELWÄCHTER: Es ist, wie ichs sage. Sie haben die Revolutionspartei gegründet. Der Fremde aus der Stadt kam, dann war überall Revolution, und jetzt regiert die Revolutionspartei.

Ah Q: Und der gnädige Herr, sagst du, gehört zur Revolutionspartei?

Tempelwächter: Natürlich. Er und der Bürgermeister und Maske.

Ah Q: Auch Maske?

Tempelwächter: Warum nicht?

Wang: Wie ist das möglich?

Tempelwächter: Wie ich sagte, ein Fremder aus der Stadt kam –

Ah Q: Wir haben es gehört. – Der gnädige Herr ein revolutionärer Herr, hast du gehört, Krätzebart?

Wang: Ich bin noch nicht taub.

Ah Q: Wie ist das möglich?

Tempelwächter: Erst kam der Fremde, in der Nacht, dann hat er mit dem gnädigen Herrn –

Ah Q: Schweig.

Zu Wang: Verstehst du das?

Wang: Laß mich überlegen.

Tempelwächter: So viel Aufregung. Nicht einmal gefrühstückt hab ich.

Er geht ab.

Wang: Eine unerwartete Wendung der Geschichte. Ja.

Ah Q: Ah ja.

Wang: Die Geschichte liebt Sprünge. Dialektik. Vom Niederen aufsteigend zum Höheren und abfallend ins Triviale.

Ah Q: Aha.

Wang: Logik und Metalogik. Aus a folgt non a. Aristoteles, Pascal, Oxford. Hier Weltgeist, dort Paperback. Das Gedächtnis der Toten.

Ah Q: Ich verstehe.

Wang: Die Scheinfrage der Wissenschaft: Sein oder Nichtsein. Du kannst siebzig Jahre darüber nachdenken, und wenns hochkommt achtzig, dann ist diese Frage für dich entschieden.

AH Q: Das Ei des Kolumbus. Der Horizont hellt sich auf.

WANG: Ich bin völlig erschöpft.

AH Q: Jetzt nicht nachlassen.

WANG: Ich muß mich hinlegen.

AH Q: Und die Nutzanwendung?

WANG: Was willst du damit andeuten?

AH Q: Ich meine unseren gnädigen revolutionären Herrn. Was ist nun mit ihm?

WANG: So wie ich sagte, mein Lieber: Man hätte den gnädigen Herrn beizeiten – und wenn ich beizeiten sage, meine ich auch beizeiten – in seiner eigenen Scheiße ersticken sollen.

AH Q *applaudiert:* Bildung zahlt sich eben aus.

WANG: Leider zu spät. Erkenntnis kommt nach dem Fall. Allwissend sind die Toten.

AH Q: Keine falsche Bescheidenheit. Man lernt nie aus.

WANG: Wen interessiert schon ein Blick ins Getriebe der Welt.

AH Q: Wen interessierts nicht?

WANG: Alle. Sie habens ohnehin schwer genug.

AH Q: Jeder hat sein Kreuz.

WANG: Sieh dir ihre Gesichter an. Es interessiert sie nicht.

AH Q: Warum nicht? Es ist ihr Leben. Wir spielen schließlich Szenen aus der Welt der Angestellten. Das sollte sie interessieren.

WANG: Sind das Angestellte?

AH Q: Schau sie dir an.

WANG: Alle?

AH Q: Alle. Irgendwie.

WANG. Bist du ein Angestellter?

AH Q: Gestern war ich ein Angestellter.

WANG: Gestern. Was war nicht alles gestern.

AH Q: Gestern war ich ein ordentlich angestellter Angestellter. Mit Bürostunden und Vesperzeit. Mit Rechnungsbogen, Posteingangsstempel, Postausgangsstempel, einem dienstlichen Kloschlüssel.

WANG: Mit Pensionsanspruch.

AH Q: Und mit Hoffnung auf Beförderung. Mit einem Schreibtisch, einer Kollegin, mit Grünpflanzen und einer Bürokrankheit. Mit Publikumsverkehr, mit einer Kartei und einer personengebundenen Kaffeetasse.

WANG: Mit Unterschlagungen.

AH Q: Nebbich. Ein Griff in die Portokasse.

WANG: Ja, die Angestellten.

AH Q: Unsere Botschaft soll ihr Herz erreichen und erweichen.

WANG: Ich spekuliere mehr auf einen Mäzen. Einen gütigen Herrn mit Silberhaar, leicht vertrottelt, aber betucht.

AH Q: Eine kühne Vision.

WANG: Die tapferen Träume unserer Kinderjahre. Die süßen Totengräber, die uns am Gängelband der Hoffnung ins Grab geleiten. Aber verzweifeln wir nicht, wir haben Pflichten. Wir haben eine Bestimmung auf Erden.

Die Nonne tritt auf mit dem Suppentopf.

Und wir haben Erfolge: Es ist Donnerstag. Wieder ist eine Woche überstanden.

AH Q: Du kommst spät, Maria.

NONNE. Wie schmutzig ihr seid. Guten Tag, Wang. Guten Tag, Ah Q.

WANG: Gib dein Essen und beschimpf uns nicht, Nonne.

NONNE: Ich schimpfe nicht, ich habe Mitleid mit euch.

WANG: Besser und schlimmer. Hüte deine Zunge, Nonne.

AH Q: Wasch uns die Füße, Maria. Wie Jesus.

NONNE: Spotte nicht, Ah Q.

AH Q: Du solltest Jesus nacheifern. Hat dein Kloster nicht so ein Gesetz?

WANG: Ordensregel heißt das.

Ah Q: Ja, eine Ordensregel für das Füßewaschen schuldlos verarmter Individuen.

Nonne. Nimm.

Ah Q: Was ist es heute?

Nonne: Milchsuppe, wie immer.

Ah Q: Gut, daß du nur einmal in der Woche kommst. Jeden Tag Milchsuppe, es wär nicht zu ertragen.

Er und Wang essen.

Nonne: Im Dorf ist viel Lärm. Revolution haben sie gemacht.

Ah Q: Wir wissen.

Nonne: Auch bei uns waren die Revolutionäre. Sie haben unser Heiligenbild zerschlagen. Einen neuen Namen haben wir auch. Revolutionäres Kloster zur unbefleckten Empfängnis, so heißen wir jetzt.

Wang: Schlechtes Wetter, kleine Nonne, schlechtes Wetter. Es wird uns in den Hals regnen.

Nonne: Ich versteh dich nicht, Wang.

Wang: Erwarte von mir keine Erklärungen. Die Welt dreht sich, sie kommt nicht vom Fleck. Darüber denke nach, Nonne.

Ah Q: Ein Gelehrter, Maria. Ein Intelligenzler. Er wittert dir das Unglück wie der Bauer den Hagel.

Wang: Wer sich in der Geschichte auskennt, ist vor Überraschungen sicher. Die gleichen Geschichten, alles wiederholt sich. Es ist widerlich. Es ist ermüdend. Selig sind die Unwissenden.

Nonne: Und beim gnädigen Herrn haben sie eingebrochen.

Ah Q: Natürlich beim gnädigen Herrn. Bei uns ist nichts zu holen.

Nonne: Es heißt, sie haben ihm die Kleiderschränke ausgeräumt.

Ah Q: Die Kleider, sehr gut. Läßt sich gut absetzen.

NONNE Wie du redest.
AH Q: Geschäft. Das verstehst du nicht.
Gibt ihr die Blechschüssel zurück. Der Koch soll das nächste Mal nicht am Salz sparen. Gewürze, das ist das Geheimnis einer guten Küche. Bestells ihm.
NONNE: Hast du alles verkauft?
AH Q: Alles.
NONNE: Auch das –
AH Q: Was meinst du? Das Negligé? Nein, natürlich nicht. Es gehört dir, wie werd ichs da verkaufen.
NONNE: Ich will es nicht. Verkauf es nur.
AH Q: Nein. Es gehört nun einmal dir. Wenn du es nicht haben willst, bleibt es hier. Es kann warten.
WANG *gibt ihr seine Schüssel:* Da, Nonne. Ich hoffe, mein Magen verträgts.
NONNE: Warum bist du so unfreundlich? So grob?
WANG: So? Bin ich das? Habs nicht bemerkt, kleine Nonne. Entschuldige.
NONNE: Grob und undankbar.
WANG: Das sind die Zeiten. Da hat keiner Zeit für Freundlichkeiten. Geh schon, leb wohl. Mir brummt der Schädel.
Er legt sich hin.
NONNE: Auf Wiedersehn, Ah Q.
AH Q: Was hast du?
NONNE: Zeigst du es mir noch mal?
AH Q: Das Negligé?
NONNE: Ja.
AH Q: Es gefällt dir. Hier.
NONNE: Es ist hübsch.
AH Q: Die Herrlichkeit auf Erden, Maria.
NONNE: Ist es ausländische Ware?
AH Q: Versteht sich. London, Paris, Champs-Elysées, Fifth Avenue.
WANG: Ficksburg. Gebt endlich Ruhe.
NONNE: Wie die leibhaftige Sünde.

Ah Q: Das trifft den Nagel auf den Kopf, Maria. Aufs Sündigen, darauf verstehn sich die ausländischen Teufel.

Nonne: Was ist das für ein Stoff?

Ah Q: Oh, das ist allerbestes Tuch. Das Feinste vom Feinen. Seide und so.

Nonne: Ich glaube, darin muß man sich ganz nackt fühlen.

Ah Q: Das dürfte genau die Stimmung sein. Nackter als nackt, würde ich sagen. Wenn du das in deiner Klosterzelle überziehst –

Nonne: Das ist unmöglich. Die Schwestern würden es mir nie gestatten.

Ah Q: Erzähls ihnen nicht. Es bleibt unser Geheimnis, Maria.

Nonne: Ins Kloster dürfte ich es niemals mitnehmen.

Ah Q: Dann probiers hier an. Wir verraten dich nicht. Ich bin dein Freund.

Nonne: Das darf ich nicht.

Ah Q: Keiner erfährt es. Los. Zier dich nicht.

Nonne: Laß meine Hand, Ah Q!

Ah Q: Mißtraust du mir etwa, Maria?

Nonne: Versteh mich doch, ich darf nicht.

Ah Q: Mein Geschenk gefällt dir nicht.

Nonne: Es ist sehr schön.

Ah Q: Dann zieh es an.

Nonne: Laß mich.

Ah Q: Du sollst es anziehen, sag ich.

Nonne: Du tust mir weh.

Ah Q: Ich liebe dich, Maria.

Nonne: Bitte, laß mich gehn.

Ah Q: Maria, Maria.

Nonne: Was tust du, Ah Q. Laß mich.

Ah Q: Maria.

Nonne: Ich will gehen, Ah Q. Nein. Nein.

Ah Q: Ich liebe dich. Wie schön du bist. Oh, Maria.

Sie kämpfen, Ah Q vergewaltigt die Nonne.

Maria. Sag was, Maria. War es denn so schlimm? Wenn die Mönche kommen, habt ihr euch auch nicht so. – Hier, das Negligé, es gehört dir. – Sag etwas, Maria. – Sie bewegt sich nicht, Krätzebart.

WANG: Was ist?

AH Q: Die Nonne bewegt sich nicht, Krätzebart.

WANG *geht zur Nonne:* Die ist hin. Du verdammter Idiot, du hast sie umgebracht.

Er schlägt Ah Q.

AH Q: Schlag mich nicht. Schlag mich bitte nicht.

WANG: Eine Nonne.

AH Q: Was soll ich tun, Wang?

WANG: Damit hab ich nichts zu tun. *Er legt sich auf seine Matratze.*

AH Q: Sag mir, was ich tun soll. – Oh, Maria. – Soll ich sie verstecken? Im Wald? Ich vergrab sie. – Oder ich schmeiß sie in den Fluß. Hilf mir, Krätzebart.

WANG: Was gehts mich an.

AH Q: Ich werde die Nacht abwarten, Krätzebart. Dann schaffen wir sie fort. – Du hilfst mir doch? – Oh, Maria, Maria, Maria. *Er zieht die Leiche von seiner Matratze in eine Ecke der Halle.*

WANG: Idiot.

8.

Ah Q, Wang, der Tempelwächter, Maske.

MASKE: Komm.

AH Q: Warum?

MASKE: Komm jetzt.

AH Q: Aber warum denn, Maske.

MASKE: Befehl vom gnädigen Herrn.

WANG: Was soll das, Maske. Er kanns nicht gewesen sein. Das weißt du.

MASKE: Ich muß ihn holen.

AH Q: Was wollt ihr von mir?

MASKE: Komm schon.

TEMPELWÄCHTER: Sie wollen ihm den Kopf abschlagen.

MASKE: Schweig, du.

TEMPELWÄCHTER: Es ist alles schon beschlossen. Ich habe es gehört.

MASKE: Schweig.

WANG: Wofür den Kopf abschlagen? Er hats nicht getan.

TEMPELWÄCHTER: Jaja, so ein Unglück.

AH Q: Ich war hier. Wir haben zusammen gefeiert, Maske. Erinnere dich. Wir haben getrunken, wir waren vergnügt. Ich habe ein Alibi.

MASKE: Was hilfts. Komm schon.

AH Q: Die ganze Nacht war ich hier. Mit Krätzebart war ich eingeschlossen.

WANG: Dafür könnt ihr ihn nicht verurteilen.

MASKE: Red mit dem gnädigen Herrn.

TEMPELWÄCHTER: Ein Unglück. Die ganze Nacht war er hier. Eingeschlossen hatt ich ihn.

MASKE: Ich kann nicht warten.

Er greift sich Ah Q.

AH Q: Sag etwas, Krätzebart.

WANG: Was kann ich sagen, Ah Q.

AH Q: Sie werden mir den Kopf abschlagen. Sie werden mich umbringen.

WANG: Halt dich tapfer, Ah Q. Denke daran, wir sind das Salz der Erde. Wir sind Verdammte, ohne Gefühl, ohne Eigentum, ohne Namen. Die Anarchisten kennen nur ein Gesetz, nur eine Leidenschaft, nur einen Gedanken: Die Zerstörung.

MASKE: Und die Gesetze?

WANG: Gesetze sind Gewalt.

MASKE: Natürlich, Gewalt muß sein. Das Volk gehorcht nicht.

WANG: Auch Gesetze sind Anarchie. Alles Anarchie, mit Gesetz oder ohne. Alles Gewalt. Der Unterschied ist, wir sind ehrlicher, betrügen das Volk nicht.

AH Q: Es lebe die Anarchie. Nicht wahr, Krätzebart?

WANG: Sie wird leben, Ah Q.

MASKE: Nun geh.

AH Q: Auf Wiedersehn, Bruder.

WANG: Auf Wiedersehn.

Maske geht mit Ah Q ab.

TEMPELWÄCHTER: So ein Unglück. Das Urteil steht fest. Den Kopf wird ihm Maske abschlagen. Den Kopf für einen Diebstahl, den er gar nicht begangen hat. Wegen der geklauten Klamotten des gnädigen Herrn. Ach, was hilfts. Kommst du mit, Krätzebart?

WANG: Wohin?

TEMPELWÄCHTER: Auf den Markt. Dort wird ihn Maske enthaupten. Es ist lange her, daß man in unserem Dorf jemanden geköpft hat. Alle laufen hin. Was für ein Spektakel.

WANG: Einen Menschen zu ermorden, ist das ein Volksfest? Schäm dich.

TEMPELWÄCHTER: Ach was. Ein Volksfest ist es nicht. Aber es ist etwas. Was passiert hier schon. *Er geht ab.*

WANG: Dummköpfe, Ignoranten. Was für ein Volk. Wenn ich wenigstens Sprengstoff hätte.
Er packt seine Sachen.
Leb wohl, Ah Q. Du warst ein guter Mensch, aber ein Dummkopf.
Er untersucht Ah Qs Habseligkeiten.
Reich bist du nicht geworden, Bruder.

Hält das Negligé.

Und was hat es dir gebracht. Deine Matratze werde ich mir ausleihen. Gib mir Bescheid, wenn du sie vermißt.

Er bündelt die Matratze und seine Sachen.

TEMPELWÄCHTER *tritt auf:* Du packst, Krätzebart? Willst du verschwinden? Es heißt, vor der Revolution soll keiner davonlaufen.

WANG: Was für eine Revolution?

TEMPELWÄCHTER: Du verläßt uns also.

WANG: Bricht dir das Herz?

TEMPELWÄCHTER: Das Dach solltet ihr reparieren. So wars vereinbart. Und jetzt?

WANG: Wolltest du nicht auf den Markt?

TEMPELWÄCHTER: Bin schon zurück. Alles ist vorbei.

WANG: Hat er sich gut gehalten?

TEMPELWÄCHTER: Weiß nicht. Maske schrie: Es lebe die Revolution. Und dann schrie Ah Q: Es lebe die Anarchie. Und dann: Ratsch. Das war alles, und wir mußten vom Platz. Nicht eine Strophe hat er gesungen.

WANG: Warum sollte er singen?

TEMPELWÄCHTER: Seine Arie, er hat es versprochen. „Mit einer Stahlpeitsche werd ichs dir geben". Er muß es vergessen haben. Früher waren die Hinrichtungen prächtiger. Nicht mal der gnädige Herr ist erschienen.

WANG: Barbaren. Leb wohl, alter Mann.

TEMPELWÄCHTER: Geh nur, du Teufel.

Wang will abgehen, der Tempelwächter fegt aus, Wang beobachtet ihn.

Früher war das etwas anderes. Es ging nicht so schnell. Erst fuhr man ihn durchs ganze Dorf. Alle waren auf der Straße. Lieder wurden gesungen. Und auf dem Markt dann, da ging es nicht einfach: Ratsch. Es war feierlicher.

WANG: Alter.

TEMPELWÄCHTER: Was ist?
WANG: Sag mal, sucht man die Nonne?
TEMPELWÄCHTER: Ja. Sie ist verschwunden. Überall sucht man sie.
WANG: Überall? Überall wohl nicht.
TEMPELWÄCHTER: Hast du sie gesehn?
WANG: Geh mal dorthin, Alter.
TEMPELWÄCHTER: Gelobt sei Jesus Christus. Sie ist tot.
WANG: Dieser Idiot hat sie umgebracht.
TEMPELWÄCHTER: Ah Q? – Und Ah Q ist auch tot. Was sollen wir tun?
WANG: Alles weiß ich nicht. Ich verschwinde. Wegen diesem Dummkopf will ich nicht den Kopf verlieren.
TEMPELWÄCHTER: Geh nicht. Wir müssen es dem gnädigen Herrn melden. Maske muß kommen.
WANG: Warte damit. Bis zum Abend. Dann hab ich einen Vorsprung. *Er geht ab.*
TEMPELWÄCHTER: Welcher Teufel hat mir gesagt, die zwei Galgenvögel aufzunehmen. Das Dach wollten sie reparieren. Und was haben die angestellt. Unsere kleine Nonne umgebracht. Heilige Jungfrau, bitt für uns, jetzt und in der Stunde meines Todes. Die Hinrichtungen waren früher prächtiger. Nicht einmal dafür hat man heute Zeit.

Ende

Passage

Ein Kammerspiel in drei Akten

Die Personen

Paul Joly, *Bürgermeister*
Rosa Grenier
Marie Grenier, *ihre Tochter*
Lisa
Lenka
Dr. Hugo Frankfurther
Kurt
Otto, *genannt Philippe Matin*
Alfred Hirschburg
von Studnitz
Kistner

Die Szene

Das hintere Zimmer eines Cafés in einem französischen Dorf an der Grenze zu Spanien; eine Tür geht zum vorderen Café und eine zur Küche, eine Treppe führt nach oben.

I. Akt

Dr. Frankfurther und Kurt spielen Schach.

FRANKFURTHER: Bleiben Sie bei dem Zug?

KURT: Ja.

FRANKFURTHER: Überlegen Sie noch einmal. Sehen Sie, ich müßte mit dem Läufer jetzt Ihren Turm nehmen, bedrohe im übernächsten Zug Ihre Dame und schlage diesen Springer. Denken Sie noch einmal nach.

KURT: Ich will nicht. Es ist für mich aussichtslos.

FRANKFURTHER: Geben Sie nicht gleich auf. Lassen sie uns zusammen überlegen. Sie stehen ja nicht schlecht.

KURT: Schluß. Ich will nicht mehr. Sie haben gewonnen. *Wirft Figuren um.*

FRANKFURTHER: Dummheiten. Denken Sie nach. Zwei, drei Züge voraussehen, alle möglichen Reaktionen des Gegners einplanen, das ist alles. In unserer Situation ist es lebensnotwendig, das zu lernen.

KURT: Ich kann nicht bemerken, daß Ihre Schachkenntnisse Ihre Situation verbesserten. Alles, was ich sehe, ist, daß Sie genauso tief und genauso aussichtslos in der Scheiße stecken.

FRANKFURTHER: Bitte, vermeiden Sie doch diese Ausdrücke.

KURT: Entschuldigung. Es war nicht so gemeint. Ich denk mir nichts dabei.

FRANKFURTHER: Jaja, ich versteh Sie. Ich bin es nur nicht gewohnt. Eine Überempfindlichkeit. Ich wäre Ihnen trotzdem sehr verbunden.

Kurt: Schon gut. Ich werde mich bemühen. Ist Otto am Bahnhof?

Frankfurther: Ja. Noch ein Spiel, Kurt?

Kurt: Nein. Gehen Sie auch zum Bahnhof?

Frankfurther: Sie wissen doch, Lisa wünscht es nicht. Wir sollen in dem Dorf wenig auffallen. Und auf einem Provinzbahnhof, wo täglich kaum vier Züge halten, müssen Leute, die nichts tun als warten, eine sehr auffällige Erscheinung sein. Das war in Marseille etwas anderes.

Kurt: Ein wahres Wort. Haben Sie schon jemals in Ihrem Leben in einem so verlassenen Dorf gewohnt?

Frankfurther: Ja, als Schüler. In den Sommerferien. Meine Mutter fuhr jedes Jahr mit meinen Geschwistern und mir in ein Seebad. Es war eigentlich sehr schön.

Kurt: Ein Seebad jedes Jahr, ja, das muß schön sein. Und Sie im Matrosenanzug, wie?

Frankfurther: Wahrscheinlich. So war damals die Mode.

Kurt: Nun bin ich ja auch in einem Seebad gelandet. Sogar an der Mittelmeerküste. Nur der Matrosenanzug fehlt mir. Und daß ich nur nachts an den Strand gehen kann.

Frankfurther: Ich erinnere mich an die Seebrücke in dem Bad. An wunderliches Treibholz. An ein sehr, sehr dünnes Mädchen in einem roten Badeanzug. An meine Mutter mit einem riesigen Strohhut. An die Kinder der Wirtsleute, die mich jeden Morgen am Strand erwarteten, sie fischten mit ihrem Onkel. Und das jedes Jahr, zwei lange Monate. Nur mein Vater war nie dabei. Er brachte die Familie an die Ostsee und holte sie am Ende des Sommers wieder ab. Da war er dann für drei, vier Tage jeweils bei uns. Länger nie. Er mußte in Berlin bleiben, er war ein hoher Beamter im Außenministerium.

Kurt: Und hat sich den Sommer über mit der Sekretärin vergnügt.

Frankfurther: Was sagen Sie? Daran habe ich nie gedacht. Es ist mir selbst heute unvorstellbar. Ich kann nicht in einem solchen Zusammenhang mich meines Vaters erinnern. Es ist für mich undenkbar. Verstehen sie das?

Kurt: Es soll auch in Ihren Kreisen vorkommen, hörte ich.

Frankfurther: Das bestreite ich nicht. Ich sagte nur, es ist mir nicht denkbar.

Kurt: Sie sind merkwürdig, Herr Doktor.

Frankfurther: Ich weiß.

Kurt: So etwas wie Sie habe ich noch nie kennengelernt. Sie sind, entschuldigen Sie, so unbeholfen. So unpraktisch. Ich muß Ihnen sagen, ich kann Sie mir mit einer Frau zusammen nicht vorstellen.

Frankfurther: Das müssen Sie mir nicht sagen, und das müssen Sie sich nicht vorstellen. Es geht Sie nichts an.

Kurt: Hab ich Sie beleidigt?

Frankfurther: Nein, nein. Ich will nur nicht darüber sprechen. – Sie sagen, ich bin ein merkwürdiger Mensch. Nun, es freut mich, das zu hören. Ein halbes Leben habe ich damit verbracht zu versuchen, nicht merkwürdig zu sein, nicht aufzufallen, wie alle anderen mich zu benehmen. Ein halbes Leben lang habe ich Zeit und Kraft geopfert, nur damit die anderen mich als ihresgleichen ansehen. Aber das sind Dummheiten. Ich bin merkwürdig. Und Sie sind es auch. Sonst wären Sie heute nicht hier. Wären Sie nicht merkwürdig, könnten Sie in Deutschland leben. Haben Sie den Mut, so merkwürdig zu sein, wie Sie sind. Sie haben ein Recht darauf, Kurt.

Kurt: Ist das wieder chinesische Philosophie, Herr Doktor? Ich weiß nicht, ob das für uns so geeignet ist. Die Chinesen sehen ja alle gleich aus, für mich jedenfalls. Und es gibt so viele von ihnen. Da ist es vielleicht nützlich, merkwürdig zu sein. Aber wir tun besser daran, nicht aufzufallen. Für die Polizei daheim wie hier will ich nur irgendeiner sein. Einer, bei dem es sich nicht lohnt, ihn anzuhalten, ihn auszufragen, ihn mitzunehmen. Bei dem es sich nicht lohnt, ihn anzusehen.

FRANKFURTHER: Im Moment ist es wohl angebrachter.

KURT: Im Moment? Was ist denn für Sie ein Moment? Ist das Philosophie? Ich bin seit acht Jahren auf der Flucht. Das ist fast mein halbes Leben. Mit siebzehn mußte ich losrennen und bin noch heute unterwegs. Haben Sie bitte die Freundlichkeit, auch mal daran zu denken, bevor Sie wieder von einem Moment quatschen.

FRANKFURTHER: Entschuldigen Sie, Kurt. Sie haben völlig recht. In den letzten Jahren bin ich immer mehr zu der Überzeugung gelangt, daß alles, was ich sage, allein für mich gilt. Ich bin nicht klug genug, anderen raten zu können. Und manchmal denke ich, vielleicht ist es das, was wir Weisheit nennen. Warum lachen Sie nicht, Kurt? Lachen sie nur. Sie sollten wissen, ich wäre gern weise. Schon als junger Mann schien mir nichts erstrebenswerter, als weise zu sein. Ich glaubte, das heiße, alle zu verstehen, fast alles zu verzeihen, nie mit lauter Stimme zu sprechen, sondern stets gelassen zu bleiben. Viel zu wissen, um anderen raten zu können, das schien mir, weise zu sein. Darum lernte und studierte ich. So kam ich zur Philosophie und den alten Chinesen. Ist das nicht komisch, Kurt? Und heute weiß ich endlich, daß ich keinem anderen Menschen raten kann. Daß ich schweigen sollte. Vielleicht ist das Weisheit.

KURT: Das ist jämmerlich, Herr Doktor. Entschuldigen Sie, aber manchmal machen Sie mich wahnsinnig. Wie kann ein kluger, studierter Mann so viel Unsinn von sich geben. Schweigen! Wir haben zu reden. Wir haben die Wahrheit zu sagen. Wenn Sie nur schweigen wollen, hätten Sie Deutschland nicht verlassen müssen. Schweigen kann man immer in Deutschland. Also wirklich, Herr Doktor, manchmal reden Sie wie ein Waschweib.

FRANKFURTHER: Wie alt sind Sie, Kurt? Fünfundzwanzig, nicht wahr? Ich bin vierundfünfzig.

KURT: Ja und?

FRANKFURTHER: Wenn Sie da keinen Unterschied bemerken wollen, ist das sehr freundlich von Ihnen. Freundlicher Unsinn.

KURT: Haltung ist keine Frage des Alters, denke ich.

FRANKFURTHER: Mein lieber Junge . . .

KURT: Ich bin nicht Ihr lieber Junge.

FRANKFURTHER: Natürlich, natürlich. Entschuldigen Sie.

ROSA GRENIER *kommt aus dem vorderen Café:* Ich öffne jetzt das Café.

FRANKFURTHER: Ja. Gut.

ROSA GRENIER: Wenn Sie etwas benötigen . . . Sie wissen ja.

FRANKFURTHER: Seien Sie unbesorgt, wir klopfen an die Küchentür. Keiner wird uns sehen.

ROSA GRENIER: Wenn Sie etwas wünschen . . .

FRANKFURTHER: Ja, ich würde gern einen Kaffee trinken. Und eine Ihrer schönen Pizzas essen. Und Sie, Kurt, einen Kaffee? Ich lade Sie ein.

KURT: Einen Kaffee, gern. Danke.

ROSA GRENIER: Den Kaffee will ich Ihnen gern bringen. Aber die Pizza . . . Sie wissen doch.

FRANKFURTHER: Ach ja. Und ein kleines Croissant? Oder ein Stück Brot? Wäre das möglich?

ROSA GRENIER: Das ist das gleiche.

FRANKFURTHER: Aber der Bürgermeister hat uns Brotkarten versprochen, das wissen Sie doch.

ROSA GRENIER: Ja, vor vier Tagen. Aber gebracht hat er noch keine. Und ich muß abrechnen.

FRANKFURTHER: Ich verstehe Sie. Es ist nur, weil wir Hunger haben. Und den ganzen Tag nur Obst essen, mein Magen verträgt es nicht.

ROSA GRENIER: Ich bringe Ihnen ein Stück Brot.

FRANKFURTHER: Danke, Madame.

KURT: Ich brauche keins. Mir genügt der Kaffee.

FRANKFURTHER: Was gibt es noch, Madame Grenier?

ROSA GRENIER: Verstehen Sie mich bitte nicht falsch, aber ich wünsche, daß der junge Herr Marie in Frieden läßt.

KURT: Wir haben uns nur unterhalten.

ROSA GRENIER: Ich wünsche es nicht.

KURT: Wir haben ein paar Worte gewechselt, das war alles.

ROSA GRENIER: Sie haben gestern mit ihr gesprochen. Sie haben vorgestern mit ihr gesprochen. Seit Sie hier sind, sehe ich Sie mit meiner Tochter zusammen. Ich will das nicht. Lassen Sie das Mädchen in Ruhe.

KURT: Ich lasse sie in Ruhe. Ich habe Marie nichts getan.

ROSA GRENIER: Verstehen Sie mich bitte. Es ist meine einzige Tochter. Ich weiß nicht, was Sie vorhaben, Herr Kurt, aber Sie sind ein Flüchtling. Sie müssen über die Grenze, was weiß ich wohin. Ich habe Mitleid, und ich helfe Ihnen, obgleich ich das nicht darf und es im Dorf nicht gern gesehen wird. Ich will Ihnen auch weiter helfen. Aber ein Mann wie Sie hat kein Recht, mit meiner Tochter zu sprechen.

KURT: Ich denke, Marie ist alt genug. Sie weiß selbst, was sie zu tun und zu lassen hat.

ROSA GRENIER: Ich mach Ihnen jetzt Kaffee.
Geht in die Küche.

KURT: Was geht das die Alte an. Die soll sich um ihr Café kümmern. Um jedes Stück Brot muß man sie anbetteln. Dabei ist es teuer genug. Und dann tut sie, als ob sie uns hilft. Die Brotmarken, die Brotmarken, die wird sie schon bekommen. Was sagen Sie denn dazu?

FRANKFURTHER: Was kann ich dazu sagen.

KURT: Finden Sie das etwa richtig? Wieso habe ich kein Recht, mit Marie zu reden? Hab ich die Krätze?

FRANKFURTHER: In gewisser Weise sind wir aussätzig, Kurt, das wissen Sie selbst. Kaum geduldet, sieht man lieber unsere Absätze als unsere Gesichter. Lästige Bettler, nicht geladene Gäste, unerwünschte Ausländer.

KURT: Wir sind Antifaschisten.

FRANKFURTHER: Gewiß, für die Faschisten. Hier sind wir lediglich „auf Verlangen auszuliefern". Artikel 19, vergessen Sie den nie, Kurt.

KURT: Die sind nicht besser . . .

FRANKFURTHER: Still, seien Sie still. Sagen Sie nichts, was Sie später bereuen müßten. Wir haben nichts zu fordern, und wir haben nicht zu schreien. Wir dürfen bitten . . . das ist alles. Bitten und abwarten.

KURT: Ich bin keiner Ihrer chinesischen Philosophen, Herr Doktor.

FRANKFURTHER: Das habe ich bemerkt. Aber Sie tun ihnen unrecht. Kennen Sie Wang Yang Ming? Er wurde von einem kaiserlichen Eunuchen denunziert, wurde ausgepeitscht und jahrelang verbannt. In der Verbannung, in einer Wüste, mußte der gelehrte Mann als Pferdeknecht arbeiten. Aber dort fand er auch seine Philosophie. Er fand in der Verbannung seinen Gleichmut, seinen Humor, sein inneres Maß. In der Verbannung erst wurde er zu dem großen Philosophen.

KURT: Ich will kein Philosoph werden. Sie gehen mir mit Ihren Chinesen auf die Nerven. Mit diesen weisen Sprüchen kommen wir nicht über die Grenze.

FRANKFURTHER: Diese weisen Sprüche können über manche Grenze hinweghelfen. Auch das werden Sie noch erfahren.

KURT: Diese alte Hexe. Die hat nur Angst um ihr Geld.

Lenka kommt die Treppe herunter.

FRANKFURTHER: Wie gehts, Lenka?

LENKA: Wie gehts Ihnen? Hallo, Kurt. Habt ihr Nachrichten? Gibt es etwas Neues?

KURT: Otto ist noch am Bahnhof.

LENKA: Und Lisa, hat sie sich gemeldet?

KURT: Nein.

FRANKFURTHER: Es ist erst elf. Sie wollte mittags vorbeikommen.

Lenka: Habt ihr etwas gegessen? – Der Bürgermeister hat die Brotmarken noch nicht gebracht? – Ich werde mit Madame Grenier sprechen.

Frankfurther: Bitte tun Sie das nicht, Lenka. Ich werde etwas bekommen.

Kurt: Ich will nichts geschenkt.

Lenka: Aber Sie müssen essen.

Kurt: Ich habe genügend Zigaretten. Und für den Kaffee braucht man Gott sei Dank noch keine Marken.

Lenka: Wir müssen essen. Wie wollen Sie über das Gebirge kommen, durch ganz Spanien, wenn Sie nichts essen?

Kurt: Zum Glück ist Sommer. Überall wächst etwas.

Lenka: Ich werde dann mal in die Küche gehen. Es ist Zeit für mich.

Kurt: Und Sie bitten sie um nichts, Lenka, nicht für mich.

Lenka: Ich hab verstanden. Stolz ist ein sehr sperriges Gepäck, wenn man auf der Flucht ist.

Geht ab in die Küche.

Kurt: Lenka hat Glück. Kann in der Küche arbeiten. Da fällt bestimmt hier und da etwas ab.

Frankfurther: Nicht in diesen Zeiten. Da kommt nichts zurück, da bleibt nichts übrig.

Kurt: Ein kleiner Brotkanten findet sich in jeder Küche.

Frankfurther: Gönnen wir es ihr.

Kurt: Hab ich etwas anderes gesagt? Natürlich gönn ich es ihr. Soll sie, soll sie. Ist ja eine Frau, hält nicht so viel aus wie unsereiner. Was werden sie heute kochen?

Frankfurther: Für uns? Vegetarisch, wie immer. Nach strengster Diät.

Kurt: In Deutschland soll es Kuren geben, wo reiche Leute viel Geld ausgeben, um dann jeden Tag so ein Essen zu bekommen wie wir hier. Verrückt, was?

Frankfurther: Wir leben wie die Millionäre.

Kurt: Geld haben wir schließlich genug. Nur daß man sich dafür nicht einmal eine Brotrinde kaufen kann.

FRANKFURTHER: Ich denke, heute wird man in Deutschland nicht besser essen. Das Deutsche Reich wird auch Diät halten müssen.

KURT: Vermutlich.

FRANKFURTHER: In den Plänen der großen Führer hat ein Volk heldenhaft zu sein und treu und selbstlos. Mit einem Heer von Feinschmeckern ist kein Staat zu machen.

KURT: Otto müßte längst zurück sein.

FRANKFURTHER: Wissen Sie, ich habe gern gekocht. Auch für mich allein. Zu Hause besitze ich eine Sammlung von Kochbüchern. Es ist das einzige, was ich wirklich sammle. Das heißt, ich besaß sie. Wer weiß, was daraus geworden ist. Mein letztes Kochbuch kaufte ich in Paris, in der deutschen Buchhandlung am Montparnasse. Ein sehr merkwürdiges Buch. Schon der Titel klang bedrohlich: Schmalhans kocht trotzdem gut, Berlin 1940. Ungewöhnlich war auch das Register: fast alles fand man unter dem Buchstaben E, E wie Ersatz, Ersatzbrühwürfel, Ersatzmehl, Ersatzmandeln, Ersatzkaffee, Ersatzleber, Ersatzmarmelade, Ersatzkakao, Ersatzschnitzel . . .

KURT: Hören Sie auf, mir läuft das Wasser im Mund zusammen.

FRANKFURTHER: Ich habe das Buch in Paris liegengelassen. Ich konnte nur das Allernotwendigste mitnehmen. Da waren schwierige Entscheidungen zu treffen. Heute denke ich, daß ich das Schmalhans-Kochbuch hätte mitnehmen sollen. Mit Ersatz wird heute in halb Europa gekocht. Möglicherweise ist es das einzige deutsche Buch, was international von Bedeutung ist.

KURT: Wozu brauchen Sie ein Kochbuch, Herr Doktor? Demnächst bekommen wir sogar das warme Wasser nur auf Marken. – Hören Sie, das Café füllt sich.

FRANKFURTHER: Bleiben Sie von der Tür weg. Madame Grenier will es nicht.

KURT: Jaja. Im Dorf weiß ohnehin jeder Bescheid. Man

weiß, wer wir sind, wohin wir wollen. Es ist sinnlos, es verheimlichen zu wollen.

FRANKFURTHER: Madame Grenier will es aber so. Und Lisa sagte auch, es sei besser, wenn wir uns nicht sehen lassen.

KURT: Und die Bauern dürfen uns anglotzen. Wie im Zoo ist das hier. – Na, wann kommt der erste an die Klappe.

FRANKFURTHER: Still, Kurt. Setzen Sie sich hin.

Lenka kommt aus der Küche mit Kaffee und zwei Weißbrotstücken.

LENKA: Der Kaffee, meine Herren. Madame hat für jeden ein Stück Brot gegeben. Sie schreibt es auf.

KURT: Ich nehme nur den Kaffee. Ich habe kein Brot bestellt.

LENKA: Essen Sies, Kurt. Ich habe Madame Grenier nicht darum gebeten. Sie hat es von allein dazugelegt. Ich habe kein Wort gesagt. Madame ist nicht so schlecht, wie Sie denken.

KURT: Ich habe keinen Hunger.

LENKA: Dann stecken Sie sichs ein. *Setzt sich zu ihnen.* War die Post schon da?

FRANKFURTHER: Ja.

LENKA: Und? Kein Brief? Für keinen?

FRANKFURTHER: Nein, Lenka.

LENKA: Hoffentlich lösen sie das Lager rechtzeitig auf. Bevor die Deutschen kommen. Ludvik hatte Dysenterie, er ist noch sehr schwach.

FRANKFURTHER: Er wird es schaffen. Die Franzosen haben alle Lager noch rechtzeitig geöffnet. Sie werden doch nicht Antifaschisten in die Hände der Nazis fallen lassen.

LENKA: Und Les Milles? Man hat das Lager an die Deutschen ausgeliefert. Haben Sie das vergessen?

KURT: Ja. Und das Lager Gurs? Auf Verlangen ausgeliefert. Und Le Vernet? Fünfhundert Antifaschisten auf Verlangen ausgeliefert.

FRANKFURTHER: Ihr Mann wird es schaffen, Lenka. Ich weiß es. Glauben Sie mir.

LENKA: Wieso sind Sie so sicher, Hugo?

FRANKFURTHER: Weil ich es geschafft habe, Lenka. Und Ludvik ist so viel kräftiger und lebenstüchtiger als ich.

LENKA: Er ist nicht kräftig, Hugo, er ist klug, aber nicht kräftig. Wenn ihm nur einer hilft. So vielen hat er geholfen. Und nun? Unser Haus war für alle offen. Wie viele begabte Leute gingen bei uns ein und aus. Das war eine schöne Zeit. Allen hat Ludvik geholfen. Armen Schriftstellern, die heute berühmt sind. Musikern, die bei uns Konzerte gaben. Und die vielen Maler. Alle Maler in Prag kannten unser Haus. Wir hatten immer Gäste, mittags, abends. Es waren merkwürdige Leute dabei, ein bißchen verrückt. Sie brauchten ständig Geld für Erfindungen, für Projekte, die Millionen einbringen sollten. Ludvik hat nur gelacht und Geld gegeben. Ludvik ist der großzügigste Mensch. Ich weiß nicht, wie viele Abende wir beide mal allein waren. Langweilig war es mit ihm nie. Wenn ihm nur einer hilft.

FRANKFURTHER: Man wird ihm helfen.

LENKA: Manchmal bete ich. Ich weiß nicht, ob Gott auf das Gebet einer Ungläubigen hört. Aber Antifaschist wird er doch auch sein?

FRANKFURTHER: Es ist wenig darüber bekannt. Aber alles, was wir von ihm wissen, erlaubt die Vermutung, daß Gott Antifaschist ist.

KURT: Er läßt es sich nur nicht anmerken.

Otto kommt aus der Küche.

LENKA: Otto, waren Sie erfolgreich? Was haben Sie gehört?

OTTO: Philippe Matin, bitte.

LENKA: Verzeihung. Aber hier, unter uns . . .

OTTO: Was heißt: unter uns, Lenka. Es gibt Prinzipien der illegalen Arbeit. – Ich habe eine Überraschung für euch. *Öffnet die Tür zur Küche.* Kommen Sie, bitte.

HIRSCHBURG *tritt ein:* Meine Dame, meine Herren. Erlauben Sie, daß ich mich vorstelle. Hirschburg, Hauptmann a. D.

KURT *erschrocken:* Ein deutscher Offizier?

Hirschburg: Ja. Außer Diensten.

Kurt: Wie kommen Sie hierher? Was wollen Sie hier?

Hirschburg: Dieser Herr war so freundlich, mich zu führen. Ich habe eine Verabredung.

Kurt: Wer hat Sie geschickt? Kommen Sie aus Berlin? Sind Sie ein Faschist? – Wie konntest du den hierher bringen?

Otto: Beruhige dich, Kurt.

Hirschburg: Sie haben viele Fragen auf einmal, junger Mann. Ja, ich komme aus Berlin. Lebte in den letzten drei Jahren jedoch in Paris. Nationalsozialist bin ich nicht. Und hierhergeschickt haben mich zwei Herren aus Marseille. Ist Ihr Verhör nun beendet?

Otto: Eddie Thomson hat ihn geschickt, das Komitee. Er soll mit uns gehen. Er hat ein Danger-Visum für die USA. Sogar sein Schiffsplatz in Lissabon ist gebucht und bezahlt. Er wird noch vor uns aus Europa heraus sein. – Herr Hirschburg, das ist Lenka, das ist Kurt, das ist Hugo. Mein Name ist Philippe Matin. Mehr brauchen Sie nicht zu wissen, das ist besser für alle.

Hirschburg: Philippe Matin? Ich glaubte, Sie sind Deutscher. Ich hatte auf Hessen getippt.

Otto: Ich bin Franzose. Ich habe allerdings ein paar Jahre für meine Firma in Frankfurt gearbeitet.

Hirschburg: Sie sprechen ein fabelhaftes Deutsch. Kein Mensch vermutet, daß Sie ein Franzose sind.

Kurt lacht.

Otto: Das hoffe ich nicht.

Hirschburg: Sie hassen die Deutschen, natürlich. Das ist nach dem Einmarsch verständlich.

Otto: Sie verstehen nichts, Herr Hirschburg.

Hirschburg: Hauptmann Hirschburg, wenn ich Sie bitten darf.

Lenka: Ist dieser Titel wirklich so wichtig für Sie, Herr Hauptmann?

HIRSCHBURG: Ich habe ihn nicht geschenkt bekommen, Frau Lenka.

LENKA: Aber Sie waren in der deutschen Armee?

HIRSCHBURG: Natürlich. Selbstverständlich. Ich bin Deutscher. Ein deutscher Offizier.

KURT: Und in diesem Krieg konnte die deutsche Heeresleitung auf Ihre Dienste verzichten, Herr Hauptmann?

HIRSCHBURG: Ich bin hierhergekommen, weil ich von hier aus über die Grenze gebracht werden soll. Alles andere ist derzeit ohne Belang.

KURT: Das ist alles mehr als merkwürdig. Ein paar Fragen werden Sie mir wohl noch beantworten müssen.

HIRSCHBURG: Was berechtigt Sie, mir Fragen zu stellen?

KURT: Nichts.

HIRSCHBURG: Dann werde ich Ihnen auch keine beantworten.

OTTO: Es ist nicht unsere Sache, Kurt. Marseille hat entschieden, den Rest hat Lisa zu verantworten.

KURT: Er gefällt mir nicht. Ein Flüchtling läuft nicht wie ein Bourgeois herum. Mit einer Krawattennadel.

OTTO: Interessiert euch gar nicht, was es Neues gibt?

LENKA: Erzählen Sie.

KURT: Aber verschone uns mit Gerüchten.

OTTO: Gerüchte? Das sind alles bestätigte Tatsachen. Ich habe schließlich verschiedene Quellen. In Marseille werden drei Schiffe erwartet, die Flüchtlinge aus Europa herausholen sollen.

KURT: Nein, Otto, nicht schon wieder.

OTTO: Ich versteh nicht.

LENKA: Sie haben uns schon so oft von Schiffen erzählt, Otto . . .

OTTO: Aber diesmal ist es völlig sicher. Mehrfach bestätigt.

KURT: Jaja, Otto.

FRANKFURTHER: Verzeihen Sie, Herr Hauptmann . . .

HIRSCHBURG: Ja, bitte.

FRANKFURTHER: Verzeihen Sie, besitzen Sie Morphium?

HIRSCHBURG: Wie bitte?

FRANKFURTHER: Oder Schlaftabletten?

HIRSCHBURG: Halten Sie mich für einen Apotheker?

FRANKFURTHER: Haben Sie denn überhaupt nichts? Ich bezahle jeden Preis. In jeder Währung, die Sie wünschen.

HIRSCHBURG: Was wollen Sie denn von mir? Ich habe ein paar Schmerztabletten bei mir. Und etwas Wundpuder. Wenn Sie etwas benötigen, steht es Ihnen zur Verfügung. Kostenlos, selbstverständlich.

FRANKFURTHER: Ich zahle in jeder Währung, die Sie wünschen. Auch Dollar.

HIRSCHBURG: Lassen Sie mich in Frieden.

FRANKFURTHER: Verstehen Sie doch, in Marseille wurde mir mein Morphium gestohlen. Es ist doch nur, daß man unbesorgt sein kann.

HIRSCHBURG: Gehen Sie. Lassen Sie mich in Frieden.

OTTO: So lassen Sie ihn doch in Ruhe, Frankfurther.

FRANKFURTHER: Es ist doch nur, weil es mir gestohlen wurde. Dafür muß man Verständnis haben. Es ist doch verständlich, daß ich etwas für meine Sicherheit brauche.

OTTO: Wie Sie sehen, ist das nicht nur mir unverständlich. Es gibt auch Menschen, die sich nicht ständig rückversichern. Die Haltung haben und die Haltung zeigen.

LENKA: Hören Sie auf damit, Otto. Fangt nicht schon wieder an zu streiten.

OTTO: Ich streite nicht mit ihm, Lenka. Ich rede mit ihm überhaupt nicht.

LISA *kommt aus der Küche:* Grüß dich, Lenka. Guten Tag, Hugo. – Ihr habt Besuch?

HIRSCHBURG: Hauptmann Hirschburg.

LISA: Sie sind Offizier der deutschen Wehrmacht?

OTTO: Er kommt aus Marseille. Das Komitee hat ihn geschickt. Er soll mit uns über die Grenze gehen.

LISA: Sie kommen von Thomson?

Hirschburg: Ja.

Lisa: Hat er Ihnen eine Nachricht für mich mitgegeben?

Hirschburg: Er bittet Sie, mich über die spanische Grenze zu bringen. Alles weitere schaffe ich allein.

Lisa: Sonst nichts? Weiter hat er nichts gesagt?

Hirschburg: Nein.

Lisa: Er hat Ihnen keinen Brief für mich gegeben? Keinerlei Nachricht?

Hirschburg: Er sagte, es sei zu gefährlich, etwas Schriftliches mitzuschicken. Wenn man mich mit einem Brief aufgegriffen hätte, es wäre sehr unangenehm, nicht nur für mich.

Lisa: Es ist seltsam, daß Thomson Ihnen nichts für mich gab.

Kurt: Das stinkt, Lisa, nicht wahr. Der Kerl ist nicht astrein. Wer sind Sie wirklich? Gestapo?

Lisa: Warte, Kurt. Überlegen Sie bitte, Herr Hirschburg, hat Thomson Ihnen überhaupt nichts mitgegeben? Irgend etwas?

Hirschburg: Hier, ein Päckchen Gauloises soll ich Ihnen geben. Es war schon angerissen, als er es mir gab. Ich bin Nichtraucher.

Lisa: Geben Sie her. *Sie untersucht das Päckchen.* Es ist alles in Ordnung. Er kommt wirklich von Thomson.

Hirschburg: Das sagte ich Ihnen ja.

Lisa: Entschuldigen Sie mein Mißtrauen, aber es ist notwendig. Ich hatte Thomson gebeten, mir keinen mehr zu schikken. Keinen, solange die spanische Grenze nicht wieder geöffnet ist und hier noch so viele warten.

Kurt: Sie sind Nichtraucher? Dann brauchen Sie die Zigaretten nicht?

Hirschburg: Bedienen Sie sich.

Lisa: Warte. Ich geb dir die Zigaretten. Die Schachtel will ich gleich verbrennen. – Was haben Sie für Papiere?

Hirschburg: In Lissabon liegt für mich ein amerikanisches Visum. Und eine bezahlte und gebuchte Schiffspassage.

Lisa: Mich interessiert nur, was Sie jetzt für Papiere haben. Welche Papiere können Sie den spanischen Behörden vorweisen?

Hirschburg: Alles, was nötig ist. Transitvisum für Spanien und Portugal, ein französisches Ausreisevisum und ein Einreisevisum für China.

Lisa: Das Ausreisevisum, können Sies mir bitte zeigen. Wo wurde es ausgestellt?

Hirschburg: In Marseille.

Lisa: Spanien erkennt die Visa aus Marseille nicht mehr an. Sie verlangen ein Visum aus Paris, aus der besetzten Zone.

Hirschburg: Ich kann aber nicht nach Paris fahren.

Lisa: Natürlich nicht. Wir müssen warten. Die Lage kann sich von Tag zu Tag ändern. Auch in Spanien. Ich bekomme aus Port-Bou Bescheid, sobald Spanien die Bestimmung zurücknimmt. So lange müssen wir hier warten. Deshalb hatte ich Thomson dringend gebeten, mir keinen weiteren Reisenden zu schicken.

Im Hintergrund des Zimmers wird eine Klappe geöffnet.

Lisa: Seien Sie bitte still. Sagen Sie jetzt kein Wort.

Hirschburg: Ich verstehe nicht . . .

Otto: Still. – Es ist der schönste Ort, um sich zu erholen. Die Weinberge, die dunklen Bergketten. Dazu das Meer und der Himmel von einem unvorstellbaren Blau. Man kann es nicht malen, es ist zu unwirklich.

Kurt: Ja, und vergessen wir nicht die bezaubernden Einwohner. Reizende Menschen, hilfsbereit, zuvorkommend, freundlich. Mit einem Wort: wahre Freunde.

Die Klappe wird geschlossen.

Lisa: Das war unnötig, Kurt.

Kurt: Es war mehr als nötig, Lisa.

Hirschburg: Was bedeutet das?

Lisa: Haben Sie die Klappe bemerkt? Vom vorderen Café aus kann man sie öffnen und hereinsehen. Die Bauern erlauben sich gelegentlich diesen Spaß. Dann haben wir die Touristen zu spielen. Unbedarfte Sommerfrischler.

HIRSCHBURG: Und die Bauern glauben das?

OTTO: Natürlich nicht, seien Sie nicht naiv. In einem so kleinen Dorf weiß jeder Bescheid, die Bauern, die Behörde, selbst die Grenzer. Das Ganze ist ein Spiel. Wir spielen Sommerfrische, das Dorf spielt den Ahnungslosen. Solange sich alle daran halten, geht es uns gut. Wenn uns einer der Bauern anzeigt, wird uns Vichy auf Verlangen ausliefern. Und der Bürgermeister und Madame Grenier werden viel Ärger bekommen.

HIRSCHBURG: Ein Spiel nennen Sie das?

OTTO: Wir sollten nach Marseille zurück. Wenn Spanien die Grenze nicht mehr öffnet, sitzen wir hier in der Falle. Und in Marseille laufen in zwei Wochen drei Schiffe unter amerikanischer Flagge ein. Die Vereinigten Staaten wollen alle Flüchtlinge aus Europa herausholen.

FRANKFURTHER: Gerüchte.

OTTO: Die drei Schiffe werden nur für den Flüchtlingstransport eingesetzt.

LENKA: Und Sie glauben das?

OTTO: Ich kenne sogar die Namen der Schiffe. Es ist die „Montreal", die „Nyassa" und die „Winnipeg".

KURT: Und die USA wollen alle Flüchtlinge aufnehmen?

OTTO: Einen Teil. Andere kommen nach Mexiko, nach Martinique, Cuba und Brasilien.

KURT: Wer sagt das?

OTTO: Ich habe es eben am Bahnhof gehört. Von verläßlichen Leuten.

KURT: Jeden Tag kommst du mit einem neuen Gerücht an. *Zu Hirschburg:* Sie kommen doch aus Marseille. Haben Sie dort von den Schiffen gehört?

HIRSCHBURG: Kein Wort. Ganz im Gegenteil.

KURT: Da hast dus.

OTTO: Was erwartest du? Daß die Pétainpresse darüber

schreibt? Wir werden sehen. Ich überlege jedenfalls ernsthaft, nach Marseille zurückzugehen. Es ist sinnvoller, als hier zu warten. – Wieso soll das mit den Schiffen nicht stimmen? Die Welt kann uns schließlich nicht verrecken lassen. Man kann doch nicht tatenlos zusehen, wie wir an die Nazis ausgeliefert werden.

FRANKFURTHER: Die Welt muß nicht zusehen. Sie wird schlicht und einfach weggucken.

OTTO: Sie sind ein Feigling und ein Opportunist. Wie Ihre ganze Partei. Ihre Ansichten interessieren mich überhaupt nicht, Herr Doktor Frankfurther. – Was hast du von Thomson gehört, Lisa? Er muß doch wissen, was die Amerikaner unternehmen wollen.

LISA: Nicht viel. Und nichts Gutes. Die USA haben die Einreisequoten nicht heraufgesetzt, wie das Komitee erwartete. Im Gegenteil. Derzeit läßt es kaum die Hälfte der gesetzlich erlaubten Einwanderungen zu. Das Komitee hat in Washington mehrmals protestiert. Alles erfolglos.

LENKA: Wer holt sich schon gern ein Häufchen Elend ins Land.

OTTO: Das können sie nicht tun.

KURT: Wieso nicht? Warum sollen sie dich retten? Weil du ein Kommunist bist? Da sei nur schön still. Oder weil Lisa und der Doktor Juden sind? Davon haben alle Länder genug. Kein Bedarf zur Zeit. Für die sind wir nur Deutsche. Und Deutsche sind vielleicht Spione. Auf jeden Fall unerwünschte Ausländer.

OTTO: Und die Schiffe, Lisa? Thomson muß doch davon gehört haben, daß die „Montreal" in Marseille Flüchtlinge aufnehmen soll.

LISA: Ach, Otto. Jetzt müssen wir erst einmal Herrn Hirschburg unterbringen. Ich werde Madame Grenier fragen. Ich muß Ihnen sagen, es fällt mir schwer. Ich komme immer nur mit Bitten zu ihr. Wir sind zu viele für ein so kleines Dorf. *Geht an die Küchentür.* Madame Grenier, kann ich Sie einen Moment sprechen?

ROSA GRENIER *kommt aus der Küche:* Bitte.

LISA: Wir haben ein Problem, Madame Grenier. Ein neuer Gast ...

ROSA GRENIER: Ich kann ihn nicht aufnehmen.

LISA: Lassen Sie mich erklären ...

ROSA GRENIER: Bitte erklären Sie mir nichts. Ich nehme ihn nicht auf. Es ist unmöglich. Und ich möchte nichts von ihm hören. Ich sehe ihn gar nicht.

LISA: Aber was soll ich tun, Madame Grenier?

ROSA GRENIER: Ich habe ihn nicht eingeladen. *Geht ab, kommt zurück.* Ich tu mehr, als ich darf. Diese Herrschaften sollten drei Tage hier wohnen. Und wie lange wohnen sie jetzt bei mir? Der Bürgermeister hat Lebensmittelkarten versprochen. Wo sind die? Wie soll ich Essen kochen ohne Marken? Und was machen Sie, Frau Lisa? Sie bringen mir einen neuen Deutschen ins Haus. Ich sehe ihn nicht. Ich will nichts von ihm wissen. *Sie geht in die Küche, tritt wieder auf.* Lenka, können Sie mir helfen?

LENKA: Natürlich. Ich komme.

ROSA GRENIER: Das Essen ist fertig. Wenn Lenka den Tisch gedeckt hat, können Sie in die Küche kommen. *Geht mit Lenka ab.*

HIRSCHBURG: Ich bedaure, Ihnen Unannehmlichkeiten zu machen ...

LISA: Ach was. Wir finden schon etwas. Lassen Sie mich überlegen.

OTTO: Wir müssen über die Grenze, Lisa. Wir müssen es versuchen. Wir können nicht mehr warten. Wir müssen nach Spanien gehen oder nach Marseille zurück.

LISA: Das ist ganz, ganz großer Unsinn, Otto. Werd bitte nicht hysterisch. Ich bin für euch verantwortlich, und ich sage, wann wir gehen. – Was mache ich nur mit Ihnen, Herr Hirschburg?

Hirschburg: Bemühen Sie sich bitte nicht. Ich kann notfalls im Freien campieren. Es ist warm, und ich bin es gewohnt.

Lisa: Das ist ausgeschlossen. Das ist ein Grenzort. Man würde Sie in der ersten Nacht aufgreifen und in ein Lager bringen. Ich werde mit Paul sprechen, mit dem Bürgermeister. Warten Sie bitte hier. Verlassen Sie nicht das Zimmer.

Geht ab in die Küche.

Frankfurther *zu Hirschburg:* Verzeihung, verstand ich recht, Sie haben ein Einreisevisum für China?

Hirschburg: Ja.

Frankfurther: Für China? Wieso ausgerechnet für China?

Hirschburg: Was stört Sie daran?

Frankfurther: Nichts. Es ist nur ungewöhnlich. Aber Sie wollen, wie ich hörte, in die Vereinigten Staaten. Wieso dann ein Einreisevisum für China?

Hirschburg: Das ist schnell erklärt. Mein Visum für die Staaten liegt in Lissabon. Aber um Frankreich verlassen zu können und bis Lissabon zu gelangen, benötige ich ein Einreisevisum, irgendeins. Also kaufte ich das billigste, das man mir anbot. In Marseille kostet ein Visum für die Staaten achthundert Dollar, für Cuba fünfhundert Dollar, für Martinique immerhin noch siebentausend Francs. Das chinesische Visum wurde mir für hundert Francs angeboten. Daraufhin entschied ich mich für China.

Frankfurther: Sie waren in China?

Hirschburg: Ja. Vor vierzig Jahren war ich einige Zeit dort.

Frankfurther: Und Sie verstehen chinesisch?

Hirschburg: Kein Wort.

Frankfurther: Darf ich Ihr Visum sehen, Herr Hauptmann?

Hirschburg: Warum?

Frankfurther: Ich kann chinesisch, ich bin Sinologe. Und mir wurde in Marseille auch ein billiges chinesisches Visum angeboten.

HIRSCHBURG: Bitte. *Übergibt Frankfurther ein Papier.*

FRANKFURTHER: Das habe ich mir gedacht.

HIRSCHBURG: Eine Fälschung?

FRANKFURTHER: Nein, nein, zweifellos echt. Mir hat man es für hundertzwanzig Francs angeboten. Ich verzichtete und kaufte mir für tausend Francs ein Visum für Thailand. Darf ich Ihnen den Text übersetzen? „Dem Inhaber dieses Dokuments ist es strengstens untersagt, weder jetzt noch zu irgendeinem späteren Zeitpunkt und unter welchen Umständen auch immer den Boden Chinas zu betreten." Für hundert Francs kann man heutzutage wohl nicht mehr verlangen.

HIRSCHBURG: Tatsächlich? Das ist die korrekte Übersetzung? Nun, ich hatte mir so etwas gedacht. Für den Preis war nicht mehr zu haben. Aber ich kann kein Chinesisch, und ich war sicher, bei den französischen Grenzbeamten auf keinen Sinologen zu stoßen. Das Papier hat bisher seine Schuldigkeit getan. Bis Lissabon wird es mich bringen.

KURT: Ihr Chinesisch hat Ihnen nicht viel geholfen, Herr Doktor. Sie hätten viel Geld gespart, wenn Sie nicht chinesisch lesen könnten.

FRANKFURTHER: Es scheint so.

KURT: Es ist keine sehr praktische Wissenschaft, nicht wahr?

FRANKFURTHER: Für einen, der auf der Flucht ist, gibt es nützlichere Berufe. Ich hatte allerdings nie die Absicht zu fliehen. Ich hatte eher an ein stilles Bibliothekszimmer gedacht in irgendeiner kleinen Universitätsstadt. *Zu Hirschburg:* Wo waren Sie in China?

HIRSCHBURG: In Ho-ghu und Pauting-fu.

FRANKFURTHER: Pauting-fu, Provinz Tschili.

HIRSCHBURG: Der Name sagt Ihnen etwas?

FRANKFURTHER: Pauting-fu besitzt meiner Ansicht nach die schönste Stadtmauer Chinas. Sie ist fünfzehn Meter breit, nicht wahr?

HIRSCHBURG: Ganz recht. Sie waren auch dort.

FRANKFURTHER: Nein. Ich war nie in China. Ich konnte mir das nie leisten, leider. Ich kenne China nur aus der Literatur. Pauting-fu, Provinzhauptstadt im Süden Chinas, eins der Zentren des Boxeraufstandes. Sagten Sie nicht, Sie wären vor vierzig Jahren dort gewesen?

HIRSCHBURG: Ja.

FRANKFURTHER: Das war die Zeit des Boxeraufstands. – Ich verstehe. Sie waren dort mit den deutschen Truppen. Um China zur Kolonie zu machen. Kein Ruhmesblatt Ihrer Armee.

HIRSCHBURG: Sie meinen, militärisch?

FRANKFURTHER: Nein, das meine ich nicht militärisch. Militärisch war es wohl ein voller Erfolg.

HIRSCHBURG: Ich bezweifle, daß Sie das beurteilen können. Wir haben dort Deutschland verteidigt.

KURT: In China?

HIRSCHBURG: Ja.

KURT: Und hier in Frankreich, da verteidigt Hitler auch Deutschland?

HIRSCHBURG: Ich werde mit Ihnen nicht darüber diskutieren.

KURT: Sagen Sie mal, auf welcher Seite stehen Sie eigentlich?

OTTO: Das würde auch mich interessieren.

HIRSCHBURG: Ich bin Deutscher.

KURT: Ein deutscher Offizier, das haben wir gehört. Und warum wollen Sie nach Lissabon? Und nicht beispielsweise nach Berlin? Zum Oberkommando der Wehrmacht?

HIRSCHBURG: Daß ich auf der Flucht bin, ist die Folge eines unglückseligen Mißverständnisses.

KURT: Ach, so ist das. Und warum gehen Sie dann nicht nach Berlin und klären dort dieses unglückselige Mißverständnis?

HIRSCHBURG: Nach dem Krieg werde ich es tun, seien Sie dessen versichert. Aber wenn eine Armee kämpft, ist keine

Zeit für Diskussionen. Wenn Sie je gedient hätten, würden Sie das verstehen.

FRANKFURTHER: Erlauben Sie, was ist das für ein Mißverständnis, das Sie klären wollen?

HIRSCHBURG: Vor fast vier Jahren wurde ich in Berlin zu Unrecht verhaftet. Nach einem halben Jahr wurde ich aus der Haft entlassen, ohne jede gerichtliche Untersuchung. Vierzehn Tage später erhielt ich die schriftliche Aufforderung, mich auf einem Stellplatz in der Oranienburger Straße einzufinden. Ich sollte in ein Konzentrationslager gebracht werden. Daraufhin entschloß ich mich, nach Paris zu fliehen. Es gelang mir, aber nur durch die Hilfe ehemaliger Frontkameraden, die noch im aktiven Dienst stehen.

OTTO: Ja, und weiter? Wo ist das Mißverständnis, das Sie klären wollen?

HIRSCHBURG: Eine zu Unrecht erfolgte Verhaftung, eine zu Unrecht beabsichtigte Internierung in einem Straflager, wie würden Sie das nennen?

OTTO: Das ist Terror, guter Mann, aber kein Mißverständnis.

HIRSCHBURG: Wenn ein deutscher Offizier ...

OTTO: Na, Sie sind mir eine Nudel. Warum pochen Sie denn so auf den deutschen Offizier? Sind Sie nicht Jude, Herr Hirschburg?

HIRSCHBURG: Ich bin jüdischer Abstammung, gewiß. Ein Deutscher jüdischer Abstammung. Ich habe in zwei Kriegen für Deutschland gekämpft. Ich wurde mit drei hohen Orden des Deutschen Reiches ausgezeichnet. Keine Nation der Welt wird die Verteidiger des Vaterlandes zu Unrecht kränken und verfolgen lassen, schon gar nicht die deutsche Nation. Ich bin Opfer eines Mißverständnisses.

OTTO: Na, dann klären Sie das mal. Gehen Sie nach Berlin, sprechen Sie mit Hitler.

HIRSCHBURG: Ihr Spott kann mich nicht kränken. Ich bin ein

Deutscher, und ich bleibe ein Deutscher. Und ich weiß, daß Deutschland niemals zulassen wird, daß die Verteidiger des Vaterlandes …

OTTO: Sie sind wirklich ulkig, Herr Hauptmann. Aber wenn Sie Ihr Mißverständnis klären, dann legen Sie doch bitte ein gutes Wort für mich ein. Ich bin nämlich auch nur durch ein Mißverständnis hier. Es ist bei uns allen ein Mißverständnis. Klären Sie doch bitte bei Hitler diese hunderttausend Mißverständnisse auf.

KURT: Begreifen Sie denn nicht, was derzeit in Deutschland passiert?

FRANKFURTHER: Herr Hirschburg, das ist kein Mißverständnis, glauben Sie mir. Wir sind auf der Flucht, weil wir Juden sind.

HIRSCHBURG: Ich bin ein deutscher Offizier.

OTTO: Halten Sie endlich den Mund, Mann. Deutsche Offiziere sind nicht allzu beliebt in Frankreich. Ich weiß zwar nicht, ob Sie das verstehen können. Aber wenn die Franzosen Ihnen bei der Flucht helfen sollen, dann würde ich an Ihrer Stelle nicht so oft betonen, daß Sie ein deutscher Offizier sind.

LENKA *kommt aus der Küche:* Kommt essen.

HIRSCHBURG *zu Otto:* Sie sind kein Franzose, nicht wahr? Sie sind ein Deutscher. *Geht mit Lenka, Otto und Frankfurther in die Küche.*

MARIE GRENIER *kommt aus dem vorderen Café mit einem Einkaufskorb:* Du bist allein?

KURT: Sie essen.

MARIE GRENIER: Und du? Hast du keinen Hunger? Nimm das. Stecks weg.

KURT: Ich will das nicht. Ich brauch keine Almosen.

MARIE GRENIER: Steck es weg, ehe es jemand sieht.

KURT: Danke. Du warst lange auf dem Markt, Marie?

MARIE GRENIER: Es gibt nichts zu kaufen. Überall muß man sich anstellen. Ist Mutter in der Küche?

KURT: Ja.
MARIE GRENIER: Was hast du, Kurt?
KURT: Sie hat mir verboten, mit dir zu sprechen.
MARIE GRENIER: Sie hat Angst um mich, Kurt. Weißt du jetzt, wann ihr geht?
KURT: Keine Ahnung.
MARIE GRENIER: Du schreibst mir, wenn du in Amerika bist?
KURT: Jeden Tag, Marie.
MARIE GRENIER: Amerika, das ist weit.
KURT: Ich komme ja zurück.
MARIE GRENIER: Aus unserem Dorf sind auch viele nach Amerika gegangen, damals, vor dem Krieg. Zurückgekommen ist keiner.
KURT: Ich komm zurück.
MARIE GRENIER: Auf dem Markt hat mir eine alte Frau etwas hinterhergerufen. Ich habe es nicht verstanden, aber ich habe ihr Gesicht gesehen. Es war irgendein schlimmes Wort.
KURT: Wars wegen mir? Wegen uns? Aber wir sind keine Nazis. Das müssen die Bauern doch begreifen.
MARIE GRENIER: Nazis oder nicht, man will hier keine Deutschen. Man will hier überhaupt keine Ausländer. Vor vier Jahren kamen die Flüchtlinge aus Spanien in das Dorf. Jetzt aus Deutschland, Österreich, aus halb Europa. Das verstört die Bauern. Es stört ihre Ruhe.
KURT: Wir sind hier nicht freiwillig.
MARIE GRENIER: Was wirst du tun in Amerika?
KURT: Kämpfen, Marie. Auch in Amerika werde ich gegen Hitler kämpfen.
MARIE GRENIER: Den ganzen Tag?
KURT: Natürlich. Was soll die Frage?
MARIE GRENIER: Aber du hast doch auch einmal Feierabend.
KURT: Im Kampf gegen Hitler gibt es keinen Feierabend.

Marie Grenier: Aber du wirst dir doch auch Amerika ansehen, die Städte, New York. Du wirst in die Cafés gehen, dir die amerikanischen Mädchen ansehen.

Kurt: Ich geh nicht nach Amerika, um mir dort die Mädchen anzusehen.

Marie Grenier: Und wenn sie dir über den Weg laufen? Wenn sie dich ansehen?

Kurt: Mädchen, die mich ansehen, guck ich gar nicht an.

Marie Grenier: Ich werde es ja merken.

Kurt: Komm mit und paß auf mich auf.

Rosa Grenier kommt aus der Küche.

Marie Grenier: Das geht nicht, Kurt. Ich kann Mutter nicht verlassen.

Rosa Grenier: Marie. Komm. *Sie geht mit Marie Grenier in die Küche, Kurt schlägt mit der Faust gegen die Wand, die Klappe zum vorderen Café wird geöffnet und nach kurzer Zeit wieder geschlossen.*

Otto *kommt aus der Küche:* Komm essen, Kurt.

Kurt: Kein Hunger.

Otto: Laß das Mädchen in Frieden.

Kurt: Was geht dich das an?

Otto: Du gefährdest uns. Wir sind auf Madame Grenier angewiesen. Laß das Mädchen in Frieden, Kurt.

Bürgermeister *tritt mit Lisa durch die Tür zum vorderen Café auf:* Wo sind die anderen?

Otto: Der Herr Bürgermeister. Guten Tag. Haben Sie die Marken für uns?

Bürgermeister: Wo ist der Neuankömmling?

Otto: In der Küche.

Bürgermeister: Wie stellt ihr euch das vor? Wollt ihr mich möglichst rasch vors Militärgericht bringen?

Lisa: Wir haben ihn nicht hergeholt, Paul. Marseille hat ihn geschickt, trotz meiner Nachricht.

Bürgermeister: Ich kann hier kein Flüchtlingslager eröffnen.

Otto: Haben Sie Lebensmittelmarken für uns?

Bürgermeister: Ich habe Lisa etwas gegeben. Aber ihr dürft sie im Dorf nicht gebrauchen. Die Marken sind gefälscht.

Lisa: Ich werde in Perpignan einkaufen. In der Stadt fällt es nicht auf. Paul hat uns Büchsen gegeben, Milch und Gemüse. Teilt sie untereinander auf. Die Marken behalte ich. Ihr könnt nicht nach Perpignan fahren.

Otto: Danke, Herr Bürgermeister.

Bürgermeister: Ich will den Neuen sehen, diesen Offizier.

Otto: Ich schick ihn raus. – Komm essen, Kurt. *Geht mit Kurt in die Küche.*

Bürgermeister: Lisa, Lisa, ihr bringt mich in Teufels Küche. Duldung illegalen Grenzübertritts, Weitergabe gefälschter Marken, fortgesetzter Verstoß gegen das Waffenstillstandsabkommen, undsoweiter, undsoweiter. Das kann mich mehr als nur mein Amt kosten.

Lisa: Und ich, Paul? Sag ein Wort. Verbiet es mir, weitere Flüchtlinge über die Grenze zu bringen, und ich verschwinde mit dieser Gruppe. Und wenn du es mir verbietest, ich wär irgendwie erleichtert.

Bürgermeister: Schon gut, Lisa. Ich bin nervös heute.

Hirschburg kommt aus der Küche.

Lisa: Das ist Herr Hirschburg. Das ist Paul Joly, der Bürgermeister.

Hirschburg: Guten Tag.

Bürgermeister: Wie alt sind Sie?

Hirschburg: Sechsundsiebzig Jahre.

Bürgermeister: Trauen sie sich einen Fußmarsch über die Pyrenäen zu?

Hirschburg: Ich bin Militär.

Bürgermeister: Das ist keine Antwort. Sie sind ein alter Mann, und es ist ein schmaler, manchmal kaum begehbarer Pfad, den Lisa Sie führen wird.

Hirschburg: Es wird keine Probleme mit mir geben.

Bürgermeister: Probleme mit Ihnen gibt es bereits. Wir hatten Marseille dringend gebeten, keinen mehr zu schikken.

Lisa: Für zwei Tage wird Sie der Bürgermeister unterbringen.

Hirschburg: Danke.

Bürgermeister: Das wird nicht sehr bequem für Sie. Heute abend um neun, nach Einbruch der Dunkelheit, wird Lisa Sie abholen und zu mir bringen. Wo Sie übermorgen schlafen, weiß ich nicht. Auf meinen Hof kommen die Pflücker zur Weinlese, dann können Sie sich dort nicht sehen lassen.

Hirschburg: Ich verstehe.

Bürgermeister: Bis heute abend. Wenn Sie gläubig sind, beten Sie bis dahin. Und ziehen Sie sich um.

Hirschburg: Bitte?

Bürgermeister: Ziehen Sie sich andere Sachen an. Das ist ein Dorf von Weinbauern. Wenn man nicht auffallen darf, dann läuft man hier nicht herum wie in der Pariser Oper.

Hirschburg: Es ist mein einziger Anzug.

Bürgermeister: So geht das nicht. Ich werde etwas für Sie heraussuchen. Und gelbe Schuhe, das geht auch nicht. Für wen soll man Sie ansehen?

Hirschburg: Es sind meine einzigen Schuhe.

Bürgermeister: Unmöglich. – Auf Wiedersehen, Lisa.

Geht ab in das vordere Café.

Hirschburg: Er war sehr unfreundlich.

Lisa: Das wundert Sie? Thomson war sehr leichtsinnig, Sie zu uns zu schicken.

Hirschburg: Auch in Marseille ist die Lage hoffnungslos.

Lisa: Gewiß. Aber Marseille ist eine Großstadt. Es ist viel leichter, sich dort zu verstecken. Ich hoffe nur, Thomson schickt uns vorläufig keinen mehr. Hat er etwas gesagt?

Hirschburg: Nein.

LISA: Aber? Sie verschweigen mir etwas, Herr Hirschburg.

HIRSCHBURG: Ein Mann wird noch kommen. Nicht sofort, vielleicht in vierzehn Tagen. Er ist noch in Paris.

LISA: Kennt er meinen Namen?

HIRSCHBURG: Ja.

LISA: Von wem hat er meinen Namen bekommen? Sie haben nach Paris meinen Namen gemeldet? Wissen Sie, was Sie da gemacht haben?

HIRSCHBURG: Ich konnte nicht anders. Bertoldt Deutschmann war dreißig Jahre mein Telegraphist. Aber beruhigen Sie sich, die Nachricht war verschlüsselt.

LISA: Sie sind, verzeihen Sie bitte, Herr Hauptmann, Sie sind ein . . . ich weiß nicht.

HIRSCHBURG: Ja. Aber ich konnte nicht anders. Er ist fast mein Bruder. Bertoldt Deutschmann und ich haben das halbe Leben zusammen verbracht.

LISA: Gehen Sie in die Küche. *Hirschburg geht ab in die Küche.*

Jeder denkt nur an sich.

ROSA GRENIER *tritt auf:* Haben Sie die Marken?

LISA: Ja. Nein. Ich bringe Ihnen morgen Brot. In Perpignan werde ich etwas bekommen.

ROSA GRENIER: In Perpignan? Mir solls recht sein, Marken oder Brot. Was Sie alles tun für diese Leute.

LISA: Und Sie, Madame Grenier?

ROSA GRENIER: Man ist ja ein Mensch. Aber wohin das führen soll, das weiß ich nicht. Essen Sie einen Teller Suppe mit uns?

LISA: Gern.

ROSA GRENIER: Angst habe ich nur um Marie. So ein junges, dummes Ding. *Geht mit Lisa in die Küche.*

2. Akt

Frankfurther, Otto, Hirschburg und Kurt.

HIRSCHBURG *jetzt mit derber Arbeitskleidung und seinen gelben Schuhen:* Gehen Sie heute nicht zum Bahnhof?

OTTO: Später. Es ist noch zu früh.

HIRSCHBURG: Wenn Sie heute nicht gehen wollen, gehe ich.

OTTO: Nein. Das ist meine Aufgabe.

HIRSCHBURG: Ich dachte nur, es wäre Ihnen lieb, wenn Sie nicht jeden Tag . . .

OTTO: Es ist meine Aufgabe.

FRANKFURTHER: Lassen Sie ihn, Herr Hirschburg. Der Bahnhof gehört ihm. Er wird ihn mit keinem teilen.

OTTO: Was säuseln Sie? Es ist meine Aufgabe, die Zeitung zu holen, Erkundigungen einzuziehen, nützliche Kontakte zu knüpfen. Und meine Aufgaben erfülle ich, ich bin das so gewohnt. Wir sollen uns so wenig wie möglich blicken lassen, und mich kennt das Dorf. Wozu etwas verändern?

HIRSCHBURG: Ich wollte Sie nicht verärgern. Ich dachte nur, ich tu Ihnen einen Gefallen. Vielmehr, es wäre mir sehr lieb. Ich hätte dann vielleicht das Gefühl, etwas zu tun, etwas Nützliches.

FRANKFURTHER: Wollen Sie etwas lesen? Ich habe noch drei Bücher in meinem Gepäck.

HIRSCHBURG: Tatsächlich? Sie haben sogar noch Bücher bei sich? Im Verlauf der Reise habe ich alles, was nicht lebensnotwendig ist, verschenkt oder liegengelassen. Und jedesmal, wenn ich wieder irgendein Stück meines Gepäcks zurückgelassen hatte, stellte ich fest, daß ich es so dringend gar nicht brauchte. Erstaunlich, wie wenig man wirklich benötigt. Jetzt besitze ich nur noch einen kleinen, leichten Handkoffer. Und wahrscheinlich ist die Hälfte davon auch noch überflüssiger Ballast. Vor fünf Jahren hätte ich es mir nicht vorstellen könnnen, auch nur ein Möbel, eine Vase, an die ich mich gewöhnt hatte, zu verlieren.

FRANKFURTHER: Für mich sind Bücher lebensnotwendig. Mehr als Sie besitze ich auch nicht. Aber ein Buch wird immer dabei sein.

OTTO: Sie hätten mehr gelernt, Herr Doktor, wenn Sie statt in Ihre Bücher mal die Nase in unsere Presse gesteckt hätten. Da wäre Ihnen vielleicht rechtzeitig ein Licht aufgegangen. Wir wußten schon 1931, was Hitler will. Und haben es geschrieben.

HIRSCHBURG: Was sind das für Bücher, Herr Doktor?

FRANKFURTHER: Tolstoi und Pascal. Aber das bedeutet nichts. Für die Auswahl entscheidend war, es sind Dünndruckausgaben in Leder, haltbar und leicht.

HIRSCHBURG: Bücher, na ja. Jeder hat so seinen kleinen Luxus. Ich schleppe noch immer meine Karten mit mir herum. Es sind gute Generalstabskarten. Für Kartographen so etwas wie der Schatz der Pharaonen. Warum ich sie nicht weggeworfen habe, weiß ich nicht. Nutzen kann ich sie nicht. Luxus. Es macht mir Spaß, sie zu studieren. Sie regen meine Phantasie an. Ich werde mich wohl mit ihnen beerdigen lassen. Aber Bücher, Lesen, nein. Mich mit erfundenen, ausgedachten Geschichten beschäftigen, wozu? Mathematik versteh ich und Physik selbstverständlich. Chemie ist nützlich, und die Medizin, na, meinetwegen. Aber was sollen Romane? Wenn ich wirklich Zeit und Muße habe, schaue ich in ein geschichtliches Werk. Das ist für mich spannender als eine

Kriminalgeschichte. Und auch interessanter als Milton und Goethe und Shakespeare. Sie denken jetzt, ein Kulturbarbar, natürlich. Vielleicht haben Sie recht. Aber Kultur hat für mich einen praktischen Wert, sie muß hilfreich sein. Das sind die Erfindungen und die großen Entdeckungen, die haben der Menschheit geholfen. Aber Literatur, Poesie, die ganze Kunst, sie tröstet, das ist alles. Sie überspringt die Realitäten, um die Menschen zu trösten. Das ist auch nur Religion. Hilfreich, aber nicht real. Und damit eigentlich nicht hilfreich, denn sie erlaubt, die Welt anders zu sehen, als sie ist. Und für den, der sich von ihr trösten läßt, kommt ein schreckliches Erwachen.

OTTO: Opium fürs Volk, jawohl.

HIRSCHBURG: Haben Sie vielleicht ein englisches Sprachlehrbuch dabei? Das wäre nützlich.

FRANKFURTHER: Leider nein.

KURT: Nur ein chinesisches. Nicht wahr, Herr Doktor?

FRANKFURTHER: Sie haben recht. Eins ist allerdings ein chinesisches Lehrbuch.

LISA *tritt durch die Küchentür auf:* Ich habe eine Überraschung für euch. *Zu Otto:* Warst du schon am Bahnhof?

OTTO: Nein. Ich wollte eben gehen. Die Zeitungen kommen heute erst mit dem Zehn-Uhr-Zug.

LISA *legt ein Päckchen auf den Tisch:* Zwei Pfund Schweinefleisch. Der Metzger gab es mir. Ohne Marken.

KURT: Laß mich mal daran riechen. Tatsächlich, richtiges Fleisch. Mir wird ganz schlecht.

OTTO: Fleisch ohne Marken, wie ist das möglich, Lisa?

FRANKFURTHER: Sie sind eine Zauberin, Lisa, eine gute Fee.

LISA: Sie werden es essen, Hugo?

FRANKFURTHER: Natürlich.

LISA: Und Sie, Herr Hirschburg?

HIRSCHBURG: Ich verstehe Ihre Frage nicht.

LISA: Es ist halt Schweinefleisch.

HIRSCHBURG: Ja und? Ich bin Deutscher. Ich habe immer Schwein gegessen.

LISA: Gut. Dann geb ichs Lenka. Hat jemand einen besonderen Wunsch?

KURT: Wir lassen uns von Lenka überraschen.

OTTO: Und von Port-Bou, aus Spanien hast du nichts gehört?

LISA: Keine Nachricht. Nichts Gutes, aber auch nichts Schlimmes.

OTTO: Keine Nachricht, das ist schlimm genug. Dann werde ich mal zum Bahnhof gehen. *Geht mit Lisa durch die Küchentür ab.*

KURT: Zwei Pfund, das sind hundertfünfzig Gramm für jeden. Das ist ein schönes Stück. Hundert Gramm, das wär eine sehr dünne Scheibe, zum Durchgucken. Aber hundertfünfzig, da hast du was zwischen den Zähnen. Schade, daß ihr beide nicht streng gläubig seid. Dann wärs für mich eine verflucht dicke Scheibe.

HIRSCHBURG: Was haben Sie? Ich bin Deutscher.

KURT: Schon gut. War nur ein Scherz.

HIRSCHBURG: Meine Familie lebte schon immer in Deutschland. Vielleicht länger als Ihre Familie. Warum tun Sie, als sei ich etwas Besonderes? Was meinen Sie denn, was meine Heimat ist? Wie mein Vaterland heißt?

FRANKFURTHER: Beruhigen Sie sich bitte. Ich glaube, Kurt hat es nicht so gemeint. Natürlich sind wir Deutsche, das weiß er.

KURT: Ganz gewiß. Und bessere als die in den schwarzen Uniformen. – Ich werde hier noch wahnsinnig. Den ganzen Tag eingesperrt. Nachts in der kleinen Kammer, und den ganzen Tag hier drin. Ich muß irgend etwas tun, und seis noch so sinnlos. Irgend etwas. Sehen Sie, Herr Doktor, wie meine Hände zittern. So etwas kannte ich gar nicht. Ich konnte einen halben Zentner mit ausgestrecktem Arm halten, da zitterte nichts. Und jetzt?

FRANKFURTHER: Früher nannten wir das süßes Nichtstun, Mußestunden. Aber inzwischen ... Es ist wohl etwas zu viel des Guten. Das Zittern ist mir vertraut. In mir ist alles in Unruhe. Ich könnte immerfort umherrennen. Wie ein eingesperrtes Tier an den Gitterstäben. Sie wirken so ruhig, Herr Hirschburg. Wie machen Sie das?

HIRSCHBURG: Ich bin ruhig. Ich habe meine Aufgabe, ich kenne mein Ziel. In den nächsten Tagen habe ich für mich zu sorgen, um danach wieder für Deutschland einstehen zu können. Der Rest ist Disziplin.

FRANKFURTHER: Fast bewundernswert.

KURT: Ja, fabelhaft. Eine Aufgabe, ein Ziel, für Deutschland einstehen! Warum reden Sie so geschwollen? Wir wollen abhauen. Wir müssen alle abhauen, bevor wir geschnappt werden. Das ist alles. Dazu braucht man keine großen Worte, Herr Hauptmann.

HIRSCHBURG: Ich brauche sie, junger Mann. Ich brauche diese großen Worte.

KURT: So wie Ihre Krawattennadel und den steifen Kragen und diese unsäglichen Schuhe, wie?

HIRSCHBURG: Sehr richtig, Herr Kurt.

KURT: Da müssen Sie ja unbeschreiblich leiden, wenn Sie nun in den Arbeitsklamotten des Bürgermeisters umherrennen. Und in einem Hühnerstall schlafen.

FRANKFURTHER: Seien Sie still, Kurt.

KURT: Noch kann ich sagen, was ich denke. Und so laut, wie ich will. Noch ist ja nicht geöffnet, noch sind keine Besichtigungszeiten.

HIRSCHBURG: Es ist mir nicht angenehm, in solcher Kleidung umherzulaufen. Ich fühle mich wie kostümiert. Und in einem Hühnerstall zu schlafen, ist gewiß nicht kommod. Aber wenn es notwendig ist, kann ich auch Schlimmeres ertragen. Nur aufgeben werde ich mich nie. Im Gegenteil. Sehen Sie, meine Schuhe, die Sie so stören und die zu dieser Hose gewiß völlig unpassend sind, inkommensurabel sozusagen, aber ich habe viel größere Füße als der Bürgermeister, diese Schuhe sind schon mit Draht und Bindfaden repariert. Die ursprüngliche Eleganz ist wohl ein wenig dahin, dennoch putze ich sie Tag für Tag. Ich will die Schuhe nicht aufgeben, weil ich mich nicht aufgeben will. Mich nicht, und auch nicht die großen Worte.

KURT: Aha. Dann passen Sie nur gut auf Ihre Schuhe auf. Und auf Ihre großen Worte. Daß sie nicht in die Scheiße geraten.

FRANKFURTHER: Kurt, bitte.

HIRSCHBURG: Ich werde aufpassen, Herr Kurt.

FRANKFURTHER: Die Zeit vergeht, Monate, Jahre. Wenn ich daran denke, was ich inzwischen alles hätte arbeiten können. Verlorene Jahre, die uns keiner zurückgeben kann. Wann werde ich endlich wieder an einem Schreibtisch sitzen? An irgendeinem Schreibtisch in einem winzigen Zimmer. Alles, was ich benötige, ist ein lächerlich kleiner Raum, ein paar Bücher und Ruhe. Das ist doch nicht viel. Ich halte das für sehr bescheiden.

KURT: Irgendwann sitzen Sie wieder in Ihrem Zimmer, Herr Doktor. Dann können Sie weiter Ihre Bücher über China schreiben.

FRANKFURTHER: Nicht über China, nur über chinesische Philosophie und Sprache.

KURT: Und Ihr dickes Manuskript, das Sie mit sich herumschleppen, das handelt auch davon?

FRANKFURTHER: Ja. Es ist das Ergebnis meines ganzen Lebens.

KURT: Aber es liest sich nicht sehr spannend, Herr Doktor?

FRANKFURTHER: Ich fürchte, spannend ist es nicht. Leider. In dem ganzen Werk geht es nur um einen einzigen Buchstaben, einen einzigen chinesischen Laut.

KURT: Tausend Seiten über einen Buchstaben?

FRANKFURTHER: Ja. Es ist jedoch ein besonders wichtiger Buchstabe, er hat über zweihundert Bedeutungen. Er ist so wichtig, daß ich, von ihm ausgehend, die Sprache und Philosophie der Chinesen erfassen kann.

KURT: Und wer soll so ein Buch kaufen?

FRANKFURTHER: Das weiß ich nicht.

KURT: Vielleicht die Chinesen. Dann kann es ein Geschäft für Sie werden.

FRANKFURTHER: Das ist ein guter Gedanke, Kurt. Ich werde darüber nachdenken.

KURT: Wie machen Sie das? Setzen Sie sich hin und denken Sie sich dann ein Buch aus?

FRANKFURTHER: So ungefähr.

KURT: Und die Einfälle? Das ist alles ausgedacht?

FRANKFURTHER: Es sind meine Überlegungen zu einem Thema, ja.

KURT: Bei so einem richtig dicken Buch, da braucht man eine Menge Einfälle. Und die haben Sie jeden Tag?

FRANKFURTHER: Manchmal nicht. Dann ist hier oben alles leer und wie tot. Das sind nicht die angenehmsten Tage. Man sitzt verzweifelt vor dem Schreibtisch, starrt auf das Papier und martert sein Gehirn.

KURT: Es ist mir rätselhaft, wie Sie das machen. Ich habe schon Schwierigkeiten, bei einem Brief eine Seite vollzukriegen. Ich brauche nur den Stift in die Hand zu nehmen, schon weiß ich nicht mehr, was ich schreiben wollte.

FRANKFURTER: Das ist mir vertraut, Kurt. Ein weißes Blatt Papier ist etwas Fürchterliches.

Lisa kommt aus der Küchentür.

LISA: Lenka wird euch das Fleisch braten. Madame Grenier hat ein paar grüne Bohnen und Kartoffeln dazu gegeben. Und Brot ist auch da. Ich hoffe, das Essen verbessert eure Stimmung. Ich geh zum Bürgermeister.

KURT: Was denkst du, wie lange wir noch warten müssen, Lisa?

LISA: Ich weiß es nicht.

KURT: Und wie lange können wir noch warten? Jeden Moment kann uns einer anzeigen. Ich bin seit drei Wochen hier. Ich wollte eine Nacht bleiben, dann in zwei, drei Tagen durch Spanien nach Lissabon. Heute wollte ich bereits in New York sein, mich dort nach irgendeinem Job umsehen.

LISA: Wir gehen, sobald es möglich ist, Kurt. Hab Geduld. – Herr Hirschburg, Hugo, kann ich Sie sprechen?

FRANKFURTHER: Natürlich, Lisa. Zeit haben wir genug.

HIRSCHBURG: So ernst, Frau Lisa?

LISA: Eine neue Verfügung macht mir Probleme. Vichy erlaubt allen Juden, die Frankreich wirklich verlassen, Dollar einzutauschen. Zum amtlichen Kurs. Jeder darf fünfhundert Dollar eintauschen.

FRANKFURTHER: Wunderbar. Leider kann ich das Angebot nicht annehmen. Ich habe nur noch dreitausend Francs.

LISA: Das ist nicht das Problem, Hugo. Aber wer umtauschen will, benötigt eine Umtauschbescheinigung. Dafür muß man nach Vichy fahren. Um nach Vichy fahren zu können, brauchen Sie jedoch einen Passierschein. Den müßten Sie in Marseille beantragen, denn unser Bürgermeister darf ihn nicht ausstellen. Sie sind hier nicht gemeldet, und Sie können sich hier nicht anmelden. Für Ausländer ist der Aufenthalt im Grenzgebiet verboten. Sie müßten nach Marseille fahren, um den Passierschein zu beantragen, dann nach Vichy, um die Umtauschbescheinigung zu erhalten, zurück nach Marseille, um das Geld umzutauschen, und schließlich wieder zu uns kommen. Ich weiß nicht, wie lange das dauert, sicher zwei Wochen. Und es ist nicht ungefährlich. Sie können einer deutschen Kontrolle in die Hände laufen. Und ob Ihre Papiere für den Umtausch ausreichen, weiß ich auch nicht. Sie brauchen die Dollar, ich weiß, und Sie haben ein Recht darauf. Aber ich wäre ruhiger, wenn Sie nicht fahren. Trotz allem sind Sie hier sicherer.

HIRSCHBURG: Ich habe alle Tickets und Papiere. Ich will so

rasch wie möglich aus dem Land raus. Ich werde nicht nach Vichy fahren.

LISA: Und Sie, Hugo?

FRANKFURTHER: Eine Schiffspassage habe ich noch nicht. Die fünfhundert Dollar könnte ich dafür gut gebrauchen. Aber ich habe nicht mehr genügend Francs, um sie einzutauschen.

KURT: Sie bekommen die Dollar zum offiziellen Kurs.

FRANKFURTHER: Ja, aber ich kann sie nicht bezahlen.

LISA: Ach, Hugo, Sie sind ein unpraktischer Mensch. Verstehen Sie nicht, was das heißt: offizieller Kurs?

FRANKFURTHER: Ich kenne den Kurs nicht, aber er ist sicher korrekt.

KURT: Herr Doktor, hören Sie zu. Sie borgen sich sechzehntausend Francs, tauschen sie gegen fünfhundert Dollar ein. Neunzig dieser Dollar tauschen Sie auf dem Schwarzmarkt wieder zurück. Dafür bekommen Sie die sechzehntausend Francs, die Sie geborgt haben.

FRANKFURTHER: Ich bin nicht sicher, ob ich das verstanden habe. So weit sind wir gekommen, ein Goi muß einem Juden ein Geschäft erklären.

LISA: Der offizielle Dollarkurs und der Schwarzmarktkurs sind sehr verschieden, das ist alles.

FRANKFURTHER: Und ohne einen Pfennig aus der eigenen Tasche dazuzulegen, komme ich zu vierhundert Dollar?

LISA: Zu vierhundertundzehn Dollar, ja.

FRANKFURTHER: Fantastisch. Wissen Sie, wie viele Wochen ich arbeiten muß, um eine solche Summe zu verdienen? Vierhundertundzehn Dollar, mein Gott.

HIRSCHBURG: Das sind Schiebergeschäfte.

LISA: Gewiß, Herr Hirschburg. Aber es hilft den Juden, Frankreich zu verlassen.

HIRSCHBURG: Es ist kriminell.

FRANKFURTHER: Kriminell ist die Zeit.

HIRSCHBURG: Im Heer wurde Devisenschieberei schärfstens

geahndet. In China haben wir zwei Soldaten standrechtlich erschossen, weil sie solche Tauschgeschäfte betrieben.

KURT: Haben Sie die Soldaten erschossen, Herr Hauptmann?

FRANKFURTHER: Vierhundert Dollar. Das könnte in Lissabon ein Schiffsplatz sein.

LISA: Wollen Sie nach Vichy fahren, Hugo?

FRANKFURTHER: Ich weiß es nicht. Inzwischen könnte Spanien die Grenze wieder öffnen. Andererseits warten wir seit drei Wochen. Und wenn es noch drei Wochen dauert, könnte ich inzwischen die Papiere und das Geld holen. Ich weiß nicht, was ich tun soll. Lisa, raten Sie mir.

LISA: Das kann ich nicht. Aber wenn Sie nach Vichy fahren, Hugo, sterbe ich hier tausend Tode.

KURT: Haben Sie die Soldaten erschossen, Herr Hauptmann? Warum antworten Sie mir nicht?

HIRSCHBURG: Ach, was reden Sie für Dummheiten daher.

FRANKFURTHER: Was haben Sie, Lisa?

LISA: Ich habe Angst.

FRANKFURTHER: Um mich?

LISA: Ja, Hugo.

FRANKFURTHER: Danke. Verzeihung, ich bin etwas gerührt. Ich weiß nicht, wann sich das letzte Mal ein Mensch um mich gesorgt hat. Ich meine, so wie Sie, Lisa.

LISA: Gehen Sie nicht nach Vichy.

FRANKFURTHER: Ich denke auch, es ist besser. Bei meinem Glück bekomme ich nicht vierhundert Dollar, sondern laufe der Gestapo in die Hände. Die soll ja auch im unbesetzten Teil aktiv sein.

LISA: Das ist wahr. In Marseille hat die Gestapo sogar ein Büro.

KURT: In Marseille?

FRANKFURTHER: Warum nicht, wenn Vichy es duldet.

KURT: Das ist ein Bruch des Vertrags.

FRANKFURTHER: Vielleicht. Vielleicht ist die Anwesenheit der

Gestapo in Marseille sogar ein Teil des Abkommens. Ein geheimer, nicht veröffentlichter Teil, das hats schon gegeben. Und Pétain ist es zuzutrauen.

HIRSCHBURG: Ist das Ihr Ernst?

FRANKFURTHER: Sie sind doch Militär. Ihnen dürften doch solche Geheimabkommen vertraut sein.

HIRSCHBURG: Sie machen sich gänzlich falsche Vorstellungen vom Militär. Wir haben einen äußerst strengen Ehrenkodex, einen ausnahmslosen.

KURT: Sie sind naiv, Herr Hauptmann.

HIRSCHBURG: Junger Mann ...

KURT: Schenken Sie sich das. Und vergessen Sie nicht, warum Sie hier sind.

OTTO *kommt mit Lenka aus der Küchentür:* Komm rein, Lenka.

KURT: Was gibt es, Otto?

OTTO: Es tut sich etwas.

LISA: Kommst du vom Bahnhof?

OTTO: Ja. Eine Delegation vom Roten Kreuz ist im Dorf. In einem großen schwarzen Auto ist sie gekommen. Sie soll aus Perpignan sein.

LISA: Wie viele sind es?

OTTO: Zwei Männer und ein Fahrer.

KURT: Deutsche?

OTTO: Ich vermute es.

LISA: Hast du erfahren, was sie hier wollen?

OTTO: Es heißt, sie wollen feststellen, ob hier Deutsche gegen ihren Willen festgehalten werden.

KURT: Sie suchen nach Flüchtlingen. Nach uns.

OTTO: Wahrscheinlich. Einer der beiden ist ganz bestimmt kein Franzose. Er hat so einen Blick, so ganz Kimme und Korn. Am Bahnhof hieß es, die Heeresabteilung Abwehr hat ihre Leute in der Rot-Kreuz-Delegation.

LISA: Wo sind sie jetzt?

OTTO: Sie fragten nach dem Bürgermeister.

FRANKFURTHER: Wir müssen gehen, Lisa. Wir müssen sofort über die Grenze.

LISA: Ruhig, bleiben Sie ruhig, Hugo. Es wäre eine Dummheit, am hellen Tag loszulaufen.

HIRSCHBURG: Auch in der Heeresabteilung Abwehr gibt es Offiziere. Sie werden es nicht wagen, in der unbesetzten Zone . . .

KURT: Ach, kommen Sie uns nicht mit dieser Leier, Mensch. Es sind Faschisten, Verbrecher.

LISA: Was weißt du noch?

OTTO: Einer der beiden fragte den Bahnhofsvorsteher nach Fremden und Obdachlosen.

LISA: Ja und?

OTTO: Der Bahnhofsvorsteher sah zu mir herüber, aber er schüttelte den Kopf. Mir fiel auf, daß der von der Kommission eigentlich nicht fragte. Es war ein Befehl.

FRANKFURTHER: Lisa, laß uns nach Spanien gehen. Sofort.

LISA: Mittags über die Grenze! Wir würden nicht einmal am Dorfposten vorbeikommen.

HIRSCHBURG: Einer von uns sollte zum Bürgermeister gehen. Wir müssen erfahren, was die Kommission hier will.

LISA: Ja. Aber keiner von uns. Ich werde Madame Grenier bitten oder Marie.

FRANKFURTHER: Es ist besser, wir brechen auf. Es wäre Wahnsinn, zu warten. Was wollt ihr denn erfahren? Ihr wißt, was sie vorhaben.

LISA: Hugo, wir müssen jetzt alle sehr vernünftig sein. Vielleicht bedeutet die Ankunft der Männer überhaupt nichts. Wir werden es bald wissen. Ich spreche mit Madame Grenier.

ROSA GRENIER *kommt aus der Küchentür:* Frau Lisa. Können Sie einen Moment zu mir kommen?

LISA: Natürlich. Ich wollte Sie auch sprechen.

ROSA GRENIER: Es ist dringend. Die Sekretärin des Bürgermeisters rief an.

OTTO: Vom Bürgermeister? Sprechen Sie, das betrifft uns alle.

ROSA GRENIER: Ich weiß nicht ...

LISA: Sagen Sie es nur.

ROSA GRENIER: Er ist auf dem Weg hierher.

KURT: Wer? Der Bürgermeister?

ROSA GRENIER: Er und zwei Herren aus Paris. Sie sind Deutsche. Ich soll es Ihnen bestellen.

OTTO: Mehr hat sie nicht gesagt?

ROSA GRENIER: Nein.

LISA: Danke, Madame Grenier. – Was gibt es noch?

ROSA GRENIER: Ich wünschte, Sie alle wären jetzt nicht in meinem Haus.

OTTO: Das wünschte ich mir auch.

LISA: Wir verstehen Sie, Madame Grenier. Und Sie wissen auch, wie dankbar wir Ihnen sind.

ROSA GRENIER: Ich werde Schwierigkeiten bekommen. Große Schwierigkeiten. Da wird mir Ihre Dankbarkeit nicht helfen.

LISA: Sie wissen nichts von uns. Wir sind zufällige Gäste, mit denen Sie nichts zu tun haben. Sie können sich auf uns verlassen, Madame Grenier.

ROSA GRENIER: Was immer jetzt passiert, Frau Lisa, wenn es vorbei ist, wünsche ich, daß Sie alle mein Haus verlassen. Verzeihen Sie mir, aber ich ertrage es nicht.

LENKA: Aber wo sollen wir unterkommen, Madame Grenier?

ROSA GRENIER: Sie können bei mir bleiben, Lenka. Eine Küchenhilfe darf ich beschäftigen. Aber die anderen müssen gehen.

LENKA: Wo sollen wir unterkommen?

ROSA GRENIER: Verzeihen Sie, ich stehe es nicht durch.

LISA: Wir haben jetzt keine Zeit, darüber zu sprechen. Bitte bringen Sie uns rasch Kaffee, für jeden eine Tasse. Und beeilen Sie sich bitte. Lenka, helfen Sie ihr.

Rosa Grenier und Lenka gehen in die Küche.

Setzt euch. Otto, gib jedem eine Zeitung. Wenn die Männer kommen, wir sind Caféhausgäste.

KURT: Ich hasse diese Frau.

OTTO: Halt den Mund, Kurt. Hier, lies.

KURT: Aus Feigheit bringt sie es fertig, uns der Gestapo auszuliefern.

FRANKFURTHER: Es war umsonst. Es war eine Flucht, die uns unserem Schicksal näher brachte.

OTTO: Nehmen Sie sich zusammen und jammern Sie nicht.

FRANKFURTHER: Ich klage nicht. Wie Sie sehen, bin ich ganz heiter. Es ist wie in einer antiken Tragödie: wir laufen und laufen, um zu erreichen, was wir flohen.

OTTO: Hier, lesen Sie und halten Sie den Mund. Solange wir uns nicht aufgeben, sind wir auch nicht verloren. Aber das werden Sie nicht verstehen. Ihre Partei hat es nie gelernt zu kämpfen. Hat immer gezittert und klein beigegeben.

FRANKFURTHER: Ich werde nicht klein beigeben, Otto. Ich werde nicht aufgeben, ich verspreche es Ihnen.

OTTO: Sie werden gleich Gelegenheit haben, es zu beweisen. Und ich heiße Philippe Matin, vergessen sie das bitte nicht.

Lenka kommt mit Kaffeetassen und verteilt sie.

LISA: Lenka, bitten Sie Madame Grenier, das Café aufzuschließen. Es ist besser, es ist geöffnet.

LENKA: Ich sags ihr. Was sollen wir tun, Lisa, wenn sie uns aus dem Haus setzt? Ich muß auf Ludvik warten.

LISA: Sie bleiben hier, Lenka, Sie warten hier auf Ludvik.

LENKA: Und Sie?

LISA: Ich versuche, die anderen über die Grenze zu bringen. Heute nacht noch.

LENKA: Und Sie kommen zurück?

LISA: Wie immer. In Marseille warten noch viele. Wer soll sie über die Pyrenäen führen? Gehen Sie und bitten Sie Madame Grenier, sie möge aufschließen.

Lenka geht in die Küche.

Hirschburg: Seltsam. Mein Necessaire, ich habe es seit Tagen vermißt, seit ich hier bin. Ich fürchtete bereits, es in Marseille vergessen zu haben. Und hier steckt es.

Otto: Na, das wär ein Verlust.

Hirschburg: Gewiß. Ich besitze es seit vierzig Jahren, und es hat mir gute Dienste geleistet. Es ist ein Teil von meinem Leben. Das mag Ihnen wunderlich erscheinen. Sehen Sie, diese kleine Schere habe ich tausendmal, vierzig Jahre Tag für Tag, in der Hand gehabt. Hätte ich sie wirklich verloren, ich wäre fast ein wenig traurig.

Lisa: Ein Geschenk?

Hirschburg: Ja.

Lisa: Dann verstehe ich Sie, Herr Hirschburg.

Otto: Wir haben andere Probleme.

Hirschburg: Natürlich, aber jetzt bin ich ruhiger. Es ist ein gutes Zeichen, daß ich das Etui gefunden habe.

Frankfurther: Lisa, Sie denken an meine Tasche, nicht wahr?

Lisa: Sie werden sie sicher über die Grenze bringen, Hugo, seien Sie unbesorgt.

Frankfurther: Ich sage es nur, falls irgend etwas Unvorhergesehenes passiert. Das Manuskript muß gerettet werden. Es ist wichtiger als ich.

Lisa: Wir werden Sie beide retten, Hugo. Sie und das Manuskript.

Frankfurther: Es ist wichtiger.

Kurt: Hast du etwas am Bahnhof gehört? Nachrichten aus Spanien?

Otto: Nichts. Nur dumme Gerüchte. Unvorstellbar dumme Gerüchte. Ein Fräulein aus Paris will gehört haben, daß die Juden in Deutschland umgebracht werden. Sie erzählte etwas von Autos, in die man die Juden steckt und dann Gas hineinläßt.

Hirschburg: Daß man Juden vergast?

Otto: Ja.

HIRSCHBURG: Das ist unglaublich.

KURT: Vergasen? Wie Ungeziefer?

OTTO: Dumme Gerüchte. Ich möchte wissen, wer so etwas in die Welt setzt.

HIRSCHBURG: Dumm und unverantwortlich. Die Nazis sind Verbrecher, unbestritten. Aber wer so etwas erzählt, beweist nur, daß er nichts von Deutschland versteht, nichts von seiner Kultur und Geschichte, von deutscher Geistesart.

OTTO: Solche Gerüchte schaden unserem Kampf. Die Nazis sind Verbrecher, die man bekämpfen muß. Aber wenn wir die Welt über Hitler aufklären wollen, dann nicht mit unglaubwürdigen Scheißhausparolen. Wer soll uns denn noch ernst nehmen, wenn wir diese Märchen erzählen. Nein, diesen Gerüchten muß man entgegentreten.

KURT: Wahrscheinlich will man damit das Ausland zwingen, gegen Hitler Stellung zu nehmen.

OTTO: Ja, und erreicht das Gegenteil. Wir dürfen doch nicht mit Greuelmärchen arbeiten. Die Wahrheit ist schlimm genug, die Lager, die Verfolgungen, der Krieg. Da muß man nichts erfinden.

FRANKFURTHER: Und wenn es wahr ist?

OTTO: Natürlich. Sie beginnen schon wieder zu zittern. Ihre Partei hätte sich das eher überlegen sollen. Als es noch Zeit war. Aber da habt ihr der braunen Pest in die Hände gearbeitet.

FRANKFURTHER: Lassen Sie das. Das ist Unsinn.

LISA: Hör auf, Otto. Lies deine Zeitung.

OTTO: Entschuldigen Sie, es war dumm von mir. Wir wollen es vergessen, einverstanden?

FRANKFURTHER: Einverstanden.

KURT: Sie kommen. Der Bürgermeister und zwei Männer.

LISA: Bleibt sitzen. Ganz ruhig.

FRANKFURTHER: Und was ist, wenn es wahr ist, Otto? Wenn

sie die Juden in Deutschland umbringen? Wenn es kein Gerücht ist?

OTTO: Es ist unmöglich.

FRANKFURTHER: Ja, es ist gar nicht möglich. Es ist nicht möglich. Es ist so unmöglich wie Gott.

Die Klappe zum vorderen Café wird geöffnet und wieder geschlossen; dann kommen der Bürgermeister, von Studnitz und Kistner durch die Tür zum vorderen Café.

KISTNER: Im Hinterzimmer versteckt man sich.

BÜRGERMEISTER: Guten Tag. Das sind zwei Herren vom Roten Kreuz, vom Deutschen Roten Kreuz. Gemäß dem Waffenstillstandsabkommen sind sie berechtigt, im unbesetzten Teil Frankreichs nach deutschen Staatsbürgern zu suchen, die gegen ihren Willen festgehalten werden.

VON STUDNITZ *zu Otto:* Ihre Papiere, bitte.

OTTO: Ich bin Franzose, und ich bin freiwillig hier.

VON STUDNITZ: Ihre Papiere.

OTTO: Ich sage Ihnen doch, ich bin freiwillig hier. Ich werde nicht festgehalten.

VON STUDNITZ: Herr Bürgermeister!

BÜRGERMEISTER: Wir sind verpflichtet, der Kommission alle Deutschen namhaft zu machen und sie . . .

VON STUDNITZ: Sprechen sie weiter, Herr Bürgermeister, bitte.

BÜRGERMEISTER: Und sie der deutschen Reichsregierung auf Verlangen auszuliefern.

VON STUDNITZ: Korrekt. Und nun Ihre Papiere, bitte. *Nimmt Ottos Papiere und gibt sie Kistner weiter.*

KISTNER: Wie heißen Sie?

OTTO: Sind Sie Analphabet? Können Sie das nicht lesen?

KISTNER: Ich sehe hier nur schlechte Arbeit. Dilettantisch. Der Stempel ist nachgemacht. Nicht einmal die Farbe stimmt. Französische Wertarbeit. Wie ist Ihr Name? Ihr richtiger Name?

OTTO: Ich bin Franzose, das sehen Sie doch.

KISTNER: Das werden wir feststellen, seien Sie unbesorgt. *Macht sich Notizen.*

VON STUDNITZ *nimmt Lisas Papiere entgegen:* Französin, Madame?

LISA: Ja.

VON STUDNITZ: Im Elsaß geboren?

LISA: In Strasbourg.

VON STUDNITZ: Straßburg ist endlich befreit. Und Sie, Madame, sind dadurch wieder eine Deutsche. Ich gratuliere Ihnen, Madame. *Macht sich Notizen.*

KISTNER: Deine Papiere behalte ich.

OTTO: Ich glaube nicht, daß eine Rot-Kreuz-Kommission berechtigt ist, die Personaldokumente eines französischen Staatsbürgers einzuziehen.

KISTNER: Wir sind berechtigt, mein Freund.

OTTO: Und vom Roten Kreuz sind Sie auch nicht.

KISTNER: Doch, doch. Unterabteilung Reichssicherheitshauptamt. Du verstehst?

OTTO: Gestapo.

KISTNER: Was hätte die Gestapo in diesem Teil Frankreichs zu suchen. Nein, mein Freund, wir sind Rotes Kreuz, eine bekannte internationale Hilfsorganisation. *Zu Hirschburg:* Die Papiere.

VON STUDNITZ: Bitte, Madame. *Gibt ihr die Papiere zurück.* Wie lange wollen Sie sich hier aufhalten?

LISA: Ein paar Tage nur.

VON STUDNITZ: Es ist Grenzgebiet. Der Herr Bürgermeister erlaubt Ihnen bedauerlicherweise nicht, hierzubleiben. Und die Heimat braucht Sie. Darf ich Ihnen einen Platz in meinem Wagen anbieten?

LISA: Ist das ein Befehl?

VON STUDNITZ: Aber, Madame.

KISTNER. Hirschburg. Jude?

HIRSCHBURG: Ich bin ein deutscher Offizier. Hauptmann a. D.

KISTNER: Ein Jude ist kein Deutscher. Und schon gar kein deutscher Offizier.

HIRSCHBURG: Ich bin Träger des deutschen Kronenordens mit Schwertern, ich besitze das Eiserne Kreuz erster und zweiter Klasse, ich habe im Weltkrieg ...

KISTNER: Den Weltkrieg haben wir verloren. Durch die Juden.

HIRSCHBURG: Ich bin Deutscher.

KISTNER: „Aus einem Juden einen Deutschen zu machen, dazu sehe ich kein anderes Mittel als das, ihm den Kopf abzuschneiden und einen anderen aufzusetzen." Das ist deutsch, Jude, deutsche Philosophie. Fichte.

VON STUDNITZ *zu Frankfurther:* Und Sie. Ihre Papiere. Ihre Papiere, bitte. *Stößt Frankfurther an, der fällt vornüber.*

LISA: Hugo.

KISTNER *beugt sich mit von Studnitz über Frankfurther:* Verdammte Scheiße.

VON STUDNITZ: Riechen Sie das? Blausäure. Geben Sie mir seine Papiere. *Kistner holt die Papiere aus Frankfurthers Jackett und gibt sie von Studnitz.*

VON STUDNITZ: Dr. Hugo Frankfurther, polizeilich gemeldet in Berlin. Eine Aufenthaltserlaubnis für Paris, ungültig. Ein Einreisevisum für Thailand. – Und das alles haben Sie nicht gewußt, Herr Bürgermeister?

BÜRGERMEISTER: Ich sehe diesen Mann zum erstenmal.

VON STUDNITZ: Wir gehen in Ihr Büro. *Zu Kistner:* Sie haben von allen die Papiere?

KISTNER: Sofort. *Zu Kurt:* Die Papiere. *Kurt gibt sie ihm.* Das ist alles? Keine französischen Dokumente?

KURT: Nein.

KISTNER: Nicht irgendein gefälschtes Papierchen?

KURT: Sie haben alles.

KISTNER: Und Sie sind zur Erholung hier, nicht wahr? Genießen die Küste, das Meer? Und Sie haben nicht vor, das Vaterland zu verraten? Ins Ausland zu gehen, um dort Greuelmärchen über Deutschland zu erzählen?

VON STUDNITZ: Sie warten hier. *Zu Lisa:* Madame, mein Wagen steht zu Ihrer Verfügung. *Geht mit Kistner und dem Bürgermeister ab.*

LISA *geht zu Frankfurther:* Hugo. Hugo.

HIRSCHBURG: Woher hatte er das Gift? Er hatte doch keins.

Rosa Grenier, Marie und Lenka kommen aus der Küche.

OTTO: Wir brechen sofort auf. Ohne Gepäck. Geld und die Papiere, die uns geblieben sind, mehr können wir nicht mitnehmen. Madame Grenier, Sie sind uns endgültig los. Wir gehen.

LENKA: Was ist mit Doktor Frankfurther?

OTTO: Er ist tot. Er hat sich vergiftet. Madame Grenier, wenn ihn nicht die Gestapo holt, sorgen Sie bitte für sein Begräbnis. Das ist mein ganzes französisches Geld. Nehmen Sie es bitte.

HIRSCHBURG: Ich habe noch fünftausend Francs. Bitte, nehmen Sie.

MARIE GRENIER: Du gehst auch?

KURT: Ich muß.

MARIE GRENIER: Und wann ...

KURT: Das weiß ich nicht.

OTTO: Gehen wir.

HIRSCHBURG: Aber meine Karten. Meine Landkarten.

OTTO: Die können Sie jetzt nicht holen. – Kommen Sie mit, Lenka?

LENKA: Ich weiß nicht.

OTTO: Ja oder nein.

LENKA: Er ist tot?

OTTO: Ja. Entscheiden Sie sich.

LENKA: Ich habe meine Papiere oben.

OTTO: Wenn Sie mitkommen wollen, holen Sie sie.

Lenka geht nach oben.

OTTO: Komm, Lisa. Ihm kannst du nicht mehr helfen. Wir müssen gehen.

LISA: Hugos Tasche, sein Manuskript, ich habe es ihm versprochen.

OTTO: Das sind Dummheiten, Lisa.

LISA: Ich habe es ihm versprochen. Ich hole sie.

KURT: Ich bringe sie dir. Komm mit, Marie. *Geht mit Marie die Treppe hoch.*

LISA: Leben Sie wohl, Madame Grenier. Ich werde nicht mehr zurückkommen, es geht nicht. Bitten Sie den Bürgermeister, unser Gepäck in Cerbère aufzugeben. Wir werden in Port-Bou darauf warten.

ROSA GRENIER: Es wird alles geschickt, Frau Lisa.

LISA: Danke, Madame Grenier. Danke für alles.

ROSA GRENIER: Guten Weg.

LENKA *kommt herunter:* Wir können gehen. Ich gehe nun doch mit, Madame Grenier.

ROSA GRENIER: Sie müssen wissen, was Sie tun, Lenka.

LENKA: Ich weiß es nicht. Mein Koffer steht noch in der Kammer.

ROSA GRENIER: Ich schick ihn nach Port-Bou. Kommen Sie, ich gebe Ihnen noch etwas für den Weg mit.
Geht mit ihr in die Küche.

HIRSCHBURG: Meine Landkarten werden auch nach Port-Bou geschickt?

OTTO: Ja, sicher.

KURT *kommt mit Marie die Treppe herunter:* Wenn du es wirklich willst, Marie?

MARIE GRENIER: Ja.

KURT: Gut. Sehr gut, Marie. – Der Koffer ist nicht leicht. Ich habe hineingesehen, alles Papiere. Tausend Seiten über einen Buchstaben.

LISA: Gib ihn mir. Wir gehen durch den Garten zum Strand hinunter und erst hinterm Dorf ins Gebirge.
Alle verlassen die Bühne durch die Tür zur Küche.

Rosa Grenier *kommt aus der Küche, läuft ins vordere Café, kommt wieder:* Marie! Marie! *Sie läuft die Treppe hoch, man hört ihre Stimme:* Marie! *Sie kommt herunter.* Marie! *Sie bekreuzigt sich, läuft in die Küche, man hört ihre Stimme:* Marie!

3. Akt

Rosa Grenier deckt zwei Tische ein, schließt dann sorgfältig die Fenstervorhänge; über den leeren Stuhl, auf dem Frankfurther zuletzt saß, ist ein Schleier gebreitet.

LENKA *kommt mit einer Küchenschürze aus der Küche:* Das Café ist leer?

ROSA GRENIER: Ja. Ich habe schon zugeschlossen.

LENKA: Der Salat ist fertig.

ROSA GRENIER: Gut, Lenka. Sie haben eine gute Hand für Salate.

LENKA: Wann wollte der Bürgermeister kommen?

ROSA GRENIER: Um zehn. Er wird gleich hier sein. Werden Sie heute nacht auch gehen, Lenka?

LENKA: Nein. Ich muß doch auf meinen Mann warten.

ROSA GRENIER: Aber gestern wollten Sie gehen.

LENKA: Ich war so überrascht. Die Deutschen und der Tod von Doktor Frankfurther ... Ich kam nicht zum Nachdenken. Dabei muß ich auf Ludvik warten.

ROSA GRENIER: Alle gehen. Sie werden allein hier bleiben. Haben Sie keine Angst?

LENKA: Ich bin nicht gefährdet. Mich suchen die Deutschen nicht.

ROSA GRENIER: Dann hätten Sie in Prag bleiben können?

LENKA: Ja, aber mein Mann nicht. Er hatte sich mit Emigranten angefreundet, mit Flüchtlingen aus Deutschland. Er hat ihnen geholfen, sich für sie eingesetzt. Es waren berühmte deutsche Schriftsteller dabei. Die sind schon längst in den USA, sind in Sicherheit. Ja, fast alle Freunde meines Mannes haben Europa längst verlassen. Nur wir kamen nicht weiter. Wir waren auf keiner Liste, wir bekamen kein Danger-Visum. Mein Mann ist nicht berühmt, keine prominente Person, kein Politiker. Wer sollte sich für ihn einsetzen? Wir flohen nach Frankreich. Aber als die Deutschen hier einfielen, internierten die Franzosen Ludvik im Lager Argèles-sur-Mer. Und nun hoffe ich, daß sie ihn rechtzeitig entlassen und ihn nicht an die Deutschen ausliefern.

ROSA GRENIER: Und Ihre Freunde, die in den USA, können die nichts für ihn tun?

LENKA: Gewiß. Sie tun, was sie können. Aber es ist schwierig geworden. Es sind zu viele Flüchtlinge. Kein Land will uns aufnehmen. Wir sind zu viele. Zu viele Fremde, zu viele Bettler. Man ist unser überdrüssig, überall.

ROSA GRENIER: Ja, es ist schlimm.

LENKA: Schlimm ist, von anderen Menschen abhängig zu sein. Um alles zu bitten. Und auch dann noch zu bitten, wenn es schon unanständig ist. Bitten zu müssen, weil es keine andere Möglichkeit gibt. Es ist schwer für mich, ich mußte es erst lernen. Daheim, nun, wir waren reiche Leute. Mein Mann besitzt ein großes Haus, ein Palais in einem der schönsten Viertel von Prag. Sie sollten es sich ansehen, Madame Grenier. Vielleicht besuchen Sie uns. Wenn alles vorbei ist.

ROSA GRENIER: Ein Palais?

LENKA: Ja. Achtzehn Zimmer, ein Salon, ein Atelier. Sicher werden jetzt deutsche Offiziere darin wohnen.

ROSA GRENIER: So viele Zimmer. Das macht viel Arbeit. Wie haben Sie das geschafft?

LENKA: Wir hatten drei Mädchen, eine Köchin, einen Gärtner.

ROSA GRENIER: So ein großes Haus. Was haben Sie nur mit den vielen Zimmern gemacht? Vermietet?

LENKA: Nein. Wir hatten ständig Besuch, jeden Tag. Und zum Schluß wohnten die Emigranten bei uns, drei deutsche Familien. Da war das Haus gar nicht mehr so groß. Und jetzt bin ich froh, daß ich eine kleine Kammer für mich allein haben kann.

ROSA GRENIER: Ich habe nichts anderes.

LENKA: Ich beklage mich nicht, Madame Grenier, ich bin Ihnen dankbar. Ich wollte nur sagen, wie merkwürdig alles wechselt. Noch vor zwei Jahren hätte ich es mir nicht vorstellen können, so zu leben. Daß ich einmal glücklich sein werde, in einer Küche abzuwaschen und Salat zu putzen.

ROSA GRENIER: Der Bürgermeister wird gleich kommen. Ich seh nach dem Fleisch.

LENKA: Ich komm mit.

ROSA GRENIER: Und Ihre Angestellten, die Mädchen, was ist aus ihnen geworden?

LENKA: Zwei Mädchen sind mit uns gegangen, nach Paris. Jetzt sind sie bei französischen Freunden meines Mannes untergekommen. Ich hoffe, sie mußten in kein Lager. Die anderen sind in Prag geblieben. Ich habe nichts von ihnen gehört. Der Köchin geht es sicher gut. Sie hat uns bei den Deutschen angezeigt.

ROSA GRENIER: Und jetzt sind Sie allein. Kein Küchenmädchen, kein Gärtner. Jetzt sind Sie einfach nur eine Frau, nichts weiter.

LENKA: Ich versteh Sie nicht.

ROSA GRENIER: Ich geh in die Küche. Rufen Sie die anderen. Den Rest schaffe ich mit Marie.

LENKA: Warum sind Sie plötzlich so böse? So hart? Was haben Sie, Madame Grenier? Habe ich Sie verärgert?

ROSA GRENIER: Ich schaff es allein. *Geht in die Küche.*

LENKA: Seltsam. Was hat sie nur? Wir sind ihr lästig, natürlich, das verstehe ich. Unerwünschte Gäste. Wenn man Tag für Tag auf einem fremden Stuhl sitzt, Tag für Tag etwas essen will, das ist schwer erträglich. Für alle.

Marie Grenier *kommt mit Brot aus der Küche, das sie auf die Tische stellt:* Ist noch keiner da?

Lenka: Ich rufe sie.

Marie Grenier: Sie gehen nicht mit?

Lenka: Nein. Ich muß auf meinen Mann warten.

Marie Grenier: Natürlich, Ihr Mann. Sie wissen wenigstens genau, was Sie tun müssen.

Lenka: Und Sie bleiben hier, Marie?

Marie Grenier: Ja.

Lenka: Das ist sicher besser. Hier sind Sie zu Hause, hier braucht man Sie. Hier ist immer ein Stuhl für Sie da.

Marie Grenier: Ich weiß nicht, ob es richtig ist. Aber gestern, als uns die Spanier zurückschickten, da merkte ich, ein zweites Mal bringe ich die Kraft nicht auf zu gehen. Ich fürchte mich davor.

Lenka: Wenn man nicht gehen muß, ist es sehr viel schwerer. Bleiben Sie hier, Marie.

Marie Grenier: Ich weiß es nicht.

Kurt *kommt die Treppe herunter:* Ist das Essen fertig?

Lenka: Ja.

Kurt: Unsere Henkersmahlzeit. Es sei denn, die Spanier haben die Grenze doch nicht aufgemacht. Soll ich die anderen holen?

Lenka: Nein, kommen Sie und setzen Sie sich. Ich ruf sie.
Geht die Treppe hoch.

Kurt: Wenn du mich liebtest . . .

Marie Grenier: Ich liebe dich.

Kurt: Dann gingest du mit mir.

Marie Grenier: Ich schaff es nicht, Kurt. Allein ist es leichter für dich.

Kurt: Diesmal gibt es keine Probleme. Du hast doch gehört, Spanien hat die Grenze wieder geöffnet. Das ist amtlich. In drei Tagen sind wir in Lissabon. Und dann: Adieu, Europa!

Marie Grenier: Ich werde auf dich warten, Kurt.

Kurt: Wie viele Jahre wirst du warten?

Marie Grenier: Oder ich komme nach, wenn du in Sicherheit bist. Jetzt ist alles so ungewiß. Ich habe keine Papiere für Spanien, keine für Portugal, keine für die USA. Sie werden mich zurückschicken. Das sagen alle. Lisa und Otto sagen es auch.

Kurt: Es findet sich immer ein Weg. Wenn man will.

Otto *kommt pfeifend die Treppe herunter, nach ihm Lisa, Lenka und Hirschburg:* Ich habe ein gutes Gefühl. Morgen früh sind wir in Spanien, ich bin ganz sicher. Das war auch zu dumm gestern. Den Spaniern direkt in die Hände zu laufen. Zu dumm. Und fünf Stunden später wird die Anordnung aufgehoben. Fünf Stunden später, und wir wären längst drüben. Aber das hier, das sieht vielversprechend aus. Madame Grenier tischt auf, was Küche und Keller markenfrei hergeben.

Hirschburg: Wann habe ich das letztemal an einem richtig gedeckten Tisch gegessen? Es ist vernünftig und wichtig, ordentlich zu essen. Der Weg über die Pyrenäen ist anstrengend. Aber seien Sie unbesorgt, ich schaffe es. Ich werde keinem zur Last fallen.

Otto: Natürlich schaffen Sie es. Wieso auch nicht? – Lisa fehlt noch.

Lenka: Ja, und der Bürgermeister. Sie wollten um zehn hier sein.

Otto: Wissen Sie jetzt, was Sie wollen, Marie?

Kurt: Laß sie in Ruhe.

Otto: Es wäre dumm und unverantwortlich. Eine grandiose Dummheit, die uns alle gefährdet. Das hier ist nämlich keine Liebesromanze, Fräulein Marie, hier geht es um unser Leben.

Marie Grenier: Ich will ja auch gar nicht ...

Kurt: Ich weiß nicht, ob dich das etwas angeht.

Lenka: Beruhigen Sie sich, Marie. Kommen Sie, wir werden Ihrer Mutter helfen. *Geht mit Marie in die Küche.*

OTTO: Das Mädchen ist hier besser aufgehoben. Sie muß nicht fliehen.

KURT: Du kannst unbesorgt sein, Marie wird nicht mitkommen.

OTTO: Hoffen wir es.

HIRSCHBURG: Ich habe mir Nägel in die Schuhe geschlagen. Das gibt Halt.

OTTO: Nägel?

HIRSCHBURG: Ja, Nägel mit großen Köpfen. Sehen Sie, da rutscht man nicht ab. Sind fast wie richtige Bergsteigerschuhe.

OTTO: Die machen Sie mal wieder raus.

HIRSCHBURG: Aber das ist praktisch.

OTTO: Und auf dem Stein klingelts wie eine wildgewordene Pferdeherde. Und halten können Sie sich mit den glatten Nägeln auch nicht.

HIRSCHBURG: Meinen Sie wirklich ...

OTTO: Na, gehen Sie. Ziehen Sie die raus. *Hirschburg geht die Treppe hoch.* Ein deutscher Offizier. Ein naiver Trottel. – Du hast jetzt Zorn auf mich. Naja, man verliebt sich, so etwas passiert. Aber wir sind auf der Flucht, Junge. Gestern hätten uns die Nazis fast gehabt. Und wie soll das Mädchen weiterkommen, ohne Papiere? Hast selbst nicht das Geld für eine Schiffspassage zusammen.

ROSA GRENIER *kommt aus der Küche:* Der Bürgermeister ist noch nicht gekommen?

OTTO: Nein.

ROSA GRENIER: Dann warten wir noch?

OTTO: Ja.

ROSA GRENIER *zu Kurt:* Und Sie, können Sie mir nicht in die Augen sehen?

KURT: Warum nicht? Ich habe mir nichts vorzuwerfen.

ROSA GRENIER: Sie sind ein Kind. Sie sind beide Kinder. *Geht in die Küche.*

OTTO: Wo werden sie die Leiche von Hugo hingeschafft haben? Was meinst du, Kurt?

KURT: Weiß nicht.

OTTO: Jetzt hacken alle auf dir herum, denkst du. Warte ab, in zwei Wochen wirst du mir recht geben.

BÜRGERMEISTER *tritt mit Lisa durch die Tür zur Küche auf:* Wo ist Hirschburg?

OTTO: Oben, in unserer Kammer. Ist was passiert?

LISA: Hol Herrn Hirschburg bitte, Kurt. Es ist etwas passiert, ja.

KURT: Ich beeil mich. *Rennt nach oben.*

OTTO: Was ist, Lisa?

BÜRGERMEISTER: Dieser Idiot.

LISA: Ich fürchte, Hirschburg hat eine unvorstellbare Dummheit gemacht. Und ich hoffe, daß wir sie nicht zu bezahlen haben.

BÜRGERMEISTER: Die werden wir bezahlen.

HIRSCHBURG *kommt mit Kurt die Treppe herunter, einen Schuh hält er in der Hand:* Herr Bürgermeister, Sie wollen mich sprechen?

BÜRGERMEISTER: Ja.

HIRSCHBURG: Entschuldigen Sie, ich war eben dabei ...

BÜRGERMEISTER: Kennen Sie einen Herrn Deutschmann?

HIRSCHBURG: Bertoldt Deutschmann, ja. Er war mein Telegraphist. Ist er angekommen?

BÜRGERMEISTER: Haben Sie ihn hergeholt, ihn und seine Freunde?

HIRSCHBURG: Seine Freunde? Ich weiß nichts von seinen Freunden. Aber Deutschmann habe ich allerdings meine Adresse geschickt. Er war dreißig Jahre mein Telegraphist. Er ist nicht weniger gefährdet als ich. Ich mußte ihm helfen.

BÜRGERMEISTER: Sie mußten?

HIRSCHBURG: Sollte ich zusehen, wie er abtransportiert wird?

BÜRGERMEISTER: Und da lassen Sie ihn herkommen? Mit all seinen Freunden? Morgen früh wird hier die Hölle los sein. Morgen wird man das Dorf auf den Kopf stellen. Sie haben unsere Arbeit zerstört, Lisas, meine.

HIRSCHBURG: Ich konnte nicht anders handeln. Was hätte ich tun sollen?

OTTO: Vielleicht kommen sie ungesehen über die Grenze. Vielleicht bemerkt sie keiner.

BÜRGERMEISTER: Man hat sie schon gesehen. Wer soll auch fünfzehn alte Männer übersehen, fünfzehn uralte, unübersehbare Juden.

HIRSCHBURG: Verzeihung, wer sagt, daß es Juden sind?

BÜRGERMEISTER: Wer das sagt? Hören Sie, Hirschburg, fünfzehn alte Männer mit langen Kaftanen, mit schwarzen Hüten, mit Schläfenlocken, was wird das sein? Mohammedaner?

HIRSCHBURG: Aber das kann nicht Deutschmann sein. Bertoldt Deutschmann würde nie einen Kaftan tragen. Er ist ein Deutscher wie ich.

BÜRGERMEISTER: Gehen Sie in mein Büro, Hirschburg. Überzeugen Sie sich und schaffen Sie sie weg. Ich kann nichts für sie tun.

HIRSCHBURG: Es kann nicht sein.

BÜRGERMEISTER: Gehen Sie endlich.

HIRSCHBURG: Ja. Gut.

LISA: Ziehen Sie Ihren Schuh an.

HIRSCHBURG: Danke. Ich danke Ihnen. Ich hatte es nicht bemerkt ... *Zieht den Schuh an, geht ab durch die Küchentür.*

KURT: Er hat seinem Telegraphisten die Adresse gegeben. Das hat er gesagt.

OTTO: Wer hat sie gesehen? Wer hat die Juden gesehen, Herr Bürgermeister?

BÜRGERMEISTER: Jeder, der nicht wegsehen wollte.

LISA: Wie soll der alte Hirschburg sie verschwinden lassen?

Bürgermeister: Das weiß ich nicht. Das müssen Sie ihn fragen. Er hat sie hergeholt.

Rosa Grenier *kommt aus der Küche:* Können wir jetzt essen?

Bürgermeister: Nein. Warten Sie noch. Ich kann jetzt nichts essen.

Lisa: Wir warten, bis Hirschburg zurück ist.

Rosa Grenier: Und wann wollen Sie gehen?

Otto: Wir gehen heute nacht.

Rosa Grenier: Ich will Sie nicht vertreiben …

Otto: Wir haben verstanden. Seien Sie unbesorgt, heute nacht müssen wir gehen.

Rosa Grenier: Ich muß mich ums Essen kümmern, es ist längst fertig. *Geht in die Küche.*

Kurt: Das schöne Essen. Vermutlich vertrage ich es gar nicht. Ich hörte, der Magen schrumpft zusammen, wenn man lange Zeit kaum etwas ißt. Sehr vernünftig von der Natur. Ein Magen ist sehr überflüssig für Flüchtlinge.

Bürgermeister: Was reden Sie?

Kurt: Ich spreche zu viel vom Essen, ich weiß. Vermutlich kommt es daher, daß ich immerfort daran denke. Wißt ihr, mit wem man sich gut über Essen unterhalten konnte?

Lisa: Mit Hugo.

Kurt: Ja. Woher hatte er nur das Gift?

Bürgermeister: Um vier Uhr bekam meine Sekretärin einen Anruf aus Perpignan, ich soll mich morgen vormittag auf der Präfektur einfinden. Ich ließ sie anfragen, warum. Man gab ihr keine Antwort. Fünf Stunden später standen die alten Männer vor meinem Büro, und ich wußte Bescheid.

Lisa: Man wird Sie absetzen, Herr Bürgermeister?

Bürgermeister: Um mich abzusetzen, hätte auch ein Schreiben ausgereicht. Aber ich muß auf die Präfektur. Das bedeutet nichts Gutes.

Otto: Und Sie fahren morgen nach Perpignan?

BÜRGERMEISTER: Ja. Ich werde allerdings einen Zug früher fahren. Und ich werde nicht in Perpignan aussteigen, sondern in Nimes umsteigen. Ich fahre in die besetzte Zone, ich fahre nach Paris.

LISA: Nach Paris?

OTTO: Sie wollen . . .

BÜRGERMEISTER: Ja. Ich geh zu den Franc-tireurs. Im Grunde fühle ich mich erleichtert. Ich hätte längst gehen sollen. Sehr viel tun konnte ich hier ohnehin nicht, und meine Ablösung war nur eine Frage der Zeit. Und nun ist alles vorbei, und ich bin zufrieden. Dieser Esel Hirschburg, im Grunde meines Herzens bin ich ihm dankbar. Er hat mir die Entscheidung abgenommen: nun muß ich gehen. Endlich und Gottseidank.

KURT: Sie gehen wirklich zum Widerstand, Herr Bürgermeister?

BÜRGERMEISTER: Ja.

KURT: Ich beneide Sie.

BÜRGERMEISTER: Ach, mein Junge, mit dem Neidischsein sollten Sie sich Zeit lassen.

OTTO: Dann alles Gute.

LISA: Wenn Sie gehen, dann ist hier die Grenze zu.

BÜRGERMEISTER: Das ist sie ab morgen früh in jedem Fall. Ich habe Marseille bereits Bescheid gegeben. Und ich hoffe, man begreift, daß hier keiner mehr über die Grenze kommt.

LISA: Und die alten Männer?

BÜRGERMEISTER: Warum fragen Sie mich? Ich kann nicht mit ihnen gehen. Als Bürgermeister habe ich dafür zu sorgen, daß sich keine Fremden hier aufhalten. Da kann ich sie nicht selbst über die Grenze bringen.

LISA: Aber sie müssen raus aus Frankreich.

BÜRGERMEISTER: Und Sie können auch nicht gehen, Lisa. Es sind zu viele.

OTTO: Und wenn ich gehe? Ich kenne den Weg.

Lisa: Sie kennen den Weg nicht, Otto. Sie finden sich nachts im Gebirge nicht zurecht. Das ist ausgeschlossen.

Bürgermeister: Lisa hat recht. Den Schmugglerpfad finden Sie nicht. Das ist unmöglich.

Marie Grenier *tritt mit Rosa Grenier und Lenka auf:* Kurt, komm bitte.

Kurt: Was ist?

Marie Grenier: Ich muß mit dir sprechen.

Kurt: Nicht nötig. Ich habe schon verstanden.

Marie Grenier: Komm. Bitte.

Kurt: Wozu, Marie? *Geht zu ihr.*

Marie Grenier: Nicht hier. Komm, Kurt. *Geht mit ihm die Treppe hoch.*

Bürgermeister: Was wird Ihre Tochter machen? Wieder mit ihm über die Grenze gehen?

Rosa Grenier: Nein. Sie hat es mir versprochen.

Bürgermeister: Zwei Kinder. Als ob dafür die Zeit wär.

Lisa: Es ist nicht ihre Schuld.

Bürgermeister: Und nun?

Rosa Grenier: Sie soll sich verabschieden. Mögen sie ein bißchen weinen zusammen, das wird ihnen helfen. *Geht ab in die Küche.*

Otto: Na, ich an seiner Stelle würde jetzt nicht weinen.

Bürgermeister: Was macht dieser Hirschburg? Warum kommt er nicht zurück?

Lisa: Wir müssen warten.

Otto: Ja, warten, bis die Gestapo eintrifft.

Bürgermeister: Ich geb ihm noch zehn Minuten. Dann muß ich in mein Büro, die Papiere durchsehen. Und mir einen amtlichen Reiseauftrag nach Paris ausstellen. Schließlich bin ich noch Bürgermeister. Wenn einer von euch ein französisches Papier braucht, jetzt stelle ich alles aus.

Lisa: Jetzt brauchen wir nichts mehr.

Bürgermeister: Ja, natürlich. Übrigens, beim Aufräumen

meines Schreibtisches stieß ich auf den Namen Philippe Matin. Wer ist das? Haben Sie einen Philippe Matin über die Grenze gebracht, Lisa?

OTTO: Philippe Matin, das bin ich.

BÜRGERMEISTER: Sie, Otto?

OTTO: Ja. Es ist mein Pseudonym, mein nom de guerre. Unter diesem Namen lebe ich in Frankreich.

BÜRGERMEISTER: Ich hab es nicht gewußt, Otto. Auch meine Sekretärin kannte keinen Philippe Matin. Sie hätten uns das sagen müssen. Na, bald brauchen Sie kein Pseudonym mehr, Otto. Bald sind Sie in Sicherheit. – Und Sie, Lenka, bleiben Sie bei Madame Grenier?

LENKA: Ja. Ich will hier auf Ludvik warten.

BÜRGERMEISTER: Gut.

OTTO: Dann kommen Sie heute also nicht mit?

LENKA: Ich weiß es nicht. Wenn Ludvik da wäre, er könnte es sagen. Er weiß immer, was richtig ist.

OTTO: Ludvik, Ludvik! Er ist nicht da. Sie müssen selbst entscheiden, Lenka.

LENKA: Ich weiß, aber . . .

OTTO: Sind Sie gefährdet, Lenka? Suchen die Deutschen Sie?

LENKA: Nein.

OTTO: Dann bleiben Sie hier. Warten Sie hier auf Ludvik.

LENKA: Ja. Das ist das Vernünftigste.

OTTO: Und Sie haben sich jetzt endgültig entschieden?

LENKA: Ja, Otto. Ich bleibe, ich komme nicht mit.

OTTO: Sind Sie auch ganz sicher, daß Sie sich richtig entschieden haben?

LENKA: Ja.

OTTO: Gut. Und Sie wissen auch, warum Sie hier bleiben und warum Sie nicht mit uns gehen?

LENKA: Sie haben es mir doch gerade gesagt, Otto. Oder meinen Sie, ich soll doch mitkommen?

OTTO: Nein. Bleiben Sie hier. Warten Sie hier auf Ludvik.

LENKA: Danke, Otto. Sie haben mir geholfen.

Otto: Ich verstehe Sie nicht. Ich versteh die Frauen nicht.

Hirschburg tritt auf.

Bürgermeister: Was ist?

Hirschburg: Ich komme, um mich zu verabschieden. Ich danke Ihnen. Ich danke Ihnen allen, für alles. Und leben Sie wohl.

Lisa: Was haben Sie vor?

Hirschburg: Wir gehen nach Spanien.

Bürgermeister: Sie wollen mit diesen alten Männern über die Pyrenäen?

Hirschburg: Ja.

Bürgermeister: Das ist, entschuldigen Sie, das Dümmste, was ich je in meinem Leben hörte.

Hirschburg: Sie haben gewiß recht, Herr Bürgermeister. Aber kann uns Vernünftiges helfen? Sagen Sie. Dann muß uns etwas Dummes helfen.

Bürgermeister: Lassen Sie die alten Männer andere Sachen anziehen. Ein Kaftan ist nichts für einen Marsch durchs Gebirge.

Hirschburg: Gott wird uns helfen.

Bürgermeister: Gott wird Ihnen auch helfen, wenn Ihre Leute die hier übliche Kleidung tragen. Sie fallen weniger auf. Und zum Klettern ist es praktischer.

Hirschburg: Das ist nicht möglich.

Otto: Wieso? Verbietet das Ihre Religion?

Hirschburg: Diese Männer kommen aus Zator, aus dem Herzogtum Zator, aus Galizien.

Otto: Das verstehe ich nicht, das müssen Sie mir erklären.

Hirschburg: Es ist das alte Herzogtum Auschwitz und Zator.

Otto: Auschwitz? Dort ist ein Arbeitslager.

Hirschburg: Ja, ein Arbeitslager, so heißt es.

Bürgermeister: Ja. Und?

Hirschburg: Ich kann es Ihnen nicht erklären. Und Sie könnten es nicht glauben.

LISA: Aber Sie können die Männer nicht führen, Herr Hirschburg. Sie kennen sich im Gebirge nicht aus.

HIRSCHBURG: Gott wird uns führen. Er hat diese Männer durch Deutschland geführt und durch Frankreich. Er wird uns auch über diesen Berg bringen.

BÜRGERMEISTER: Und dann? Was haben Ihre Leute für Papiere? – Das dachte ich mir. Wenn Sie ohne ein Transit durch Spanien kommen wollen, da wär es besser, Ihr Gott würde Sie durch das Mittelmeer führen.

HIRSCHBURG: Wenn es nötig ist, wird er es tun. Leben Sie wohl. Ich will nur meine Tasche holen.

OTTO: Ich bring sie Ihnen, Herr Hirschburg. *Geht nach oben.*

BÜRGERMEISTER: Lisa, bitten Sie Madame Grenier, das Essen einzupacken. Hirschburg soll es mitnehmen.

Lisa geht in die Küche.

BÜRGERMEISTER: Kommen Sie her, Hirschburg. Ich habe Ihnen den Pfad skizziert. Prägen Sie es sich gut ein. Sie verlassen das Dorf hinter dem Friedhof, dann gehen Sie durch die Weinberge bis zum Pic du Midi, dann den Pfad rechts. Sie werden sieben oder acht Stunden unterwegs sein. Nehmen Sie Wasser mit. Machen Sie regelmäßig kurze Pausen. Sprechen Sie leise. Essen Sie nichts von Früchten, die Sie nicht kennen.

OTTO *kommt mit einer Tasche die Treppe herunter:* Schön schwer, Herr Hirschburg. Wollen Sie alles mitnehmen?

HIRSCHBURG: Vielleicht sollte ich die schweren Karten hier lassen.

OTTO: Es wär vernünftig.

HIRSCHBURG *packt die Karten aus:* Das hier, das war mein ganzes Leben. Verbrennen Sie sie bitte nicht. Es sind sehr gute Karten.

BÜRGERMEISTER: Die Frauen werden Ihnen etwas zu essen mitgeben. Und gehen Sie sofort los. Sie müssen über die Grenze sein, bevor die Sonne aufgeht. Kommen Sie.

OTTO: Alles Gute, Herr Hirschburg.

HIRSCHBURG: Danke. Auch Ihnen. *Geht mit dem Bürgermeister in die Küche.*

OTTO: Sie schaffen es nicht. Es ist unmöglich. Fünfzehn alte Juden. Sechzehn. Es kann nicht gut gehen.

BÜRGERMEISTER *tritt auf, nach ihm Lisa und Lenka:* Was sagten Sie?

OTTO: Nichts.

BÜRGERMEISTER: Sie sind durch ganz Deutschland und Frankreich gekommen. Sie werden es schaffen.

OTTO: Glauben Sie das wirklich?

BÜRGERMEISTER: Haben Sie noch etwas zu essen?

LENKA: Nur noch die Suppe. Und etwas Brot. Aber es ist eine sehr gute Suppe.

KURT *kommt mit Marie die Treppe herunter:* Ich dachte, ihr seid schon beim Essen. Ist Hirschburg noch nicht zurück?

LISA: Er ist mit den Männern losgegangen. Er bringt sie über die Grenze.

KURT: Hirschburg? In der Nacht? Ich glaube nicht, daß Hirschburg fähig ist . . .

OTTO: Sei still, Kurt. Eine andere Möglichkeit gibt es nicht.

BÜRGERMEISTER: Machen Sie bitte das Licht aus. Ich öffne das Fenster.

Kurt löscht das Licht, der Bürgermeister öffnet das Fenster, alle sprechen jetzt leiser.

LISA: Sie müßten jetzt am Friedhof sein.

OTTO: Es ist nichts zu hören.

BÜRGERMEISTER: Natürlich nicht. Um diese Zeit steht dort kein Grenzer mehr. Es ist völlig ungefährlich.

LISA: Wenn sie nur den Pfad finden.

KURT: Und wann gehen wir?

LISA: In einer Stunde.

BÜRGERMEISTER: Ich werde in mein Büro gehen, meine Abreise vorbereiten.

LENKA: Essen Sie nicht mit uns?

Bürgermeister: Nein, es ist noch so viel zu tun.
Lisa: Und Hugo? Wohin hat man seine Leiche gebracht?
Bürgermeister: Ich weiß es nicht, Lisa.
Lenka: Wollen wir das Fenster schließen und essen?
Otto: Warten Sie noch.
Marie Grenier: Es wird kalt.
Kurt: Es ist nichts zu hören.
Otto: Was soll denn zu hören sein?
Lisa: Es hat auch kein Hund angeschlagen.
Bürgermeister: Das ist ein gutes Zeichen.
Lenka: Sicher.
Otto: Und in einer Stunde gehen wir.
Lisa: In einer Stunde, ja.
Bürgermeister: Ich reise auch ab. Ich tauche in Paris unter.
Otto: Es sind fünfzehn alte Männer?
Bürgermeister: Ja.
Otto: Wie alt sind sie?
Bürgermeister: Sechzig Jahre, siebzig Jahre, ich weiß nicht. Jeder sieht aus, als sei er hundert Jahre.
Marie Grenier: Kurt?
Kurt: Was hast du, Marie?
Marie Grenier: Ach, es ist nichts.
Lisa: Aus dem Dorf sind sie raus. Jetzt könnte sie nur eine Streife in den Bergen aufgreifen.
Bürgermeister: Das ist zu unwahrscheinlich. Sie haben es so gut wie geschafft.
Otto: Natürlich.
Marie Grenier: Wir werden uns wiedersehen?
Kurt: Ja. Wenn du es willst.
Lisa: Ein wenig warten wir noch. Dann gehen auch wir los.
Otto: Ja, endlich. Endlich ist diese ewige Unsicherheit vorüber.
Lenka: Was haben Sie? Haben Sie was gehört?
Lisa: Mir war so.
Kurt: Das war nichts. Das sind die Nerven, Lisa.

Bürgermeister: Ja, es ist alles in Ordnung. In einer Stunde könnt ihr beruhigt losgehen.

Otto: In einer Stunde. Dann haben wir es endlich hinter uns.

Die Tür zur Küche öffnet sich, auf der Türschwelle steht Rosa Grenier.

Rosa Grenier: Wollen Sie jetzt essen?

Lisa: Einen Moment noch, Madame Grenier. Einen Moment wollen wir noch warten.

Ende

Die Ritter der Tafelrunde

Die Personen

Ginevra
Jeschute
Kunneware
Artus
Keie
Orilus
Parzival
Mordret
Lancelot

Der Ort

Halle der Artusburg.

1. Akt

Halle der Artusburg mit dem Tisch der Tafelrunde. Ginevra sitzt am Tisch und liest in einem Buch.

JESCHUTE *tritt auf:* Da habe ich nun so lange geschlafen, aber müde bin ich noch immer. Guten Morgen, meine Liebe. Wie spät ist es denn?

GINEVRA: Ich weiß es nicht. Guten Morgen, Jeschute. *Sie küssen sich.*

JESCHUTE: Hast du einen Kaffee für mich übrig?

GINEVRA: Bitte, nimm dir. Du kannst dir auch das Hörnchen nehmen.

JESCHUTE: Was liest du?

GINEVRA: Ach, nichts. Einen dummen Roman. Er ist so dumm, daß ich schon alles vergessen habe. Aber vielleicht bin ich zu dumm dafür. Wie hast du geschlafen?

JESCHUTE: Gut. Sehr gut und traumlos. Ich war viel zu besoffen, um noch etwas zu träumen.

GINEVRA: Es ist gestern spät geworden?

JESCHUTE: Ja. Sehr spät.

GINEVRA: Ihr wart sehr laut. Ich habe euch streiten hören.

JESCHUTE: Tut mir leid, Ginevra. Die Männer sind wieder aneinandergeraten und haben herumgebrüllt.

GINEVRA: Wie immer.

JESCHUTE: Ja. Wie immer. Jahraus, jahrein die gleichen Gespräche, die gleichen unsinnigen Streitereien. Was ist nur aus uns geworden, Ginevra.

GINEVRA: Wir sind alt geworden.

JESCHUTE: Ich bin alt geworden, wolltest du sagen, wie? Schon gut, du hast ja recht. Ich sah vorhin in den Spiegel, mein Gott –. Als ich ein junges Mädchen war, wollte ich sehr früh sterben. Nur nicht alt werden, hatte ich mir vorgenommen. Und dann wurde ich dreißig und vierzig und schließlich fünfzig. Ist das nun besser? Wär ich jung gestorben, dann würden heute alle nur von der jungen Jeschute, von der schönen Jeschute sprechen. Stattdessen – weißt du, wie die Männer über mich reden?

GINEVRA: Laß sie doch. Die sind auch alt geworden.

JESCHUTE: Na, ich weiß nicht, ob das ein Trost ist. Was für schöne Männer waren das. Wir hatten schöne Verehrer, Ginevra. Und selbst unsere Ehemänner waren einmal schön. Und heute? Traurige, alte Streithammel. Man hat nicht einmal Lust, mit ihnen zu reden.

GINEVRA: War Mordret gestern abend dabei?

JESCHUTE: Natürlich. Und er hat mitgetrunken und hat herumgeschrien ...

GINEVRA: Der Junge tut mir leid.

JESCHUTE: Ach was. Er ist ein hübscher Junge, aber langweilig und nervtötend.

GINEVRA: Er ist ratlos.

JESCHUTE: Du mußt ihn nicht immer verteidigen, Ginevra. Er ist zwanzig Jahre, er sieht gut aus, er hat das Leben noch vor sich. Wie kann man da immerfort herumgreinen wie ein alter Mann.

GINEVRA: Die Jungen haben es heute schwerer. Für uns war es einfach und klar, wie zwei und zwei. Bei den jungen Leuten heute gilt nichts mehr. Sie stellen alles in Zweifel. Nichts hat für sie Wert, es gibt nichts, was sie anerkennen. Sie sind alle so klug, sie durchschauen alles, und ihre ganze Klugheit macht sie ratlos und unglücklich.

JESCHUTE: Sie tun nichts, sie wollen nichts, sie leiden, das ist alles. Und sie machen die Welt für ihr Unglück verantwortlich, die Umstände, uns. Nicht sehr einfallsreich, wie.

Natürlich kann man sich hinter den Ofen setzen und klagen. Aber man könnte vielleicht auch etwas tun.

GINEVRA: Du willst sie nicht verstehen . . .

JESCHUTE: Schluß, Ginevra, wir wollen uns nicht streiten. Wenigstens wir zwei wollen Frieden halten. *Sie setzt sich neben Ginevra, Keie tritt auf, Jeschute erhebt sich rasch.*

KEIE: Sag mal, hast du auf diesem Stuhl gesessen?

JESCHUTE: Wie?

KEIE: Ich habe dich gefragt, ob du auf diesem Stuhl gesessen hast. Hier auf diesem Stuhl. *Er zeigt auf den Stuhl, auf dem Jeschute saß.*

JESCHUTE: Natürlich nicht. Ich bin weder auserwählt noch verrückt oder besonders mutig. Natürlich habe ich auf diesem Stuhl nicht gesessen. Frag Ginevra.

KEIE: Schon gut. Es kam mir nur so vor . . .

GINEVRA: Guten Morgen.

KEIE: Guten Morgen, Ginevra. Guten Morgen, Jeschute. Entschuldige, ich habe wohl Halluzinationen. Habt ihr noch Kaffee?

GINEVRA: Nein, du mußt dir selber welchen kochen. Und mach für uns eine Tasse mit, bitte.

KEIE: Bist du schon lange auf? Wie spät haben wir es? Was liest du da, darf ich mal sehen? *Er nimmt Ginevras Buch.*

GINEVRA: Es ist ein Roman. Leg ihn wieder hin, Keie. Er interessiert dich sowieso nicht.

KEIE: Sag das nicht, Ginevra. Früher habe ich viel gelesen. Es ist ein angenehmer Zeitvertreib, und man konnte immer etwas lernen. In Maßen genossen, ist es sehr unterhaltsam. Und sogar nützlich. Und für Frauen und Kinder ist es allemal besser, als Löcher in die Luft zu starren. – Jetzt habe ich dich gekränkt?

GINEVRA: Nein. Ich kenn dich doch, Keie.

KEIE *lacht:* Na schön, ich mach uns jetzt Kaffee. *Er will gehen.* Du kennst mich, das soll heißen, auf mich mußt du nicht hören, nicht wahr? Dann sag mir doch bitte, was das

Bücherlesen dir einbringt. Da gibt es schönere Menschen, ein schöneres Leben – und was hast du davon? Du willst das alles auch haben, und da das unmöglich ist, wirst du ärgerlich und verzweifelst. Du machst dich selbst unglücklich, das ist das Ergebnis deiner Lektüre. Das Unheil der Bücher ist, sie vermögen nur, die Seele anzusprechen. Sie leben vom Gefühl, sie kultivieren die Gefühle, sie machen aus dem Menschen ein Monstrum schöner Gefühle, kraftlos, ohne Vernunft und Verstand, weinerlich, mit einer Sensibilität, die aufgebläht ist wie eine Fettleber.

JESCHUTE: Na, und davon zumindest verstehst du etwas.

GINEVRA: Laß ihn ausreden.

KEIE: Natürlich, du kannst es dir leisten. Artus' Frau kann selbstverständlich ihren Tag auf dem Kanapee verbringen und ihre ach so schöne, unglückliche Seele pflegen. Bedauerlicherweise wird dieser Seelenschmalz in viel zu hohen Auflagen auch unter das Volk gebracht und vergiftet normale, völlig gesunde Leute, die darauf angewiesen sind, ihrer Arbeit nachzugehen oder sich um ihre Kinder zu kümmern.

JESCHUTE *lacht auf:* Was für eine Kanaille!

KEIE: Jeschute, du bist eine dämliche Kuh. Beweis mir das Gegenteil oder halt deine Schnauze.

JESCHUTE: Ein galanter Ritter, unser Keie.

KEIE: Ich laß mich von keinem beleidigen, auch nicht von einer Frau. Frauen haben neuerdings alle möglichen Sonderrechte, weil sie ja so unterdrückt sind. Aber entschuldige, beleidigen lasse ich mich nicht. – *Zu Ginevra.* Ich sagte, diese Bücher vergiften das Volk, weil sie ihnen eine verlogene, aber angenehme Welt vorgaukeln. Da werden ein, zwei Helden hingestellt, sehr sauber, sehr tapfer, sehr ehrlich und sehr sensibel, und die Umgebung, in der sie zu leben gezwungen sind, ist finster, geldgierig, gefühllos, egoistisch, opportunistisch, was du willst. Mit einem Wort: sie leben unter Schurken und leiden. Nach diesem Rezept sind deine Romane gestrickt, und der Leser kann sich nun einfühlen. Er darf mitleiden, sieht sich eben so edel und menschlich in einer seelenlosen, unmenschlichen Landschaft. Man hat keinen Verstand, dafür viel Gefühl. Das gefällt natürlich, da kann sich doch jeder wiedererkennen. Und die Schurken sind überdies immer die anderen. Da stört es nicht, daß alle anderen ebenso empfinden dürfen. Na, wenn das kein Opportunismus ist, dann weiß ich nicht.

JESCHUTE: Bemerkenswert, Keie.

GINEVRA: Ist das tatsächlich deine Meinung?

KEIE: Ich bin davon nicht nur überzeugt, mir ist unverständlich, wie ein denkender Mensch diesen Tatbestand nicht anerkennen will. Ich habe einen deiner Künstler reden hören. Auf die Frage einer entzückten Besucherin, wie er ein solches Kunstwerk zustande bringen konnte, antwortete er: Man muß sehr unglücklich sein.

GINEVRA: Eine kluge und sehr schöne Antwort.

KEIE: Ja, das gefällt dir. Das dachte ich mir. Nehmen wir an, der Mann hat recht und man muß tatsächlich sehr unglücklich sein, um ein Kunstwerk zu produzieren. Nehmen wir auch an, es sei ein wundervolles Kunstwerk, ohne das die Welt ärmer wäre. Was mein Verstand nicht akzeptiert ist, daß ein solcher Bursche sich selbst unglücklich macht, nur um ein Kunstwerk produzieren zu können. Ist das nicht widernatürlich?

GINEVRA: Vielleicht macht er sich nicht selbst unglücklich, Keie. Vielleicht hat er keine andere Wahl.

KEIE: Ja, ja. Aber dann würde ich ihn nicht als Künstler bezeichnen, sondern schlicht als lebensuntüchtig.

JESCHUTE: Du bist eine Kanaille, Keie. Aber wer so abgestumpft ist wie ein Rindvieh, kann natürlich nicht verstehen ...

KEIE: Ich hätte Lust, dir ein paar runterzuhauen. Aber ich

denke, das wird dir ohnehin dein Mann besorgen. – Ich mach uns Kaffee. *Er geht ab.*

JESCHUTE: Dreckstück.

GINEVRA: Hör damit auf, Jeschute, bitte.

JESCHUTE: Schnüffler. Schweineschnauze.

GINEVRA: Jeschute.

JESCHUTE: Ach, ist doch wahr. Was geht ihn das an.

GINEVRA: Hab ich dir schon erzählt, daß Artus von Gawain Nachricht hat?

JESCHUTE: Von Gawain? Kommt er zurück?

GINVERA: Ich weiß es nicht. Artus hat kein Wort gesagt. Er nahm den Brief und steckte ihn ungelesen in die Tasche.

JESCHUTE: Und Lancelot?

GINEVRA: Nichts. Artus hat keine Nachricht von ihm.

JESCHUTE: Auch kein Briefchen für dich?

GINEVRA *zündet sich eine Zigarette an:* Ich rauche zu viel. Es bekommt meiner Haut nicht. Eigentlich müßte es mir leicht fallen aufzuhören. Ich rauche nur aus Langeweile.

JESCHUTE: Es wird nie mehr so, wie es war. Auch wenn sie zurückkommen, selbst wenn alle zurückkommen würden. Die Tafelrunde existiert nicht mehr.

GINEVRA: Aber das kann nicht das Ende sein.

JESCHUTE: Warum nicht? *Sie schweigen.*

ORILUS *tritt auf:* Ah, was für ein schöner Tag. Einen wundervollen guten Morgen euch beiden. Rauch nicht soviel, Ginevra.

GINEVRA: Du bist durch den Wald gelaufen?

ORILUS: Ja. Fast eine Stunde. *Zu Jeschute.* Hast du meine Milch fertig?

JESCHUTE: Nein.

ORILUS: Dann geh und mach sie warm. Und bring mir ein Hörnchen mit.

Jeschute geht ab.

ORILUS: Wann ist Jeschute aufgestanden?

GINEVRA: Ich weiß es nicht.

ORILUS: Das glaub ich dir nicht. Du mußt sie nicht in Schutz nehmen. Ich fresse sie ja nicht. Alles, was ich will, ist, daß sie sich nicht gehen läßt.

GINEVRA: Sie macht nicht mehr und nicht weniger als ich.

ORILUS: Mag sein. Aber ich bin nicht mit dir verheiratet.

GINEVRA: Allerdings.

ORILUS: Ja. Und ich bin nicht so generös wie Artus. Ich besitze nicht seine Gelassenheit. Ich kann nicht wie Artus die Augen verschließen, nur um nicht ansehen zu müssen, wie meine eigene Frau . . .

GINEVRA: Warum sprichst du nicht weiter?

ORILUS: Es geht mich nichts an.

GINEVRA: Ja, es geht dich nichts an, aber du kannst es nicht unterlassen, darüber zu reden. Es geht euch alle nichts an, aber ihr zerreißt euch unentwegt das Maul über mich. Über mich und Artus. Artus soll seine Ehre verteidigen, seine Mannesehre. Ihr wollt Blut fließen sehen wie die Tiere, wie blutrünstige Tiere.

ORILUS: Es gibt Dinge, über die man mit einer Frau nicht reden kann.

GINEVRA: Wie langweilig du bist.

ORILUS: Ich bin konservativ, wenn du das als langweilig bezeichnest, bitte. Im übrigen werden wir uns über diesen Punkt nicht einig werden. Für mich gibt es etwas wie Pflicht und Ehre. Und es gibt zwischen den Geschlechtern trotz allem modischen Gerede ein paar Unterschiede. Und darum werde ich mich über die Pflichten und die Ehre eines Mannes nicht mit einer Frau unterhalten.

GINEVRA: Aber meine Pflichten und meine Ehre, darüber hast du zu befinden?

ORILUS: Ja, weil du Artus' Ehre kränkst. Vergiß bitte nicht, wir sind nicht irgendwelche Kleinbürger. Wenn wir nicht mehr unsere Pflicht erfüllen, wenn dieses Haus verfällt und die Tafelrunde sich auflöst, dann wird keiner den Zusammenbruch mehr aufhalten können.

GINEVRA: Wo ist denn deine Tafelrunde, für die ich geopfert werden muß? Wo ist die herrliche, hochgerühmte Burg? Wo sind die Ritter geblieben? Ich sehe nur einen alten, vergilbten Mann.

ORILUS: Ich habe dich nie gekränkt, Ginevra. Wenn du nicht Gleiches mit Gleichem vergelten kannst, schweig bitte.

GINEVRA: Hinfällige Männer, altgewordene Frauen. Ach, Orilus, was ist von der Tafelrunde geblieben?

Nach einer Pause treten Jeschute und Keie auf.

KEIE ZU JESCHUTE: Ganz im Gegenteil, meine Liebe, ich verehre dich. T'as de beaux yeux, tu sais. Aber das ist leider auch alles. *Zu Orilus:* Du wirkst erschöpft. Übernimm dich nicht mit deinen Waldläufen.

JESCHUTE: Deine Milch.

ORILUS: Danke. Ich esse auf meinem Zimmer. Ist Artus auf?

GINEVRA: Ja. Er arbeitet.

ORILUS: Das werde ich auch tun.

KEIE *stößt an den Tisch, eins der Tischbeine fällt um:* Vor wie vielen Jahren ist dieses Tischbein abgebrochen? Weiß das überhaupt noch jemand? Dabei haben wir zwei Tischler. Aber denen darf man ja nichts sagen.

ORILUS: Es würde auch nichts helfen. Artus müßte ihnen nur ein Wörtchen sagen, aber das wagt er nicht. Er hat Angst vor ihnen.

JESCHUTE: Dann sag du es ihnen doch.

ORILUS: Na, auf mich werden sie hören.

Kunneware, Parzival und Mordret treten auf.

KEIE: Ein fauliger Krautkopf zwischen unreifem Gemüse. Eine prächtige Auslage.

PARZIVAL: Was murmelst du, Keie?

KEIE: Ich warf einen trüben Blick in eine noch trübere Zukunft. Nichts für dich, da du es nicht verstehen willst.

PARZIVAL: Deine ewige Leier, Keie? Alte Tugenden sind ein gutes Schlafkissen, und verschlissene Hoffnungen halten die Füße warm. Mach die Augen auf.

KEIE: So schwätzen Verräter.

MORDRET: Blahblahblah.

GINEVRA: Mordret, ich bitte dich.

JESCHUTE: Es ist zwecklos, Ginevra. Komm, wir gehen. Ich kann mir das nicht anhören. *Geht mit Ginevra ab.*

KEIE: Du bist ein grüner Junge, Mordret, und ich will dir um deines Vaters willen viel nachsehen. Aber hüte dich vor Parzival. Er ist verzweifelt, und Verzweifelte verbreiten ein lähmendes Gift, das süße Gift der Schwermut und Zerstörung.

MORDRET: Ich bin kein Kind, alter Mann, und wenn Artus deine ledernen Ratschläge hinnimmt, ich nicht. Gieß mir Kaffee ein.

KEIE: Bitte.

KUNNEWARE: Wir wollen Tennis spielen. Ihr habt mir versprochen, wir gehen Tennis spielen.

ORILUS: Es ist empörend.

KEIE: Reg dich nicht auf.

ORILUS: Vor dir stehen Männer, die gekämpft haben. Keie und ich haben ihr Blut geopfert für Artus, für das Königreich, für den Gral. Wir haben in unzähligen Schlachten unseren Mann gestanden gegen den mitleidslosen, blutgierigen Klingsor. Da werden wir uns nicht von einem dummen Jungen beleidigen lassen, der nie den warmen Ofen verlassen hat.

PARZIVAL: Ich habe auch gekämpft, Orilus, vergiß es nicht.

ORILUS: Ich habe es nicht vergessen, Parzival. Aber du scheinst es vergessen zu haben. Was bedeutet dir noch der Gral? Was bedeutet dir noch, wofür du Jahrzehnte gekämpft hast?

MORDRET: Blutige Schlachten, ein unbarmherziger Feind. Das ist alles so lange her, daß es fast nicht mehr wahr ist.

Und der hochberühmte Gral! Als Kind habe ich mir vor Ehrfurcht eingeschissen, wenn ihr von dem Gral erzähltet. Ich glaubte, es sei wunder was Großartiges. Dabei wißt ihr überhaupt nicht, wie das ist. Kein Mensch vermag zu sagen, was das ist: der Gral.

ORILUS: Es ist etwas sehr Schönes, Mordret.

MORDRET: Etwas Schönes, von dem kein Mensch sagen kann, ob es das überhaupt gibt.

ORILUS: Es ist etwas sehr, sehr Schönes, mein armer Junge, was du nie besitzen wirst.

MORDRET: Ja, weils nicht existiert. Euer Gral ist ein Fantom, dem ihr ein Leben lang hinterhergejagt seid. Ein Hirngespinst, um das ihr euch die Köpfe blutig geschlagen habt. Sieh dir deine Gralsritter an. Verstörte, unzufriedene, ratlose Greise, die das Leben verklagen. Was, glaubst du, sollte mich dazu bringen, auch so zu werden?

KEIE: Und Klingsor? Dieser blutdürstige, hinterhältige Klingsor, der unser Land bedroht, der unsere tapfersten Helden ermordete, der unentwegt Söldner anwirbt, um unsere Dörfer niederzubrennen, unsere Bauern zu erschlagen, unser Eigentum zu rauben, ist das auch ein Fantom?

MORDRET: Ich weiß es nicht. Es ist alles so lange her. Vielleicht ist Klingsor auch nur noch ein alter, unglücklicher Mann, ein nörgelndes, unzufriedenes Wrack. Ich habe Klingsor nie gesehen. Ich kenne nur eure Geschichten über ihn, daß er Blut säuft, daß er Krieg will. Ist er mein Feind, weil ihrs mir sagt?

KEIE: Dann sei Gott uns gnädig. Wir werden Klingsor schutzlos ausgeliefert sein, wenn Artus geht und unser Land an diese Leute fällt. Deine Saat, Parzival, ist aufgegangen.

KUNNEWARE: Mordret, Parzival, kommt. Ihr habt es mir versprochen.

PARZIVAL: Du irrst dich, Keie. Den Boden für diese Saat haben Leute wie du vorbereitet. Ihr habt die Kinder verschreckt und die Jugend entmündigt. Uneinsichtig habt ihr auf unseren alten Tugenden beharrt. Aber auch Tugend will geprüft sein, sie schimmelt leicht.

ORILUS: Parzival, der Tugendwächter. Und was hast du dafür anzubieten? Und du, Mordret? Nur Klagen, nur Unzufriedenheit. Eure Larmoyanz ist ekelhaft. Ihr langweilt mich. Auf Wiedersehn. Ich habe zu tun.

MORDRET: Deine Memoiren schreiben.

ORILUS: Ja, Mordret. Das ist eine gute, sinnvolle Beschäftigung.

MORDRET: Wer soll das lesen, Orilus? Wir kennen eure Heldengesänge bis zum Erbrechen. Das will kein Mensch mehr hören.

ORILUS: Vielleicht ist es nichts Weltbewegendes, was ich mitzuteilen habe, aber es ist tausendmal besser als herumzugreinen. *Geht ab.*

KUNNEWARE: Und ich geh auch. Ich habe es satt, euch zuzuhören.

PARZIVAL: Ja, Kunneware, gehen wir. *Geht mit Kunneware und Mordret ab.*

KEIE: Gnade uns Gott.

ARTUS *tritt auf:* Keie. Bist du allein?

KEIE: Ja.

ARTUS: Wie gehts dir? Ach, da liegt wieder das Tischbein. Wie oft habe ich das in den letzten Monaten aufgestellt. Ich wollte den Tischlern Bescheid sagen. Habe es immer wieder vergessen. *Er stellt das Tischbein auf.* Das ist eigentlich unverzeihlich. Der Tisch der Tafelrunde, der sollte immer in Ordnung sein. Das ist ja schließlich nicht irgendein Möbelstück.

KEIE: Gnade uns Gott. Ich weiß nicht, was wir falsch machten, aber wir müssen offenbar entsetzliche Dummheiten begangen haben, wenn solche Leute das ganze Ergebnis unserer Bemühungen sind. Nichts bedeutet ihnen etwas, sie spucken auf den Gral, sie spotten über unsere Ideale, sie lachen über uns. Und wir? Wir haben unser Leben für eine Zukunft geopfert, die keiner haben will.

ARTUS: Was ist denn, Keie?

KEIE: Ich habe Angst, Artus. Ich habe Angst zu sterben.

ARTUS: Ja, das ist natürlich.

KEIE: Ich habe Angst, in die Grube zu fahren und unsere Welt Leuten wie deinem Sohn zu hinterlassen.

ARTUS: Du hattest schlechte Träume?

KEIE: Sagen wir, schlimme Vorahnungen. Denn ich habe nicht geschlafen. Ich sah dein Grab, Artus. Ich sah Mordret, deinen Sohn, auf deinem Thron. Ich sah die Tafelrunde zerbrochen, ich sah ein verwüstetes Land.

ARTUS: Was soll ich tun? Ich kann nichts dagegen tun.

KEIE: Du kannst nicht die Augen schließen und es einfach hinnehmen. Du bist Artus. Du hast die Macht, und du trägst die Verantwortung.

ARTUS: Was soll ich tun, Keie?

KEIE: Haben wir Fehler gemacht?

ARTUS: Ich weiß nicht.

KEIE: Nein, wir haben keine Fehler gemacht. Keinen einzigen. Schritt für Schritt blieben wir unbeirrt. Wir haben schmerzliche Entscheidungen treffen müssen, wir haben sogar Blut vergießen müssen, das uns teuer war. Aber jeder Schritt war notwendig und richtig.

ARTUS: Vielleicht, Keie, vielleicht haben wir keine Fehler gemacht. Aber wir sind einsam geworden. Keiner kommt zu uns, man meidet die Tafelrunde. Wir haben nur noch wenige Freunde.

KEIE: Unsere Geschichte ist makellos, es gab keine fehlerhaften Entschlüsse.

ARTUS: Ja, es waren große Jahre. Und viel erreichten wir von dem, was wir uns vorgenommen hatten. Wir haben Recht und Gesetze in die Welt gebracht, wir haben eine gerechtere Ordnung errichtet. Die Menschen wurden wohlhabend, die Häuser und Straßen sicher. Wer weiß denn heute noch, was Hunger ist! Aber sind die Menschen glücklich geworden? Wir hatten es erwartet. Doch jetzt sehe ich nur noch unzufriedene Gesichter um mich. Wir haben unser Bestes getan, wir haben unser Leben eingesetzt, um den Gral zu finden. Wie viele Ritter haben dabei ihr Leben verloren. Und jetzt soll alles umsonst gewesen sein?

KEIE: Das werde ich verhindern, Artus.

ARTUS: Aber wie, Keie? Was können wir tun?

KEIE: Du mußt Gesetze erlassen, die unsere Arbeit unzerstörbar machen. Gesetze, die den Gral für jede kommende Generation zum unverzichtbaren Ziel erheben ...

ARTUS: Es gibt keine Gesetze, die die Zukunft festlegen. Gesetze sind Worte. Auch Gesetze kann man zerstören. Wir können nur hoffen und den Jungen vertrauen.

KEIE: Vertrauen! Ich traue ihnen nicht. Ich trau deinem Sohn nicht, Artus. Wenn es uns nicht gelingt, den Gral zu finden, bevor diese Leute an die Macht kommen ... Du hast von Lancelot Nachricht? Was schreibt er?

ARTUS: Und du hast wirklich mein Grab gesehen?

KEIE: Ja.

ARTUS: Wie sah es aus? Hast du ein Datum gelesen? Nein, nein, nein, sag es nicht. Ich wills nicht wissen. Ich glaub nicht an Traumbilder. Wir verstehen sie nicht, und wenn wir sie zu deuten suchen, verirren wir uns im Ungewissen. Behalte dein Wissen.

KEIE: Meine Vorahnungen haben mich nie betrogen.

ARTUS: Ich wills nicht wissen, Keie.

KEIE: Ich sah nicht nur dein Grab. Ich sah ein zerstörtes Land. Willst du das auch nicht wahrhaben?

ARTUS: Nein. Es könnte mir nur helfen zu verzweifeln. Es ist merkwürdig, Keie, so sehr wir zu wissen wünschen, was uns der nächste Tag bringt, wir könnten mit diesem Wissen nicht leben. Es würde uns lähmen.

KEIE: Unsinn.

ARTUS: Werd nicht böse, Keie. Du bist klug, du hast einen scharfen Verstand, aber auch du weißt nichts von dem, was uns die Zukunft bringt.

KEIE: Du redest wie ein Kind. Wir haben ein Land zu regieren, wir haben die Zukunft zu gestalten.

ARTUS: Ja, gewiß. – Ich sitze Tag für Tag über Papieren. Ich mache meine Schularbeiten. Und daher wirst du mir gestatten, manchmal auch wie ein Kind zu reden.

KEIE: Ich fürchte um unser Reich, Artus.

ARTUS: Nicht du allein. – Es ist ein schöner Tisch. Er gefällt mir noch immer. Und es war eine schöne Idee. Wir haben viel erreicht. Wenn ich zurückdenke ... Weißt du, was mir da zuerst einfällt?

KEIE: Nein.

ARTUS: Das ist Ginevra. Ich liebe sie noch immer. Sie war ein wunderschönes Mädchen, nicht wahr. Und sie ist noch immer eine wunderbare Frau. Ich habe allen Grund, zufrieden zu sein. Was immer auch war, und was immer auch kommen wird, ich hatte ein glückliches Leben. – Warum bist du ärgerlich? – Hast du Ginevra gesehen?

KEIE: Ja. Wir haben Kaffee getrunken.

ARTUS: Und wo ist sie jetzt?

KEIE: Ich weiß es nicht. Und es interessiert mich auch nicht. Und ich halte sie auch nicht für eine wunderbare Frau. Denn die erste Tugend einer Frau ist ihre Treue, Artus, ihre eheliche Treue ...

ARTUS: Schweig, Keie, ich bitte dich.

KEIE: Sie ist eine Beleidigung der gesamten Tafelrunde ...

ARTUS: Schweig. – Ich liebe sie. Ich liebe sie über alles und trotz allem.

KEIE: Ja nun, gefrühstückt habe ich. Gehen wir an die Arbeit. – Ach, weißt du, als ich vorhin hier hereinkam, war mir, als ob Jeschute auf dem Freistuhl gesessen hätte.

ARTUS: Wo?

KEIE: Auf dem Freistuhl hier.

ARTUS: Jeschute? Das ist unmöglich.

KEIE: Es kam mir so vor.

ARTUS: Jeschute kann doch nicht der Auserwählte sein, der, auf den wir so lange warten. Du mußt dich getäuscht haben.

KEIE: Sicher. Sie hat auch geschworen, daß sie nicht auf dem Stuhl gesessen hat.

ARTUS: Sie wäre elend umgekommen. Wie die anderen.

KEIE: Gewiß.

ARTUS: Keiner außer dem Erwählten kann sich auf den Freistuhl setzen. Du hast merkwürdige Träume.

KEIE: Jaja, aber früher haben die Frauen auch nicht an der Tafelrunde gesessen. Und jetzt, es ist alles so gewöhnlich geworden.

ARTUS: Früher. Da waren hier jeden Tag hundert Ritter. Wir mußten Bänke aufstellen lassen, und dennoch reichte es nicht. Laß die Frauen sich hinsetzen, wo sie wollen. Wir haben jetzt so viel Platz. Ich will nicht leeren Stühlen gegenüber sitzen.

ORILUS *tritt auf:* Ich habe dich überall gesucht, Artus. Es hieß, du arbeitest. Ich war in deinem Zimmer, ich war auf dem Turm, ich war sogar im Anbau . . .

ARTUS: Was gibt es?

ORILUS: Ich habe eine Idee, Artus. Ich glaube, es ist eine sehr gute Idee. Warte, Keie, hör du sie dir auch an. Also, ich habe mal über uns nachgedacht. Wißt ihr, was uns fehlt?

KEIE: Na, was meinst du?

ORILUS: Ihr werdet überrascht sein, wie einfach es ist. Ein Turnier fehlt uns.

ARTUS: Ein Turnier, Orilus?

ORILUS: Ja. Wir haben zu lange kein Turnier gehabt. Die Ritter, die Zweikämpfe, das viele Volk, Fahnen und Musik, ein Fest des Kampfes und der Männlichkeit. Es wird ein Fest unserer großen Ideale. Die jungen Leute werden begeistert sein.

KEIE: Meinst du?

ORILUS: Keine Frage. Ein Turnier wird sie hinreißen. Turniere hat das Volk immer geliebt.

ARTUS: Ich weiß nicht, Orilus ...

ORILUS: Natürlich, Turniere sind nicht billig. Aber diese Kosten sollten wir nicht scheuen. Im Gegenteil, der Effekt ist beträchtlich. Unterschätzen wir nicht die Begeisterung der Jugend. Das wird sich auszahlen.

KEIE: Und wer soll kämpfen? Du?

ORILUS: Du wirst geschmacklos. Nein, ich steig auf kein Pferd mehr. Es fällt mir zu schwer. Aber wir haben genügend gute Leute hier. Sogar an Parzival denke ich. Was immer er auch jetzt für Ansichten hat, er hat noch immer einen guten Namen für Turniere. Und es werden viele kommen, wenn wir das Turnier ausschreiben. Die Helden des ganzen Landes.

ARTUS: Ich bin da nicht sicher.

ORILUS: Wenn sie hören, daß wir sie zu einem Turnier laden, werden sie kommen.

ARTUS: Ich habe sie so oft zur Tafelrunde geladen, sie waren immer verhindert.

KEIE: Und wann soll dein großartiges Turnier stattfinden?

ORILUS: Ich dachte, wenn Gawain und Lancelot zurückkommen. Das wäre ein guter Anlaß.

ARTUS: Von Lancelot habe ich keine Nachricht. Ich weiß nicht, wo er steckt.

ORILUS: Und Gawain?

ARTUS: Ich weiß nicht. Ich habe so seltsame Dinge über ihn gehört ...

KEIE: Ich denke, er hat dir geschrieben. Hast du nicht einen Brief von ihm bekommen?

ARTUS: Ja. Ich habe ihn noch nicht geöffnet. Ich fand noch keine Zeit dazu.

ORILUS: Du hast ihn nicht gelesen? Warum denn nicht?

KEIE: Du hast schon Angst, Briefe zu lesen, Artus.

ARTUS: Ich fürchte, ich weiß, was er mir mitteilt.
KEIE: Gib ihn mir.
ARTUS: Nein. Ich werde ihn lesen. Jetzt gleich. Du hast recht, Keie, es fällt mir wirklich schwer, diesen Brief zu öffnen. *Er geht ab.*
ORILUS: Ja dann. Dann weiß ich auch nicht. Ein Turnier ohne Kämpfe, das geht wohl nicht. Jedenfalls war es eine gute Idee von mir. Schade. Zu dumm.

Mordret tritt auf, läuft über die Bühne, faßt nach dem Freistuhl, lacht auf und geht ab.

ORILUS: Hast du das gesehen, Keie!
KEIE: Nein. *Er geht ab.*

2. Akt

Halle der Artusburg mit dem Tisch der Tafelrunde; die Stühle – außer dem Freistuhl – sind umgestellt; überall liegen Zeitschriften, Bücher, Manuskripte. Kunneware, Parzival und Mordret. Parzival und Kunneware redigieren am Tisch Manuskripte.

PARZIVAL: Ich bin froh, daß wir mit dem Heft so gut wie fertig sind. – Du könntest auch etwas mithelfen, Mordret.

MORDRET: Ich will nicht.

PARZIVAL: Was ist los, Mordret?

MORDRET: Ich will nicht, das ist alles. Ich habe schlechte Laune.

PARZIVAL: Mach, was du willst.

MORDRET: Ja, das werde ich. Das heißt, ich werde es, wenn ich weiß, was ich will. Ich habe da nämlich ein kleines Problem.

KUNNEWARE: Was denn?

MORDRET: Ich weiß nicht genau, was ich hier soll.

KUNNEWARE: Wo? Hier in der Halle? Dann geh doch einfach raus.

MORDRET: Nein, ich meine einen anderen Raum. Ich weiß nicht, was ich in der Welt soll. Und ich denke ununterbrochen darüber nach, ob ich nicht besser hinausginge. Ist es nicht dumm oder tollkühn, etwas zu unternehmen, wenn man nicht einmal weiß, was in den nächsten fünf Minuten passiert. Natürlich, unsere großen alten Männer, unsere Gralsritter haben da keine Beschwerden. Für sie ist die

Zukunft ein aufgeschlagenes Buch, sie wissen über alles Bescheid. Und wenns anders kommt, dann haben nicht sie sich geirrt, die Geschichte hat sich geirrt. Man muß in dieser Welt wohl ein kompletter Idiot sein, um so unerschrocken handeln zu können, von keinem Skrupel geplagt, von keinerlei Zweifel bedrückt.

KUNNEWARE: Du bist ein merkwürdiger Mensch. Ich weiß nicht, soll ich jetzt erschrocken sein oder darüber lachen? War das ein Spaß?

MORDRET: Ein Spaß, was sonst.

PARZIVAL: Hast du Gawains Brief?

MORDRET: Nein. Der alte Herr wollte ihn mir nicht zeigen.

PARZIVAL: Wir müssen ihn bekommen. Gawains Brief ist für uns Gold wert, wenn es stimmt, was ich darüber gehört habe.

MORDRET: Das weiß Artus auch. Er wird ihn dir nicht geben.

PARZIVAL: Er muß es. Ich gehöre schließlich noch immer zur Tafelrunde.

MORDRET: Ach, so wichtig ist dieser Brief gar nicht.

PARZIVAL: Wie? Gawains Brief ist nicht wichtig? Ich versteh dich nicht, Mordret.

MORDRET: Alles nicht so wichtig. Warum schreibst du nicht über Ither, über den Tod des roten Ritters Ither? Das wäre viel interessanter, und ich denke, du könntest dazu einiges sagen.

PARZIVAL: Das waren damals schmerzliche, aber notwendige Entscheidungen. Wir haben uns von manchem Ritter trennen müssen ...

MORDRET: Und mußtet ihnen auch den Kopf abtrennen.

PARZIVAL: Es waren komplizierte, schwierige Zeiten, Mordret. Es war ein Kampf auf Leben und Tod ...

MORDRET: Ich habe die Schulbücher gelesen. Man starb damals schnell, Parzival, nicht wahr? Ein falsches Wort, ein falscher Blick, ein aufmerksamer Nachbar.

PARZIVAL: Was weißt du schon.

MORDRET: Dann sags mir. Erzähle. Warum mußte Ither sterben? Und all die anderen? Wie viele habt ihr umgebracht? Warum schreibst du nicht darüber?

PARZIVAL: Das waren . . .

MORDRET: Tragische Ereignisse. Ich weiß. Hast du dazu wirklich nicht mehr zu sagen?

ORILUS *tritt auf:* Muß das sein, Parzival? Kannst du dieses Zeug nicht in deinem Zimmer lassen?

PARZIVAL: Nein.

ORILUS: Das ist hier kein Büro.

MORDRET: Warum werden Analphabeten beim Anblick von Büchern rasend?

ORILUS: Das ist der Tisch der Tafelrunde, Parzival. Wenigstens davor solltest du Ehrfurcht haben.

MORDRET *klopft auf den Tisch:* Es ist Holz, alter Mann, ein Naturprodukt, ein Zellgewebe der Pflanzen, gut zu verarbeiten, leicht entflammbar. Irgendwelche mystisch-metaphysischen Bestandteile sind nicht nachzuweisen.

ORILUS: Du hast recht, mein Kind, du wirst hier nichts anderes finden als Holz.

MORDRET: Dein Kind, tapferer Ritter? Hast du bei meiner Mutter gelegen? Ist das ein Betonkopf?

ORILUS: Ich bedauere dich.

MORDRET: Du wiederholst dich. Das ist bei alten, langweiligen Männern unverzeihlich. *Geht ab.*

ORILUS: Armes Kind. Du hast noch so viele Jahre vor dir und so wenig Grund zum Leben. Wie willst du deine Zeit überstehen? *Geht zum Tisch, nimmt ein Manuskript.* Du erlaubst doch?

PARZIVAL: Bitte. Aber es wird dich nicht interessieren.

ORILUS: Sehr interessant ist es wirklich nicht. Aber bemerkenswert. Du spuckst auf alles, was mein Leben ausmacht. Du verhöhnst Artus, du spottest über die Tafelrunde. Du beschmutzt dich selbst. Jedenfalls das, was du einmal warst. Wir haben zusammen gekämpft, Parzival, Schulter an Schulter für die gleichen Ideale. Wir haben die Tafelrunde geschaffen, Artus' Reich gegründet. Wir haben die Ritter zivilisiert, die Leibeigenschaft abgeschafft. Wir haben uns ein Gesetz gegeben und ihm die Kraft des Rechtes und der Macht verliehen. Wir haben die Willkür und den Krieg gebannt. Wir haben Frieden im Land.

PARZIVAL: Einen Frieden der Krämerseelen, eine Ordnung der Polizeikaserne.

ORILUS: Wir haben Frieden, und das ist nicht wenig. Erinnere dich, schau zurück, damit du siehst, was wir erreicht haben. Wir haben nicht alles geschafft, gewiß, es wurde nicht alles so, wie wir es erträumten, wie wir es wünschten. Aber das kann doch nur bedeuten, daß wir weitergehen müssen. Artus' Werk, die Tafelrunde, das friedliche, aufblühende Land, wir müssen weiter daran arbeiten, wir sind noch nicht fertig. Doch du fällst uns in den Rücken. Das ist um so schmerzlicher, da du einst zu uns gehörtest. Und aus dem gleichen Grund ist es für uns um so schädlicher. Schlimmer als unser schlimmster Feind, weil du unser Freund warst.

PARZIVAL: Es ist nutzlos, darüber zu reden, Orilus. Wir werden uns nicht einig, und ich habe zu tun. – *Zu Kunneware.* Lies danach bitte diesen Aufsatz. Sicher habe ich einiges übersehen. – Entschuldige, Orilus, aber das Heft muß morgen in die Druckerei. Und ich denke, wir haben uns schon alles gesagt. Wir drehen uns doch nur im Kreis.

ORILUS: Ich wünschte, du würdest deine Zeitschrift einstellen und zu uns zurückkehren. In die Tafelrunde.

PARZIVAL: Wir haben uns dort nichts mehr zu sagen.

ORILUS: Wir sollten es nochmals versuchen.

PARZIVAL: Es ist zwecklos. Die Tafelrunde ist längst zerbrochen. Es gibt sie nicht mehr. Wann wirst du das endlich einsehen?

Orilus: Nein. Das werde ich nie einsehen. Vielleicht ist Lancelot glücklicher als wir und findet den Gral. Er ist schon so lange unterwegs, das läßt mich hoffen. Ich werde die Tafelrunde niemals aufgeben. Genausogut könnte ich Selbstmord begehen.

Kunneware: Was ihr alle daherredet. Wenn man euch Männern zuhört, wird man krank. Oder man muß lachen. Jeder will sich umbringen. Einfach lächerlich.

Parzival: Es ist vorbei, Orilus. Sinnlos gewordene Hoffnungen muß man beizeiten aufgeben, sie kosten sonst Kopf und Kragen. Ich habe die Tafelrunde nicht verraten. Ich sehe nur, daß wir auf den alten Wegen nicht weiterkommen.

Orilus: Und deswegen vernichtest du alles, was wir geschaffen haben?

Parzival: Es ist zwecklos. Entschuldige mich, Orilus.

Orilus: Mir ist kòtzübel. Ich begreife nicht, wie Artus diesen Dreck hier dulden kann. *Wischt Manuskripte vom Tisch und geht ab; Parzival und Kunneware heben sie auf und arbeiten weiter.*

Kunneware: Du bist verärgert?

Parzival: Nein. Aber ich hasse Korrekturfahnen.

Kunneware: Du denkst an Orilus, nicht wahr?

Parzival: Ach was. Ein alter Mann, den ich ungern kränke. Ein Reptil aus vergangenen Tagen. Er hatte seine Zeit, heute versteht er nichts mehr. Er ist unglücklich, wir können ihm nicht helfen.

Kunneware: Parzival.

Parzival: Was hast du?

Kunneare: Du siehst mich nicht einmal an.

Parzival: Entschuldige. Was gibts?

Kunneware: Nichts. Nichts, was ich dir sagen könnte. Verzeih mir, ich bin dumm, ich rede Unsinn.

Parzival: Ich versteh dich wirklich nicht, Kunneware.

Kunneware: Und ich denke, du verstehst mich sehr gut. Ich

denke, du verstehst sehr genau, was ich meine. – Jedenfalls hast du es mal gewußt.

Parzival: Schön. Und was erwartest du von mir? Was soll ich sagen? Ich komm mir so vor, als ob ich meinen Text vergessen hätte. Entschuldige, das sollte nicht zynisch klingen. Aber ich weiß nicht, was ich sagen könnte. Es tut mir leid. Es tut mir alles sehr leid.

Kunneware: Du warst einmal freundlicher zu mir. Zärtlicher. Oder du hast so getan. Du hast es mich glauben lassen.

Parzival: Ich habe dich noch immer sehr gern, Kunneware.

Kunneware: Ich würde dir gern glauben. Ich kann es nicht.

Parzival: Ich habe dich geliebt. Ich liebe dich noch immer. Aber ich hätte es dir nie sagen dürfen, ich hätte es für mich behalten sollen. Es war falsch und dumm, und ich bedauere es.

Kunneware: Du hast mich nie geliebt, Parzival. Du hast meine Bewunderung für dich ausgenutzt. Du hast mich benutzt. Wie eine Prostituierte.

Parzival: Das ist nicht wahr. Ich liebe dich noch immer. Aber du bist ein junges Mädchen, und ich bin ein alter Mann. Und irgendwo wartet seit Jahren Blanchefleur auf mich, meine Frau.

Kunneware: Sieh mich an, Parzival. Sieh mir in die Augen. Ich liebe dich, ich warte auf dich. Ich will, daß du in mein Zimmer trittst, daß du deine Hand auf meinen Hals legst, auf meine Brust. Ich will, daß du wieder zu mir kommst.

Parzival: Es ist unmöglich. Ich kann es nicht.

Kunneware: Wenn du mich liebst . . .

Parzival: Nein, ich werde nicht kommen.

Kunneware: Parzival, ich bitte dich. Was soll ich tun, damit du wieder zu mir kommst? Was möchtest du? Was erwartest du von einer Frau?

PARZIVAL: Hör auf, Kunneware. Nimm Vernunft an. Beruhige dich. Wir werden ein andermal darüber sprechen. Einverstanden?

KUNNEWARE: Hast du eine neue Liebschaft? Wer ist es? Ist sie schöner? Kann sie mehr als ich?

MORDRET *tritt auf mit Jeschute:* Ist dieser Holzkopf endlich verschwunden?

JESCHUTE: Immer noch so ungestüm, Parzival? Oder bist du mal wieder das Opfer? Der von den Frauen Gejagte, wie hieß er doch? Am Ende wurde er zerfleischt. Hüte dich.

PARZIVAL: Ach, Jeschute, so schön und so wenig Fantasie. Fällt dir nichts anderes ein?

JESCHUTE: Nicht ausreichend schön mehr, dafür weniger leichtgläubig. Und du, mein Lieber, bist noch nicht so grau, daß deine Absichten nicht durchscheinen.

PARZIVAL: Ich glaube nicht, daß du davon etwas verstehst.

JESCHUTE: Immerhin verstehe ich in Kunnewares Gesicht zu lesen. – Ein recht leidenschaftlicher Redakteur, nicht wahr, Liebste.

KUNNEWARE: Das geht dich, denke ich, einen Scheiß an, Liebste.

JESCHUTE: So böse? Gings so tief? *Lacht.* Ist das nicht schrecklich langweilig, dieser Papierkram. Ich denke manchmal, für all diese furchtbar klugen Artikel interessieren sich doch nur die, die sie geschrieben haben. Und die anderen Zeitschriftenschreiber und Redakteure natürlich, weil sie dann wieder etwas dagegen zu schreiben haben. Was, meint ihr, würde in Artus' großem Reich passieren, wenn eure unersetzliche Zeitschrift ihr Leben aushauchen würde?

MORDRET: Es würde noch langweiliger werden.

JESCHUTE: Ja, vielleicht hast du recht. Es ist immer amüsant, was unser kluger Parzival an Sticheleien und Bissigkeiten vorzubringen hat.

PARZIVAL: Ich schmeichle mir, daß es nicht nur amüsant ist. Daß ich auch andere Leser habe.

JESCHUTE: Ach, du meinst Artus und Keie? Mein Gott, gewiß ärgern sie sich. Mein guter Orilus ist nach jedem neuen Heft einen ganzen Abend vergrämt und hat Launen. Das ist natürlich eine prächtige Wirkung.

PARZIVAL: Ich werde darüber nicht mit dir diskutieren.

JESCHUTE: Weil Frauen blöd sind, nicht wahr. Weil Frauen nicht denken können.

KUNNEWARE: Du wirst unsachlich. Du kannst ja Parzival manchen Vorwurf machen, aber es ist völlig aus der Luft gegriffen, ihm zu unterstellen . . .

JESCHUTE: Liebe Kunneware, du wirst mir doch nichts von Parzival erzählen wollen. Er ist reizend, manchmal aufmerksam und gelegentlich charmant. Aber glaube mir, meine Kleine, im Grunde verachtet er Frauen. Und wenn er sehr nett und sehr höflich ist, dann ist er nur sehr herablassend.

PARZIVAL: Dummes Zeug.

JESCHUTE: Da unterscheidet er sich nicht von anderen Männern. Die klugen sind freundlich aus Hochmut, und die dummen ehrlich und unausstehlich. Und aus diesem bezaubernden Angebot dürfen wir wählen.

PARZIVAL: Eine abgeschmackte Philosophie. Und sehr einfältig.

MORDRET: Wo hast du mich eingeordnet?

JESCHUTE: Dich? Dich habe ich überhaupt noch nicht eingeordnet. Du bist für mich ein schöner junger Mann, klug, verletzlich und sehr mißtrauisch. Wir werden sehen, was aus dir wird. Ich werde dich beobachten. Was hast du? Ich tu dir doch nichts.

KUNNEWARE: Nur beobachten?

JESCHUTE: Nur beobachten, leider. – Du mußt nicht rot werden, Mordret. In diesem Haus bist du der Einzige, auf den ich etwas Hoffnung setze. Ich weiß allerdings nicht, wieso.

MORDRET: Ach, laß mich. Mich langweilen eure Geschichten.

JESCHUTE: Hab ich dich verärgert? Das wollte ich nicht.

MORDRET: Hoffnung. Was bedeutet denn das? Auf was hoffst du denn bei mir? Ich weiß ja nicht einmal, auf was ich hoffen könnte. Ich bin wie gelähmt. Ich weiß nur, daß ich all das nicht hinnehmen dürfte, dieses Leben, dieses Haus. Ich dürfte euch nicht hinnehmen. Ihr seid am Ende, ohne es wahrhaben zu wollen. Ihr träumt von Dingen, die tot und vergangen sind. Ihr lebt in einem Traum und weigert euch aufzuwachen. Ich verabscheue euch. Aber weit mehr noch verabscheue ich mich, weil ich meine Jahre, das bißchen Zeit, das ich habe, hier vergeude.

JESCHUTE: Mein armer Junge.

PARZIVAL: Mir kommen die Tränen. Ich ersticke in Arbeit, und Mordret langweilt sich zu Tode. Du könntest uns ja helfen, beispielsweise.

MORDRET: Makulatur zu fabrizieren?

PARZIVAL: Oder geh in die Welt. Als ich so alt war wie du, da bin ich nicht am warmen Ofen eingeschlafen ...

MORDRET: Ich weiß, Parzival, du warst ein Held. Und du hättest fast den Gral gefunden. Das wurde mir in der Schule schon beigebracht. Ich will aber keinen Gral suchen. Ich will ihn nicht finden, und ich will ihn nicht einmal geschenkt haben.

PARZIVAL: Wer redet denn vom Gral! Es gibt so viele Länder auf dieser Erde, wo man sich nützlich machen kann. Es gibt Länder, in denen die Menschen wie die Fliegen verrecken. Und du könntest ihnen helfen, mit deinem Wissen, deiner Kultur, deiner teuer bezahlten Ausbildung.

MORDRET: Jaja, ich weiß. Du redest schon wie der alte Orilus. Es ist alles so edel, so heroisch. Ich bin aber kein Held, und ich will auch keiner werden. Ich will Artus' Reich nicht haben. Ich brauche keinen Thron, und ich will in kein Schulbuch. Das kann deine Generation von

Helden natürlich nicht begreifen. Ich muß noch nicht einmal glücklich sein. Ich will nur nicht zusehen, wie ich hier weiter mein Leben vergeude. Ich möchte nicht umsonst gelebt haben. Kannst du das verstehen, Parzival? Ist das zu viel verlangt?

PARZIVAL: Ich weiß nicht, ob das zu viel ist. Aber ich weiß, daß es auch nicht wenig ist und die wenigsten Menschen so viel bekommen. Und ich fürchte, daß du dafür den falschen Weg eingeschlagen hast.

KUNNEWARE: Was willst du denn, Mordret? Dir geht es doch gut. Du könntest doch zufrieden sein. Was soll ich denn sagen? Ich bin völlig allein.

PARZIVAL: Kunneware, ich bitte dich.

KUNNEWARE: Auf mich hofft keiner. Keiner braucht mich.

JESCHUTE: Ich bin sicher, daß du dich irrst, meine Kleine. Wenn man jung und hübsch ist, wird man von sehr vielen gebraucht. Aber das ändert sich. Und sehr gründlich.

MORDRET: Bist du wieder bei deinen Bettgeschichten?

JESCHUTE: Ist dir das unangenehm?

MORDRET: Ja. – Ja, Jeschute, es ist mir unangenehm. Ich weiß, daß hier jeder mit jedem schläft. Ihr verbergt es ja kaum. Ich will kein Wort darüber verlieren. Ich werde keinen anklagen, ich werde nicht moralisieren. Aber es ist mir unangenehm. Es ist schmuddlig. Und sag jetzt nicht, ich sei ja so jung. Ich denke, diese kleinen, schäbigen Widerlichkeiten haben nichts mit dem Alter zu tun. Ich hoffe es jedenfalls. – Sag bitte nichts.

JESCHUTE *zu Parzival:* Schenkst du mir ein Heft, wenn es fertig ist?

PARZIVAL: Willst du es denn lesen?

JESCHUTE: Mit einer Widmung von dir, gewiß.

ARTUS *tritt auf mit Ginevra und Keie:* Wo willst du hin, Mordret?

MORDRET: Ich weiß es nicht.

ARTUS: Kannst du einen Augenblick hierbleiben?

Mordret: Warum nicht. Hier oder dort, ich bin mir überall im Weg.

Artus: Wir wollen uns setzen, Parzival. Räum bitte das Papier ab.

Parzival: Muß das sein?

Artus: Ja.

Parzival: Faß bitte nichts an. Ich mach das mit Kunneware. Sonst finde ich hinterher überhaupt nichts mehr.

Keie: Das wäre ein Schaden.

Artus: Setz dich, Ginevra.

Jeschute: Was gibt es denn? Und wo ist mein Mann? Habt ihr Orilus Bescheid gesagt?

Artus: Ja.

Jeschute: Hier ist wohl wieder Stimmung, wie! Die Herren haben Launen.

Ginevra: Setz dich zu mir.

Parzival *zu Kunneware:* Wir arbeiten dann auf meinem Zimmer weiter. Es ist dafür viel zu klein, aber hier haben wir doch keine Ruhe.

Keie: Dieser Schweinekram. Der Tisch ist besudelt. Man sollte ihn reinigen lassen.

Parzival: Schreib auf, was du zu sagen hast. Ich verspreche, es zu drucken.

Keie: Papier ist geduldig. Ich bin es nicht.

Jeschute: Um was geht es denn?

Keie: Das ist unerträglich.

Jeschute *zu Ginevra:* Weißt du, um was es geht?

Ginevra: Warte. Gleich.

Keie: Willst du nicht endlich etwas dagegen unternehmen? Muß ich es mir gefallen lassen, im eigenen Haus angepinkelt zu werden? Parzival untersteht doch auch den Gesetzen, oder? Und seine Heftchen sind ein Verstoß gegen Ordnung und Sitte. Er verhetzt das Volk, stiftet zum Ungehorsam an, zieht deine Autorität in Zweifel. Er will die Tafelrunde zerbrechen, und er wird das Reich zerstören.

Artus: Nein.

Keie: Siehst du denn nicht, worauf er hinaus will? Dem ist doch nichts mehr heilig.

Artus: Nicht Parzival wird die Tafelrunde zerbrechen, und wenn mein Reich zugrunde gehen soll, so nicht durch Parzivals Schuld.

Keie: Ach, es zerfällt wohl von allein?

Artus: Von allein? Vielleicht. Ich weiß es nicht. Ich habe die Tafelrunde gegründet, und gemeinsam haben wir aus dem Chaos das Reich geschaffen. Es war eine stürmische und fruchtbare Zeit, und die besten Männer haben auf unserer Seite gekämpft. Erinnert ihr euch noch, wer alles an diesem Tisch gesessen hat? Gawain und Galoes, der Bruder von Gahrumet, der rote Ritter Ither von Geherieß und Orilus, Parzival und der gescheckte Feirefiß, der wilde Ironside und Lancelot, Keie und der nachdenkliche Iwein, der Raufbold Segramos . . .

Mordret: Wir wissen es alle, Vater.

Artus: Ja, das ist überall bekannt.

Mordret: Es ist aber auch sehr lange her.

Artus: Ja, das ist vorbei. Vergangenheit.

Mordret: Plusquamperfekt, Vater.

Artus: Für dich gewiß, Mordret. Du bist so ungeduldig. Sicher bin ich für dich auch schon Vergangenheit.

Keie: Wir werden nicht nur eine große Vergangenheit haben, sondern auch eine große Zukunft, wenn wir uns zu unserer Vergangenheit bekennen.

Artus: Ich versteh dich nicht.

Mordret: Er will wieder kämpfen, Vater. Er will Krieg.

Jeschute: Ist das wahr, Keie?

Keie: Ich will keinen Krieg, Artus. Ich will nur nicht kampflos aufgeben, was wir so schwer erkämpft haben. Ich will, daß wir zu unseren alten Tugenden, zu unserer alten Kraft zurückfinden.

Mordret: Und wie willst du das anstellen? Den alten

Klingsor, unseren guten alten Feind, wieder aus der Versenkung hervorholen und das Volk zu den Waffen rufen?

KUNNEWARE: Von was sprecht ihr eigentlich?

KEIE: Dummer Junge. Du hast Klingsor nie gesehen, du mußtest nie mit ihm kämpfen. Was weißt du denn von unseren Kämpfen.

MORDRET: Alles. Das ist Schulstoff, Opa.

ORILUS *tritt auf:* Ach, hier seid ihr. Was gibt es denn?

PARZIVAL: Artus will uns etwas sagen.

ORILUS: Und warum erfahre ich das nicht? Wieso gibt mir keiner Bescheid?

JESCHUTE: Was willst du denn, du bist ja hier.

ORILUS: Ich bin zufällig hier, zufällig. Ich habe dem Tischler gesagt, daß er das Bein reparieren soll. Und weißt du, was er mir erwidert hat, Artus? Er könne sich nicht zerreißen, wenn er Zeit habe, würde er es sich ansehen. Und die ganze Zeit lümmelte er auf seinem Stuhl. Er ist nicht einmal aufgestanden.

KEIE: Ich war immer gegen die Aufhebung der Leibeigenschaft. Das machte das Volk nur faul und aufsässig.

ARTUS: So geht das natürlich nicht. Ich werde selber mit ihm sprechen.

ORILUS: Wann wirst du mit dem Tischler sprechen? Du wolltest es schon vor Monaten.

KEIE: Er wird ihnen eine Lohnerhöhung versprechen.

ARTUS: Setz dich. Ich habe von Gawain einen Brief erhalten, über den ich euch informieren möchte. Er hat mir geschrieben, weil er nicht zurückkommen wird.

ORILUS: Hat er den Gral gefunden?

ARTUS: Nein. Er hat mir geschrieben. Er ist in Merveille. Im Chastell Merveille, im Schloß der hundert Frauen. Er will nicht weiter nach dem Gral suchen, weil er nicht mehr an ihn glaubt. Und er will darum auch nicht zurückkehren. Er hat seinen Platz in der Tafelrunde aufgekündigt und bittet mich, ihn aus dem Dienst zu entlassen. Er will bei den Frauen in Merveille bleiben.

ORILUS: Ach, das wußte ich nicht.

KEIE: Dieser Hurenbock.

ARTUS: Lies erst seinen Brief, Keie, bevor du urteilst.

KEIE: Ich muß ihn nicht lesen. Ich weiß, was ich von Gawain zu halten habe. Du hast ihn allen vorgezogen, Artus, er war immer dein Liebling. Und der Liebling der Frauen. Es mußte ja so kommen. Du hast ihm alles nachgesehen, ihm immer verziehen. Er hat es nie gelernt, konsequent zu sein. Solche Leute stecken schnell auf. Der Schönling Gawain. Ein geringer Verlust.

ARTUS: Mir wird er sehr fehlen. Die Tafelrunde ist ärmer geworden.

KEIE: Ärmer, aber reiner.

ARTUS: Ein leerer Tisch. Ein beängstigender Anblick für mich. Wie ein Hauch von Kälte und Einsamkeit.

KEIE: Darf ich nun gehen?

ARTUS: Willst du nicht . . .

KEIE: Nein. Ich muß mir das nicht anhören. *Geht ab.*

JESCHUTE: Wo ist der schöne Gawain abgeblieben? Im Schloß der hundert Frauen? Ich wußte, daß er früher oder später dort steckenbleiben wird. Steckenbleiben, Ginevra.

ORILUS: Woher wußtest du denn das, Jeschute?

JESCHUTE: Ich wußte es halt.

ARTUS: Wir werden Gawain nicht mehr wiedersehen, und das schmerzt mich mehr, als ich hier sagen will.

MORDRET: Und auch er hat den Gral nicht gefunden.

JESCHUTE: Da bin ich gar nicht sicher, Mordret. Vielleicht hat er ihn im Chastell Merveille entdeckt. Unter einer Schürze.

PARZIVAL: Was schreibt er noch?

ARTUS: Er bittet mich, ihm zu verzeihen. Es seien völlig private Gründe, die ihn zu diesem Entschluß brachten.

PARZIVAL: Und weiter?

ARTUS: Nichts.

PARZIVAL: Kann ich den Brief lesen?

ARTUS: Warum? Ich habe dir alles gesagt.

PARZIVAL: Ich würde den Brief gern in meiner Zeitschrift abdrucken. Es ist schließlich so etwas wie ein historisches Dokument. Gawains Entscheidung kannst du sowieso nicht verheimlichen.

ARTUS: Es ist Gawain sehr schwer gefallen, die Tafelrunde zu verlassen. Du mußte seine Entscheidung nicht für deine Propaganda mißbrauchen. Kannst du nicht einen so sehr persönlichen Entschluß akzeptieren?

PARZIVAL: Ich werde Gawain bitten, der Veröffentlichung zuzustimmen.

ARTUS: Wie du willst. Er wird nicht zustimmen.

PARZIVAL: Warten wirs ab.

ARTUS: Hör zu. *Liest vor.* „Ich bitte dich, Artus, soweit es dir möglich ist, dafür zu sorgen, daß dieser mein Entschluß nicht mißdeutet wird. Mein Abschied beweist nichts und widerlegt nichts. Die Wahrheit ist, daß ich nicht mehr jung genug bin, grundlos weiter meinen Hoffnungen zu folgen, und noch nicht so alt, um ihrer völlig entbehren zu können."

KUNNEWARE: Das hat er schön gesagt.

ARTUS: Du verstehst, Parzival, was Gawain damit meint und wen?

PARZIVAL: Das sind keine Privatangelegenheiten. Die Tafelrunde zu verlassen, das ist eine politische Entscheidung, also eine öffentliche. Ich werde darüber schreiben.

ARTUS: Ich will nichts verbieten, aber ich bitte dich, seinen Namen nicht zu beschmutzen.

ORILUS: Verbiete endlich die ganze Zeitschrift. Dieses widerliche Geschmiere.

ARTUS: Nein, das werde ich nicht. Verbote können nichts regeln. Und es wäre auf eine andere Art das Ende der Tafelrunde. – Das war alles, was ich sagen wollte. – Überleg es dir, Parzival, ich bitte dich. *Geht ab.*

GINEVRA: Ist das nicht schrecklich. Hier steht, die Wissenschaft stimmt darin überein, daß auf unserem Kontinent in vierzig Jahren kein Wald mehr existieren wird. Diese Entwicklung ist nicht zu korrigieren. Der Zustand der Wälder ist bereits so verheerend, daß heute nichts mehr dagegen zu tun ist. Das ist gar nicht vorstellbar.

ORILUS: Jaja.

PARZIVAL: In vierzig Jahren?

GINEVRA: Ja. Auf dem ganzen Kontinent keine Wälder mehr.

PARZIVAL: Das ist bekannt, Ginevra. Es gibt allerdings auch andere Zahlen, etwas freundlichere.

GINEVRA: Das heißt, es werden dann Menschen auf dieser Erde leben, die nie einen Wald gesehen haben, die nicht wissen werden, was ein blühender oder grüner Baum ist.

PARZIVAL: Ja, vermutlich.

GINEVRA: Wie könnt ihr das so gelassen hinnehmen? Es kümmert euch nicht. Aber in vierzig Jahren werden sich die Leute fragen, warum wir nicht aufgeschrien haben vor Entsetzen.

ORILUS: Jaja, es ist schrecklich.

GINEVRA: Wenn die Wälder gestorben sind, dann werden auch die Menschen aussterben. Wir werden die Natur nicht überleben können, wir sind auch nur Natur. Wir werden sterben.

KUNNEWARE: Ist das dein Ernst?

PARZIVAL: Ginevra hat recht. Es spricht alles dafür.

KUNNEWARE: Aber dann sollten wir . . .

JESCHUTE: Was meinst du, Kleine?

KUNNEWARE: Irgend etwas sollten wir tun. Irgend etwas. Etwas völlig anderes, um uns zu retten.

JESCHUTE: Das wäre in der Tat angebracht. Aber wie du siehst, hat man hier andere Probleme.

GINEVRA: In vierzig Jahren schon. Es ist unvorstellbar.

MORDRET: Vielleicht haben unsere Ritter bis dahin den Gral gefunden, und alles löst sich in Wohlgefallen auf.

KUNNEWARE: Würde denn der Gral uns retten?

MORDRET: Warum nicht. Er soll ja alles verbessern. Es muß so eine Art Wundermedizin sein, nach der sie alle hinterher sind. Gesehen hat den Gral allerdings noch keiner.

ORILUS: Du irrst dich, Mordret. Den Gral haben sehr viele Menschen gesehen. Es ist lange her, aber es gab eine Zeit, da gehörte der Gral den Menschen.

KUNNEWARE: Und wieso haben sie ihn verloren, wenn er so wichtig ist?

ORILUS: Die Menschen achten nicht, was sie besitzen.

MORDRET: Ja, man kann auf seine Sachen gar nicht genug aufpassen.

KUNNEWARE: Und wie sah er aus, der Gral? Was haben die Leute, die ihn gesehen haben, über ihn gesagt?

ORILUS: Die Berichte sind sehr widersprüchlich. Es sei ein riesiger Edelstein, sagen die einen, von dem ein wundersames Leuchten ausgehe. Andere sagen, es sei der Sonnentisch der Äthioper, der sich jede Nacht erneut mit Speisen bedecke. Wieder andere nennen als Gral den Ort, wo früher das irdische Paradies war. Und wieder andere nennen ihn einen Ort großer Sünde, den Venusberg, wo man in Tänzen und Lüsten lebt. Einig sind sich alle nur darin, daß er das Höchste und Geheimste dieser Welt sei. Daraus erklärt sich wohl, daß die einen den Gral Gott nennen, andere die Mutter Maria oder noch einfacher: die Geliebte.

MORDRET: Da kann sich ja jeder etwas aussuchen.

ORILUS: Alle aber berichten übereinstimmend, daß die Menschen den Gral einst besaßen und durch eigene Schuld verloren.

KUNNEWARE: Aber wie soll man etwas finden, von dem keiner genau weiß, wie es aussieht?

ORILUS: Es heißt, wer ihn findet, wird spüren, daß er endlich das besitzt, wonach sich die Menschheit seit Jahrhunderten sehnte.

JESCHUTE: Mein Lieber, es klingt wie ein Kindermärchen. Entschuldige bitte.

ORILUS: Du mußt dich nicht entschuldigen. Wir suchen ihn, weil wir unzufrieden sind und weil wir nicht wissen, wie wir in Frieden leben können. Der Gral ist der Friede. Es ist daher nicht verwunderlich, daß er uns wie ein Märchen erscheint.

PARZIVAL: Orilus, wie du bin ich mein Leben lang auf der Suche nach dem Gral gewesen. Ich bin durch die ganze Welt gekommen, es gibt ihn nicht. Und wenn überhaupt, dann müssen wir ihn hier suchen. Wir müssen ihn in uns selbst suchen.

JESCHUTE: Hier? In uns? Bei wem willst du denn anfangen zu suchen, Parzival? Bei Kunneware?

ORILUS: Vielleicht ist meine Verzweiflung nicht geringer als deine, Parzival. Ich habe es aufgegeben, ihn in uns zu suchen. Ich glaube nicht mehr, daß so etwas Großes wie der Gral, etwas so Heiliges und Erlösendes im Menschen steckt.

PARZIVAL: Ja, dann bist du allerdings zu bedauern.

GINEVRA *geht zu einem Fenster:* Das Tor wird geöffnet. Wir bekommen Besuch.

KUNNEWARE *geht ihr hinterher:* Besuch. Wir haben in letzter Zeit selten Besuch bekommen.

ORILUS: Wer ist es denn?

GINEVRA: Ich weiß es nicht. Ein alter Mann. Ein Mann mit weißen Haaren. *Sie schreit auf.* Er trägt Lancelots Rüstung. Aber es ist nicht Lancelot, es ist ein alter Mann. Nein, es ist Lancelot. Lancelot ist zurück.

KUNNEWARE: Bist du sicher? Er ist so alt.

ORILUS: Gehen wir ihn begrüßen. Komm mit uns, Parzival.

JESCHUTE: Kommst du nicht mit, Ginevra?

GINEVRA: Geh schon. Ich komm nach.

Alle ab außer Ginevra und Mordret.

MORDRET: Ist es wirklich Lancelot?

GINEVRA: Ja.

MORDRET: Du bist sicher? Und weshalb gehst du nicht, ihn zu begrüßen? Vielleicht hat er den Gral gefunden. Auch eine schreckliche Idee, nicht? Ein unaufhörliches Glück, das wär zum Kotzen. Wollen wir gehen?

GINEVRA: Er ist alt geworden.

MORDRET: Da kann ich ihn nur beneiden.

GINEVRA: Aber wieso denn? Wünschst du dir, ein alter Mann zu sein?

MORDRET: Nein. Aber ich will das Leben nicht vor mir haben. Es ängstigt mich.

GINEVRA: Sei froh, daß du so jung bist. Es ist schlimm, alt zu werden. Und es ist fast noch schlimmer, seine Freunde altern zu sehen.

MORDRET: Weißt du, wann ich froh war, Ginevra? Als ich im Bauch meiner Mutter war. Ich wünschte, ich wäre noch immer dort.

GINEVRA: Das ist lächerlich, Mordret. Du bist ein Mann. Sei ein Mann.

MORDRET: Das ist auch lächerlich. Lancelot wird dich vermissen. Gehen wir.

GINEVRA: Ach, Mordret, ich fürchte mich davor, ihn wiederzusehen.

3. Akt

Halle der Artusburg mit dem Tisch der Tafelrunde. Ginevra und Lancelot sitzen am Tisch.

ORILUS *tritt auf:* Hast du Jeschute gesehen, Ginevra? Ich suche meine Frau, überall. Sie ist wie vom Erdboden verschwunden.

GINEVRA: Ich habe sie heut noch gar nicht gesehen. Vielleicht ist sie in ihrem Zimmer.

ORILUS: Da war ich auch. Es ist zugeschlossen. Ist wie weggegangen?

GINEVRA: Ich weiß nicht, wo sie ist.

ORILUS: Na, irgendjemand muß doch wissen, wo sie ist. – Hat er immer noch nichts gesagt? Und was machst du hier? Redest du mit Lancelot? Das ist sinnlos.

GINEVRA: Vielleicht. Es muß nicht immer alles einen Sinn haben.

ORILUS: Wie? – Ach ja. Ich weiß schon, was du sagen willst. Das ist mir zu hoch, meine Liebe. Ich habe nur einen einfachen, praktischen Verstand, und der hat es ganz gern, wenn etwas irgendeinen Sinn oder Zweck hat. Aber wie du willst, ich muß mir das ja nicht anhören. Wenn du Jeschute siehst, dann sag ihr, daß ich sie suche. Ich muß mich für die Tafelrunde umziehen. *Er geht ab.*

GINEVRA: Mein armer Lancelot, mein Lieber. Lange habe ich auf dich gewartet. Willst du mich nicht umarmen? Will Lancelot seine Ginevra nicht küssen? Erinnerst du dich noch an Ginevra? An eine Frau, die du einst geliebt hast?

Du sagtest es mir jedenfalls. Ich will die Augen schließen und mir glauben machen, du begehrst mich noch immer. Mein armer Lancelot. Arme Ginevra.

ARTUS *tritt mit Keie auf:* Wie geht es ihm?

GINEVRA: Ich weiß es nicht. Unverändert.

KEIE: Und was machst du hier? Bemutterst du ihn? Wirklich, Ginevra, du solltest etwas auf deinen Ruf achten.

ARTUS: Schweig, Keie. Es gibt hier nichts, was dich aufregen könnte.

KEIE: Nichts? Wirklich nichts?

ARTUS: Schweig.

GINEVRA: Ich wollte dich nicht kränken, Artus.

ARTUS: Ich weiß, Liebste. – Ich sah Parzival noch nicht.

KEIE: Er ist in der Druckerei. Seine Zeitschrift erscheint heute. Er wird uns wieder mal mitteilen, daß das Artusreich vor dem Zerfall steht, daß unsere Ideale Seifenblasen sind und wir, die Ritter der Tafelrunde, entweder Dummköpfe oder Spitzbuben.

ARTUS: Es ist seltsam. Vor Jahren war er einer der eifrigsten, unduldsamsten Ritter. Keiner, der häufiger sein Leben für den Gral aufs Spiel setzte. Er hat große Verdienste. Die Artusrunde war ohne ihn undenkbar.

KEIE: Verrat löscht jedes Verdienst.

ARTUS: Nicht bei mir. Parzival ist verzweifelt. Er hat den Glauben an den Gral verloren, weiß nicht, was er hoffen, wohin er gehen soll. Er ist ratlos, und er beschimpft uns, weil er sich beschimpfen muß.

KEIE: Du mußt nicht noch den Dreck entschuldigen.

ARTUS: Er tut mir leid, Keie. *Er setzt sich zu Ginevra.*

ORILUS *tritt auf:* Habt ihr Jeschute gesehen? Was ist denn? Verbergt ihr etwas vor mir? Ich finde das alles sehr eigentümlich. Na, ich hoffe, daß ihr bei der Tafelrunde etwas mehr sagt.

KEIE: Nein, Orilus, wir verbergen nichts. Aber was zum Teufel wollen wir denn an der Tafelrunde eigentlich bereden?

Orilus: Ich versteh dich nicht. Wir haben früher regelmäßig alles an der Tafelrunde besprochen. Warum soll denn das jetzt anders sein? Was hat sich denn geändert?

Keie: Worüber willst du denn dort sprechen? Über den Verräter Klamides? Oder über den toten Ritter Ither oder den toten Ritter Peredur? Über die vielen toten Ritter?

Orilus: Über die Zukunft.

Keie: Noch schlimmer. Was haben wir von Mordret zu erwarten, von ihm und diesen tauben jungen Leuten! Sie werden alles zerstören und aufgeben. Was mich mit der Zukunft versöhnt ist allein, daß ich sie nicht mehr erleben muß.

Orilus: Wir sollten über die Zukunft reden, damit die Tafelrunde nicht zerstört wird. Jetzt, wo Lancelot zurück ist, sollten wir wieder zu unserer alten Kraft zurückfinden. Ein Turnier, mein Lieber, wir sollten daran denken, einen Turnierkampf auszurichten. Darüber müssen wir reden. Lancelot ist wieder da, er redet nicht, na ja, aber das heißt nicht, daß er nicht an einem Turnier teilnehmen kann. Vielleicht bessert sich sein Zustand. Ich erinnere euch an Gramoflanz, er ist einmal vom Pferd gestürzt und war zwei Tage lang blind. Aber was ich sagen wollte: Zu einem Turnier werden viele berühmte Ritter von überallher zu uns kommen. Es wird wie in alten Zeiten werden. Stolze, tapfere Ritter, schöne Frauen, Kampfspiele, zufriedene Gesichter. Unsere alten Tugenden. Und es kommt wieder Leben in das Gemäuer. Der Glanz der Tafelrunde wird wieder aufstrahlen. Und die Jugend. Na, sie weiß nicht, was sie will. Das ist normal. Jugend weiß nie so recht, was sie will. Wir müssen sie auf den Weg bringen, ihr Beine machen. Das Turnier wird die Jugend überraschen, wird sie begeistern. Vielleicht wird sich sogar Mordret ändern, das will ich nicht ausschließen. Seit er erwachsen ist, hat er noch kein richtiges Turnier erlebt. Wie soll er ein Ritter werden ohne Turnier? Sieh dir den

Hof an, da wächst schon das Gras zwischen den Steinen. Das hats zu meiner Zeit nicht gegeben. Erinnere dich, was hier für Helden zu Gast waren. Die größten Namen trafen sich bei uns. Und jetzt? Aber das wird sich ändern. Na, was meint ihr?

KEIE: Wie? Naja.

ORILUS: Hast du mir nicht zugehört?

KEIE: Doch, doch. Ich habe dir zugehört, Orilus. Das ist ein schöner Traum.

ORILUS: Ein Traum? Was soll denn das nun wieder bedeuten? Was sagst du denn dazu, Artus? Ich meine, ein Turnier, darüber kann man doch nicht so reden, als sei das irgendetwas. – Wieso denn ein Traum?

KEIE: Sprich mit Lancelot darüber. Er wirds dir erklären.

ORILUS: Mit Lancelot? Aber Lancelot spricht nicht ... Ach so. Jaja. Ich hab verstanden, Keie. – Wenn ihr Jeschute seht, ich suche sie. Ich will mich für die Tafelrunde umziehen. *Er geht ab.*

ARTUS: Hast du etwas bemerkt? Irgendeine Veränderung?

GINEVRA: Nein. Nichts. Er ist seit einer Woche unverändert.

ARTUS: Du solltest dich schonen, Liebste. Du kannst Lancelot nicht helfen.

GINEVRA: Ich bleibe hier.

ARTUS: Aber du kannst nicht Tag und Nacht bei Lancelot sitzen.

KEIE: Ja, das geht wirklich nicht.

GINEVRA: Ich glaube nicht, Keie, daß dich das etwas angeht. *Sie steht auf und will abgehen.*

KUNNEWARE *tritt auf mit Parzival:* Wohin gehst du? Läufst du vor mir davon?

GINEVRA: Was redest du denn, Kleine.

KUNNEWARE: Keiner spricht mit mir. Alle weichen mir aus. Was ist denn nur passiert? Lancelot ist endlich zurück, aber es scheint sich keiner darüber zu freuen. Früher haben wir große Feste gefeiert, wenn ein Ritter zurückkehrte, und heute sind alle bedrückt. Lancelot lebt doch, wir sollten glücklich sein.

GINEVRA: Gewiß, Kunneware, du hast recht. Er lebt, was wollen wir mehr verlangen.

KUNNEWARE: Und warum sagst du das so traurig?

GINEVRA: Ich weiß nicht. Ich kann es dir nicht erklären.

KUNNEWARE: Versteh ich nicht. Das ist mir unbegreifbar.

GINEVRA: Ja, Kunneware, und das ist auch gut so.

KUNNEWARE: Was soll das denn heißen? Für dich bin ich wohl nur ein dummes Ding?

GINEVRA: Nein.

KUNNEWARE: Das klang aber eben so. Das klang sehr überheblich.

GINEVRA: Entschuldige, Kleine. Es war nicht so gemeint.

KUNNEWARE: Dann laß es bitte sein. Und nenn mich nicht: Kleine. Ich bin eine erwachsene Frau.

GINEVRA: Und eine sehr schöne.

KUNNEWARE: Ihr seid alle so merkwürdig. Die Männer reden kein Wort, alle sind verstimmt. Dabei ist Lancelot zurückgekommen. Sogar Parzival hat schlechte Laune, obwohl heute seine Zeitschrift erschienen ist.

KEIE: Ist es mal wieder so weit. Hast du uns wieder neue Weisheiten mitzuteilen?

Jeschute und Mordret treten auf.

PARZIVAL: Es ist diesmal ein sehr interessantes Heft. Ich beweise schlüssig den Aufenthaltsort des Grals. Ein Abonnement meiner Zeitschrift könnte den Rittern der Tafelrunde viel Arbeit und unnütze Wege ersparen.

KEIE: So. Und wo ist der Gral?

PARZIVAL: Unter anderem in deinem Hinterkopf, Keie.

KEIE: Jedenfalls steckt da mehr als in deinem.

ARTUS: Das ist nicht ganz falsch, Parzival. Alles, fast alles steckte zuerst in unseren Köpfen.

Parzival: Ich schenk dir das Exemplar, Artus. Vielleicht hilft es dir, dich zu entscheiden.

Mordret: Das ist wohl der neue Gral, deine Zeitung, der neue Glücksbringer, wie?

Artus: Dein Mann sucht nach dir, Jeschute.

Jeschute: Ja, ich hörte es schon. Orilus sucht mich immer dort, wo ich nicht bin. Schon sein ganzes Leben lang. Vielleicht bedeutet das etwas. *Zu Ginevra.* Hat er etwas gesagt?

Ginevra: Nein.

Jeschute: Lancelot sieht immer noch gut aus.

Ginevra: Vor zwei Jahren verließ er uns. Da war er ein junger Mann. Ist er wirklich nur zwei Jahre älter geworden?

Jeschute: Das passiert über Nacht. Mein Orilus war nie ein Adonis, aber er war nicht immer ein Greis.

Parzival: Vielleicht hat meine Arbeit keine Bedeutung, Mordret, vielleicht wird sie nichts verändern. Aber was machst denn du? Nichts, buchstäblich nichts. Was soll denn das bewirken, verrat mir das mal. Da ziehe ich es vor, mit Rückgrat meine kleine, nicht sehr bedeutungsvolle Arbeit zu verrichten.

Mordret: Warum so bescheiden. Deine Zeitschrift gilt als sehr gewagt, als sehr mutig. Das sagen alle.

Kunneware: Sei nicht so gemein. Parzival ist wirklich mutig. Und er tut etwas.

Parzival: Du mußt nicht ironisch werden. Ein Feigling bin ich jedenfalls nicht.

Mordret: So meine ich es auch gar nicht, Parzival. Ich kann nur nicht an den Sinn deiner Arbeit glauben. Es ist vergebliche Mühe.

Parzival: Und ausgerechnet du kannst das beurteilen?

Mordret: Natürlich nicht. Es ist lediglich meine Meinung.

Parzival: Und die wird mich erst interessieren, wenn du etwas tust. Wenn du einmal in deinem Leben etwas zustande gebracht hast.

Jeschute: Vielleicht solltest du einmal in einem Turnier kämpfen, Mordret. Du solltest dir ein paar Knochen brechen lassen, um als Mann zu gelten.

Mordret: Und was ist mit dem? Seit einer Woche sitzt er nun hier.

Keie: Sprichst du von Lancelot?

Mordret: Von diesem lebenden Leichnam sprech ich. Soll er immer hier herumsitzen?

Keie: Es ist ein Ritter, Mordret. Er hat einen Anspruch darauf, an dieser Tafel zu sitzen.

Artus: Erinnerst du dich nicht mehr an Lancelot, Mordret? Er hat dich zur Falkenjagd mitgenommen. Er hat mit dir Hasenfallen aufgestellt. Weißt du das nicht mehr? Du bist auf seinem Pferd geritten, du hast seine Turnierfarben getragen.

Mordret: Das muß sehr lange her sein, guter Vater.

Artus: Sicher, ein paar Jahre sind vergangen.

Mordret: Ich erinnere mich. *Zu Lancelot.* Sie sind ein Ritter, nicht wahr? Sie sind einer dieser Dinosaurier, die noch immer ihr Leben lang den Gral suchen. Lesen Sie keine Zeitung? Der Gral ist ausgestorben und die Dinosaurier auch. Sie haben sich überlebt, Ritter.

Keie: Das ist Parzivals Saat. – Du grüner Junger. Unwürdiger Sohn des großen Königs Artus. Flegel, Idiot, Abschaum, Schlappschwanz.

Mordret: Ja, diese Jugend, Keie.

Artus: Was soll das, Keie?

Keie: Ich habe dich beschimpft. Du mußt mich fordern.

Mordret: Fordern? Wozu?

Keie: Zum Zweikampf.

Mordret: Aber Keie, die Sonne sticht. Es ist viel zu heiß für einen Zweikampf.

Keie: Wo ist denn hier Sonne?

Mordret: Ja, dann ist eben zu wenig Sonne für einen Zweikampf.

KEIE: Ich habe dich beleidigt. Du mußt mich fordern.

MORDRET: Beleidigt? Ich habe gar nichts gehört. Hast du denn Ritter zu mir gesagt?

KEIE: Ritter! Zu dir! Zu einem verweichlichten Nichtsnutz!

MORDRET: Na also. Wenn du mich nicht Ritter beschimpft hast, dann wurde ich auch nicht beleidigt.

GINEVRA: Was soll das, Keie?

KEIE: Ich bring ihn um, Artus. Ich bring ihn um. Ich will ihn vernichten, bevor er das Artusreich vernichtet. – Ich fordere dich, Mordret. Sei ein Mann und stell dich.

MORDRET: Ich will nicht mit dir kämpfen. Das sind Dummheiten, die mich langweilen. Das ist doch alles voriges Jahrhundert, Keie.

KEIE: Sei ein Mann, Mordret. Stell dich.

MORDRET: Nein.

KEIE: Aber das geht nicht. Das geht nicht, Mordret, du mußt mit mir kämpfen. Du hast keine andere Wahl.

MORDRET: Doch, Keie. Ich geh einfach auf mein Zimmer, les etwas, trink ein Bier und vergeß deine Dummheiten. *Er geht ab.*

ARTUS: Warte, Mordret. – Du wolltest ihn wirklich umbringen.

KEIE: Er hat mich einfach stehengelassen. Habt ihr das gesehen? Nichts zählt für ihn. Er läßt mich einfach stehen. Oh, Artus, was wird aus dieser Welt, wenn wir sie verlassen!

ARTUS: Du wolltest ihn umbringen, Keie. Er ist noch ein halbes Kind. – Komm zurück, Mordret. *Er geht ihm hinterher.*

KEIE: Mordret ist kein Kind. Und umbringen wird er uns, die Ritter der Tafelrunde, den Gral. Ich sehs. Ich seh alles zerfallen.

JESCHUTE: So finstere Weissagungen, Keie. Bist du unzufrieden, daß Lancelot zurück ist?

KEIE: Nein. Natürlich nicht.

JESCHUTE: Aber du hofftest, daß er mehr mitzubringen hat?

KEIE: Ich glaube nicht, daß ich das hoffte.

JESCHUTE: Das ist aber seltsam, Keie. Heißt das, auch du glaubst nicht mehr an den Gral? Das wird Artus sehr erschüttern. Und mein guter Orilus wird aus allen Wolken fallen.

KEIE: Unsinn. Natürlich glaube ich an den Gral. Und ich glaube nicht nur, ich weiß, daß es ihn gibt. Ich bezweifle allerdings, daß wir ihn finden werden. Der Gral ist das menschliche Glück, ein Paradies auf Erden. Wir sind alle mehr unglücklich als glücklich. Aber für eine kurze Zeit, und sei es nur für einen Moment, war jeder von uns einmal glücklich. Und dieser winzige Moment unseres Glücks bedeutet, daß es den Gral gibt, daß er auf der Erde ist. Wir werden ihn vielleicht nicht finden, vielleicht werden wir ihn nie entdecken. Aber wenn wir aufgeben, ihn zu suchen, werden wir beständig unglücklich sein.

GINEVRA: Das wär schön. Es klingt irgendwie tröstlich.

PARZIVAL: Ja, wie eine Predigt. Nur etwas spitzfindig.

JESCHUTE: Aber sein Leben lang etwas suchen müssen, von dem man weiß, daß man es nie finden wird, das ist auch nicht jedermanns Sache.

KEIE: Liebe Jeschute, ich versichere dir, das ist niemandes Sache. Gefallen wird das keinem. Aber wenn wir den Gral aufgeben, wenn wir aufhören, ihn zu suchen, wird es das Ende sein, die Verzweiflung, das Chaos. Wir sind nur Menschen, solange wir den Gral suchen.

JESCHUTE: Geh und such, wo du willst, aber geh. Hab ich dich richtig verstanden?

KEIE: Ja.

JESCHUTE: Meine armen Füße. – Weißt du, das ist schrecklich, was du mir erzählst.

KEIE: Dann vergiß es.

JESCHUTE: Wie soll ich denn das vergessen? Die ganze Zeit habe ich gedacht, daß wenigstens du und Artus und Lancelot und natürlich mein Orilus noch an den Gral glauben.

KEIE: Das tun wir auch.

JESCHUTE: Ja, aber wie! Plötzlich ist das nur noch so ein Gerede, irgendein Ding vom St. Nimmerleinstag, eine Schimäre.

KEIE: Worüber erregst du dich, Jeschute? Du hast doch immer über uns gespottet. Du hast doch nie an etwas geglaubt. Wieso tust du jetzt, als ob du wer weiß was verloren hast?

JESCHUTE: Ich kann es dir nicht sagen, Keie. Es ist wahr, ich habe nie an den Gral geglaubt. Ich war jedenfalls nie so sicher wie ihr. Aber irgendwie war es beruhigend, daß ihr davon überzeugt wart. Euer Gral interessierte mich nicht, ich habe niemals geglaubt, daß ihr ihn aufspürt. Und ich hielt es immer für wahnsinnig und empörend, daß so viele Ritter, so viele junge und schöne Männer deswegen sterben mußten. Aber wenn du jetzt erklärst, daß nicht einmal du mehr an den Gral glauben kannst . . .

KEIE: Unsinn, Jeschute. Natürlich existiert der Gral. Ich bin nur nicht sicher, daß wir ihn finden werden.

JESCHUTE: Es war so angenehm zu wissen, daß wenigstens ihr sicher seid. Das war für mich hilfreich. Es war wie eine kleine Insel in einer unendlichen Ferne. Ich ahnte immer, daß sie gar nicht vorhanden ist, aber da ihr unerschütterlich an dieser kleinen, unsichtbaren Insel festhieltet, hatte ich etwas Hoffnung. Hoffnung wider besseres Wissen. Es ist jetzt viel schwerer für mich geworden.

KEIE: Heißt das, du weißt selbst nicht genau, was du eigentlich glaubst?

JESCHUTE: Du verstehst mich nicht. Und ich kann es dir nicht besser erklären. Euer Glaube war wichtig für mich. Ich ahnte, daß Parzival recht hat, daß alles vergeblich war. Aber das ist so furchtbar hoffnungslos. Es ist furchtbar, nur mit dem Zweifel zu leben. Verstehst du mich, Ginevra?

GINEVRA: Wie? Ja, es ist fürchterlich.

PARZIVAL: Du erstaunst mich, Jeschute. Ich dachte immer . . .

JESCHUTE: Gibst du mir eine Zigarette?

GINEVRA: Du hast dich so erregt, Liebe, so kenn ich dich gar nicht. Du wirkst sonst stets so selbstsicher.

JESCHUTE: Wirke ich so?

GINEVRA: Aber ja.

JESCHUTE: Na, das tut gut zu hören. Ich bin alles andere als selbstsicher, Ginevra, aber das muß ich ja nicht jedem auf die Nase binden. Und das eben, das, was Keie sagte, war wie ein Schlag in den Magen. Plötzlich tut sich ein Loch auf, riesig und bodenlos, und wir werden fallen und fallen und fallen.

GINEVRA: Was ist denn so schlimm? Ob die Männer nun den Gral finden oder nicht, was ändert das für dich? Für dich und für mich? Sie werden auch dann nicht freundlicher sein. Und unser Leben vergeht, und ihr Leben vergeht, und plötzlich werden wir alte Leute sein, denen die Zeit und die Jugend rasch durch die Hände rann. Unwiederbringlich dahin. Dann müssen wir uns sagen, wir haben gelebt. Dann ist unser kleines Leben vorbei. Und was haben wir gehabt? Hat es sich gelohnt? Waren wir zumindest glücklich? Es macht mir Angst, Jeschute. Wir werden alte Leute sein, bald, sehr bald. Wie schnell ist das alles vorbei gegangen.

KUNNEWARE: Was soll ich denn sagen? Als ihr in meinem Alter wart, da war hier noch etwas Leben. Ich erinnere mich gut daran. Jeden Tag hatten wir hier Besuch, die ganze Burg war voller Leute. Und jetzt ist es ein reines Totenhaus. Alle reden nur von der Vergangenheit und sprechen über tote Helden. Ich weiß nicht, ob ihr mit diesem Leben zufrieden seid. Ich finde es abscheulich. Ich habe das Gefühl, ich verwelke, ohne je geblüht zu haben. Und keiner, mit dem man sich unterhalten kann. Alle streiten nur oder klagen. Habt ihr hier schon einmal jemand lachen hören?

JESCHUTE: Du hast recht, meine Kleine. Es wäre für uns alle tröstlich, wenn unsere Illusionen wenigstens bis zum Grab gereicht hätten. Ich verlange gar nicht, daß der Gral existiert, aber solange ich lebe, sollte man ein bißchen daran glauben können. Diese wunderschöne Seifenblase hätte noch ein wenig halten sollen. Solch ein Irrtum ist nach dem Tod leichter erträglich.

GINEVRA: Und nun?

JESCHUTE: Ich weiß nicht, Ginevra, ich weiß nicht, wie es weitergeht. Es war so leicht, als wir jung waren. Alles war einfach und fraglos. Und dann wurden wir klüger und klüger und begreifen nichts mehr.

ORILUS *tritt auf:* Wo ist denn Artus? Ich denke, er hat die Tafelrunde zusammengerufen. Und wo warst du, Jeschute?

JESCHUTE: Hier bin ich.

ORILUS: Ja, aber wo warst du? Dein Zimmer war verschlossen, ich habe dich überall gesucht. Und wo ist Artus? Und Mordret fehlt auch.

KUNNEWARE: War denn nicht Mordret bei dir, bei Jeschute und dir?

ORILUS: Er war nicht bei mir.

KUNNEWARE: Aber ich hatte ihn doch hineingehen sehen.

ORILUS: Er war nicht bei mir. War er bei dir, Jeschute?

JESCHUTE: Ich weiß gar nicht, wovon du redest.

ORILUS: Das ist merkwürdig.

ARTUS *tritt auf mit Mordret:* Bitte setzt euch. Wir sind nicht mehr allzuviele. Komm, Ginevra, setz dich. Und du, Mordret, ich bitte dich. Lancelot ist zurück, und ich habe die Tafelrunde einberufen.

MORDRET: Ich bin kein Ritter der Tafelrunde, Vater.

ARTUS: Du wirst einer werden, Mordret. Setz dich. Du wirst ein Ritter der Tafelrunde sein. Und du wirst auf meinem Platz sitzen und das Reich, das dann dein Reich sein wird, zu regieren haben.

KEIE: Gott steh uns bei.

MORDRET: Ich glaube nicht, daß ich hier mein Leben lang sitzen werde, Vater. Ich will es nicht.

ARTUS: Solange Menschen leben, werden sie auf der Suche nach dem Gral sein. Eines Tages wirst du mich verstehen, und dann wirst auch du auf der Suche sein. Vielleicht wirst du glücklicher sein als wir, aber vielleicht wirst auch du dein Leben lang vergeblich unterwegs sein. Dennoch wirst du nicht anders können, du wirst dich aufmachen müssen und ihn suchen.

PARZIVAL: Vielleicht aber wird er klüger als wir handeln, Artus. Vielleicht werden die jungen Leute ein paar Dummheiten unterlassen.

ARTUS: Das hoffe ich auch. Doch der Gral, Parzival, ist keine Dummheit. Nur die Tiere können ohne ihn auskommen, weil sie nicht wissen, daß sie sterben müssen. Unsere Sterblichkeit zwingt uns, den Gral zu suchen. Das Wissen um unseren Tod macht uns ruhelos und zwingt uns, aufzubrechen und zu suchen. – Die Tafelrunde hat sich sehr verändert. Jetzt sitzen schon Frauen hier und junge Leute. Das war noch vor einigen Jahren undenkbar. Aber alles verändert sich, und das ist gut so.

KEIE: Das wirst du noch sagen, wenn hier Esel und Ziegen sitzen.

ARTUS: Lancelot ist zurück. Und es scheint, auch er hat den Gral nicht gefunden. Lancelot, bitte, sprich.

PARZIVAL: Oder er hat ihn gefunden, und das hat ihm die Sprache verschlagen.

ARTUS: Lancelot, sprich. Die Tafelrunde wartet.

LANCELOT: Ich habe nichts zu sagen.

ORILUS: Ach, seit wann spricht er denn wieder? Das habt ihr mir gar nicht erzählt.

ARTUS: Du warst lange unterwegs, Lancelot. Sprich.

LANCELOT: Ich habe den Gral gesucht, ich habe ihn nicht gefunden. Ich habe euch nichts zu sagen.

ORILUS: Jaja, das dachten wir uns schon. Aber was gab es denn sonst noch? Hast du etwas von Klingsor gehört? Bereitet er einen neuen Krieg vor?

LANCELOT: Ich weiß es nicht. Ich habe gesucht und gesucht. Jeden habe ich gefragt, dem kleinsten Hinweis bin ich nachgegangen. Wenn der Gral auf der Welt wär, ich hätte ihn finden müssen. Überall habe ich nach ihm gefragt, aber keiner hat ihn je gesehen. Ich habe alle Kontinente bereist, er ist nicht zu finden.

ORILUS: Er ist nicht leicht zu finden, ja.

LANCELOT: Er ist überhaupt nicht vorhanden. Vielleicht ist er im Verlauf der Zeit zu Staub zerfallen.

ORILUS: Unsinn, Lancelot. Der Gral ist unvergänglich.

LANCELOT: Oder er ist nicht mehr auf dieser Erde. Oder er ist wirklich nur eine Idee. Unvergänglich, aber nur eine Idee.

KEIE: Hast du dich anstecken lassen von Parzival? Beginnst du auch schon zu zweifeln?

LANCELOT: Du warst lange nicht mehr unterwegs, Keie. Es ist sehr zermürbend, unentwegt auf der Suche zu sein und zu wissen, man wird nichts finden.

KEIE: Ich habe den Gral nicht gefunden, und du hast ihn nicht gefunden. Das ist sicher, aber mehr nicht. Wenn die Zeit herangereift ist, wird ihn ein Ritter der Tafelrunde finden. Dann werden wir endlich am Ziel sein.

LANCELOT: Wieso ist Gawain nicht hier? Ist er noch nicht zurück?

ARTUS: Er kommt nicht zurück. Er schrieb mir, er ist im Chastell Merveille und wird dort bleiben.

LANCELOT: Im Schloß der hundert Frauen?

ARTUS: Ja.

LANCELOT: Seltsam. Es ist mir alles unbegreiflich. Ich war doch nur zwei Jahre unterwegs, und doch hat sich alles verändert. Was ist passiert? Warum kommt Gawain nicht zum Artusschloß?

ARTUS: Auch er glaubt nicht mehr an den Gral. Er hat die Suche aufgegeben.

LANCELOT: Er auch?

ARTUS: Es war ein schöner Traum, schreibt er, aber die Welt sei nicht danach. Er mache nun Frieden mit der Welt, um Frieden mit sich zu bekommen.

LANCELOT: Im Schloß der hundert Frauen.

ARTUS: Ja. Er will dort Land bebauen, pflügen und ernten, er will mit Frauen leben und Kinder haben, um – wenn es soweit ist – ruhig unter einem selbstgezogenen Apfelbaum zu sterben. Er will wie ein Bauer leben, denn alles andere sei vergeblich. Vor allem will er nie wieder ein Buch anfassen. Die Bücher, schreibt er, hätten ihn vergiftet. Sie hätten einen schönen Traum in seine Seele gepflanzt, ein trügerisches Märchen, dem er sein Leben lang wie ein Narr hinterhergelaufen sei.

KEIE: Ein erbärmlicher Verräter.

LANCELOT: Kannst du ihn nicht verstehen?

KEIE: Nein. Du etwa?

LANCELOT: Ich? Oh ja, Keie.

ORILUS: Was heißt das? Soll das bedeuten, daß du auch . . .

LANCELOT: Nein, das soll gar nichts bedeuten. Ich habe nur gesagt, daß ich ihn verstehen kann. Es ist alles sehr schwer, Keie. Wenn man jahrelang einer Idee hinterherrennt, ohne ihr auch nur ein winziges Stückchen nähergekommen zu sein, dann ist das etwas sehr Niederdrückendes. Wir alle haben nur ein kurzes Leben zur Verfügung, und wir alle setzen wohl in dieses verletzbare und allzu schnell entschwindende Leben allzu viele Hoffnungen. Mehr als es tragen kann.

KEIE: Was willst du damit sagen, Lancelot? Glaubst du noch an den Gral?

LANCELOT: Ich weiß es nicht. Ich kann dir die Frage nicht beantworten. Ich kann nicht ja und nicht nein sagen. Hier drinnen ist es stumm. Und wenn du das nicht begreifen kannst, Keie, wenn du Gawain nicht verstehen kannst, dann mußt du ein völlig tauber Mensch sein.

KEIE: Ach, so ist das. Ich verstehe.

LANCELOT: Ja, so ist das. Aber ich bezweifle, ob du überhaupt etwas verstanden hast.

ARTUS: Lancelot! Keie! Ich bitte euch, seid ruhig. Alles, was von Menschen geschaffen ist, wird einmal fraglich, alles, jede Idee, jede Erfindung, jede menschliche Einrichtung. Was sicher und gewiß erschien, ist plötzlich sehr zweifelhaft. Das ist nur für den Moment fürchterlich und wird uns helfen weiterzukommen. Es ist nicht nur ein Ende, es ist der Anfang von etwas Neuem. Ich habe es vorausgesehen, als ich das Artusreich gründete. Wir sind wohl alle etwas ratlos, aber das sollte uns nicht erschrecken, sondern hoffnungsvoll machen.

KEIE: Das klingt recht heroisch, Artus, aber inzwischen zerfällt dein Reich.

ARTUS: Es zerfällt nicht, es wandelt sich.

PARZIVAL: Ja. Die Tafelrunde ist zu einem Haufen alter, mürrischer Männer geworden. Hier fehlt die Jugend.

ORILUS: Da bin ich gar nicht so sicher. Sieh dir doch Mordret an. Was sind denn das für junge Leute? Schwätzer, die keine Verantwortung übernehmen wollen.

KUNNEWARE: Hör auf, Orilus, sei still. Ihr fangt schon wieder an zu streiten.

KEIE: Unser Artusreich wird nicht mehr wiederzuerkennen sein, wenn es Leuten wie Mordret in die Hände fällt.

ARTUS: Du wirst es nicht verhindern können. Keiner. Mordret und alle die, die nach uns kommen, werden mit dem, was wir hinterlassen, tun, was ihnen gefällt.

KEIE: Sie werden das Reich zerstören.

ARTUS: Wir werden sie nicht aufhalten können. Wir sind alte Männer.

KEIE: Wir müssen sie ausrotten. Entweder der Gral oder sie.

LANCELOT: Willst du alle jungen Leute umbringen?

KEIE: Entweder der Gral oder sie.

GINEVRA: Du bist wahnsinnig, Keie.

KEIE: Du mußt deinen Sohn töten, Artus. Töte Mordret, oder er wird das Artusreich zerstören.

ARTUS: Keie, zum ersten Mal in meinem Leben erschrecke ich vor einem Menschen. Denn ich weiß, es ist dein Ernst.

KEIE: Ja, Artus, entweder der Gral oder sie.

ARTUS: Wenn du Mordret und die jungen Leute umbringst, dann wird der Gral für uns endgültig verloren sein.

ORILUS: Ich darf gar nicht daran denken, was nach uns mit der Tafelrunde passiert. Alles zugrunde richten werden sie, da hat Keie völlig recht.

MORDRET: Das ist wohl kaum noch nötig.

GINEVRA: Was wird dann werden, Mordret? Was wirst du tun?

MORDRET: Ich weiß nicht. Irgendetwas.

ORILUS: Es interessiert dich nicht, wie?

MORDRET: So ist es.

ORILUS: Das sollte dich aber interessieren.

MORDRET: Ich weiß, aber es tuts nicht.

ORILUS: Ich bedauere deinen Vater, Mordret.

JESCHUTE: Mein Gott, laß doch den Jungen in Frieden. Müßt ihr alle auf ihm herumhacken?

MORDRET: Mein Vater. Nun, ich bedauere ihn auch, meinen Vater. – Sei unbesorgt, Keie, ich werde dein kostbares Artusreich nicht zerstören. Ich werde es nicht anrühren, denn ich will es nicht haben. Nicht geschenkt, Keie.

KEIE: Hör zu, Artus, das ist dein Sohn.

MORDRET: Du mußt mich nicht umbringen, Keie. Das Artusreich, der Gral, der Stuhl des Auserwählten, es interessiert mich alles nicht. Ich will auch nichts mehr davon hören. Und ich beabsichtige durchaus nicht, als fahrender Ritter durch das Land zu ziehen, um einer Schimäre nachzujagen, an die keiner mehr glaubt, nicht einmal ihr. Ich will kein Ritter der Tafelrunde werden, die Stühle sind viel zu unbequem, und der Tisch ist ein Monstrum.

Ich will auch auf keinen Auserwählten warten, das ist auch nur so eine Schimäre. Und dieser hohe Stuhl, auf den sich außer ihm keiner setzen darf, ein Kindermärchen.

ORILUS: Dann setz dich doch auf ihn, wenn du es wagst. Versuche es, er wird dich verschlingen, verbrennen wie all die anderen.

MORDRET: Dieser Stuhl ist so friedlich, wie nur ein Möbel sein kann. Ich habe oft genug darauf gesessen, guter Orilus. Er hat mir nie etwas getan. Alle meine Schulfreunde haben darauf gesessen, selbst der ängstlichste. Und wir leben alle noch.

ORILUS: Ist das wahr, Mordret?

MORDRET: Du kannst dich unbesorgt auf ihn setzen. Und dann kannst du dir sagen, daß du der Auserwählte bist, auf den die Ritter der Tafelrunde gewartet haben.

ARTUS: Und was willst du tun, Mordret?

MORDRET: Ich weiß es nicht. Vielleicht ziehe ich zu Gawain, ins Schloß der hundert Frauen, und helfe ihm, Bäume zu pflanzen.

ARTUS: Und das Artusreich, Mordret? Soll alles umsonst gewesen sein?

MORDRET: Es ist dein Reich, Vater, ihr habt es geschaffen. Ich will es nicht.

ARTUS: Aber wir haben es für euch erkämpft, Junge.

MORDRET: Ich wills nicht.

LANCELOT: Gawain pflanzt Bäume und bebaut den Boden. Das ist eine schöne Tätigkeit. Man sieht, was man getan hat, und es ist alles nützlich.

KEIE: Ein Bauer, Lancelot! Wie kann ein Ritter ein Bauer werden. Das ist widerlich.

LANCELOT: Er wird zufrieden sein, denke ich.

KEIE: Nein, das wird er nicht. Er wird sehr bald unzufrieden sein. Es ist zu wenig für einen Ritter, Bäume zu pflanzen.

LANCELOT: Es ist ausreichend für einen Menschen.

ORILUS: Glaubst du das wirklich? Ruh dich erst einmal aus.

In ein paar Tagen wirst du die Welt anders ansehen. Hüte dich vor dem Zweifel, Lancelot. Er ist ein schreckliches Gift, er zerstört den Kopf schlimmer als der Schnaps. Hüte dich vor dem Zweifel. Und vor Parzival und Mordret. Möchtest du etwas trinken, Lancelot?

LANCELOT: Nein, vielen Dank.

ORILUS: Das ist Selbstgebrannter, mein Lieber. Einer der Tischler brennt ihn. Kein schlechtes Zeug. Er nimmt die besten Pflaumen dafür. Ihre Arbeit machen sie nicht, da kann man reden und reden. Aber Schnaps brennen sie. Koste ihn wenigstens.

LANCELOT: Ich will nicht. Danke.

ORILUS: Früher hast du einen guten Tropfen geschätzt.

LANCELOT: Ich kanns mir nicht mehr leisten.

ORILUS: Ach so. Was ist es? Der Magen, die Blase?

LANCELOT: Der Kopf, Orilus.

ORILUS: Der Kopf?

LANCELOT: Ja. Ich habe inzwischen Angst vor diesem Zeug. Ich habe Angst, darin unterzugehen.

ORILUS: Ja, man muß Maß halten können. Na, auf dein Wohl.

JESCHUTE: Laß das Trinken, Orilus, es bekommt dir nicht.

ORILUS: Jaja.

JESCHUTE: Jeden Abend. Glaubst du, es ist sehr aufregend, jeden Abend neben einer Schnapsleiche zu liegen?

ORILUS: Du wiederholst dich. Warum hattest du dich eingeschlossen, Jeschute? Hast du mich nicht rufen hören?

JESCHUTE: Nein.

ARTUS: Es hat sich viel geändert, Lancelot.

LANCELOT: Ja. Erschreckend viel.

ARTUS: Sei unbesorgt. Auch ich war unruhig und verzweifelt, aber das ist jetzt vorbei. Alles verändert sich. Es wird anders werden, als wir es uns dachten, anders, als wir hofften. Vielleicht so, daß wir froh sein können, es nicht mehr zu erleben. Aber nach dem Gral wird auch Mordret suchen müssen. Wenn er leben will, wird er ihn suchen müssen, denn der Gral ist das Leben.

LANCELOT: Ich komme von einer sehr langen Reise zurück, Artus. Wenn diese Reise mein Leben war, müßte ich verzweifeln wie Gawain und Parzival.

ARTUS: Sei unbesorgt, Lancelot. Wir haben den Gral noch nicht gefunden, aber wir sind ihm doch näher gekommen. Die Artusrunde war nicht vergeblich. Wir haben viel erreicht.

LANCELOT: Ich bin nicht mehr sicher, Artus . . .

ARTUS: Du warst lange unterwegs. Du bist müde von der Reise.

LANCELOT: Ach, Artus, weißt du denn, daß die Leute da draußen nichts mehr vom Gral und der Tafelrunde wissen wollen? Früher haben sie uns geachtet, sie haben nach unserem Rat gefragt, und jeder Bürger war stolz, wenn wir ihn um Quartier baten. Heute lachen sie nur noch, wenn sie einen Ritter der Tafelrunde sehen. Wenn ich ihnen vom Gral erzählen wollte, spuckten sie aus. Wenn ich vom Artusreich sprach, beschimpften sie mich und warfen mit Steinen nach mir. Sie glauben nicht mehr an unsere Gerechtigkeit und unseren Traum. Verschwinde, riefen sie nur, wir wollen nichts mehr davon hören, das Leben ist schwer genug. Für das Volk sind die Ritter der Tafelrunde ein Haufen von Narren, Idioten und Verbrechern. Weißt du das, Artus?

ARTUS: Ich weiß es, Lancelot.

KEIE: Wir haben ihnen ein Paradies auf Erden geschaffen.

MORDRET: Und wolltet sie in dieses Paradies hineinprügeln.

ARTUS: Wir haben den Gral nicht gefunden, und wie mir scheint, haben viele von uns aufgegeben, ihn weiter zu suchen. Vielleicht ist das eine Arbeit, die unsere Kraft überschreitet. Aber wenn wir den Gral aufgeben, geben wir uns selbst auf. Und was uns dann quält und verstört, ist ein Hunger auf Hoffnung. Und diesen Hunger, der uns verzehrt und unzufrieden macht, der manche in Verzweiflung und Resignation stürzt, der uns lähmt und uns zu Feinden unserer selbst macht, diesen Hunger müssen wir zu stillen suchen. Das wird mühselig sein. Wir haben den Boden unter unseren Füßen verloren und drohen zu versinken. Stück für Stück müssen wir festes Land zurückgewinnen. Es wird eine langwierige Arbeit, aber sie ist zu bewältigen.

ORILUS: Du hast ihn hineingehen sehen, Kunneware?

KUNNEWARE: Was meinst du?

ORILUS: Du hast Mordret in unser Zimmer gehen sehn?

KUNNEWARE: Es schien so. Ich weiß es nicht genau.

ORILUS: Du hattest dich eingeschlossen. Ich habe an die Tür geklopft. Wieso hattest du dich eingeschlossen, Jeschute?

JESCHUTE: Willst du das wirklich wissen?

ORILUS: Ja, das möchte ich wissen. Ich möchte hören, wieso du dich eingeschlossen hattest und ob Mordret wirklich in deinem Zimmer war.

GINEVRA: Orilus, ich bitte dich, schweig. Ich werde wahnsinnig, wenn du weiter in diesem Ton sprichst.

ORILUS: Entschuldige, ich werde wohl fragen dürfen.

GINEVRA: Aber nicht in diesem Ton und nicht jetzt. Lancelot ist zurück, und wir sitzen endlich wieder einmal zusammen an diesem Tisch. Da mußt du jetzt nicht mit solchen Geschichten anfangen.

ORILUS: Antworte mir, Jeschute. Hattest du dich mit Mordret eingeschlossen?

JESCHUTE: Ja.

ORILUS: Das ist niederträchtig. Es ist würdelos. Du bist wohl noch darauf stolz?

KEIE: Überrascht dich das wirklich, Orilus?

ORILUS: Entschuldigt mich bitte. *Er geht ab.*

JESCHUTE *zu Kunneware:* Du bist eine kleine, dumme Gans.

KUNNEWARE: Aber ich wollte doch nur ... ich habe doch nur ...

JESCHUTE: Ja, du hast, und zwar gründlich.

Kunneware heult auf und geht ab.

KEIE: Das war völlig überflüssig, Jeschute. Du mußtest nicht auch noch die Kleine beleidigen. Es reicht uns schon, was du mit deinem Mann anstellst.

JESCHUTE: Das geht dich einen Dreck an, Keie.

KEIE *zu Mordret:* Ich dachte immer, du hältst dich für etwas ganz Besonderes. Du trägst doch sonst deine Nase so hoch. Ich glaubte, du bist dir für solche Geschichten zu schade.

JESCHUTE: Laß den Jungen aus dem Spiel, Keie.

KEIE: Er ist schon im Spiel, Jeschute, und das hast du erreicht.

JESCHUTE: Du bist unverschämt, und ich bin nicht in der Stimmung, das hinzunehmen.

GINEVRA: Ich komm mit dir, Jeschute. Hier bekomm ich Kopfschmerzen. Verzeih mir, Artus, aber diese widerlichen Bösartigkeiten machen mich krank. *Sie geht mit Jeschute ab.*

LANCELOT: Es ist wirklich schwer erträglich. Seit ich zurück bin, höre ich nichts als Klagen, Streit, Gezänk. An diesem Tisch haben wir einst gesessen und Pläne geschmiedet. Wir waren heiter und vertrauten auf die Zukunft. Wir hatten uns so viel vorgenommen.

ARTUS: Ja, damals war alles klar und einfach. Wir wußten, was zu tun war. Es war eine Zeit großer und schwerer Kämpfe, in denen viele Ritter ihr Leben ließen. Und doch hat keiner unserer Toten uns irre gemacht, wir waren unserer Sache sicher. Die unsterblichen Toten machten uns unverletzlich. So viele Schlachten wir auch zu schlagen, wie viele Entbehrungen wir auf uns zu nehmen hatten, keinen Moment quälte uns ein Zweifel. Der Schatten eines Traums nahm Gestalt an, und das Artusreich begann zu leben und krönte unsere unbeirrbaren Mühen.

PARZIVAL: Das ist aber sehr lange her, Artus.

ARTUS: Gewiß, aber darum ist es nicht weniger wahr.

PARZIVAL: Was hilft uns das heute?

KEIE: Es würde uns allen viel helfen, wenn wir uns auf die Tafelrunde besinnen würden.

ARTUS: Gewiß, Keie, die Vergangenheit ist unser einziger fester Halt, aber sie allein wird uns keinen Weg zeigen. Alles hat sich verändert. Und das ist gut so. Es muß etwas Neues entstehen. Dann werden wir dem Gral zum Greifen nahe sein. Und wir werden über uns lachen, über unsere Verzweiflung, über unsere Blindheit. Wir werden nicht verstehen können, warum wir heute ratlos beieinander saßen.

LANCELOT: Sprich weiter, Artus. Zwei Jahre bin ich durch die Welt gelaufen. Ich habe nach unserem Traum gesucht und hatte schließlich nur das Gefühl, wie ein Esel im Kreis zu laufen. Wenn ich dich höre, glaube ich, ich hätte nur den Kopf aufrichten brauchen, um weiterzukommen. Sprich weiter.

PARZIVAL: Ja, es klingt beruhigend. Leider werden uns schöne Worte nicht helfen, Artus. Du solltest zuallererst einsehen, daß wir gescheitert sind. Daß die Tafelrunde zerbrochen ist. Gute Nacht. *Er geht ab.*

ARTUS *nachdem Parzival abgegangen ist:* Ja, Parzival, wir sind gescheitert. Aber wenn der Gral für uns unerreichbar wurde, müssen wir nach anderen, nie gesehenen Wegen suchen, um zu ihm zu gelangen. Und wenn wir es nicht schaffen, wird Mordret es tun.

KEIE: Was hast du vor, Artus? Ich versteh dich nicht mehr. Du gibst die Tafelrunde auf?

ARTUS: Ich weiß es nicht, Keie. Was meinst du? Wenn dieser Tisch uns daran hindert, den Gral zu erreichen, sollten wir ihn dann nicht besser zerbrechen. Oder zumindest begreifen und akzeptieren, daß die, die nach uns kommen, sich auf unseren alten Stühlen nicht niederlassen wollen.

KEIE: Ach so, Artus, ich glaube, ich verstehe. Und der Freistuhl, der Stuhl des Auserwählten, das ist für dich auch nur noch ein Stück Holz, wie? Da wundert es mich natürlich nicht, daß die Frauen und Schulkinder sich darauf setzen. Denn wenn keiner mehr an ihn glaubt, dann hat er auch keine Kraft mehr. Dann kann man sich ungestraft auf ihn setzen. Dann hast du diese Tafelrunde endgültig zerstört. Aber dann lege ich auch keinen Wert auf meinen Platz an diesem Tisch, dann ist es völlig egal, wo ich sitze.

ARTUS: Bleib, Keie.

KEIE: Ich wüßte nicht warum, Artus. *Er geht ab.*

ARTUS: Und du, Lancelot?

LANCELOT: Vorhin, als du sprachst, wußte ich es noch. Es ist schwer, einen klaren Gedanken zu fassen, wenn man nur ein paar Trümmer in den Händen hält und das einzig Sichere eine vage Hoffnung ist. *Er will abgehen, stößt das Tischbein um.*

ARTUS: Laß es liegen.

Lancelot geht ab.

ARTUS: Wir beide haben lange nicht mehr so zusammengesessen. Ich meine, du und ich.

MORDRET: Du warst immer viel beschäftigt.

ARTUS: Und du hast mich nicht mehr gebraucht. Aber lassen wir das. Früher hoffte ich, ich könnte dir manches erleichtern. Ich wollte dir nie ein Vorbild sein, Mordret, aber so etwas wie ein älterer Freund. Ich fürchte, das ist mir mißglückt, wie?

MORDRET: Wir sehen die Dinge verschieden, Vater.

ARTUS: Ja. Das denke ich auch. Erzähl mir von dir. Ich weiß so wenig.

MORDRET: Ich habe dich eben bewundert.

ARTUS: Ach, wirklich?

MORDRET: Es war sehr mutig, ihnen allen zu sagen, daß du nicht weiter weißt.

ARTUS: Das ist mir schwergefallen.

MORDRET: Du sollst immer eine Antwort wissen, nicht wahr?

ARTUS: Sie erwarten so viel von mir.

MORDRET: Und du glaubst wirklich, ein neuer, ein anderer Weg ist zu finden?

ARTUS: Ja, Mordret. Aber nicht wir werden ihn finden, du mußt danach suchen.

MORDRET: Keie wird mich umbringen.

ARTUS: Du mußt ihn verstehen, er ist ein alter Mann. Es fällt uns allen sehr schwer, zu akzeptieren, was du willst. Wir verstehen dich nicht. Wir verstehen nicht, was du willst.

MORDRET: Das weiß ich selbst nicht. Aber das alles hier, das will ich nicht.

ARTUS: Es ist kein schlechter Tisch. Ich sitz gern hier. Willst du ihn wirklich zerbrechen?

MORDRET: Ich werde ihn ins Museum schaffen.

ARTUS: Jaja, das dachte ich mir. Und wird dir das helfen? Wird dir das irgendetwas klarer machen?

MORDRET: Es schafft Platz. Luft zum Atmen, Vater.

ARTUS: Ich habe Angst, Mordret. Du wirst viel zerstören.

MORDRET: Ja, Vater.

Ende

Britannicus

Tragödie von Jean Racine
Deutsche Fassung von Christoph Hein

Die Personen

Nero, Imperator, *Sohn der Agrippine*
Britannicus, *Sohn des Imperators Claudius und der Messalina*
Agrippine, *Witwe des Domitius Enobarbus, Vater des Nero, und – in zweiter Ehe – Witwe des Imperators Claudius*
Junie, *Geliebte des Britannicus*
Burrhus, *Erzieher Neros*
Narcisse, *Erzieher des Britannicus*
Albine, *Vertraute der Agrippine*
Die Garde

Die Szene ist Rom, ein Zimmer im Palast Neros.

I. Akt

I. Szene

Agrippine, Albine

ALBINE: Was!, während Nero noch im Schlaf liegt, kommen
Sie, sein Erwachen zu erwarten? Keine
Begleiterin und irrend im Palast
Ohne Eskorte? Cäsars Mutter wacht
Allein an seiner Tür? Madame, gehn Sie
In Ihre Zimmer.
AGRIPPINE: Albine, nicht einen Augenblick
Darf ich entfernt sein. Hier will ich ihn erwarten.
Beschäftigt, während er ruht, mit dem Kummer,
Den er mir macht. Was ich voraus sah, zeigt sich.
Gegen Britannicus stellt sich Nero,
Will, ungeduldig, sich nicht mehr beherrschen.
Müde der Liebe, müht er sich um Furcht.
Ihn stört Britannicus, Albine, jeder Tag
Läßt fühlen, ich bins, die ihm lästig wird.
ALBINE: Was!, Sie, der Nero schuldet den Tag, den Atem?
Sie, die ihn von weit her rief zum Imperium?
Um ihn enterbten den Sohn des Claudius,
Zum Cäsar machten den glücklichen Domitius?
Alles, Madame, spricht ihm für Agrippine:
Er schuldet seine Liebe.
AGRIPPINE: Die schuldet er mir.
Alles, schreibt das Gesetz, ist er großmütig.
Doch alles, bleibt er danklos, spricht mich schuldig.
ALBINE: Undankbar er, Madame? Ah!, sein Betragen

Zeigt die von seinen Pflichten geschulte Seele.
Was er drei Jahre sagte, was er tat,
Versprechen Rom einen glücklichen Herrscher.
Rom, seit zwei Jahren regiert in seiner Sorge.
Glaubt sich in die Zeit der Konsuln zurückgeführt.
Er herrscht als ein Vater. Kurz, Neros Anfang
Hat alle Tugend des alternden Augustus.

AGRIPPINE:
Nein, nein, mich blendet nicht mein Anteil: Wahr ist,
Daß er anfängt dort, wo Augustus endet.
Doch fürchte, Vergangenes zerstörend mit
Zukünftigem, endet er, wo Augustus
Begann. Er schweigt umsonst. Ich les sein Gesicht:
Der Domitier traurige, wilde Launen.
Argwohn aus ihrem Blut mischt sich dem Stolz der
Neronen in ihm, die aus meiner Flanke
Ihn tränken. Immer geht glücklich der Tyrann
Den Anfang. So erfreute Caligula Rom
Zuvor, dann wütete die gespielte Güte,
In Schrecken wandelten sich die Freuden Roms.
Und was nützt mir nach allem, zeigt uns Nero,
Darin sich treu, ein Muster langer Tugend?
Gab ich in seine Hand das Steuer, den Staat,
Daß er ihn führt um Dank von Volk und Senat?
Ah! mag ers sein, Vater des Vaterlands, nur
Tief muß er fühlen Agrippine, die Mutter.
Indessen, wie, womit solln wir benennen
Das Attentat, das uns der frühe Tag zeigt?
Er weiß, nicht unbekannt ist ihre Liebe,
Junie wird von Britannicus verehrt:
Der gleiche Nero, den die Tugend führt,
Läßt Junie inmitten der Nacht entführen.
Was will er? Ist es Haß, ists Liebe, die ihn führt?
Ists sein Vergnügen nur, ihnen zu schaden?
Oder, wie!, will seine Bosheit mich strafen

Und meine Hilfe, die ich denen gab?
ALBINE: Sie, denen halfen Sie, Madame?
AGRIPPINE: Schweig, liebe Albine.
Ich weiß, befördert hab ich ihren Fall.
Aus seinem Blut mußte Britannicus
Zum Thron aufsteigen, ich stürzt ihn in den Abgrund.
Allein ich trennte Octavie durch Heirat
Vom Bruder der Junie, der von sich warf da
Sein Leben, Silanus, den Claudius einst liebte,
und der Augustus zählt zu seinen Ahnen.
Und alles erntet Nero. Mein Lohn ist,
Die Waage jetzt zu sein zwischen ihm und allen.
Und nach dem gleichen Recht kann eines Tages
Britannicus sie meinem Sohn und mir sein.
ALBINE: Was für ein Plan!
AGRIPPINE: Ich halte einen Hafen
Im Sturm. Nichts hält mir Nero, hält ihn das nicht.
ALBINE: Doch gegen einen Sohn so viel zu sorgen?
AGRIPPINE: Bald fürchte ich ihn, fürchtet er nicht mich.
ALBINE: Vielleicht schlägt ungerechte Angst nur Lärm hier.
Ist Nero Ihnen nicht mehr, was er sein soll,
Wir hörten nicht, daß er verändert ist,
Es blieb geheim bei Cäsar und bei Ihnen.
Wie viele neue Titel ihm auch Rom gibt,
Erhält sie Nero, teilt er sie mit der Mutter,
Verschwendend seine Liebe behält er nichts:
In Rom ist Ihr Name fromm wie der seine;
Kaum spricht man von der traurigen Octavie.
Geringer noch ehrte Augustus Livia.
Nero erlaubte zuerst, vor seiner Mutter
Die Lorbeerfascinen zu tragen. Welche Zeichen
Fordern Sie noch, die seinen Dank bekunden?
AGRIPPINE: Weniger den Respekt, Vertrauen will ich.
Geschenke machen mir Unlust, Albine:
Ich sehe, hoch geehrt, wie mein Kredit fällt.

Nein, nein, die Zeit ist hin, da Nero, jung noch,
Mir jeden Wunsch erfüllte vor einem Hof,
Der ihn anbetete, als er noch mir ließ
Den ganzen Staat, ich wars, die den Senat rief
In den Palast, ich, hinter einem Schleier
Unsichtbar gegenwärtig, war die Seele,
Die allvermögende, des großen Körpers.
Unsicher noch in dem, was Rom verlangt,
War Nero nicht berauscht von seiner Größe.
Der Tag, der traurige Tag schlägt ins Gedächtnis,
Geblendet wurde Nero vom eignen Glanz,
Als Botschafter von so verschiedenen Herrschern
Kamen, ihn anerkennend für die Welt.
Mich neben ihn zu setzen, ging ich zum Thron.
Was mir Unheil bereitete, ich weiß es nicht;
Seis, was es will, Nero sieht mich nur kommen,
Und sein Gesicht zeigt seinen Überdruß.
Da fühlte auch mein Herz das Unglückszeichen.
Der Danklose, färbend die Kränkung mit
Respekt, erhob er sich und, mich im Gehn umarmend,
Entfernte er von meinem Platz mich, vom Thron.
So schlimm wurd ich gestürzt, und meine Macht
Geht jeden Tag seit dem schneller zum Abgrund.
Von allem bleibt mir nur der Schatten, jeder
Fleht jetzt zu Seneca, sucht Burrhus' Hilfe.
ALBINE: Ah!, hat Ihre Seele den Verdacht, warum
Geben Sie Nahrung dem Gift, Ihnen tödlich?
Das Mindeste ist, sprechen Sie mit Cäsar.
AGRIPPINE: Nicht ohne Zeugen mehr sieht mich Cäsar,
Albine. Man gibt mir öffentliche Audienz
Zu fester Stunde. Die Antwort ist diktiert, auch
Sein Schweigen. Und zwei Wächter, seine Herren
Und meine, führen uns unser Gespräch.
Verfolgen will ich ihn, je mehr er mich flieht.
An seiner Not, Albine, muß ich gewinnen.

Ich höre Lärm; man öffnet. Gehn wir sofort,
Nach dem Grund der Entführung ihn zu fragen.
Vielleicht auch seine Seele zu überraschen.
Doch was!, Burrhus schon, der ihn verläßt?

2. Szene

Agrippine, Burrhus, Albine

BURRHUS: Madame,
Im Namen des Imperators geb ich Ihnen
Einen Befehl bekannt, anfangs erschreckend
Für Sie, doch Ausgang einer klugen Leitung,
Sie sollen ihn erfahren, Cäsar will es.
AGRIPPINE: Wenn er es will, gehn wir: er sagts mir deutlich.
BURRHUS: Cäsar entzog sich uns für einige Zeit.
Schon kam durch eine Tür, vielen unbekannt,
Vor Ihnen ein Konsul und noch ein andrer,
Madame. Erlauben Sie, ich geh zurück, um ...
AGRIPPINE: Nein, seine Staatsgeheimnisse will ich
Nicht stören. Doch wir können miteinander
Jetzt sprechen, zwanglos, ohne Heuchelei.
BURRHUS: Burrhus verabscheute immer die Lüge ...
AGRIPPINE: Wie lang noch maßen Sie sich an, den Kaiser
Mir zu verbergen? Melden mich mit dem Titel
Der Lästigen? Hab ich, Sie hochgestellt, mir
Errichtet eine Scheide zu dem Sohn?
Sie wagen nicht mehr, ihn bei sich zu lassen?
Um den Ruhm streiten Seneca und Sie, wer
Mich schneller aus seinem Gedächtnis löschte.
Von mir gemacht, macht Ihr den Sohn undankbar?

Daß Ihr herrscht in dem Staat, in seinem Namen?
Wenn ichs bedenke, unvorstellbar wirds mir,
Sie wagen mich zu zählen zu Ihren Geschöpfen,
Sie, dessen Ehrgeiz in der trüben Ehre
Einer Legion gealtert wär ohne mich,
Und ich, den Vorfahrn auf den Thron gefolgt,
Ich, Tochter, Frau und Schwester, ich, die Mutter
Von Euren Herrschern. Was maßen Sie sich an?
Sie glauben, mein Wort macht einen Kaiser, daß mich
Drei jetzt beherrschen? Nero ist kein Kind mehr.
Ists Zeit nicht, daß er selbst regiert? Wie weit soll
Der Kaiser Euch fürchten? Kann er nicht sehen
Und ohne Eure Augen? Sich zu führen
Endlich, hat er nicht Väter und Geschlecht?
Daß er wählt, wie ers will, Augustus, Tiberius,
Nachahmt, vermag ers, Germanicus, meinen Vater.
Ich sitz nicht bei den vielen Helden, aber
Die Spur der Tugenden kann ich ihm zeichnen:
Mindest, das ihn zu lehren, daß sein Vertrauen
Distanz hält zwischen ihm und den Personen.
BURRHUS: Auf mich kam nur bei der Gelegenheit,
Die eine Handlung Cäsars zu erklären.
Nicht ihn ins Recht zu stellen, war, was ich will,
Doch Sie benennen mich für alles, für
Sein Leben. Ich, Madame, sprech mit der Freiheit
Des Soldaten, wenig geschickt, die Wahrheit
Zu färben. Mir vertrauten Sie die Jugend
Cäsars, und ich sag, daß ichs stets bedenke.
Doch steh ich in der Pflicht, ihn zu verraten?
Um einen Kaiser, begabt nur im Gehorsam?
Nein. Antwort muß ich stehn Ihnen und mehr.
Nicht nur Ihr Sohn, er ist der Herr der Welt.
Madame, vor Roms Imperium muß ich sprechen,
Es steigt auf oder fällt, in meiner Hand liegts.
Ah!, sollte er belehrt unwissend bleiben,

Was brauchte es, ihn zu mißbrauchen, Seneca
Und mich? Wozu entfernte man die Schmeichler?
Und holte die Verführer aus dem Exil?
Der Hof des Claudius, für Sklaven fruchtbar,
Man suchte zwei, er hatte tausend doch
Für diese Ehre, ehrlos ihn zu sehen,
Alternd in langer Kindheit und nicht alt.
Warum die Klagen, Madame? Sie sind geehrt.
Und wie auf Cäsar, schwört man auf die Mutter.
Der Imperator, ja, kommt nicht mehr täglich
Und legt das Reich vor Ihre Füße, prächtig
Ihr Hof so. Muß er das, Madame? Ist anders
Sein Dank nicht sichtbar als in Unterordnung?
Nero, immer bescheiden, immer in Furcht,
Der Cäsar, der Augustus, allein nur Namen?
Muß ich es Ihnen sagen? Rom spricht ihm recht.
Rom, lang gedrückt von den drei Freigelassenen,
Und ausatmend das Joch erst, schwer getragen,
Es zählt in Neros Herrschaft seine Freiheit.
Was sag ich?, neu geboren scheint die Tugend.
Das Reich ist nicht mehr Aas für seinen Herrscher.
Das Volk benennt sich selber auf dem Marsfeld
Den Magistrat, die Führer wählt Cäsar
Nach Antrag der Soldaten, im Senat
Thraseas, Corbulon in der Armee,
Sind ohne Schuld trotz ihrer hohen Stellung;
Die Wüste, bevölkert einst von Senatoren,
Ist jetzt die Wohnung ihrer Denunzianten.
Gleich ists, ob Cäsar weiter uns vertraut, wenn
Nur unser Rat hilft, seinen Ruhm zu entfalten,
Wenn nur die Herrschaft herrscht, wird immer Rom
Frei sein und Cäsar allem mächtig. Madame,
Nero zu führn, genügt sich Nero. Ich
Nehm meinen Platz, um ihn zu lehren. Nero
Muß bei den Ahnen stehen, seinen Vorfahren,

Um gut zu sein, muß Nero nur sich gleichen:
Glücklich, wenn Tugenden, eine auf andre,
Alljährlich folgen seinen ersten Jahren.
AGRIPPINE: Das ists, wenig vertrauen Sie der Zukunft,
Und Nero geht verirrt, wenn nicht mit Ihnen?
Sie aber, sehr zufrieden mit Ihrem Werk,
Sie kommen, zeugen mir von seiner Tugend,
Erklären Sie mir, warum er ein Räuber
Wurde, Nero raubt des Silanus Schwester.
Will er schänden das so beschimpfte Blut
von meinen Ahnen, leuchtend in Junie?
Was nennt er ihre Schuld? Durch welchen Anschlag
Wird sie an einem Tag zum Staatsverbrecher?
Die bis jetzt ohne Argwohn aufwuchs, hätt nie
Nero gesehn, entführte er sie nicht, und
Sogar zu seinen Wohltaten wäre gezählt
Ihre glückliche Freiheit, ihn nie zu sehen.
BURRHUS: Ich kenne kein Verbrechen, das sie belastet,
Auch hat sie Cäsar bis jetzt nicht verurteilt,
Madame. Und kein Ding ist hier, was sie quält,
In dem Palast, ganz angefüllt mit Ahnen.
Sie kennen ihr mitgeborenes Recht, wenig
Brauchts, und ihr Gatte wird der Prinz Rebell.
Und Blut aus Cäsar, das darf sich nur paaren
Mit Blut, dem Cäsar sich vertraut, Sie wissens.
Gestehn Sie selbst, Unrecht wärs, ohne Cäsar
Über Augustus' Nichte zu verfügen.
AGRIPPINE: Ich versteh: in Ihrer Stimme lehrt mich Nero,
Umsonst setzt Britannicus auf meine Wahl.
Um seinen Blick dem Elend zu entziehen,
Gab ich seiner Liebe Hoffnung auf Heirat:
Mich zu beschämen, will jetzt Nero zeigen,
Daß Agrippine mehr verspricht, als sie Macht hat.
Rom ist mit meiner großen Gunst beschäftigt:
Er reißt mit diesem Schimpf den Irrtum auf,

Auf daß das Universum erschreckt sieht,
Nicht eins ist mein Sohn und der Imperator.
Er soll das tun. Ich wage, ihm zu sagen:
Er stärke sein Imperium vor dem Schlag.
Von ihm verwiesen zu Notwendigem,
Will ich meine Autorität einsetzen,
Er stelle seine aus, vielleicht, daß mein Name
Mehr, als er weiß, Gewinn hat in der Probe.
BURRHUS: Wie, Madame!, immer Argwohn seiner Achtung?
Und kein Schritt von ihm, dem Sie nicht mißtrauen?
Soll Cäsar Sie verbunden sehn mit Junie?
Sie mit Britannicus versöhnt? Was!, Sie
Vereint mit Ihren Feinden, nur um dort
Einen Vorwand zu finden Ihren Klagen?
Jedes Geschwätz, bald Ihnen zugetragen,
Findet Sie stets bereit, das Reich zu spalten?
Und immer in der Furcht, und Ihr Umarmen,
Gebiert es nicht neuen Streit? Ah!, lassen Sie
Dem Zensor seinen trüben Fleiß; zeigen Sie
Die Nachsicht einer sanften Mutter, erduldend
Ein wenig Kälte, daß Sie bei sich bleiben
Und nicht dem Hof Signal sind, Sie zu lassen.
AGRIPPINE: Und wer wird sich noch rühmen meiner Hilfe,
Wenn Nero selbst verkündet meinen Fall?
Wenn er, sich mir verschließend, mich verbannte?
Wenn Burrhus wagt, mich von der Tür zu weisen?
BURRHUS: Madame, ich denk, es ist Zeit, daß ich schweige,
Meine Freiheit beginnt, Ihnen zu mißfallen.
Der Schmerz ist nicht gerecht: Vernünftiges,
Was ihn nicht schmeichelt, säuert den Verdacht.
Da ist Britannicus. Ich laß den Platz ihm,
Daß Sie ihn hören, mitleiden seinen Schaden.
Vielleicht, Madame, verurteilen Sie jene,
Die ratlos blieben hier dem Imperator.

3. Szene

Agrippine, Britannicus, Narcisse, Albine

AGRIPPINE: Ah, Prinz!, wohin eilen Sie? Mit welchem Eifer
Werfen Sie sich blind zwischen Ihre Feinde?
Was suchen Sie hier?
BRITANNICUS: Was ich suche? Ah, Götter!
Alles, was ich verlor, Madame, hier ists.
Umringt von tausend scheußlichen Soldaten
Sah sich Junie schändlich in den Palast
Verschleppt. Wie, wie!, mit welchem Schrecken schreckte
Ein solches Schauspiel nun erneut ihr Leben,
Den scheuen Luftgeist! Jetzt nimmt man sie mir.
Zwei Herzen, eins in einem Elend, trennt
Ein zu strenges Gesetz, daß wir nicht vereint,
Im Schmerz verbunden, tragen unsre Schmerzen.
AGRIPPINE: Genug ists. Denn wie Sie bin ich verletzt:
Vor Ihrem Jammer waren meine Klagen.
Doch nicht ohnmächtiger Zorn löst mir mein Wort ein,
Das ich Ihnen gab, das verlang ich nicht.
Hier kein Wort weiter. Wollen Sie mich hören,
Folgen Sie mir zu Pallas, wo ich warte.

4. Szene

Britannicus, Narcisse

BRITANNICUS:
Soll ich ihr glauben, Narcisse?, auf ihr Wort setzen?
Ihr, die die Waage ist ihrem Sohn und mir?
Was sagst du? Ists nicht dieselbe Agrippine,
Die meinen Vater heiratete, mich stürzend,
Und die, soll ich dir glauben, seinem Ende,
Zu langsam ihren Plänen, gab den Anlauf?
NARCISSE: Unwichtig. Sie fühlt sich verletzt mit Ihnen.
Junie versprach sie Ihnen, gab Ihnen ihr Wort.
Vereinen Sie Ihr Leid, verbindend die Interessen.
Vergeblich tönt Ihr Vorwurf im Palast,
Sieht man Sie bitten nur und mit der Stimme
Klagen aussäen, aber nicht den Schrecken;
Verliert sich so Verletztes nur in Worten,
So zweifelt keiner, daß Sie stets nur klagen.
BRITANNICUS: Ah, Narcisse!, du weißt, wie lange ich hörig
Ihm unterworfen bleiben will. Du weißt,
Ob ich, durch meinen Sturz gelähmt, für immer
Das Imperium aufgab, für das ich bestimmt war.
Aber ich bin allein. Freunde des Vaters
Und zahllose Unbekannte sind zu Eis
Erstarrt in meinem Elend. Daß ich jung bin,
Selbst das entfernt mir, die mir doch treu blieben.
Ein Jahr erst lebe ich seit meinem Fall
Und muß die traurige Erfahrung machen:
Ich sehe um mich nur verkaufte Freunde,
Die niemals müden Zeugen meiner Schritte,
Von Nero ausgesucht zu schändlichem Handel,
Um die Geheimnisse in meiner Seele
Feilschend mit ihm jetzt. Was immer sei, Narcisse,

Ich bin täglich verkauft: denn was ich plane,
Er sieht es vor mir, meine Reden hört er.
Wie du in meinem Herzen, weiß er, was kommt.
Was sagst du dazu, Narcisse?

NARCISSE: Ah!, welch ein Mensch . . .
Bei Ihnen liegts, verschwiegene Vertraute
Zu wählen, Herr, mit Geheimen nicht laut zu werden.

BRITANNICUS:
Wahr ists, Narcisse. Doch einem großen Herzen
Ist Argwohn immer nur das letzte Wissen:
Und weit bleibt es betrogen. Ich will dir glauben,
Mehr noch, es ist mein Wunsch, nur dir zu glauben.
Mein Vater, ich erinnere mich, zeigte
Mir deinen Eifer. Von den Freigelassenen
Bist du allein mir treu, und unaufhörlich
Sind deine Augen wach für mein Betragen,
Mich rettend vor tausend versteckten Klippen.
Geh jetzt zu sehen, wie das neue Wetter
Den Mut unserer Freunde hat erregt.
Prüf ihre Augen, blick in ihre Reden,
Die Hilfe, die mir treu blieb, auszumachen.
Besonders aber und mit Talent prüfe
In dem Palast, in welcher Sorge Nero
Wacht über die Prinzessin. Erfahre mir,
Ob ihre schönen Augen aus dem Schrecken
Zurück sind, und erlaubt ist, sie zu treffen.
Ich will zu Neros Mutter gehn, zu Pallas,
Dem Freigelassenen vom Vater, gleich dir.
Ich werd sie sehen, treiben und vielleicht auch
In ihrem Namen weiter gehn, als sie will.

2. Akt

1. Szene

Nero, Burrhus, Narcisse, die Garde

NERO: Nein, Burrhus, auch in ihrem Unrecht, sie bleibt
Die Mutter, für ihre Launen will ich blind sein.
Blind aber bin ich nicht mehr, nicht mehr duld ich
Den Frechen, den Beamten, der ihr das nährt,
Den Pallas, ganz vergiftet er die Mutter,
Verführt Britannicus, den Bruder, täglich.
Er nur ists, den die hören: gehen Sie
In deren Schritten, und Sie finden Pallas.
Zuviel ists. Den muß ich aus beiden lösen.
Ich sags zum letztenmal, daß der fortgehe,
Will ich, und ich befehle: nicht in Rom, nicht
An meinem Hof soll den der Tag finden, geht er
Zum Ende. Eiln Sie: zu retten ist die Herrschaft.
Narcisse, kommen Sie.
Zur Garde: Und Sie, man entfern sich.

2. Szene

Nero, Narcisse

NARCISSE: Den Göttern Dank, Junie in Ihren Händen
Bringt Ihnen heute, Herr, den Rest der Römer.
Die Feinde, stürzend aus verfehlter Hoffnung,
Führt jetzt ihr Weg zu Pallas, ohnmächtig weinend.
Was sehe ich, erregt sind Sie und ruhlos
Und mehr bestürzt, scheints, als Britannicus.
Was zeigt mir Ihre dunkle Trauer an,
Verständnislos die Blicke, ziellos taumelnd?
Alles lacht Ihnen zu: Fortuna selber.
NERO: Narcisse, es ist geschehn, verliebt ist Nero.
NARCISSE: Sie?
NERO: Seit dem Augenblick, doch für mein Leben.
Ich liebe (was sag ich?), bete Junie an.
NARCISSE: Sie lieben sie?
NERO: Von neugieriger Gier
Erregt sah ich sie hier ankommen, traurig
Die Augen, offen für den Himmel, feucht
Von Tränen, solch ein Glanz inmitten Fackeln
Und Waffen. Schön, schmucklos, im schlichten Nachtkleid.
Die Schönheit, die man aus dem Schlaf riß. Ah!
Was immer; ich weiß nicht, wars ihre bleiche Scham,
Die Schatten, Fackeln, Schreie, wars die Stille,
Der wilde Anblick meiner starken Männer,
Was ihren Augen diese Anmut gab.
Was es auch sei, verführt in diese Schönheit,
Will ich sie ansprechen, und meine Stimme
Versagt: ich schweig, ich, tief berührt, erschüttert,
Ich laß sie von mir gehn in ihre Zimmer.
Ich ging in meine. Dort, ganz einsam suchte

Ich mich von ihrem Bild zu lösen: umsonst.
Sie wohnt in meinen Augen, ja, ich glaubte
Sogar, mit ihr zu sprechen. Ich liebe sie
Bis zu den Tränen, die ich ihr gezeugt hab.
Ich bat sie, aber zu spät, um ihr Erbarmen,
Ich zwinge sie mit Seufzern und bedroh sie.
Und so, beherrscht von meiner neuen Liebe,
Gehn meine Augen schlaflos in den Tag.
Vielleicht schuf ich mir ein zu schönes Bild.
Sie kam zu mir, hervorragend mit vielem.
Narcisse, was sagst du?
NARCISSE: Was, Herr, wird man glauben,
Daß sie sich Nero bis jetzt verbergen konnte?
NERO: Du weißt es, Narcisse. War es ihr Zorn, der mich
Trifft mit dem Raub des Bruders, ihrem Unglück;
War es ihr Herz, beherrscht von strengem Stolz,
Das unsern Augen weigerte die Geburt
Von ihrer Schönheit, treu im Schmerz, in Schatten
Geschlossen, geht sie selbst aus dem hohen Stand.
Das ists, die Tugend, fremd dem Hof, so starr
Und unversöhnlich, die meine Liebe reizte.
Was, Narcisse!, keine Römerin, die nicht
Stolz wär auf meine Liebe und so schon gefallen,
Keine, die, ist sie ihrer Blicke sicher,
Diese nicht prüfen will auf Cäsars Brust.
Die schlichte Junie, einsam in ihrem Palast,
Erblickt in dieser Ehre Schändliches,
Flieht und erlaubt sich nicht zu fragen, ob Cäsar
Liebenswert ist, ob er vermag zu lieben?
Sag, Britannicus liebt sie?
NARCISSE: Er, sie lieben,
Herr?
NERO: So jung noch, sollte er sich schon kennen?
Aus einem süßen Blick das Gift schon lesen?
NARCISSE: Herr, Liebe bedarf nicht des Verstandes.

Zweifeln Sie nicht, er liebt sie. An soviel Reiz
Geübt, hat er schon Augen für die Kunst
Der Tränen. In die kleinsten ihrer Wünsche
Kann er sich einfühln. Und vielleicht versteht
Er auch bereits: in sie zu dringen.
NERO: Was sagst du?
Über ihr Herz hätt er irgendwelche Macht?
NARCISSE: Ich weiß es nicht, Herr, doch was ich sagen kann,
Ist, ich sah ihn, sich hier herausreißen,
Sein Herz im Zorn geschwollen, Ihnen verbergend,
Beweinte er den Hof, der ihn danklos flieht,
Und müde Ihrer Größe, seiner Fessel,
Trieb er in Ungeduld und Furcht: So ging er,
Junie zu sehn, und kam glücklich zurück.
NERO: Unglücklicher, verstand er zu gefallen,
Narcisse, weit mehr wünsch er sich ihre Unlust.
Nero ist eifersüchtig und kann strafen.
NARCISSE: Sie? Und was, Herr, beunruhigt Sie? Junie,
Mitleidig mit ihm, teilte seine Schmerzen:
Nie sah sie andre Tränen außer seinen.
Doch heute, Herr, wo ihre Augen offen
Den Staat erblicken, in dem Sie erglänzen,
Um Sie die Könige, die ohne Krone
Und namenlos verbleiben in der Menge,
Und ihr Galan selbst, der in Cäsars Augen
Gefesselt liegt, geehrt durch einen Blick,
Den ihm der Zufall und nicht Cäsar wirft;
Steigt nun der Imperator, so im Ruhm,
Zu ihr herab, bekennend ihren Sieg,
Herr, zweifeln Sie nicht, ein Herz wird so erweicht,
Fordern Sie Liebe, und Sie sind geliebt.
NERO: Auf wieviel Ärger muß ich mich vorbereiten!
Welche Belästigungen!
NARCISSE: Wie? Was hält Sie zurück,
Herr?

NERO: Alles. Octavie, Agrippine, Burrhus,
Seneca, Rom und die drei Tugendjahre.
Nicht, daß ein Rest für Octavie mich in der Pflicht
Der Ehe hält, nichts ist mir ihre Jugend.
Lang schon sind meine Augen ihrer Sorge
Müde und ungern Zeugen ihrer Tränen:
Fällt das in Scheidung, steig ich in dem Glück,
Aufsteigend aus dem Joch, in das man mich zwang.
Der Himmel selbst verdammt sie: ihre Wünsche,
Und not sind die ihr, sie bedrängen ihn
Vier Jahre, und die Götter zeigen sich
Von ihrer Tugend unberührt und schweigen
Den Lohn für ihr Bett, Narcisse: vergeblich
Sucht das Imperium den Erben dort.
NARCISSE: Was zögern Sie noch, Herr, sie zu verstoßen?
Das Reich, ihr Herz, alles verurteilt Octavie.
Augustus, Ihr Vorfahr, begehrte Livia:
Zweifache Scheidung einigt diese zwei
und einigte Sie mit dem Imperium.
Tiberius, auch erst zur Krone gelangt
Durch Heirat, er verstößt die eigene Tochter.
Und Sie allein, entgegen Ihren Wünschen,
Befriedigen nicht Ihre Lust mit Scheidung.
NERO: Und Agrippine, die Unerbittliche?
Ruhelos liebend, sah ich sie schon kommen,
Mit Octavie, und mit entflammtem Blick
Weist sie mir, was sie unlösbar verknüpfte,
Und stößt roh in mein Herz mit langer Rede
Mir meinen Undank. Wie, mit welchem Kopf
Kann ich bestehen das lästige Gespräch?
NARCISSE: Herr, sind Sie nicht der Herrscher auch von ihr?
Sehn wir Sie immer unter ihrem Mund
Unmündig zittern? Leben Sie, regiern Sie
Für sich, zuviel wärs, für die zu regieren.
Sie fürchten . . .? Nein, Herr, Sie fürchten sie nicht;

Sie, Sie verbannten grad den stolzen Pallas,
Von ihr gestützt in seiner Frechheit, Sie wissens.
NERO: Von ihr entfernt, befehle ich, ich drohe,
Ich höre Ihren Rat an, stimm auch zu,
Empöre mich, versuche, ihr zu trotzen,
Doch (ganz entblöße ich dir meine Seele)
Stellt mich mein Unglück wieder unter sie,
Nicht wag ich, gegen die Macht ihrer Augen
Mich aufzustellen, dort, wo ich solange
Die Pflicht darin las, erinnert, daß ich alles
Von ihr erhielt, das unterwirft mich ihr;
All mein Bemühen dient letztlich zu nichts,
Bewältigt steht mein Geist zitternd vor ihrem,
Nur, daß ich mich von ihr befreien kann,
Flieh ich sie überall, beleidige sie
Sogar, ich reize ihren Ärger, daß sie
Aus meinem Weg geht, den ich vor ihr fliehe.
Doch bleib nicht länger. Geh, Narcisse, damit nicht
Britannicus dich erkennt in deiner Kunst.
NARCISSE: Nein, nein, arglos legt sich Britannicus
In meine Treue. Nach seinem Befehl,
Herr, so glaubt er, sehe ich Sie, ausforschend,
Was ihn berührt und Ihr Geheimnis ist.
Vor allem ungeduldig, seine Liebe
Zu sehn, erwartet er von mir die Hilfe.
NERO: Und ich erlaub es, bring ihm süße Nachricht:
Er soll sie sehen.
NARCISSE: Herr, verbannen Sie ihn.
NERO: Ich habe andre Gründe, Narcisse. Und teuer
Kauft der sich das Vergnügen, sie zu sehen.
Geh jetzt und preis dein listenreiches Glück ihm:
Sag ihm, wie ich für sein Heil bin betrogen;
Daß er sie sehen darf, nicht mein Befehl seis.
Man öffnet, sie ist da. Bring deinen Herrn, geh.

3. Szene

Nero, Junie

NERO: Sie sind verstört, Madame, die Farbe wechselt.
Was lesen Sie Schlimmes aus meinen Augen?
JUNIE: Herr, ich will meinen Irrtum nicht verbergen:
Ich ging zu Octavie, nicht zu dem Herrscher.
NERO: Ich weiß, Madame, und hörs mit Neid, wie gütig
Sie sind zu der glücklichen Octavie.
JUNIE: Sie, Herr?
NERO: Meinen Sie, nur Octavie
Allein hat Augen, Sie zu sehen, Madame?
JUNIE: Und wer noch, Herr?, kann ich noch andre bitten?
Um ein Verbrechen fragen, das ich nicht weiß?
Sie strafen es, Ihnen muß es bekannt sein.
Entdecken Sie mir meinen Anschlag, Herr,
Aus Gnade.
NERO: Was, Madame!, ists leichte Kränkung,
Mir Ihren Anblick so lang zu verstecken?
Dies Köstliche, aus dem der Himmel Ihnen
Die Schönheit bildet, gab er das fürs Grab?
Britannicus soll glücklich, sorglos sehen,
Fern meinen Augen, wie seine Liebe wächst
Und Ihre Reize? Und warum bin ich
Aus dieser Pracht verbannt an meinen Hof?
Man sagt mehr: ohne verletzt zu sein, dulden Sie,
Daß er, Madame, wagt, sich Ihnen zu öffnen.
Ich will nicht glauben, daß Junie und ohne
Mit mir zu sprechen, ihn in Hoffnung führte,
Noch daß sie liebt, noch daß sie Liebe duldet,
Die ich nicht weiß und nur weiß aus Geschwätz.
JUNIE: Verleugnen will ichs nicht, daß seine Seufzer
Mir galten, mir oft seinen Wunsch erklärten.

Er trennte nicht den Blick von einem Mädchen,
Dem Rest von einem Rest großer Familie.
Vielleicht in dem Gedächtnis an die Zeit,
Die glücklich war, und wo mein Vater mich
Ihm zusprach, Ziel für seinen Wunsch. Er liebt mich,
Gehorcht dem Imperator, seinem Vater,
Und ich sag, Ihnen auch, in Ihrer Mutter,
Denn immer gleicht Ihr Wunsch dem Ihrer Mutter . . .
NERO: Madame, die Mutter plant das ihre, ich meins.
Und hier nichts mehr von Agrippine und Claudius:
Nicht mehr nach ihrer Wahl hab ich zu wählen.
Allein ich, Madame, habe Sie zu sprechen. Ich
Wähl Ihnen und mit meiner Hand den Gatten.
JUNIE: Ah!, Herr, bedenken Sie, daß meine Heirat
Nicht meine Geburt beschimpft, die Cäsaren!
NERO: Nein, Madame, der, den ich sage, Ihr Gatte,
Kann ohne Scham vereinen seins und Ihres,
Die Ahnen: Nicht erröten werden Sie
In seiner Glut.
JUNIE: Wer ist der Gatte?
NERO: Ich, Madame.
JUNIE: Sie?
NERO: Ich, Madame, und einen andern Namen
Nenn ich, ist noch ein Name über Nero.
Ja, für die Wahl, die Sie erwählen darf,
Bewegte ich den Hof, Rom, das Imperium,
Weit suchend, suchte ich noch weiter jenen,
Der diesen Schatz umschließen darf, Madame.
Und seh, Cäsar allein wert Ihrem Wert,
Allein er würdig, das glücklich zu fassen;
Denn nur die Hände dürfen Sie verschließen,
In die Rom einschloß das Imperium.
Gehn Sie den Weg in Ihre ersten Jahre.
Dort legte Claudius Sie seinem Sohn,
Noch glaubend, daß er eines Tages ihn

Als Erben nennt dem ganzen Imperium.
Die Götter sprachen. Nun ists ganz bei Ihnen,
Nicht gegen die zu stehn und ihn zu wechseln.
Umsonst wär mir von Göttern das Geschenk
Verehrt, wenn es getrennt von Ihrem Herz ist,
Wenn nicht Ihr Reiz versüßt so viele Mühen.
Wenn ich mit Nachtarbeit und Aufregung
Verbring die Tage, beklagt, beneidet immer,
Such ich an Ihren Füßen mir den Atem.
Der Schatten Octavies soll Sie nicht stören:
Rom, so wie ich, gibt Ihnen seine Stimme,
Verstößt Octavie, löst mich aus der Heirat,
Die auch der Himmel nicht will anerkennen.
Erforschen Sie sich, Madame, erwägen Sie
Die Wahl, wert einem Prinzen, der Sie liebt,
Wert Ihren schönen Augen, die zu lange
Verschlossen, einer Welt wert, der Sie sich schulden.
JUNIE: Mit Grund beharre ich, Herr, im Erstaunen.
Ich sehe mich, und alles zeigt ein Tag mir,
An diesem Ort geführt wie ein Verbrecher,
Vor Ihre Augen komme ich in Furcht,
Vertraue kaum noch meiner Unschuld, plötzlich
Bieten Sie mir an, Octavie zu folgen.
Ich wag zu sagen, daß ich keins verdiene,
Nicht soviel Ehre, nicht diese Niedertracht.
Ein Mädchen, fast in der Geburt noch, sieht
Verlöschen die Familie, im Dunkeln nährts
Sein Leid, sucht seine Tugend, gleichend seinem
Unglück,
Und soll den Wechsel gehn aus gründlicher Nacht
So hoch und vor alle Augen der Welt,
Fern noch ist mir ihr Glanz schon unerträglich;
Zuletzt: die Majestät ist ausgefüllt
Mit andrer Größe; Herr, kann das Ihr Wunsch sein?
NERO: Ich habe schon gesprochen, die verstoß ich.

Fürchten Sie wenig, weniger bescheiden.
Sagen Sie nicht, ich habe blind gewählt;
Ich bürge auch für Sie: folgen Sie mir nur,
Sich an Ihr Blut erinnernd, Ihren Anfang.
Und stelln Sie nicht den matten Glanz, das Weigern,
Das kauft sich Reue, vor so Dauerhaftes,
Glanz, mit dem Cäsar Sie schmückt, Sie verlangend.
JUNIE: Der Himmel kennt meine Gedanken, Herr.
Nicht schmeicheln kann mich unsinniger Glanz:
Ich sehe gut die Größe des Geschenks,
Es würde herrlich auf mich schütten Herrliches.
Doch mehr noch Scham würds auf mich werfen, zeigend,
Was ich der Erbin tat, sie zu entblößen.
NERO: Das heißt, sehr viel darum gesorgt, was der nützt,
Madame. Nicht tiefer geht Freundschaft ineinander,
Doch lassen wir das Schönreden, es verbirgt,
Mehr als die Schwester berührt Sie der Bruder.
Britannicus . . .
JUNIE: Er wußte mich zu rühren,
Herr, und ich suchte nicht, es zu verbergen.
Aufrichtigkeit ist stets wenig bescheiden.
Mir ist das Herz der Mund, das spricht in dem stets.
Entfernt vom Hof war ich niemals genötigt,
Mich in der Kunst der Verstellung zu üben.
Ich lieb Britannicus. Sein war mein Schicksal,
Und Herrschaft mußte folgen seiner Heirat.
Das gleiche Unglück, das ihn daraus stürzte,
Die Ehre nahm, ihm den Palast entleerte
Und flüchtig macht den Hof, durch seinen Fall
Verbannt, alles macht untrennbar und paart
Junie mit ihm. Jedes dient Ihren Wünschen,
Und im Vergnügen fließt ungetrübt Ihr Tag.
Herrschaft bleibt Ihnen darin unversiegbar.
Und redet Bitteres in Ihren Weg,
Ist alle Welt besorgt, bemüht zu helfen,

Solches aus Ihrem Gedächtnis zu lösen.
Allein ganz ist Britannicus. Und sieht nur
Mich, ihm beteiligt, wo er unterdrückt geht,
Sein einziges Vergnügen, Herr, sind Tränen,
Die kurz ihn sein Unglück vergessen lassen.
NERO: Und das Vergnügen, diese Tränen will ich;
Ein andrer zahlte mir mit seinem Leben,
Zärtliches wählte ich für diesen Prinzen.
Madame, vor Ihnen wird er bald erscheinen.
JUNIE: Ah!, Herr, Ihre Tugend hat mich stets beruhigt.
NERO: Hierherzukommen, ich könnte ihm verbieten,
Doch ich will der Gefahr zuvorkommen, Madame,
In die ihn tragen kann seine Verblendung.
Ich will nicht, daß er sich verliert. Und besser,
Er nimmt das Urteil aus dem Mund, den er liebt.
Ist sein Tag Ihnen wert, entfernen Sie ihn
Aus sich, und nichts darf meine Eifersucht dem
Anzeigen. Kränken Sie ihn, ihn verbannend,
Sei es durch Reden, sei es durch Ihr Schweigen,
Aus Ihrer Kälte auch muß er begreifen,
Und Wünsche, Hoffnung zu anderem tragen.
JUNIE: Ich! Ich soll ihm so strenges Urteil sprechen!
Mein Mund schwor tausendmal das Gegenteil ihm.
Und könnt ich bis in den Verrat auch gehen,
Verbieten werden meine Augen ihm,
Mich anzuhören.
NERO: Ich, versteckt hier, werde
Sie sehen, Madame. Verschließen Sie die Liebe
Tief in die Seele. Keine geheime Sprache
Wird, mir unkenntlich, für Sie sein: Auch Blicke,
Die stumm Sie glauben, werden für mich laut.
Unfehlbar geht sein Tod aus Ihrem Zeichen,
Aus einem Seufzer, der um ihn entflieht.
JUNIE: Wie, wie!, ich wag noch einen Wunsch, hier, Herr,
Erlauben Sie mir, ihn nie mehr zu sehen!

4. Szene

Nero, Junie, Narcisse

NARCISSE: Britannicus sucht die Prinzessin, Herr.
Er kommt.
NERO: Das soll er.
JUNIE: Ah!, Herr!
NERO: Ich verlaß Sie.
Sein Schicksal sind Sie ihm, mehr als ich, Madame,
Sie sehen ihn, wissend, ich sehe Sie.

5. Szene

Junie, Narcisse

JUNIE: Ah!, lieber Narcisse, flieh deinem Herrn entgegen,
Sag ihm . . . Ich bin verloren, ich seh, er kommt.

6. Szene

Junie, Britannicus, Narcisse

BRITANNICUS:
Madame, welches Glück bringt mich zu Ihnen?
Was!, darf so süßes Treffen mich erfreuen?

Doch in der Freude, welcher Schmerz zerfleischt mich!
Wie, wie!, ist Hoffnung, Sie nochmals zu sehen?
Muß ich in Irrwegen jetzt mir das stehlen,
Was Ihre Augen immer schenkten, mein Glück?
Und welche Nacht! Welches Erwachen! Konnten
Nicht Ihre Tränen, Ihre Gegenwart,
Entwaffnen die Anmaßung der Entmenschten?
Und Ihr Geliebter, was tat er? Welch Dämon
Nahm mir im Neid die Ehre, daß ich sterbe
Vor Ihren Augen? Wie, wie!, klagten Sie nicht,
Gefallen in die Furcht, mich heimlich an?
Prinzessin, war ichs nicht, nach dem Sie riefen?
Gedachten Sie des Schmerzes, der mir um Sie wird?
Sie sagen mir nichts? Oh, so begrüßt! So kalt!
Streicheln mich Ihre Augen in meiner Not?
Sprechen Sie. Wir sind allein. Unser Feind ist
Getäuscht und, während ich mit Ihnen rede,
Um anderes besorgt. Verschwenden wir nicht
Die kleine Zeit, wo der glücklich entfernt ist.
JUNIE: Sie sind in Räumen voll von seiner Macht.
Selbst diese Mauern, Herr, können bestellt sein
Mit Augen. Nie ist entfernt der Herrscher dem Ort.
BRITANNICUS:
Und seit wann, Madame, sind Sie furchtsam? Was!
Sie sind gefangen, und schon krankt die Liebe?
Wohin ging das Herz, das mir immer schwor,
Selbst Nero nimmt nur Neid aus unsrer Liebe?
Verscheuchen Sie, Madame, nutzlose Furcht.
Noch starb die Treue nicht in allen Herzen,
Und jeder, scheint es mir, grüßt meinen Zorn
Mit seinen Augen, für uns erklärt sich
Die Mutter Neros. Rom, beschimpft durch den ...
JUNIE: Ah!, Herr, Sie sprechen anders, als Sie denken.
Sie selber gestanden mir ja tausendfach,
Daß Rom wie eine einzige Stimme ihn rühmt,

Und immer ehrten Sie doch seine Tugend.
Allein der Schmerz gibt Ihnen diese Sprache.
BRITANNICUS: Ihr Vortrag überrascht, muß ich gestehen.
Ich suchte Sie nicht, daß ich sein Lob höre.
Was!, ich bring Ihnen meinen Schmerz, der mich drückt.
Stahl mit Mühe einen günstigen Augenblick,
Und der kostbare Moment, Madame, verbrannte
Im Lob des Feindes, der mich am Boden hält!
Wer setzt an einem Tag Sie gegen sich? Was!
Ihr Blick auch lernte zu schweigen? Was seh ich?
Sie fürchten, meinen Augen zu begegnen?
Nero gefällt Ihnen? Ich bin verhaßt?
Ah!, soll ich glauben . . . Bei den Göttern, Madame,
Sprechen Sie still den Sturm, in den Sie mich stürzen.
Ein Wort. Wohn ich nicht mehr in Ihrem Denken?
JUNIE: Gehn Sie zurück, Herr, der Imperator kommt.
BRITANNICUS:
Nach diesem Fall, Narcisse, was darf ich hoffen?

7. Szene

Nero, Junie, Narcisse

NERO: Madame . . .
JUNIE: Nein, weiter will ich nichts mehr hören.
Man folgte Ihnen. Lassen Sie mir die Tränen,
Die seine Augen ihm nicht mehr bezeugen.

8. Szene

Nero, Narcisse

NERO: Nun gut!, du siehst die Gewalt ihrer Liebe,
Narcisse, und sichtbar noch bis in ihr Schweigen.
Sie liebt meinen Rivalen, ich kanns nicht leugnen.
Doch mir kommt die Lust, ihn ganz zu zerstören.
Ein süßes Bild zeigen mir seine Leiden,
Schon zweifelt er, ich sahs, an seiner Freundin.
Ich folg ihr. Dich erwartet der, sich erbrechend.
Geh, bring ihm neue Furcht, lauf, ihn zu quälen,
So wie man ihn vor mir beweint, anbetet,
Laß ihn teuer sein Glück zahlen, was er nicht sieht.
NARCISSE *allein:* Fortuna ruft dich jetzt zum zweitenmal,
Narcisse. Willst du stehn gegen ihre Stimme?
Wir folgen ihrem dienlichen Gesetz
Bis an den Rand, glücklich im Sturz der Elenden.

3. Akt

1. Szene

Nero, Burrhus

BURRHUS: Pallas gehorcht, Herr.
NERO: Und mit was für Augen
Sah meine Mutter seinen Hochmut schrumpfen?
BURRHUS: Zweifeln Sie nicht, Herr, daß der Schlag sie trifft,
Daß ihre Schmerzen bald entfliehen in Vorwürfe,
Ihre Erregung ist seit langem aufgebrochen.
Unnützes Schreien sollte das immer bleiben!
NERO: Was! Glauben Sie, daß sie jetzt Pläne schmiedet?
BURRHUS: Agrippine, Herr, wird immer Furcht erregen.
Rom, Ihre Soldaten ehren von ihr die Ahnen,
Germanicus, ihr Vater, wohnt unaufhörlich
Bei ihnen. Sie kennt ihre Macht, Sie kennen
Unbeugsam sie. Vor allem fürchte ich,
Sie selber entzünden ihrer Wut das Feuer
Und geben ihr die Waffen, die gegen Sie gehn.
NERO: Ich, Burrhus?
BURRHUS: Herr, von der Liebe besessen . . .
NERO: Ich weiß, Burrhus. Ein Übel ohne Heilung.
Mehr sprach mein Herz schon, als Sie sprechen könnten.
Ich muß nun lieben.
BURRHUS: Sie täuschen sich selbst, Herr,
Und geben sich zufrieden mit wenig Widerstand,
Sie fürchten ein Übel, schwach in der Geburt.
Doch wenn Ihr Herz, in Pflicht geschlagen, nicht
Mit seinem Feinde ins Gespräch geht, wenn Sie

Befragen den Glanz Ihrer ersten Jahre,
Wenn Sie sich, Herr, erlauben, zu erinnern
Der Tugend Octavies, unwert dem Preis,
Und ihrer keuschen Liebe, die bezwingt
Ihre Verachtung, Sie würden vor allem
Junie meiden, Sie würden Ihre Augen
Dann für einige Tage von ihr trennen.
Glauben Sie mir, scheints Liebe, die verzaubert,
Man liebt nicht, Herr, wo man nicht lieben will.
NERO: Ich höre Sie, Burrhus, wenn wir bedrängt sind
Und unsere Waffen glänzend aufgehn müssen,
Und wenn man, friedlicher, sitzt im Senat,
Dort zu bestimmen, was dem Staat wird: dann
Nehme ich meinen Grund aus Ihrer Kenntnis.
Doch, das sag ich, Liebe ist andres Wissen,
Burrhus, und bleiben Sie mir unerbittlich
Auch hier, will ich Ihnen beschwerlich werden.
Gehn Sie. Viel leide ich, entfernt von Junie.

2. Szene

Burrhus, allein

BURRHUS: Endlich, Burrhus, Nero entblößt sein Talent.
Die wilde Gier, du glaubtest sie zu zähmen,
Aus deiner schwachen Zucht wird sie sich reißen.
In welche Tollheit will sie sich ergießen!
Götter!, im Unglück, was darf ich mir raten?
O Seneca, ich sollte Hilfe finden
In deiner Sorge, du, jetzt weit von Rom und
Unwissend der Gefahr. Wo rühre ich die
Zärtliche Agrippine ... Da, mein Glück schickt sie mir.

3. Szene

Agrippine, Burrhus, Albine

AGRIPPINE: Nun, irrte ich, Burrhus, in meinem Argwohn?
Sie, Sie entdecken sich, prächtiger Lehrer!
Pallas vertreibt man, sein Verbrechen vielleicht,
War, Ihren Herrn zur Herrschaft zu erheben.
Sie wissen das. Allein nach seinem Rat
Hat Claudius meinen Sohn adoptiert.
Was sag ich? Der Gattin gibt man eine Rivalin
Und Nero freigelassen aus der Ehe.
Ein braver Dienst, Minister, Feind dem Schmeichel,
Gewählt, die junge Gier zu drosseln, nicht, sie
Selber entzünden, aufziehen, daß er nicht mehr
Die Mutter achtet, seine Frau vergißt!
BURRHUS: Madame, zu früh ists noch, mich anzuklagen.
Nichts, was unentschuldbar, tat der Imperator.
Allein durch Pallas selbst wurde das Exil
Ihm unvermeidbar, sein Hochmut greifts seit langem,
Der Imperator erfüllt nur, bedauernd,
Was insgeheim der ganze Hof verlangt.
Der Rest – ein Unglück, wo noch Hilfe ändert:
Die Tränen Octavies, sie sind zu trocknen
Mit ihrer Quelle. Stillen Sie Ihren Eifer.
Ein süßer Weg führt ihr den Gatten zurück:
Doch mit Geschrei bedroht, wird er grausamer.
AGRIPPINE: Ah!, vergeblich ists, mir den Mund zu schließen.
Ich sehe, schweig ich, bin ich hier verachtet,
Zu viele Rücksicht wärs für das, was ich schuf.
Mit Pallas fällt nicht Agrippine, noch steht sie,
Gesorgt hab ich, um meinen Sturz zu rächen.
Britannicus beginnt, meine Verbrechen
Zu spüren, von denen mir nichts blieb als Reue.
Ich will, zweifeln Sie nicht, vor der Armee

Ihn aufstellen, den Unterdrückten beklagen
Vor den Soldaten und mit meinem Beispiel
Sie aufrufen, den Irrtum auszutilgen.
Daß sichtbar wird der Sohn des Imperators,
Fordernd, was der Familie gehört, den Schwur,
Germanicus wird man hören in der Tochter.
Und auf der andern Seite wird man sehen
Den Sohn des Enobarbus, Nero, der sich
Auf Seneca stützt und auf Tribun Burrhus.
Von mir gerufen einst aus dem Exil, und
Vor mir jetzt herrschend in der höchsten Macht.
Unsere gemeinsamen Verbrechen will ich
Kundtun, den Weg zeigen, den ich ihn führte.
Seine und Ihre Macht verhaßt zu machen,
Sprech ich die schändlichsten Gerüchte wahr,
Und alles beichte ich, Vertreibung, Mord,
Auch Gift . . .
BURRHUS: Madame, man wird Ihnen nicht glauben.
Zurückweisen als ungerechte List
Wird man den Zeugen, der sich wütend anklagt.
Ich, der als erster half in Ihren Plänen,
Sogar den Schwur aus der Armee ihm brachte,
Ich steh nicht gegen diesen Eifer heute.
Madame, er ist ein Sohn, der seinem Vater
Folgt. Mit der Wahl hat Claudius in Nero
Das Recht der Söhne, seines, Ihres, verschmolzen.
Rom konnte wählen. So, mit gleichem Recht,
Wählte es, den Augustus annahm, Tiberius;
Agrippa, der aus seinem Blut kam, umsonst
Verlangte er, der Ausgeschlossene, seins.
Auf soviel Fundament ruht seine Macht,
Daß sie heut selbst von Ihnen nicht gelöscht wird.
Doch, hört er mich noch, Madame, wird Ihr Wünschen
Bald ganz verloren sein in seiner Güte.
Begonnen hab ichs, will es jetzt vollenden.

4. Szene

Agrippine, Albine

ALBINE: Wohin trägt Sie der Schmerz, in welchen Zorn,
Madame! Verborgen bleibs dem Imperator!
AGRIPPINE: Ah!, er selbst soll vor meine Augen kommen!
ALBINE: Madame, bei Göttern, verbergen Sie die Wut.
Was!, um der Schwester Vorteil, um den Bruder
Müssen Sie die Ruhe Ihrer Tage opfern?
Wolln Sie Cäsar bis in sein Lieben zwingen?
AGRIPPINE: Was!, siehst du nicht, wie ich erniedrigt bin,
Albine? Ich bins, mir gab man die Rivalin.
Und bald, zerbrech ich nicht das Unheil, die Paarung,
Ist mein Platz besetzt und ich gelte nichts mehr.
Mit leeren Worten ehrt man Octavie stets,
Dem Hof unnütz, und so vergessen. Ich war,
Die, günstig oder nicht, ehrlos macht oder Ehre,
Im Ziel aller Begierden der Sterblichen.
Die andere, verwirrend Cäsars Liebe,
Wird machtvoll wohnen, Gattin und Mätresse.
Und Früchte vieler Mühen, Pomp der Cäsaren,
Wird nun der Preis um einen ihrer Blicke.
Was sage ich? Man weicht mir aus, verlassen
Bin ich schon . . . Ah!, ich trags nicht weiter, Albine,
Greif ich auch selbst nach dem tödlichen Urteil,
Nero, Undankbarer . . . Hier, sein Rivale.

5. Szene

Britannicus, Agrippine, Narcisse, Albine

BRITANNICUS: Nicht unbesiegbar sind uns unsre Feinde,
Feindlich uns beiden, Madame. Unglück findet
Empfindende. Ihre Freunde und meine,
Bis jetzt geheim, belebt nun aus dem Zorn,
Entflammt im Unrecht, sie kommen, Narcisse
Den Schmerz bekennend, während wir vergeblich
Klagen und Zeit verlieren. Noch kann Nero
Nicht unbesorgt die Undankbare besitzen,
Die er, mißachtend meine Schwester, liebt.
Wenn Sie noch die Beleidigung empfinden,
Muß er in seine Pflicht, der Meineidige.
Der halbe Senat geht in unserer Sache:
Sylla, Pison, Plautus . . .
AGRIPPINE: Prinz, was reden Sie
Sylla, Pison, Plautus!, der Kopf des Adels!
BRITANNICUS: Madame, ich seh, die Nachricht verletzt Sie,
Und Ihr Zorn, verzagt und nur unentschlossen,
Befürchtet zu erhalten, was er wünschte.
Nein, nur zu gut ist mir mein Sturz bereitet
Von Ihnen. Fürchten Sie nichts Kühnes für mich,
Von keinem Freund. Nichts blieb mir. Ihr Bemühen
Entfernte oder verführte mir jeden.
AGRIPPINE: Prinz, glauben Sie weniger Ihren Vermutungen:
Nur aus unserm Verständnis kommt uns Rettung.
Und ich versprachs, anderes brauchts nicht. Nichts
Widerruf ich, was ich sprach, trotz Ihrer Feinde.
Der schuldige Nero flieht meinen Zorn
Umsonst: einmal muß er die Mutter hören.
Gewalt und Zartes will ich wechselnd proben
An ihm, oder ich geh mit Ihrer Schwester,

Um überall meine Furcht auszusäen
Und ihr Erschrecken, daß ich alle Herzen
In die Partei einreihe ihrer Tränen.
Ich geh. Ich werde Nero ganz umstellen.
Wenn Sie mir glauben, gehn Sie aus seinem Blick.

6. Szene

Britannicus, Narcisse

BRITANNICUS:
Bin ich mit falscher Hoffnung von dir getröstet?
Gibt dein Bericht mir einen sicheren Grund,
Narcisse?
NARCISSE: Ja. Doch, Herr, das ist hier der Ort nicht,
Geheimes Ihren Augen zu eröffnen.
Gehn wir. Sie warten?
BRITANNICUS: Warte ich, Narcisse?
Wie, wie!
NARCISSE: Erklärn Sie sich.
BRITANNICUS: Wenn ich durch deine List
Hier sehen könnte . . .
NARCISSE: Wen?
BRITANNICUS: Scham färbt mich. Doch endlich
Könnt ich ruhig erwarten, was mich trifft.
NARCISSE: Für treu halten Sie die, nach dem, was ich sprach?
BRITANNICUS:
Nein, undankbar nenn ich sie, Narcisse, schlimm,
Wert nur für meinen Zorn, doch gegen mich selbst
Fühl ich, ich glaub es nicht, nicht wie ich sollte.
Auf Irrweg geht mein Herz beharrlich, legt ihr

Den Grund, entschuldigt sie, betet sie an.
Ich will endlich so Unglaubliches glauben,
Ich will sie hassen können, so beruhigt.
Doch wer kann von ihr das glauben, groß schien sie,
Und, feindlich immer immer falschem Hof,
Verzichtete sie auf viel; am ersten Tag
Stellt sie mit seltenem Verrat dem Hof sich.
NARCISSE: Und wer weiß, ob die Undankbare, lange
Zurückgezogen, nicht schon errechnete
Ihren Sieg über den Imperator? Sicher,
Daß ihre Augen nicht verborgen bleiben,
Floh sie, daß man sie sucht, erregt so Nero,
Die Unbesiegbare mühevoll zu siegen.
BRITANNICUS: Ich darf sie nicht sehn?
NARCISSE: Jetzt, in dem Moment, Herr,
Empfängt sie von dem neuen Freund, was er wünscht.
BRITANNICUS:
Nun gut! Gehn wir, Narcisse. Was seh ich? Sie ists.
NARCISSE *für sich:*
Ah, Götter! Zum Imperator mit der Nachricht.

7. Szene

Britannicus, Junie

JUNIE: Gehen Sie, Prinz, und fliehen Sie dem Wüten,
Das meine Weigerung in ihm entflammt
Und gegen Sie geht. Nero wütet. Ich
Entkam, indem seine Mutter bemüht ist,
Ihn festzuhalten. Gehn Sie, besorgt um sich
Und nicht um meine Liebe, ein Tag bringt dann

Die Freude, mich schuldlos zu sehen. In mir
Bleibt Ihr Bild unaufhörlich. Nichts kann es dort
Verbannen.
BRITANNICUS: Ich verstehe Sie, Madame.
Was Sie begehren, meine Flucht solls geben,
Ein freies Feld für Ihre neuen Seufzer.
Ja, mich noch sehend, läßt geheime Scham Sie
Nur eine ruhelose Lust genießen.
Nun gut! Zeit ists zu gehen.
JUNIE: Prinz, nicht schuldig . . .
BRITANNICUS: Ah!, Sie durften sich nicht so schnell aufgeben!
Ich jammere nicht, daß gewöhnliche Freundschaft
Partei sucht der vom Glück Umschmeichelten,
Daß Sie, blind aus Blendendem, in der Macht sind,
Genießend das, was meine Schwester zahlt.
Sie, jetzt wie andere vom Pomp umfangen,
Sie zeigten sich mir unberührt von solchem:
Nein, ich gesteh Ihnen, ich, hoffnungslos jetzt,
War nicht belehrt in diesem Unglück. Ich sah,
Auf meinem Fall errichtet sich das Unrecht,
Sah, was mich hetzt, verbündet mit dem Himmel.
Der nicht erschöpft war mit so vielem Schrecken,
Madame,
Ihm blieb noch dies: daß Sie mich ganz vergessen.
JUNIE: In glücklicherer Zeit ließ ich zu recht
Sie ohne Nachsicht Ihr Mißtrauen bereuen.
Aber Nero bedrohte Sie: in Gefahr
Hab ich andere Sorgen, Prinz. Gehn Sie
Beruhigt und sich nicht mehr bemitleidend:
Nero belauschte uns, befahl mir, Sie zu täuschen.
BRITANNICUS: Was!, der, grausam . . .
JUNIE: War bei uns, uns ein Zeuge,
Streng prüfte sein Gesicht meins, stets bereit,
Auf Sie zu stürzen seine Rache, zeigt sich
In einer Geste heimliches Verstehen.

Britannicus: Nero belauschte uns! Aber, wie, wie!,
Die Augen konnten mir, ihn täuschend, sprechen,
Den Autor nennen, ihn, der hier so schändet.
Ist Liebe sprachlos, spricht nur eine Sprache?
Ein Blick, der mich aus vielem Irren hielt!
Es galt . . .
Junie: Zu schweigen galts mir, Sie zu retten.
Immer, wie, wie!, muß ich das Ihnen sagen,
Wollt mein Herz Ihnen die Verzweiflung zeigen!
Wieviele Klagen klagte ich sprachlos,
Fürchtete, was ich suchte, Ihre Augen!
Und schweigen müssen, wo man liebt, ihn sehend,
Den Stöhnenden zu hören, den man selbst quält,
Ihn trösten könnte, mit nur einem Blick!
Doch dieser Blick, mit welchen Tränen käm er!
Ah!, so erinnert, ruhelos, zerrissen,
Nicht ich und doch zu sehr noch ich, das fühlt ich.
Die Stirn blaß in dem Schrecken, verrät sie mich?
Gefüllt mit Schmerzen sah ich meine Augen.
Schon deutlich war mir, Nero wird gleich wütend
Mich beschuldigen, Ihnen zu gefallen,
Fürchtend, daß ich vergeblich meine Liebe
Verbarg. Endlich, ich wünschte, nie zu lieben.
Wie, wie!, für sein Glück, Prinz, und für das unsre,
Kennt er zu gut nur mein Herz und das Ihre!
Gehn Sie, verbergen Sie sich ihm noch einmal.
Zu andrer Zeit werd ich zu Ihnen sprechen,
Berichten noch von anderem Geheimen.
Britannicus: Ah!, zuviel ists schon! Vieles muß ich hören,
Mein Glück und mein Verbrechen, Ihre Güte!
Und wissen Sie, was Sie aufgeben um mich?

Wirft sich zu Füßen Junies.

Wann kann ich die Beschuldigung hier büßen?
Junie: Was machen Sie? Wie, wie!, da, Ihr Rivale.

8. Szene

Nero, Britannicus, Junie

NERO: Prinz, bleiben Sie in dem reizvollen Eifer.
Wie Sie begabt sind, deutlich zeigts sein Dank mir,
Madame: den finde ich an Ihren Knien.
Auch mir sollte er etwas Dank erweisen:
Der Ort bevorzugt ihn, und ich halt Sie fest,
Ihm solch ein süßes Treffen zu erleichtern.
BRITANNICUS: Ich leg zu ihren Füßen Schmerz oder Freude,
Wo sie es nur erlaubt, daß ich sie sehe.
Und der Ort, wo Sie diese halten, nichts
Ist mir erstaunlich hier, nicht meinen Augen.
NERO: Und was zeigt der Ihnen und warnt Sie nicht,
Daß man hier mich ehrt, mir gehorchen muß?
BRITANNICUS:
Der sah uns nicht aufwachsen, Sie, mich, dafür,
Daß ich Ihnen gehorche, Sie mir trotzen,
Auch sah der nicht den Tag in unsrer Geburt,
An dem Domitius mich nicht grüßt, den Herrscher.
NERO: So setzt sich das Schicksal gegen unsre Wünsche,
Dem, der damals gehorchte, gehorchen Sie.
Wenn Sies nicht lernten, sich führen zu lassen,
Sie sind noch jung, man kann es Sie lehren.
BRITANNICUS: Wer wirds mich lehren?
NERO: Das Imperium,
Rom.
BRITANNICUS: Rom, zählt es auch das zu Ihren Rechten:
Grausames Unrecht und Gewalt und Giftmord
Und Raub und Scheidung, alles, was es gibt?
NERO: Für mein Geheimes hat Rom keine Augen,
Sieht nicht, was ich verberge. Lernen Sie
Von Rom die Rücksicht.

Britannicus: Doch weiß man, was es denkt.
Nero: So schweigt es doch; lernen Sie sein Schweigen.
Britannicus: So, Nero will sich nicht mehr mäßigen.
Nero: Nero wird endlich Ihrer Reden müde.
Britannicus:
Glückliche Herrschaft nur ehrt einen Herrscher.
Nero: Glücklich, unglücklich, genug ists, daß man fürchtet.
Britannicus: Schlecht würde ich Junie kennen, wenn sie
Solch einer Meinung zustimmt.
Nero: Wenn ich auch
Nicht das Geheimnis weiß, ihr zu gefallen,
Ich weiß doch, freche Rivalen zu strafen.
Britannicus:
Ich fürchte nichts, was mich bedrohen könnte,
Allein vor ihrer Feindschaft zittere ich.
Nero: Wünschen Sie das sich: anderes sag ich nicht.
Britannicus: Nur das Glück, ihr zu gefallen, begehre ich.
Nero: Und sie versprachs, Sie werden ihr gefallen.
Britannicus: Zumindest eins versteh ich nicht: zu lauschen.
Was mich berührt, von dem laß ich sie sprechen,
Versteck mich nicht, um ihr den Mund zu schließen.
Nero: Ah!, ich verstehe. Nun, Garde!
Junie: Was tun Sie?
Ihr Bruder ists. Wie, wie!, und eifersüchtig!
Sein Leben ist verfolgt von vielem Unglück.
Ah!, kann sein Glück erregen Ihren Neid?
Ich will Sie einigen mit ihm, verbergen
Mich Ihren Augen, mich seinen entreißen.
In meiner Flucht endet Ihr tödlicher Streit,
Ich gehe, Herr, und werd eine Vestalin.
Neiden Sie ihm nicht meine glücklose Liebe,
Allein den Göttern lästig nun, dulden Sies.
Nero: Ihr Eingriff, Madame, ist mir fremd und heftig.
Garde, man führe sie in ihre Zimmer.
Bewacht Britannicus bei seiner Schwester.

Britannicus: Nicht anders streitet Nero um ein Herz.
Junie: Prinz, reizen Sie ihn nicht, wir fügen uns.
Nero: Garde, gehorchen soll man, zögert nicht.

9. Szene

Nero, Burrhus

Burrhus: Was seh ich? Oh Himmel!
Nero *ohne Burrhus zu sehen:* So vermehrt sich Feuer.
Die Hand, die sie zusammenführt, erkenn ich.
Vor meinen Blick stellte sich Agrippine,
Breitete lang sich aus mit ihren Reden,
Um hier dies tödliche Spiel aufzuführen.

Bemerkt Burrhus

Erfahren soll man, wo meine Mutter ist.
Burrhus, in dem Palast soll man sie halten,
Ich wills, mit meiner Garde statt der ihren.
Burrhus: Was!, Herr, ohne sie anzuhören? Die Mutter?
Nero: Schweigen Sie: Was Sie aussinnen, Burrhus,
Ich weiß es nicht; jedoch seit Tagen sind Sie
Ein Zensor allem, was ich will, widersprechen
Mir. Folgen Sie. Oder, wenn Sie sich weigern,
Folgen mir andere bei der und Burrhus.

4. Akt

1. Szene

Agrippine, Burrhus

BURRHUS: Ja, Madame, Sie können nach Ihrem Wunsch sich
Verteidigen: Cäsar selbst wird Sie hören.
Wenn sein Befehl Sie im Palast hält, vielleicht
Ists in der Absicht, mit Ihnen zu sprechen.
Was es auch sei, wenn ich das sagen darf,
Vergessen Sie, daß Sie von ihm beschimpft sind:
Bereiten Sie sich ihm, die Arme öffnend.
Verteidigen Sie sich nicht, ihn verklagend.
Er ists, allein auf ihn blickt alles, der Hof.
Ist er Ihr Sohn auch, auch Ihr Werk, er ist
Ihr Imperator. Unterworfen sind Sie
Gleich uns der Macht, die er aus Ihnen hält.
Und ihm gleich, der Sie liebend streichelt oder
Bedroht, müht sich der Hof um Sie, verläßt Sie.
Madame, er ists, den man, Sie suchend, sucht.
Der Imperator.
AGRIPPINE: Man laß mich mit ihm.

2. Szene

Agrippine, Nero

AGRIPPINE *setzt sich:*
Kommen Sie, Nero, nehmen Sie Ihren Platz.
Ich soll, man wills, stillhalten in Ihrem Verdacht.
Welches Verbrechen mich schwärzt, weiß ich nicht:
Alle, die ich tat, will ich Ihnen sagen.
Sie herrschen. Wissend, daß Ihre Geburt
Viel Raum ließ zwischen Ihnen und der Herrschaft.
Auch meine Ahnen, die Rom heilig sprach,
Die waren Ihnen nutzlos ohne mich.
Als Messalina, Mutter des Britannicus,
Verurteilt war, fing an der Streit um Heirat
Mit Claudius, viele Schönheiten eiferten
Um ihn, bettelnd bei seinen Freigelassenen,
Da wünschte ich nur darum sein Bett, Ihnen
Den Thron zu lassen, auf dem ich würd sitzen.
Den Stolz bezwing ich, geh bittend zu Pallas.
Ich streichle seinen Herrn, der so allmählich
Die Liebe nimmt aus seiner Nichte Augen,
Wozu ich seine zarte Lust wollt lenken.
Jedoch das Blutband, das uns schon verwandt macht,
Hält ihn aus dem blutschändenden Bett fern;
Denn er wagt nicht, die Tochter seines Bruders
Zu heiraten. Der Senat wird bestochen:
Ein stark gezügeltes Gesetz legt mir
Claudius in mein Bett und mir zu Füßen
Rom. Das war viel für mich und nichts für Sie.
In meinem Schritt laß ich Sie gehen in seine
Familie: ich nenn Sie seinen Schwiegersohn,
Geb Ihnen seine Tochter. Silanus,
Der sie liebt, sieht sich verlassen und zeichnet

Mit seinem Blut den unglücklichen Tag.
Das war noch nichts. Wars Ihnen vorstellbar,
Daß Claudius Sie einmal vorziehen muß,
Den Schwiegersohn dem eignen Sohn? Ich bitte
Den gleichen Pallas, mir zu helfen: Claudius
Nimmt Sie zum Sohn, besiegt von dessen Reden,
Nennt Sie Nero und will noch vor der Zeit
Mit Ihnen seine Herrschaft teilen. Da wars,
Daß, an Vergangenes erinnert, jeder
Sich meinen weit gesteckten Plan aufdeckt.
Das, was Britannicus bedroht, erregt
Die Freunde seines Vaters, und sie jammern.
Ich mach sie blind mit viel Versprechen; andre,
Die laut Empörten, still ich mir mit Exil.
Claudius, müde meiner Klagen, entfernt
Dem eigenen Sohn jene, die lange schon
Ihm folgen, eifrig verpflichtet seinem Schicksal,
Auch mächtig noch sind, ihn zum Thron zu führen.
Ich tat mehr: ich wähle aus meiner Suite
Selber diejenigen aus, die ihn leiten.
Doch anders sorge ich für Sie, ernenne
Erzieher Ihnen, die Rom ehrt. Taub bin ich
Für jeden Antrag, setze nur auf Namen.
Ich ruf aus dem Exil, aus der Armee mir,
Und dieser Seneca und dieser Burrhus,
Die jetzt . . . Rom schätzte damals ihre Tugend.
Auch das Vermögen des Claudius greif ich,
Verschwende seine Schätze in Ihrem Namen.
Spiel und Geschenke, unsterblicher Kitzel,
Lockt Ihnen Volk und die Soldaten, die,
Erinnert so an ihre frühe Liebe,
In Ihnen meinen Vater ehren, Germanicus.
Und Claudius neigt sich in seinen Abend.
Die Augen, lang geschlossen, öffnen sich,
Und er erkennt den Irrtum. Jetzt fürchtet er

Um seinen Sohn, laut wird sein Jammer, spät,
Zu spät will er sich seine Freunde sammeln.
Seine Garde, sein Palast, sein Bett sind mein.
Fruchtlos laß ich ihm seine Lust verrinnen,
Ich herrsche noch in seinem letzten Stöhnen:
Scheinbar seinen Schmerz lindernd, verberge ich
Dem Sterbenden die Tränen seines Sohns.
Er stirbt. Tausend Gerüchte im Lauf, mich schändend.
Den Tod, die allzu frühe Nachricht, verschweig ich.
Burrhus eilt zur Armee, heimlich, und fordert
Für Sie den Schwur, in mir geborgen gehn Sie
Ins Lager, alles, während in Rom der Rauch
Aus Opfern aufsteigt von Altären, das Volk,
Erregt durch meine falschen Worte, bittet
Für die Genesung des schon toten Fürsten.
Endlich, als die Legionen Ihnen folgen,
Mit Macht erhärten Ihre Macht, stellt man
Den Claudius aus, und über seinen Abgang
Erschreckt das Volk und lernt beides, seinen Tod
Und Ihre Herrschaft. Das ists, was ich Ihnen
Gestehen wollte. Alles meine Verbrechen.
Und nun mein Lohn. Sechs Monate schien es,
Daß Sie die Mühen anerkannten, genießend
Ihre Früchte. Dann, müde der Achtung,
Die Ihnen vielleicht lästig, stellten Sie sich,
Mich nicht zu kennen. Und ich sah Burrhus
Und Seneca, den Argwohn Ihnen würzen,
Selbst treulos, Sie im Treulosen zu lehren,
Begeistert, sich besiegt zu sehen in ihrer
Eigenen Kunst. Und ich sah, sehr vertraut,
Otho, Senecio, lüsterne Knaben,
Devote Schmeichler aller Ihrer Lüste.
Und als ich, so verschmäht, aufjammerte,
So sehr beleidigt, Sie nach dem Grund fragte,
Werd ich mit Ihrer Antwort neu beschimpft

(So rettet sich, wer als danklos entdeckt ist).
Junie versprach ich heute Ihrem Bruder,
Beglückt sind beide mit der Wahl der Mutter:
Was tun Sie? Junie wird, an den Hof entführt,
In einer Nacht das Objekt Ihrer Liebe.
Und Octavie gelöscht aus Ihrem Herzen,
Aus Ihrem Bett bald, in das ich sie legte.
Pallas verbannt, verhaftet auch Ihr Bruder,
Und endlich greifen Sie nach meiner Freiheit:
Burrhus wagt dreist, die Hand an mich zu legen.
Sie, überführt so vieler Niedertracht,
Sollten, mich sehend, sühnen, – und Sie sind es,
Der mir befiehlt, daß ich mich hier verantwort.
NERO: Ich werde mich immer erinnern, daß ich
Ihnen verdanke das Imperium, Sie
Ermüden sich, mir das zu wiederholen,
Und Ihre Güte könnte friedlich ruhen
In meiner Treue. Doch Ihr Argwohn und
Beständiges Klagen, das macht jeden glauben,
Der Sie hört (ich wags hier, zwischen uns, Ihnen
Zu sagen), daß Sie, die für meinen Namen
In der Vergangenheit tätig war, doch nur
Für sich es war. „Soviele Ehren", heißt es,
„Soviele Rücksicht, ist das wirklich nur Lohn
Für ihre Hilfe? Welche Verbrechen tat
Der so verworfene Sohn? Ist er gekrönt
Von ihr, ihr zu gehorchen? Ist er nur
Verwalter ihrer Herrschaft?" Doch nicht ungern
War ich Ihnen gefällig, und erfreut
Ließ ich bis jetzt Ihnen die Herrschaft, die Sie,
Mit Ihren Schreien, scheint es, wieder fordern.
Doch Rom will einen Vater, nicht die Mutter.
Sie hören das Geschwätz, aus meiner Schwäche
Geboren. Senat und Volk, täglich verbittert,
Weil meine Stimme Ihren Willen diktiert,

Verkünden, der tote Claudius ließ mir
Mit seiner Macht seinen schlichten Gehorsam.
Sie sahen hundertmal unsre Soldaten,
Erzürnt und mürrisch, die Adler vor Sie tragen,
Beschämt mit dem unwerten Brauch, beschimpft auch
Die Helden, die sie mit sich führn im Bild.
Andere doch, die hätten da gefügt sich,
Nur Sie, wenn Sie nicht herrschen, klagen immer.
Und Sie vereinigen sich mit Britannicus,
Wolln ihn durch Heirat mit Junie noch stärken.
Die Hand von Pallas wars, die das schmiedete.
Und als ich, ich wollts nicht, mir Ruhe schaffe,
Sind Sie belebt aus Haß, beseelt von Wut.
Meinen Rivalen empfehlen Sie der Armee:
Solch ein Gerücht lief bis ins Lager schon.
AGRIPPINE: Ich, ihn zum Herrscher machen, Undankbarer!
Das glauben Sie? Wozu sollt ich das planen?
Was könnte ich verlangen? Welche Ehren
An seinem Hof erwarten, welchen Rang mir?
Ah!, nichts erspart mir Ihre Herrschaft schon,
Ich werd beobachtet, beschuldigt werd ich,
Verfolgt bin ich, Mutter des Imperators,
Was wird mir da an einem fremden Hof?
Verklagt wär ich, nicht ohnmächtiger Schreie
Oder um Pläne, erstickt, eh sie geboren,
Sondern für Verbrechen wär ich verurteilt,
Für Sie begangen, unter Ihren Augen.
Sie täuschen mich nicht, ich seh Ihre Übung:
Undankbar sind Sie, waren es mir immer.
All meine Sorge, meine Zärtlichkeit
Entlockte Ihnen nur heuchelnde Liebe
Seit Ihrer Kindheit. Und nichts, was Sie bezwang,
Vor Ihrer Starrheit sollte längst versiegen
Der Fluß all meiner Güte. Wie unglücklich
Bin ich! Wodurch, durch welches Mißgeschick

Wurd ich mit all meinem Bemühen lästig?
Ich hab nur einen Sohn. Oh Himmel, hör mich,
Was forderte ich von dir, was nicht ihm galt?
Scham, Furcht und Schrecken, nichts hielt mich zurück,
Von ihm verachtet, ich nahms auf mich, sah nicht
Das Unheil, mir schon früh vorausgesagt.
Ich tat, worin ich mächtig war: Sie herrschen,
Das ist genug. Nehmen Sie, wenns Ihr Wunsch ist,
Mir meine Freiheit raubend, auch mein Leben,
Falls nicht das Volk, gereizt durch meinen Tod, Sie
Um das beraubt, was ich teuer bezahlte.

NERO: Gut!, sprechen Sie. Was soll geschehn, was wolln Sie?

AGRIPPINE:
Daß man straft, die mich frech verklagen, daß man
Beruhigt den Zorn des Britannicus,
Daß Junie den Gatten nimmt, den sie selbst wählt,
Daß beide frei sind und daß Pallas bleibt,
Daß ich Sie seh zu jeder Stunde, dulden Sies,

Bemerkt Burrhus im Hintergrund der Bühne.

Und daß dieser Burrhus, der uns belauscht,
Nicht wagt, vor Ihrer Tür mich aufzuhalten.

NERO: Ja, Madame, ich wills, mein Dank soll für immer
In alle Herzen meißeln Ihre Macht.
Schon nenn ich diese Kälte glücklich, die uns
Die Glut unserer Freundschaft neu entfacht.
Was Pallas auch tat, genug, ich vergeß das.
Auch mit Britannicus will ich gut enden,
Der Liebe, die uns trennte, werden Sie
Ein Richter sein und zwischen uns entscheiden.
Doch gehn Sie jetzt zum Bruder mit der Freude.
Garde, gehorcht dem, was die Mutter sagt.

3. Szene

Nero, Burrhus

Burrhus: Herr, dieser Friede, und Sie so verschlungen
Ist mir ein Schauspiel, reizvoll meinen Augen!
Sie wissen es, ob ich je gegen sie sprach,
Ob ich Sie trennen wollte von ihrer Liebe,
Ob ich den ungerechten Zorn verdiene.
Nero: Beschönigen will ich nichts, Burrhus, ich hab Sie
Beschuldigt, ich glaubte, Sie mit ihr verbündet.
Von ihr gehaßt, sind Sie vertraut mir wieder.
Die eilt zu früh, Burrhus, im Triumph. Den Bruder
Will ich umarmen, um ihn zu ersticken.
Burrhus: Was, Herr!
Nero: Es ist genug. Sein Sturz muß mich
Von der rasenden Agrippine befreien.
Solang er atmet, lebe ich nur halb.
Sie machte mich mit dem feindlichen Namen
Müde: nicht straflos laß ich solche Kühnheit,
Nicht, daß er sich erneut meinen Platz erhofft.
Burrhus: So wird sie um Britannicus bald weinen?
Nero: Endet der Tag, werd ich ihn nicht mehr fürchten.
Burrhus: Wer ists, der Ihnen solche Lust erweckt.
Nero:
Mein Ruhm, meine Liebe, meine Sicherheit, mein Leben.
Burrhus: Was Sie auch sagen, nein, der schreckliche Plan
Wurde niemals in Ihrer Brust geboren.
Nero: Burrhus!
Burrhus: Aus Ihrem Mund soll ich das nehmen?
O Himmel! Konnten Sies hören ohne Grauen?
Sie wolln in Blut sich kleiden, in Blut sich baden?

Ist Nero müde, zu herrschen in den Herzen?
Was wird man sprechen über Sie? Was ist Ihr Plan?
NERO: Was!, bin ich an vergangnen Ruhm gekettet,
An eine Liebe, unbekannt mir, die uns
Der Zufall gibt und nimmt an einem Tag?
Bin ich wunschlos, Untertan allen Wünschen,
Ein Imperator nur, um zu gefallen?
BURRHUS: Genügt es Ihnen nicht, Herr, Ihren Wünschen,
Wenn Ihr Verdienst das öffentliche Wohl ist?
Bei Ihnen ist die Wahl, Sie sind Ihr Herr noch.
Bis hier in Tugend, können Sie in ihr bleiben:
Entworfen ist der Weg, nichts, was Sie aufhält.
Gehn Sie von Tugend nur zu Tugend, mehr brauchts nicht.
Doch folgen Sie dem Rat der Schmeichler, Herr,
Treibt es Sie von Verbrechen zu Verbrechen.
Nur aus erneuter Grausamkeit lebt Gewalt,
Und Ihre blutigen Arme werden sich
Im Blut waschen. Britannicus wird sterbend
Die Freunde finden, die eifrig bereit sind,
Für ihn zu kämpfen: sie, ihn rächend, schaffen
Sich neue Rächer, denen andre folgen
Nach ihrem Tod noch. Sie entzünden Feuer,
Das nicht zu löschen ist. Gefürchtet sind Sie
Von allen, alles fürchtend; immer strafend,
Zittern Sie doch in allem, was Sie planen,
Und keiner ist, den Sie nicht feindlich nennen.
Ah!, der glückliche Versuch der ersten Jahre,
Läßt der Sie Ihre Unschuld hassen, Herr?
Erinnern Sie sich, Glück beschrieb den Anfang!
Ruhig war Ihr Weg durch die Zeit, oh Himmel!
Welche Lust wars zu denken, sich zu sagen:
„Man segnet mich jetzt, liebt mich überall,
Mein Name schreckt das Volk nicht, ihre Tränen
Verklagen nicht mich bei den Göttern, und nicht

Flieht Dunkles mein Gesicht, Feindseliges;
Wo ich geh, eilt mir jedes Herz entgegen!"
Das war einst Ihr Vergnügen. Welch Wechsel, Götter!
Kostbar war Ihnen selbst verdorbenes Blut.
An einem Tag bedrängte der Senat Sie,
Mit Ihrem Namen und gemäß dem Recht
Den Tod zu geben einem Schuldigen.
Da stellten Sie sich gegen deren Strenge:
Sie nannten sich selbst grausam, schuldig selber,
Und mächtig sein, beklagten Sie als Unglück:
„Ich wünschte", sagten Sie, „ich könnt nicht schreiben."
Nein, folgen Sie mir, sonst wird mir der Tod
Den Schmerz ersparn, den Anblick dieses Unheils.
Nicht überleben will ich Ihren Ruhm.
Sind Sie bereit, so schwarze Tat zu tun,

Wirft sich Nero zu Füßen

Ich bin bereit: bevor Sie gehen, Herr,
Durchstechen Sie mein Herz, das dies nicht zuläßt.
Und rufen Sie die Grausamen, die Sie
Anregten dazu, daß sie ihre Hände,
Wenig geübt noch, an mir üben. Aber
Ich seh, die Tränen rühren meinen Herrscher,
Tugend erschrickt vor ihrem eignen Wüten.
Zögern Sie nicht, nennen Sie die Treulosen,
Die das wagten, den blutschänderischen Rat.
Den Bruder rufen Sie, in seinen Armen . . .
NERO: Ah!, was verlangen Sie?
BURRHUS: Er haßt Sie nicht,
Er ist verleumdet, Herr: ich fand ihn schuldlos;
Ich bürg für seinen Gehorsam. Zu ihm will ich,
Beschleunigen so süße Unterredung.
NERO: Erwarten soll er mich in meinen Zimmern
Und Sie.

4. Szene

Nero, Narcisse

NARCISSE: Herr, ich hab alles vorbereitet
Für den gerechten Tod. Das Gift ist fertig.
Locusta, die berühmte, verdoppelte
Für mich ihre oft geduldete Arbeit:
Sie ließ vor mir verröcheln einen Sklaven.
Kein Eisen schneidet so geschickt ein Leben
Wie dieses Gift, das ich von ihr erhielt.
NERO: Narcisse, genug ists. Ich seh Ihren Fleiß
Und will nicht, daß Sie darin weitergehen.
NARCISSE: Was!, erschöpft ist Ihr Haß auf Britannicus,
Verbieten Sie . . .
NERO: Ja, man will uns versöhnen,
Narcisse.
NARCISSE: Fern sei mir, für andres zu sprechen,
Doch eben, Herr, sah er sich noch gefangen:
Er ist beschimpft, das bohrt sich in sein Herz.
Und kein Geheimnis, das ihm nicht die Zeit zeigt:
Er wird erfahren, was ihm meine Hand hielt,
Ein Gift, bereitet ihm nach Ihrem Befehl.
Dann mögen Götter ihn führn, seine Pläne!
Vielleicht wird er, was Sie nicht wagten, wagen.
NERO:
Man bürgt mir für sein Herz, meins will ich zwingen.
NARCISSE: Und Hochzeit mit Junie ist das Band davon?
Herr, wollen Sie ihm auch dies Opfer bringen?
NERO: Das wär zuviel. Jedoch, was immer sei,
Narcisse, ich zähl ihn nicht zu meinen Feinden.
NARCISSE: Auch Agrippine, Herr, hat sich das versprochen;
Unbeschränkt herrscht sie wieder über Sie.
NERO: Was denn? Was sagte sie? Was wolln Sie sagen?

Narcisse: Fast öffentlich rühmt sie sich darum.
Nero: Um was?
Narcisse: Sie müsse Sie nur einen Augenblick sehn,
Und großem Lärm, todansagender Wut,
Es würd sich zeigen, folgt bescheidnes Schweigen.
Sie würden zuerst nach dem Frieden greifen,
Beglückt sein, wenn sie Ihnen nur verzeiht.
Nero: Aber, Narcisse, was willst du, was soll ich tun?
Ich bin geneigt, die Frechheit zu bestrafen,
Und, bleib ich fest, soll unbescheidenem Stolz
Bald ewiges Bedauern folgen. Aber
Mit welcher Sprache spricht mir dann die Welt?
Soll ich stehn im Schritt der Tyrannen?, willst du,
Daß Rom mir auslöscht meine Ehren, Titel,
Und nur den Namen läßt: Giftmischer? Ich werd,
Mich rächend, genannt sein: Mörder im Geschlecht.
Narcisse:
Die Launen Roms, Herr, nehmen Sie zum Führer?
War Ihre Hoffnung, daß die immer schweigen?
Und müssen Sie ein Ohr haben solchen Reden?
Sind Ihre eignen Wünsche ganz vergessen?
Und Sie allein, der sich nicht selbst vertraut?
Aber Sie kennen nicht die Römer, Herr.
Nein, nein, viel schweigen die mit ihren Worten.
Zu große Vorsicht schwächt die Herrschaft: alles
Glaubt sich gefürchtet und hält das für recht noch.
Geformt gleich ihrem langen Joch, verehren
Sie jene Hand, die sie in Ketten hält.
Und immer eifrig, Ihnen zu gefallen:
Die rasche Unterwürfigkeit ermüdete
Tiberius. Ich selbst, gekleidet in
Geborgte Macht, die ich von Claudius
Erhielt mit meiner Freiheit, ich, in dem Gang meines
Vergangnen Ruhms, reizte sie hundertmal,
Und nie erschöpfte ich ihre Geduld.

Sie fürchten, Trübes geht aus Gift? Enden Sie
Den Bruder, verstoßen Sie die Schwester: Rom
Bringt auf seinen Altären seine Opfer
Und findet deren Schuld, wärn sie gleich schuldlos;
Und wird unglücklich nennen jene Tage,
Die zwei gebärend, Schwester und den Bruder.

NERO: Narcisse, ich darfs nicht, nicht erneut beginnen.
Ich gab Burrhus, von ihm besiegt, mein Wort.
Nicht weiter fehlen will ich ihm und treulos
Bewaffnen seine Tugend gegen mich.
Nutzlos tritt mein Mut gegen solche Vernunft;
Ich hör ihn nie mit unbesorgtem Herzen.

NARCISSE:
Burrhus denkt andres auch, doch sprichts nicht aus, Herr:
Die schlaue Tugend wirtschaftet mit Maß,
Denn es herrscht ein Gedanke nur in denen,
Die sehn, mit dem Schlag fällt auch ihre Macht.
Sie wären frei, Herr, und die hochmütigen
Herrschaften beugten sich mit uns vor Ihnen.
Wie!, übersehen Sie, was jene dreist sprechen?
„Nero ist nicht geboren für die Herrschaft",
So, hört man die, „was man ihm vorsagt, sagt er,
Befiehlt Befohlnes: denn Burrhus führt sein Herz,
Sein Geist ist Seneca. Sein ganzer Ehrgeiz
Und seine einzige Tugend ist, zu glänzen
In einem Triumphwagen auf der Rennbahn;
Streitend um unwürdige Preise, gibt er sich
Den Römern selbst zum Schauspiel in den Spielen,
Auf dem Theater singt er Lieder und will,
Daß man um seiner Stimme ihn vergöttert,
Während Soldaten ihm von Zeit zu Zeit
Beifall entfesseln müssen." Ah!, wolln Sie nicht
Sie zwingen, daß sie schweigen?

NERO: Komm, Narcisse.
Gehn wir, zu sehen, was wir machen können.

5. Akt

1. Szene

Britannicus, Junie

BRITANNICUS:
Ja, Madame, Nero (wem wars denkbar?) wartet
In seinen Zimmern, um mich zu umarmen.
Geladen ist die Jugend seines Hofs,
Mit einem prächtigen, vergnügten Fest
Will er die Treue unsres Schwurs bekunden,
Die Glut unsrer Umarmung neu entflammen.
Und er löscht diese Liebe, viel Haß entsprang ihr,
Benennt Sie als den Richter meines Schicksals.
Zwar bin ich verbannt vom Platz meiner Ahnen,
Mit ihrer Haut geht er vor mir geschmückt, doch
Seit er nicht mehr steht gegen meine Liebe
Und mir den Ruhm läßt, Ihnen zu gefallen,
Verzeiht mein Herz im stillen ihm, ich gestehs,
Und läßt den Rest ihm, weniges bedauernd.
Was!, nicht mehr getrennt zu sein von Ihrem Reiz?
Was!, furchtlos darf ich Ihre Augen sehen,
Die, nicht bewegt von Seufzern, nicht von Drohung,
Für mich Herrschaft opferten und den Herrscher?
Ah!, Madame . . . Aber?, welche neue Furcht
Hält Ihre Freude, dringt in meinen Taumel?
Warum, mich hörend, gehen Ihre Augen?,
Traurige Augen, mit weitem Blick zum Himmel?
Was ists, das Sie fürchten?

JUNIE: Ich weiß nicht, aber
Ich fürchte.

Britannicus: Sie lieben mich?
Junie: Wie, wie!, ob ich
Sie liebe?
Britannicus: Nero trübt nicht mehr unser Glück.
Junie: Verbürgen Sie sich, daß er aufrichtig ist?
Britannicus: Was?, Sie verdächtigen ihn, daß sein Haß
Versteckt geht?
Junie: Nero liebte mich, beschwor
Mir Ihren Tod. Jetzt flieht er mich, sucht Sie:
Schafft denn ein Augenblick so großen Wechsel?
Britannicus:
Diese Leistung, Madame, ist Agrippines Werk,
Sie fürchtete, sie stürzt durch meinen Sturz.
Dank solchem Urteil und ihrer Eifersucht
Kämpften für uns, die uns am meisten feindlich.
Ich glaube ihrem Eifer, den sie zeigte,
Vertrau Burrhus, selbst seinem Herrn: ich glaube,
Gleich mir, unfähig zu verraten, haßt er
Mit offenem Herzen oder läßt den Haß.
Junie: Prinz, Ihr Herz ist kein Richter für das seine:
In zu verschiednen Schritten gehn Sie und er.
Ich kenne Nero, den Hof nur einen Tag,
Aber (ich wags zu sagen) weit entfernt ist,
Was man hier spricht, von dem, was man denkt!
Wie, wie!,
Daß Mund und Herz so wenig sind verwandt!
Mit Lust verrät man, treulos, selbst die Treue!
Wir wohnen hier im Fremden, Sie und ich!
Britannicus: Doch seine Freundschaft sei wahr oder falsch,
Sie fürchten Nero, ist er aus der Furcht?
Nein, nein, er wird nicht durch so feigen Anschlag
Volk und Senat aufstellen gegen sich.
Was sag ich?, er erkennt sein letztes Unrecht.
Und qualvoll quält es ihn, Narcisse selbst sah dies.
Ah!, spräche er zu Ihnen, Prinzessin, wie ...

Junie: Aber Narcisse, Herr, verrät er Sie nicht?
Britannicus: Er mich verraten? Ah was!, soll ich, Madame,
Hinopfern meine Seele dem Verdacht,
Dem immerwährenden? Von allen Freunden
Blieb einzig mir Narcisse. Und sah man ihn
Die Güte meines Vaters je vergessen?
Verhielt er sich, Madame, unwürdig meiner?
Von Zeit zu Zeit erlaubt ihm Nero, daß er
Mit ihm sich unterhält. Ich weiß das. Er
Kann, ohne zu mißbrauchen mein Vertrauen,
Ein Dolmetscher sein zwischen mir und Nero.
Warum wolln Sie, daß mein Herz ihm mißtraut?
Junie: Was weiß ich? Es geht um Ihr Leben, Herr.
Alles wird mir Verdacht: verführt scheint jeder:
Ich fürchte Nero; fürchte, Unglück folgt mir.
Gegen mein Hoffen warnt mich dunkle Ahnung,
Ich laß Sie ungern gehn aus meinen Blicken.
Wie, wie!, wenn dieser Friede, an dem Sie sich
Jetzt weiden, nur die aufgestellten Fallen
Verkleidet, gerichtet gegen Ihre Tage!
Wenn Nero, gereizt aus unserm Übereinsein,
Die Nacht wählte, zu verbergen seine Rache!
Den Schlag bereitet, während ich Sie sehe!
Wenn ich mit Ihnen jetzt zum letztenmal sprach!
Ah, Prinz!
Britannicus: Sie weinen! Ah!, meine Prinzessin!
So weit berühre ich Ihr Herz? Was, Madame!,
An einem Tag, da Nero meint, gesichert
In seiner Herrschaft, Sie zu blenden mit Herrlichem,
An einem Ort, wo jeder mich flieht, ihn ehrt,
Ist mein Elend geliebt vor seinem Pomp!
Was!, an dem gleichen Tag, am gleichen Ort,
Zurückzuweisen ein Imperium und
Um mich zu weinen! Madame, verschließen Sie
Kostbare Tränen, in meiner Rückkehr löst sich

Bald Ihre Unruh. Doch ich werde auffallen,
Bleib ich noch länger. Ich geh, mein Herz voll Liebe;
Mitten im Taumel einer blinden Jugend
Sehe ich, sprech ich nur meine Prinzessin.
Ich geh.
JUNIE: Mein Prinz . . .
BRITANNICUS: Man wartet, Madame, ich muß gehn.
JUNIE: So warten Sie, mindest, bis man Sie mahnt.

2. Szene

Agrippine, Britannicus, Junie

AGRIPPINE: Prinz, wie, Sie zögern? Eilen Sie: denn Nero,
Schon ungeduldig, beklagt sehr Ihr Fehlen.
Die Freude, das Vergnügen der Gäste wartet,
Sich zu ergießen, stehn Sie mit ihm umarmt.
Nicht länger dürsten soll so gerechte Lust:
Gehn Sie. Und wir, Madame, gehen zu Octavie.
BRITANNICUS: Gehn Sie, schöne Junie, um meine Schwester,
Die Sie erwartet, heiter zu umarmen.
Zu Agrippine:
Bald kehre ich zurück in Ihre Schritte,
Madame, und Ihrer Sorge werd ich danken.

3. Szene

Agrippine, Junie

AGRIPPINE: Madame, entweder täuschte ich mich oder
Tränen in Ihren Augen trübten den Abschied.
Darf ich erfahrn, welcher Kummer sie verdunkelt?
Sie zweifeln an dem Frieden, der mein Werk ist?
JUNIE: Nach allem Schrecken, die mir dieser Tag hielt,
Die mich bestürmten, darf ich ruhig bleiben?
Wie, wie!, kaum, daß ich dieses Wunder fasse.
Auch fürchte ich, daß gegen Ihre Güte
Anderes steht. Der Wechsel ist dem Hof
Vertraut. Immer mit Furcht gepaart ist Liebe.
AGRIPPINE: Genug. Ich sprach, und alles ist gewandelt.
Kein Platz hat Ihr Verdacht, wo ich gesorgt hab.
Ich steh für den Frieden, in meinen Händen
Beschworen: Nero gab sicheren Beweis mir.
Ah!, hätten Sie gesehn, wie er, mich streichelnd,
Erneuert hat die Treue, sein Versprechen.
Und da ich scheide, können seine Arme
Nicht von mir lassen. Seine sanfte Güte,
Bewohnend seine Stirn, war zuvor tief
In sein Verborgenstes hinabgestiegen.
Und er ergoß sich als ein nun freier Sohn
In die Brust seiner Mutter, den Stolz vergessend.
Aber danach legte er mit der Strenge
Des Imperators, beratend mit der Mutter,
Das ganz Vertrauliche in meine Hände,
Geheimes, aus dem steigt oder fällt die Menschheit.
Nein, das muß man zu seinem Ruhm gestehen,
In seinem Herzen wohnt nicht schwarze Arglist;
Unsere Feinde sinds, die ihn entstellten,
Den leicht Brauchbaren gegen uns mißbrauchten.

Doch nun, endlich, beugt ihre Macht zum Grund sich;
Noch einmal muß Rom Agrippine erkennen:
Schon das Gerücht, redend von meinem Vorteil,
Läßt diese beten. Doch nicht hier, an dem Ort,
Wolln wir die Nacht erwarten. Gehen wir
Zu Octavie, mit ihr den Rest des Tages
Zu teilen, so glücklich jetzt, wie er mir tödlich schien.
Aber was höre ich? Welch wilder Lärm?
Was geht dort vor?
JUNIE: Götter, rettet Britannicus!

4. Szene

Agrippine, Junie, Burrhus

AGRIPPINE: Burrhus, wohin eilen Sie? Halt! Was soll das ...
BURRHUS: Madame, es ist vollbracht, Britannicus stirbt.
JUNIE: Ah!, mein Prinz!
AGRIPPINE: Er stirbt?
BURRHUS: Vielmehr, er ist tot,
Madame.
JUNIE: Entschuldigen Sie die Erregung,
Madame. Ich geh, zu retten ihn, wenn ichs kann,
Oder ich werd ihm folgen.

5. Szene

Agrippine, Burrhus

AGRIPPINE: Welches Verbrechen,
Burrhus!
BURRHUS: Ich darf nicht weiter leben, Madame.
Den Hof verlassen muß man und den Herrscher.
AGRIPPINE: Was!, schreckte ihn das Blut des Bruders nicht?
BURRHUS: Verborgener war der Plan, der das ausführte.
Der Imperator, erblickend seinen Bruder,
Steht auf, umarmt ihn und ergreift im Schweigen
Als erster einen Becher: „Daß der Tag
Gut ende", spricht er, „verschüttet meine Hand
Die ersten Tropfen aus dem Becher; Götter,
Dieses vergießend, rufe ich euch, kommt,
Seid günstig uns, die wir vereint einander."
Mit gleichem Schwur bindet Britannicus sich,
In seiner Hand den Becher, Narcisse füllt ihn.
Doch kaum berühren seine Lippen den Rand,
Kein Eisen, das Gewaltigeres wirkt,
Madame, das Licht aus seinen Augen flieht,
Und leblos, kalt schon, fällt er auf das Bett.
In jedes Leben traf der Schlag: im Schrecken
Fliehn viele schreiend; andere, geübt
In dem Gebrauch des Hofs, wählen ein Gesicht,
Dem gleichend, was des Cäsars Augen sprechen.
Der, auf sein Bett gelehnt, erstaunt nicht, scheints, und
Durch nichts berührt. „Die Krankheit, die gewaltsam
Ihn anfällt", sagt er, „und die Sie so fürchten,
Griff oft nach ihm in seiner Kindheit, und nie
War sie verderblich ihm." Besorgt scheint Narcisse,
Doch ganz vergeblich, denn argwilde Freude
Bricht aus ihm, spricht jetzt gegen ihn. Ich aber

Verließ, Cäsar wird meine Kühnheit strafen,
Die Menge eines mir verhaßten Hofs.
Ich geh, selber geschlagen mit dem Blutmord,
Beweinend Britannicus, Cäsar, den Staat.

AGRIPPINE:
Da ist er. Sie werden sehn, ob ichs bin, die ihn führt.

6. Szene

Nero, Agrippine, Junie, Burrhus, Narcisse

NERO *zu Junie:*
Und Ihre Tränen auch nenn ich gerecht.
Doch, Madame, meiden Sie den schlimmen Anblick,
Ich selber, zitternd, wend mich davon ab.
Er ist tot. Früher oder später muß man
Es Ihnen doch gestehen. So spielt Fortuna
Mit unsern Plänen. Wenn wir uns vereinen,
Trennt uns der Himmel.

JUNIE: Ich hab Britannicus
Geliebt: ich habe es Ihnen gesagt, Herr.
Folgt meinem Elend noch irgendein Mitleid,
Laß man mich an der Brust von Octavie
Die Worte suchen, dem gleichend, was mich traf.

NERO: Schöne Junie, gehn Sie. Ich selbst folg Ihnen.
Um Sie zärtlich besorgt, will ich Sie . . .

7. Szene

Agrippine, Nero, Burrhus, Narcisse

NERO *erblickt Agrippine:* Götter!
AGRIPPINE: Halt, Nero. Zwei Worte hab ich Ihnen zu sagen.
Britannicus ist tot, ich kenne die Tat,
Ich erkenne den Mörder.
NERO: Und wer, Madame?
AGRIPPINE: Sie.
NERO: Ich!, da, das ist der Verdacht, mit dem Sie
Begabt sind. Kein Unheil, das ich nicht schulde:
Und hört man Sie, Madame, schnitt meine Hand auch
Die letzten Tage aus dem Claudius.
Sein Sohn war Ihnen lieb: sein Tod verwirrt Sie.
Doch schlägt das Schicksal, muß sogar ich schweigen.
AGRIPPINE:
Nein, nein, aus Gift kam der Tod für Britannicus:
Narcisse wars, der ihn schlug, Sie, die ihn führten.
NERO: Madame! . . . Wer kleidet Sie in diese Sprache?
NARCISSE:
Ah, Herr, kann Sie denn der Verdacht beschimpfen?
Britannicus, Madame, betrieb Verborgenes,
Was Sie, klagend dann mit mehr Recht, bezahlten.
Weiter triebs ihn als nach Hochzeit mit Junie:
Sie wärn von ihm bestraft für Ihre Güte.
Er täuschte Sie mit Ihrer Hilfe, wollte
Bald oder später Vergangenes aufrühren.
Sei es, daß Ihnen, gegen Ihren Willen,
Das Schicksal half, sei es, daß, unterrichtet
Von Anschlägen, die seinem Leben drohen,
Cäsar auf meine Treue sich verließ –
Tränen, Madame, lassen Sie Ihren Feinden.
Daß die im Schrecken Schrecklicheres finden,

Doch Sie . . .

AGRIPPINE: Nur weiter, Nero, mit dem Partner.
Mit solch glorreichen Taten dich ankündend.
Nur weiter. Nicht, um zurückzugehn, gehst du
In dem Schritt. Deine Hand nahm ihren Anfang
Im Blut des Bruders. Deutlich seh ichs, bis in
Die Mutter führt dich der Weg. Du haßt mich
Im Grund des Herzens, ich weiß es, und willst dich
Befreien aus dem Joch meiner Wohltaten.
Doch hoff nicht, daß ich, sterbend, dich friedlich lasse.
Rom, der Himmel, der Tag, was du aus mir hältst,
Wird mich immer und überall dir zeigen.
Und Schuld folgt dir, dich quälend, bis in Wahnsinn,
Zu stillen suchst du sie mit andrem Greuel,
Dein Rasen reizt sich selbst, selbst rasend, und wird,
Blutend in immer neuem Blut, bezeichnen
Dir deinen Tag. Hoffnung hab ich, der Himmel,
Müde deiner Verbrechen, verdirbt dich
Mit den Geschlachteten, dich, gehüllt in Blut
Aus denen und aus mir; gefordert wirst du,
Deins zu vergießen. Und dein Name wird
Im künftigen Geschlecht grausam beschimpfen
Den grausamsten Tyrannen. Das ists, was ich
Dir anzeig. Und jetzt, geh.

NERO: Narcisse, Sie folgen.

8. Szene

Agrippine, Burrhus

AGRIPPINE:
Ah, Himmel!, sehr ungerecht war mein Verdacht!
Burrhus verwarf ich, um Narcisse zu hören!
Burrhus, Sie sahen, welchen wütenden Blick
Mir Nero, mich verlassend, ließ zum Abschied?
Es ist vollbracht. Und nichts, das den Grausamen
Aufhält: Der Schlag, der mir geweissagt ist, wird
Auf meinen Kopf gehn. Und er wirft zu Boden
Auch Sie, mir folgend in den Sturz.

BURRHUS: Ah, Madame!,
Um diesen Tag lebte ich zuviel. Daß doch
Mich seine Hand traf, glücklich grausam, an mir
Sein ungeübter Wahnsinn sich erprobte.
Ich, unwissend, jetzt aber, nach dem Anschlag,
Jetzt weiß ich sicher, glücklos geht der Staat.
Nicht sein Verbrechen nur verzweifelt mich,
Denn Eifersucht kann ihn gegen den Bruder
Bewaffnen; nein, was mich schmerzt, ist, daß Nero
Ihn sterben sah und ohne zu erblassen.
Gefühllos seine Augen und geschickt schon,
Gleich dem Tyrann, gehärtet im Verbrechen
Seit seiner Kindheit. Daß ers jetzt vollende,
Daß er vernichte den lästigen Minister;
Ich trags nicht weiter. Wie, wie!, und nicht geh ich
Aus seinem Wüten, denn ein schneller Tod
Wäre mir lieb.

9. Szene

Agrippine, Burrhus, Albine

ALBINE: Ah, Madame!, ah, mein Herr!,
Eiln Sie zum Imperator; laufen Sie,
Cäsar aus der eigenen Wut zu retten.
Für immer sieht er sich getrennt von Junie.
AGRIPPINE: Was!, endete Junie selber ihr Leben?
ALBINE: Cäsar zu stürzen in ewige Verzweiflung
Ist sie, ohne zu sterben, für ihn tot.
Sie wissen, wie sie hier entkam, vorgebend,
Zu der betrübten Octavie zu gehen.
Doch bald geht sie auf entlegenen Gängen,
Mit meinen Augen folg ich ihren Schritten.
Sie stürzt aus dem Palast, schon außer sich.
Erblickt zuerst die Statue des Augustus,
Mit Tränen tränkt sie den Marmor seiner Füße,
Die sie umarmt, fest an den Stein sich drückend:
„Prinz", sagt sie, „durch deine Knie, die ich küsse,
Beschütze jetzt den Rest deiner Familie,
Rom sieht geschlachtet in deinem Palast
Den, der allein dir gleich ist, deinen Neffen.
Ich soll, nach seinem Tod, das Wort ihm brechen,
Doch was ich ihm versprach, will ich erhalten,
Und unbefleckt, Prinz, Göttern geb ich mich,
Den Unsterblichen, denen du in Tugend
Beiwohnst auf den Altären." Das Volk aber,
Erstaunt in diesem Schauspiel, von überall
Stürzt es hinzu, drängt sich, sich um sie schließend,
Erweicht von ihren Tränen, und beklagt
Ihre Schmerzen und stellt sie einstimmig
In seinen Schutz. Sie führen sie zum Tempel,
Wo treu unsere auserwählten Jungfraun

Seit Jahren nach dem Ritual der Altäre
Das immer flammende Feuer bewachen,
Das Kostbare, unseren Göttern brennt es.
Und Cäsar sieht sie weggehn und wagt nicht,
Sie noch zurückzuhalten. Doch Narcisse,
Frech, um ihm zu gefallen, stürzt zu Junie
Und will, von nichts geschreckt, sie festhalten
Mit seinen ehrlosen Händen. Die Frechheit
Wurde mit tausend tödlichen Schlägen gestraft.
Sein treuloses Blut spritzte auf Junie.
Cäsar, auf den soviel gleichzeitig einstürzt,
Läßt ihn unter den Händen, die ihn griffen.
Er kehrt zurück. Wild schweigt er, jeder flieht ihn.
Aus seinem Mund bricht nur ein Name: Junie.
Und ziellos treibt er, die hilflosen Augen,
Sie wagen nicht mit verlorenen Blicken
Den Himmel zu sehn. Man befürchtet, wenn erst
Die Nacht sich seiner Einsamkeit vereint
Und seine Hoffnungslosigkeit verbittert
Mit Unruh, daß sein Schmerz bald seine Tage
Angreifen wird, falls Sie zu lange ihm
Hilfe verweigern. Die Zeit fliegt: laufen Sie.
Nur eine Laune braucht es noch, und er
Verliert sich, Madame.

AGRIPPINE: Er würde sich richten.
Burrhus, gehn wir zu sehn, wohin sein Taumel
Ihn trägt. Zu welchem Wechsel, aus seiner Qual
Gezeugt, ob er jetzt willig anderem folgt.

BURRHUS: Mögen die Götter seine Verbrechen enden!

Ende

Anmerkung: Die hier als 6. des fünften Aktes bezeichnete Szene war von Racine auf Anraten Boileaus gestrichen und ist erst von mir wieder in das Stück aufgenommen worden.

Ch. H.

Inhalt

28851974R00058

Printed in Poland
by Amazon Fulfillment
Poland Sp. z o.o., Wrocław

Widmung

Ich widme dieses Buch meinem Enkel Emil, der mich auf der einen Seite dazu angeregt hat dieses Buch zu schreiben und auf der anderen Seite auch inhaltlich dazu beigetragen hat, das Buch zu füllen, indem er mit mir zusammen die naturwissenschaftlichen Versuche durchgeführt hat.

Inhaltsverzeichnis

Danksagung

Zuerst bedanke ich mich bei meinem Enkel Emil. Ohne ihn wäre ich nie auf die Idee gekommen, dieses Buch zu schreiben. Uns hat es beiden sehr viel Spaß gemacht und für mich war er immer der Ansporn weiter zu machen.

Auch bedanke ich mich bei meiner Frau, die mich von Anfang an dabei unterstützt hat, das Buch zu verwirklichen. Sie war es auch, die meine Rohfassung zu lesen bekam und die Erstkorrektur vornahm.

Weitere Korrekturphasen folgten. Dafür möchte ich mich herzlich bei Julia, Diana, Kenneth und Matthias bedanken, die bei einem gemeinsamen Urlaub ständig einen geübten Blick auf mein Manuskript hatten und bei vielen Diskussionen gute Ideen lieferten.

Ein besonderer Dank gebührt Frank, der mir sowohl im redaktionellen Teil als auch in der Gestaltung des Umschlags eine sehr große Hilfe war.

Mit so einer Mannschaft im Rücken bin ich überzeugt, dass noch weitere Bücher folgen werden.

EINLEITUNG

„Hilf mir, es selbst zu tun. Zeige mir, wie es geht. Tu es nicht für mich. Ich kann und will es allein tun. Hab Geduld meine Wege zu begreifen. Sie sind vielleicht länger, vielleicht brauche ich mehr Zeit, weil ich mehrere Versuche machen will. Mute mir Fehler und Anstrengung zu, denn daraus kann ich lernen."

< Maria Montessori >

„Papa, warum ist der Ofen noch heiß, obwohl das Feuer schon längst aus ist." Solche und ähnliche Fragen beschäftigen unsere Kinder, und wir (Eltern und Großeltern) sind oftmals nicht in der Lage, die richtigen Antworten zu geben. Wie kann ich meinen Kindern und Enkelkindern die Naturwissenschaften nahe bringen? Ja, kann ich sie sogar unterstützen, einen besseren Einstieg in die Welt der Naturwissenschaften zu finden? Ich bin überzeugt davon. Und wenn man weiß, wie es geht, dann macht es den Kindern und auch den Erwachsenen sogar eine Menge Spaß. Später, wenn dann im fachbezogenen Unterricht darauf aufgebaut werden kann, werden sich die Kinder mit Freude daran zurückerinnern können.

Verpackt in eine nette, unterhaltsame Geschichte möchte ich den Eltern oder Großeltern das Rüstzeug an die Hand geben, Fragen aus dem Bereich Physik zu beantworten, oder physikalische Phänomene zu erklären.

In vielen Beispielen aus dem Alltagsleben erkläre ich meinem Enkelkind Emil die Welt des Magnetismus, des Schalls, der Körper und des Lichts. Die Beispiele sind einfach aufgebaut und können sehr leicht nachgestellt werden.

Die Geschichte spielt über ein Schuljahr, so dass der Grundschullehrstoff der ersten Klasse behandelt wird. Auch werde ich einige Themen der höheren Klassen behandeln, aber nie so tief einsteigen, dass es für einen Erstklässler zu viel wird. Es werden Themen zu späteren Zeitpunkten wiederholt und weiter vertieft.

Alle Versuche habe ich mit meinem Enkel zusammen durchgeführt. Natürlich fand er es dabei auch sehr spannend, an „unserem“ Buch mitwirken zu dürfen.

Das Buch hat nicht den Anspruch eines reinen Lehrbuchs, soll aber schon die Charakterzüge eines Sachbuchs besitzen. Viele Abbildungen unterstützen ebenfalls die Verständlichkeit. Damit eine Nachschlagefunktion gewährleistet ist, sind die Kapitel auch themenbezogen gesetzt. Ziel des Buches ist es ja, auf amüsante Art und Weise, Wissen zu vermitteln.

DAS ERSTE MAL

„Die Naturwissenschaft beschreibt und erklärt die Natur nicht einfach, so wie sie ‚an sich' ist. Sie ist vielmehr ein Teil des Wechselspiels zwischen der Natur und uns selbst."

<Werner Heisenberg>

Es ist schon kurz nach zwei. Um drei Uhr wollte Emil bei mir vorbeischauen. Emil ist mein Enkel und ich bin schon ganz aufgeregt, da wir uns heute zum ersten Mal zu einem Versuch treffen. Es geht um Naturwissenschaften, was bei ihm in der Schule Sachkunde heißt. Er geht in die erste Klasse und ist ein guter Schüler. Es ist also keine Nachhilfe, was ich ihm vermitteln will, sondern er ist einfach sehr daran interessiert, mehr zu erfahren. Mehr über die Welt, wie sie zusammenhängt, und mehr über die Natur, wie sie funktioniert. Ich habe schon früh gemerkt, dass er ein helles Köpfchen ist. Vor nicht allzu langer Zeit wollte er mit mir Schach spielen. „Ja, woher kannst du den Schach spielen?", fragte ich ihn ein bisschen ungläubig und dachte eigentlich, dass er mir einen Bären aufbinden wollte. „Ich habe Schach in der Schule gelernt!", entgegnete er mir. „Aber nicht von unserer Lehrerin, sondern von den Mitschülern", betonte er. Ich war immer noch misstrauisch, willigte aber ein. Emil holte die Spielesammlung aus dem Gästezimmer und klappte das Schachbrett auf. Jetzt war ich das erste Mal baff. Mit dem Satz: „Weiße Dame auf weißem Feld und schwarze Dame auf schwarzem Feld", beendete er das Aufstellen der Figuren, und er spürte sichtlich meine Überraschung.

Ein stolzes Lächeln huschte über sein Gesicht. Das anschließende Spiel verlor er zwar, aber das war ihm und mir auch nicht so wichtig.

Ich erzählte ihm, dass ich früher oft gespielt habe und er ja ein Anfänger ist. Bei der Bundeswehr spielten wir tagelang an einer Partie. Immer in den Pausen. Manchmal nur drei Züge am Tag.

Doch eigentlich interessierten mich schon von klein an die Mathematik und auch die Naturwissenschaften. „Ist eigentlich Mathematik dein Hobby?“, fragte mich einmal mein Mathelehrer in der Zeit kurz vor meinem Abitur. Ich war etwas überrascht, weil ich zu dieser Zeit ganz andere „Freizeitaktivitäten“ bevorzugte.

Nach dem Informatikstudium arbeitete ich als Software Ingenieur und verlor weitgehend den Zugang zur Mathematik und den Naturwissenschaften. Erst vor circa zehn Jahren hatte ich ein Schlüsselerlebnis, was mich wieder sehr stark an die Naturwissenschaften heranbrachte. Ich arbeitete damals mit einem Arbeitskollegen, er war ein begeisterter Physiker, sehr eng zusammen, und wir verbrachten so manche Stunde damit, uns über physikalische Phänomene und Gesetze zu unterhalten.

In diesen letzten zehn Jahren las ich sehr viel. Mein Drang nach Wissen war unersättlich. Meine Tochter und meine Frau sagten immer, dass sie nicht einmal den Titel meiner Bücher verständen, geschweige denn den Klappentext. Mit meiner Familie und meinen Freunden konnte ich mich über diese Dinge nur selten unterhalten. Wir hatten da andere Gemeinsamkeiten, was natürlich auch sehr wichtig war. Und vielleicht kann ich ja jetzt mein

Enkelkind ein bisschen dafür begeistern. Mal sehen was die Zeit bringt.

Es war jetzt kurz nach halb und ich war in den letzten Zügen, meine Vorbereitungen zu beenden. Im Internet hatte ich mir ein paar Dinge bestellt, um diese dann Emil zu zeigen, beziehungsweise vorzuführen. Ich meine, es ist sehr wichtig, die Vorgänge anschaulich zu erklären. Ich hoffe, ich habe mich gut vorbereitet. Habe auch noch mal einiges darüber gelesen. Das Internet ist ja voll davon. Auch habe ich noch alte Physikbücher rausgekramt und mal ein bisschen geschmökert. Ich weiß aber auch, dass man an dieser Stelle sehr vorsichtig sein muss. Ich darf das Level nicht so hoch ansetzen. Lieber etwas zeigen, die Reaktion abwarten, dann Stück für Stück erklären und zum richtigen Zeitpunkt aufhören.

Ich hatte ja immer schon ein bisschen vorgefühlt. Mal hören was Emil so interessiert. Aber im Grunde interessiert Emil eigentlich alles. Jegliche Arten von Sport. Er schwimmt gerne, spielt Fußball, Handball und so weiter. Er lernt gerade lesen und das mit einer bestechenden Geschwindigkeit. Und Rechnen konnte er ja schon im Kindergarten. Ja, er ist ein kluges Köpfchen. Und ja, ich bin aufgeregt. Kann ich ihn überhaupt noch zusätzlich mit meinem naturwissenschaftlichen Kram begeistern?

Emil ist sehr oft bei uns. Ich wollte aber nicht, dass wir uns jetzt innerhalb von ein paar Wochen ständig trafen und er dadurch vielleicht die Lust an dem Ganzen verlieren würde.

Auf dem Esstisch habe ich alles aufgebaut. Zwei Stabmagnete und einen Hufeisenmagnet. Wie man sie

von früher aus der Schule kennt. Mit einem roten und einem grünen Ende. Manchmal ist das grüne Ende auch blau. Aber die roten Enden sind immer der Nordpol. Man kann sich das so merken. „rot“ und „Nord“ haben beide ein ‚o‘ im Wort und bei „grün“ und „Süd“ ist es das ‚ü‘. Ein Hufeisenmagnet ist eigentlich ein gebogener Stabmagnet. Ich habe extra nicht so große Magnete besorgt. Erstens, je größer desto teurer und zweitens sind die kleineren etwas handlicher, wenn man später die Versuche damit durchführen möchte. Meine Stabmagnete und auch der Hufeisenmagnet sind nicht länger als 10 cm. Des Weiteren habe ich mir Eisenpulver besorgt. Ein Bekannter hat eine Schlosserei. Da bin ich mal vorbeigegangen, und habe mir ein bisschen zusammengesammelt. Übrigens mit einem Magneten ging das ganz leicht. Zusätzlich habe ich ein paar Kleinigkeiten wie, ein paar Nägel und Schrauben aus dem Keller, Nadel und Faden aus Omas Nähkästchen und noch ein paar andere nützliche Utensilien besorgt.

Zwischendurch fragte mich meine Frau, ob sie schon mal den Staubsauger holen soll. Ich konnte sie beruhigen und versichere ihr, dass nichts kaputt gehen und wir auch keinen Dreck machen würden. Sie blieb skeptisch, war aber doch letztlich froh darüber, was ich mit meinem Enkel vorhatte.

Emil kann kommen. Ich bin bereit.

MAGNETISMUS I

„Ich habe keine besondere Begabung, sondern bin nur leidenschaftlich neugierig.“

<Albert Einstein>

Magnete und ihre Formen

Es klingelte an der Tür. Ein bisschen vor der Zeit, aber das machte nichts. Ich wusste ja, dass Emil schon in den letzten Tagen oft über diesen Besuch gesprochen hatte und dass er gespannt war, was ihn erwartete. Nach dem Klingeln klopfte er noch zusätzlich an der Außentür. Emil macht das immer, wenn er es nicht erwarten konnte, bis man ihm die Tür öffnet. Ein bisschen erinnert mich das immer an Sheldon Cooper, dem genialen Physiker aus der Serie „The Big Bang Theory“.

„Hallo Opa“, schallte es mir entgegen, als ich ihm öffnete. Er stolzierte rein. Mit seiner Mutter im Schlepptau. Unsere Tochter wollte sich in der Zeit in der wir uns mit den Naturwissenschaften beschäftigen mit meiner Frau über Rezepte oder andere unwichtige Dinge unterhalten.

Emil und ich hatten aber ganz andere Ziele. Wir wollten eine Tür in die Welt der Naturwissenschaften öffnen. Emil feuerte auch dieses Mal seine Schuhe in den Eingangsbereich und rannte gleich ins Wohnzimmer an den Esstisch. Und wie jedes Mal ermahnte ihn seine Mutter, und er musste zurück, um seine Schuhe ordentlich aufzustellen. Jedes Mal verlor er dadurch Zeit, aber über die Zeit sprechen wir ein

anderes Mal.

Endlich saßen wir am Tisch. Ich hatte mehrere Experimente vorbereitet. Sein Interesse galt natürlich gleich dem Hufeisenmagnet. So etwas kannte er nicht. Er hat seit einigen Jahren ein Spiel bei uns deponiert, was aus vielen, vielen kleinen farbigen, runden Stabmagneten und kleinen Eisenkugeln besteht. Man kann damit Häuser, Brücken und viele herrliche Dinge bauen. Ein bisschen kannte er sich also schon mit Magnetismus aus.

„Schau mal Emil! Hier habe ich eine Reihe von Magneten besorgt“, begann ich meine Erklärung. „Hier siehst du einen Stabmagnet. Er sieht ein bisschen anders aus als du ihn kennst. Funktioniert aber eigentlich gleich wie die kleinen gelben Magnete aus deinem Magnetspiel“, fuhr ich fort. Ich betonte gleich den Begriff ‚Stabmagnet‘. Er soll gleich lernen, dass es verschiedene Arten von Magneten gibt, die alle ihren eigenen Namen haben. „Was ist denn bei diesem Stabmagnet anders?“, fragte ich ihn. „Ich meine aber nicht die Größe!“, schob ich gleich hinterher. „Er hat eine rote und eine grüne Seite“, entgegnete er. „Auf der roten Seite steht ein ‚N‘ und auf der grünen Seite ein ‚S‘“, ergänzte er gleich, ohne dass ich nachbohren musste. Ich erklärte ihm, dass man mit den beiden Farben und den Buchstaben die Wirkungsweise der Magnete besser erklären konnte und dass bei seinen gelben Magneten aus dem Magnetspiel das Spielen eher im Vordergrund steht. „Ja und warum hat man denn jetzt die Magnete so bemalt und was bedeuten die Buchstaben“, fragte er fordernd. Ich merkte, ich habe sein Interesse geweckt. Aber das jetzt zu erklären war noch zu früh. „Dazu

kommen wir später“, entgegnete ich ihm. „Jetzt zeige ich dir noch die anderen Magnete, die ich dir besorgt habe.“

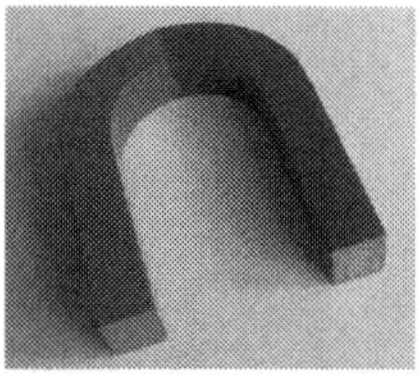
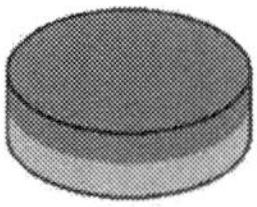

Hufeisenmagnet Scheibenmagnet Stabmagnet

Sein Blick fiel ein zweites Mal auf den Hufeisenmagnet. „Woran erinnert Dich die Form dieses Magneten?“, fragte ich ihn und wollte so gleich mal die Namensgebung klar stellen. „Weiß ich nicht!“, entgegnete er etwas ratlos. Er hob dabei langsam sein Schultern als wollte er dadurch seinem Unwissen noch mehr Gewicht geben.

„Vielleich ein ‚U‘?“, fragte er vorsichtig. „Ja, in gewisser Weise hast du Recht! Viele Menschen sagen auch U-Magnet zu dieser Art von Magneten“, entgegnete ich. „Besonders in englischsprachigen Ländern oder in Fabriken in denen mit solchen Magneten gearbeitet wird“, fügte ich ergänzend hinzu. „Wir sagen aber Hufeisenmagnet. Und zwar deshalb, weil der Magnet so ähnlich aussieht wie die Hufeisen eines Pferdes“, erklärte ich ihm. „Die hast du ja schon mal gesehen. Wie neulich, als wir in der Lochmühle waren.“ Für Kinder ist die Lochmühle eine tolle Sache. Mit Abenteuerspielplatz, Streichelzoo und Kutschfahrten und so weiter. Ich erklärte ihm jetzt, dass ein Hufeisenmagnet nichts anderes sei, als ein Stabmagnet den man zusammengebogen hatte. Auch

er hat eine rote und eine grüne Seite.

Als nächstes zeigte ich Emil einen Scheibenmagnet. Von denen haben wir einige am Kühlschrank hängen. Auch diese Bauform kannte Emil schon. Nur die Bezeichnung Scheibenmagnet, die war ihm fremd. Dass der Scheibenmagnet aussah wie eine dicke Scheibe war für Emil einleuchtend und er stellte dazu keine weiteren Fragen. „Hey, und welche Seite ist jetzt die rote und welche die grüne?“, kam es aber dann doch noch wie aus der Pistole geschossen. „Und woher weiß eigentlich der Magnet welche Seite bei ihm rot oder grün ist?“ schloss er an. „Das werde ich dir gleich erklären. Dann, wenn wir alle Magnete durch haben“, entgegnete ich ihm.

„Hier siehst du einen Ringmagnet. Er hat die Form einer Scheibe, nur dass die Scheibe in der Mitte ein Loch hat.“ Ich zeigte auf einen metallenen Ring, der so ähnlich aussah, wie eine dicke Unterlegscheibe aus dem Baumarkt. „Ringmagnete sehen wir eigentlich recht selten“, erzählte ich ihm. „Meistens werden diese in der Industrie eingesetzt und in vielen Maschinen eingebaut“, ergänze ich noch.

So, das müsste jetzt reichen. Ich möchte das Kind ja nicht gleich überfordern. Emil hat jetzt mal einen groben Überblick der verschiedenen Bauformen von Magneten erhalten und möchte jetzt eigentlich loslegen. Magnete können ja heutzutage in jeder erdenklicher Form hergestellt werden. Als Quader, als Würfel und sogar als Kugel. Auch kann bei der Produktion der Magnete die Polung individuell bestimmt werden. Stellt man sich mal einen

Stabmagnet liegend vor, so kann dieser zum Beispiel mit einer Polung links und rechts als auch mit einer Polung oben und unten produziert werden. Das heißt die Farben Rot und Grün können einmal rechts und links oder auch oben und unten sein. Aber dazu später mehr.

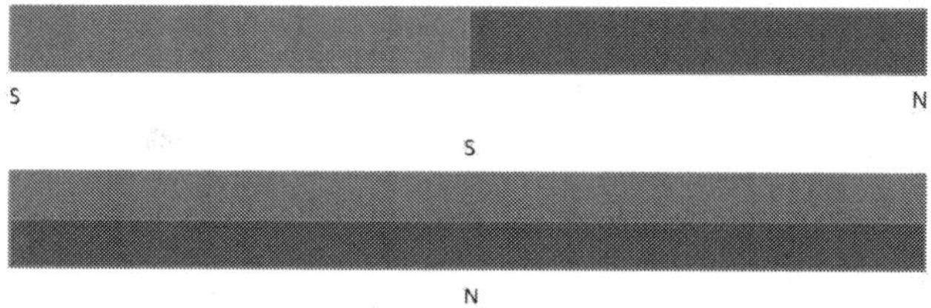

Stabmagnete mit Polen „rechts und links“ oder „oben und unten“

Eigenschaften von Magneten

„Emil, schau hier habe ich noch mal einen zweiten Stabmagneten“, versuchte ich ihn von den anderen Sachen abzulenken, die ich fein säuberlich auf dem Esstisch aufgereiht hatte. Dazu gehörte auch eine Schachtel voller kleiner Nägel, die ich vor einiger Zeit mal aus dem Baumarkt mitgebracht habe. Es ist immer das gleiche. Man braucht drei, vier Nägel und was bringt man mit? Zweihundert! Heute bin ich aber froh, dass ich sie habe. Ich reichte Emil den zweiten Stabmagneten und forderte ihn auf, mal zu versuchen, die beiden Stabmagnete an den Enden zusammenzuschieben.

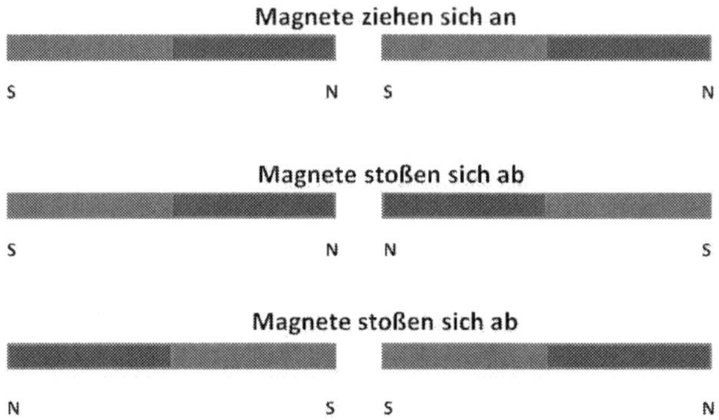

„Bringe zuerst eine rote und eine grüne Seite zusammen. Und mach bitte ganz langsam“, erklärte ich ihm. Emil hielt die beiden Magnete wie gewollt zwischen seinen Fingern und bewegte sie langsam aufeinander zu. Dabei näherte sich die grüne Seite des einen Stabmagneten an die rote Seite des anderen Stabmagneten.

Plötzlich machte es klack und die beiden Magnete hingen aneinander. “Ja, das kenne ich von meinen gelben Magneten aus dem Magnetspiel“, rief er erfreut. „Und wenn ich einen gelben Magnet andersherum halte, kann ich diese nicht zusammenbringen“, ergänze er. „Ja, dann probiere das doch mal mit diesen Stabmagneten“, forderte ich ihn auf. Er begann zwei rote Seiten der Stabmagnete aufeinanderzudrücken, hatte aber wenig Erfolg dabei. Eine unsichtbare Kraft hatte etwas dagegen. Er probierte es gleich mit den zwei grünen Seiten. Auch hier kam er zum gleichen Ergebnis. Die beiden Seiten wollten einfach nicht zusammen. „Ja, und warum ist das so?“, fragte er mich. „Opa, kannst du mir das erklären?“

„Weißt du, Magnete bestehen aus einem ganz

bestimmten Material", begann ich meinen Vortrag. „In diesem Material wirken unsichtbare Kräfte. Man nennt sie magnetische Kräfte.

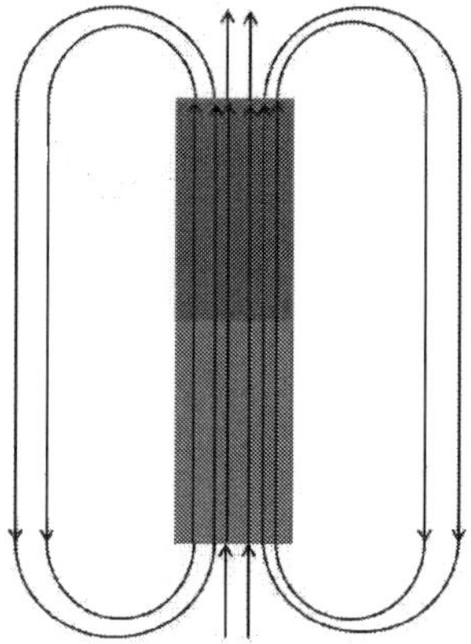

Feldlinien

Wenn man nun ein Stück von diesem Material, z.B. so einen Stabmagnet den du in der Hand hältst, betrachtet, dann wirken diese Kräfte um diesen Stabmagneten herum. Sie treten auf der einen Seite aus und auf der anderen Seite wieder ein." Emil schaut mich ungläubig an, scheint mir aber folgen zu können. „Du musst dir das so vorstellen", fuhr ich fort. „Der Magnet schickt seine Kraft an dem einen Ende heraus und weil sie dann am anderen Ende wieder fehlt, möchte sie dort wieder hinein. Und so geht das dann immer im Kreis herum."

„Und wie hängt das jetzt mit den Farben zusammen?", hakte Emil nach. In den folgenden Minuten erklärte ich ihm, dass bei den Magneten, die in den Schulen benutzt werden, die Enden bei denen die magnetischen Kräfte nach außen gehen immer

rot, und die Enden bei denen die magnetischen Kräfte wieder eintreten, immer grün bemalt sind. Im Übrigen nennt man diese Enden auch Pole. Das rote Ende wird als Nordpol bezeichnet und das grüne als Südpol.

„Ja und warum stoßen sich die gleichfarbigen Pole ab und ziehen sich die unterschiedlich farbigen Pole an?“, wollte Emil jetzt wissen. „Das ist jetzt ganz einfach“, entgegnete ich ihm. „Wenn du jetzt zwei Magnete zusammenbringst, möchten sich natürlich die beiden Pole miteinander verbinden, bei dem einmal die magnetische Kraft nach außen drängt und bei dem die magnetische Kraft fehlt. Das heißt, Nordpol und Südpol ziehen sich an. Alle anderen Kombinationen stoßen sich ab.“

„Du Opa, ist denn der Kühlschrank ein Magnet?“ Diese Frage kam so unverhofft, dass ich erst einmal schlucken musste. Aber natürlich kannte er diese kleinen Scheibenmagnete, mit denen wir unsere Telefonnummern oder andere Zettel an den Kühlschrank befestigt haben. Alles was ich bisher erklärt habe deutete natürlich darauf hin, dass unser Kühlschrank ein riesiger Magnet sei. Ich machte Emil erst einmal den Vorschlag eine kleine Pause zu machen, eine Schoki zu trinken und ihm dann eine Antwort darauf zu geben.

Was ist alles magnetisch?

„Emil, du hast doch sicher schon mal probiert, was alles an Deinen gelben Magneten aus dem Magnetspiel hängenbleibt?“, fragte ich ihn, als wir uns nach der kleinen Pause wieder gesetzt hatten. „Ja, die halten an den anderen gelben Magneten und an den

runden Eisenkugeln.“ „Siehst du, und hast du auch schon mal probiert, zwei von den Eisenkugeln miteinander zu verbinden?“, fragte ich ihn. „Nein, Opa die Kugeln verbinden sich doch nur mit den gelben Magneten!“, entgegnete er ganz vorwurfsvoll. „Siehst du, und das ist genauso, wie mit dem Kühlschrank“, konterte ich. „Wenn alle Dinge aus Magneten bestehen würden, dann würde doch alles aneinander kleben, und wir wären ständig damit beschäftigt, unsere ganzen Sachen auseinanderzuziehen.“ Wir mussten beide lachen.

Ich erklärte ihm, dass es sowohl Magnete gibt, dann Material das nur magnetisch ist und Material, welches weder ein Magnet noch magnetisch ist. Magnetisch bedeutet, dass diese Materialien an einem Magnet haften bleiben. Der Grund dafür ist, dass sich in diesem Material, zum Beispiel Eisen, lauter kleine Mini-Magnete befinden, die aber vollkommen ungeordnet sind. Kommen diese Materialien nun in die Nähe eines Magneten, werden die Mini-Magnete ausgerichtet und das Material verhält sich wie ein eigenständiger Magnet.

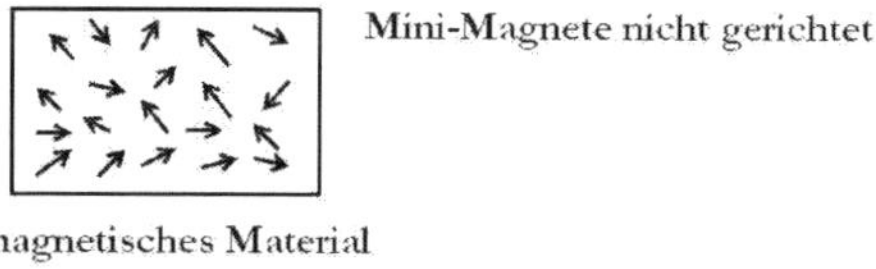

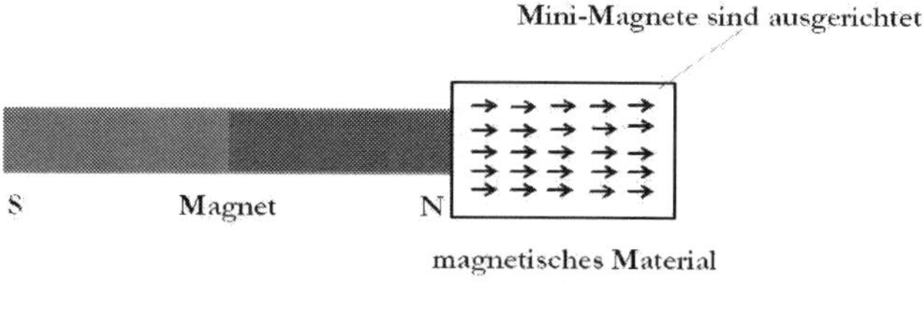

Und dabei ist es vollkommen egal, ob man das Material an den Nordpol oder den Südpol bringt. Wird der Magnet wieder entfernt, dann fällt die geordnete Struktur der Mini-Magnete wieder in sich zusammen.

Magnetische Materialien ziehen sich untereinander also nicht an. Anschaulich machte ich es dadurch, dass ich zuerst eine Büroklammer nahm, sie zu einem langen Draht auseinanderzog und mit einer Seite jeweils an den Süd und an den Nordpol bewegte. Sie wurde immer angezogen. Auch war es egal, mit welcher Seite ich die gestreckte Büroklammer mit dem Magneten in Verbindung brachte. Untereinander blieben die Büroklammern dagegen nicht aneinander kleben.

„Was ist denn nun alles magnetisch, Opa?“ fragte Emil energisch. Natürlich war ich auf diese Frage vorbereitet und öffnete meinen Geldbeutel. Ich hatte in den letzten Tagen von jedem unserer Geldtücke ein Exemplar einbehalten und legte sie der Reihe nach vor ihm auf den Tisch.

„So Emil, jetzt nimm bitte mal den Stabmagnet und sortiere alle Münzen aus, die Magnetisch sind! Dabei ist es egal, ob du den Nord- oder den Südpol nimmst.“ „Opa, was war jetzt wieder der Süd und was der Nordpol“, fragte Emil und ich erklärte im die Eselsbrücke, die ich noch aus meiner Kinderzeit kannte. ‚Rot‘ und ‚Nord‘ haben beide ein ‚o‘. Grün‘ und ‚Süd‘ dagegen ein ‚ü‘. Er begann mit den kleinen, roten 1-, 2- und 5-Cent Münzen und stellte sofort fest, dass sie sehr stark von dem Magneten angezogen wurden.

Ich erklärte ihm, dass diese Münzen in der Hauptsache aus Eisen bestehen und daher sehr stark magnetisch sind. Jetzt kamen die goldglänzenden 10-, 20- und 50-Cent Stücke an die Reihen. Aber so viel Mühe er sich auch gab, diese Münzen reagierten in keinster Weise auf den Magneten. Ich glaube, Emil war ein bisschen enttäusch, hat er doch gehofft, dass auch diese Münzen magnetisch wären. Schon im Kindesalter waren diese drei Münzen seine Lieblingsmünzen. Natürlich nur bis zu dem Zeitpunkt, bis er den wahren Wert erfahren hatte. „Ja diese drei Münzen sind nicht aus Eisen“, erklärte ich ihm. “Sie bestehen aus einer Mischung von Kupfer, Aluminium, Zink und Zinn. Alles Metalle, die nicht magnetisch sind“. Zu guter Letzt wurde es aber doch noch ein wenig kniffliger. Emil hatte gut erkannt, dass sich die 1- und 2- Euro Münze nicht überall gleich verhalten. Im Vorfeld hatte ich ihn schon darauf aufmerksam gemacht, dass er sich das magnetische Verhalten dieser beiden Münzen etwas genauer ansehen sollte. Der äußere Ring besteht nämlich in der Hauptsache aus Messing oder Kupfer und ist nicht magnetisch. Der innere Kern besteht aus einer

Nickelmischung und ist daher nur leicht magnetisch.

Es gibt noch einige andere magnetische Metalle wie zum Beispiel Kobalt. Die kommen aber so selten vor, dass ich sie Emil gegenüber nicht angesprochen habe. Am Schluss wollte ich ihm jetzt noch zeigen, dass sich die magnetischen Kräfte auch durch andere Materialien nicht aufhalten lassen und sie sich sogar über eine gewisse Distanz hinweg fortpflanze können. Aber jetzt machten wir erstmal wieder eine kleine Pause. Wir gönnten uns diesmal beide ein Eis aus unserer Kühltruhe. Emil sah glücklich und zufrieden aus. Hoffentlich nicht nur wegen dem Eis.

Wie weit wirkt die magnetische Kraft?

Als wir wieder zusammensaßen, hatte ich schon ein paar Nägel aus der Kiste herausgenommen und sie der Reihe nach auf den Tisch gelegt. Es ist wichtig, von Anfang an so eine Kiste zu haben. In ihr sind all die Dinge, die wir für die Versuche benötigen, abgelegt. Nach dem Versuch kommen sie dann alle wieder in die Kiste zurück und man hat gleich wieder einen aufgeräumten Tisch. Man weiß auch gleich was alles zusammengehört und kann später auch mal wieder darauf zurückgreifen. Emil kennt auch schon das Prinzip, weil sie in ihrem Montessori-Kindergarten auch diese Art von „Forscherkisten“ hatten. Meine Kiste wird jetzt Emils Forscherkiste und wenn sie auch, wie in unserem Fall, nur aus Plastik ist.

Ich habe dann auch gleich ein paar kleine Plastiktüten dazugelegt. Oftmals hat man ja so Kleinzeug oder irgendwas, was sich leicht mit anderen

Teilen verheddert. Die besagten Nägel steckten natürlich auch in einer dieser Tüten. Sie waren aus Eisen, also magnetisch und ca. 3 cm lang. Ich gab Emil jetzt noch eine etwas dickere Pappe. So eine, wie man sie als Kapiteltrenner in einem Ordner hat. Sie sollte schon nicht ganz so dünn sein, damit sie nicht herunterhängt, wenn man etwas darauf legt.

„Emil, nimm jetzt bitte mal die Pappe in die eine Hand und lege mit der anderen Hand einen dieser Nägel auf die Pappe“, forderte ich ihn auf. Er folgte meiner Aufforderung und wartete auf weitere Anweisungen.

„So und jetzt nimm bitte den Stabmagnet und führe ihn mit einem der beiden Pole von unten an die Pappe, und zwar an die Stelle, an welcher der Nagel liegt.“ Er tat dies sogleich und im Moment als der Magnet in die Nähe des Nagels kam, machte dieser einen Satz in Richtung des Magneten. Emil war leicht erschrocken, denn in unserem Fall war das gleich mal über einen Zentimeter. Dies ist natürlich von der Stärke des Magneten und der Dicke der Pappe abhängig. Emil war begeistert. Er ließ den Magneten unter der Pappe kreisen und wie durch Zauberei folgte der Nagel, der auf der Pappe lag, hinterher. Nur als er den Magneten etwas von der Pappe entfernte, blieb der Nagel an seinem Platz.

In einem weiteren Versuch wollte ich Emil nun zeigen, dass man sogar die Kräfte eines Magneten über ein magnetisches Material, in unserem Beispiel einen Nagel, hinweg, übertragen kann. Wie im vorhergehenden Versuch brauchen wir dazu einen Stabmagnet und dazu zwei Nägel.

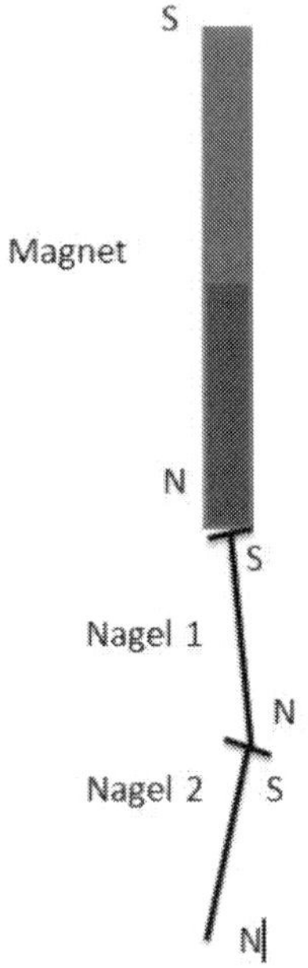

Ich forderte ihn auf, den Stabmagnet, mit dem Nordpol nach unten, in die eine Hand zu nehmen und einen Nagel, am besten mit dem Nagelkopf voraus, an den Magnet zu hängen. Alles kein Problem, es klappte gleich auf Anhieb. So jetzt wurde es spannend. „Emil, jetzt probiere mal, einen zweiten Nagel an die Spitze des ersten Nagels zu hängen“, forderte ich ihn auf. „Aber ganz langsam“. Es hat geklappt. Der zweite Nagel hing jetzt an dem Ersten, der wiederrum an dem Stabmagnet baumelte. Man muss hier ein bisschen vorsichtig sein und den Versuch ein paarmal üben. Nicht, dass der Magnet zu schwach ist, oder die Nägel zu schwer.

Ich erklärte Emil, dass ein magnetisches Material selbst zu einem Magneten werden kann, sobald ein Magnet in unmittelbarer Nähe ist. Es ist sogar möglich, dass diese Eigenschaft eine Weile anhalten kann, auch wenn man den Magneten wieder entfernt. Man nennt dies magnetisieren. Um dies zu zeigen, musste Emil jetzt den Stabmagneten in die eine Hand nehmen, und mit der anderen Hand einen Nagel mehrmals über einen Pol des Magneten streichen. Dann forderte ich ihn auf, mit dem jetzt magnetisierten Nagel einen anderen Nagel aufzuheben. „Juhu“, kam es aus seiner Kehle. Er hatte es geschafft. Der zweite Nagel hing am ersten, und das ohne Magnet.

„Ja, wenn jetzt aber dieser Nagel wie ein Magnet ist, dann können wir ihn doch weiterhin als Magneten benutzen“, folgerte er aus Überzeugung. „Leider nein!“, sagte ich. „Ein Magnet behält dauerhaft seine Kräfte und dieser Nagel verliert nach einer gewissen Zeit seine Wirkung. Darum sagt man zu einem Magneten auch manchmal Dauermagnet oder Permanentmagnet. Und tatsächlich, als Emil noch ein paarmal versucht hatte, den zweiten Nagel mit dem ersten anzuheben, klappte es plötzlich nicht mehr. Der Nagel hatte seine magnetische Wirkung verloren. Dies kann man übrigens mit starker Hitze, oder durch große Erschütterungen, beschleunigen. Auch in welcher Stärke die magnetische Wirkung erhalten bleibt, hängt sehr stark von der Zusammensetzung des magnetischen Materials ab. Man spricht hier von magnetisch „weichen“ Materialien, wie zum Beispiel Weicheisen, die sehr schnell ihre Wirkung verlieren, oder von magnetisch „harten“ Materialen, wie zum Beispiel Stahl, bei denen die Wirkung länger anhält.

So, mehr hatte ich mir eigentlich für den ersten Tag nicht vorgenommen und ich fragte Emil, wie es ihm denn gefallen hatte. „Super, Opa! Wann machen wir weiter?“, entgegnete er. Auch meine Tochter und meine Frau, die sich mittlerweile zu uns gesellt hatten, pflichteten ihm bei. „Ja, Opa! Das kannst du gerne mit ihm weitermachen. Das machst du ja echt super“, entgegnete meine Frau.

Ja, mir hatte es auch sehr viel Spaß gemacht und ich versprach Emil, dass ich mich sobald als möglich wieder mit ihm treffen möchte. Ich musste mir nur noch überlegen, was ich als nächstes vorbereiten wolle. Eigentlich würde ich ja gerne mit dem Magnetismus weitermachen. Das Eisenpulver hatte ich ja auch noch nicht ins Spiel gebracht. Aber ich glaube, das wäre jetzt zu kompliziert. Er ist ja erst am Anfang der ersten Klasse und magnetische Felder und das Zusammenspiel zwischen Kompass und unserer Erde wollen wir später im Jahr behandeln.

SCHALL I

„Jede mathematische Formel in einem Buch halbiert die Verkaufszahl dieses Buches.“

<Stephen Hawking>

Schall entsteht

Emil ist eigentlich oft und gerne bei uns. Hat auch schon einige Male bei uns übernachtet. Seit unserem ersten Treffen sind es aber jetzt fast schon drei Wochen her und natürlich lag Emil seiner Mutter und auch meiner Frau mit dem Wunsch in den Ohren, wieder mal ein paar Versuche mit seinem Opa zusammen durchführen zu dürfen. Wir waren uns aber alle einig, dass wir es nicht übertreiben wollten. Emil ist zwar ein sehr aufgewecktes und wissbegieriges Kind, hat aber neben der Schule noch viele andere Freizeitaktivitäten die er auch gerne ausübte. Der Sport nimmt dabei eine sehr große Rolle ein. Sein Vater ist ein sehr aktiver Sportler und viel Bewegung ist für einen Jungen seines Alters immer gut. Beide sind auch begeisterte Wasserratten und lassen nichts aus. Ja, jeder hat so seine Vorlieben. Mich zieht es da mehr zu den Naturwissenschaften.

Ich war auch ganz froh darüber, dass wir den zweiten Termin mit etwas Abstand eingeplant haben, da ich ja beruflich eingespannt bin und für die Vorbereitungen auch immer einige Zeit benötige. Ich war jetzt aber soweit und wir hatten den morgigen Mittag für unser nächstes Treffen angesetzt.

Es war März und für diese Jahreszeit schon richtig warm. Eigentlich viel zu schade, um am Esstisch über die Wunder der Natur zu sprechen. Gut, dass ich mir auch einen Versuch überlegt habe, den man auch draußen durchführen kann. Eigentlich bin ich sogar froh darüber, weil dieser Versuch draußen viel besser zur Geltung kommen würde, als in der Wohnung. Ich hatte mich bereits sehr früh festgelegt, Emil diesmal etwas über Schall zu erzählen.

Ich hatte ihn gebeten, seine Gitarre mitzubringen, die er vor zwei Jahren von uns zum Geburtstag bekommen hatte. An Heilig Abend sitzen wir gerne zusammen und spielen gemeinsam Weihnachtslieder was ihn sehr fasziniert. Es ist eine einfache Kindergitarre mit schmalem Griffbrett und eng zusammenliegenden Bundstäben. Ich brachte ihm einige Griffe bei, wobei er sich aber sehr schwer tat, da seine Finger noch nicht lang genug waren. Auch fehlte ihm die Kraft, die Griffe sauber zu spielen. Es machte ihm wenig Spaß, was verständlich war. Wir wollten noch einige Zeit warten und es dann noch einmal mit ihm probieren.

Mit der Gitarre unterm Arm lief Emil bei uns ein und packte sie auch gleich aus. „Was machen wir heute?“, fragte er und setzte sich sogleich mit der Gitarre an den Esstisch. “Wir werden uns heute über den Schall unterhalten! - Kennst du eigentlich das Wort Schall?“, fragte ich ihn sogleich, um so den Einstieg zu finden. So richtig konnte er aber nichts damit anfangen und schaute mich fragend an. „Weißt du Emil, Schall ist alles was man hört!“, sagte ich etwas lapidar. „Gib mir doch bitte mal ein paar Beispiele was man alles so hören kann“, ergänzte ich. „Der Zug, die Vögel, der Regen, den Fernseher“,

begann er aufzuzählen. „Und der Donner beim Gewitter, wenn der Wecker morgens klingelt und auch, wenn die Lehrerin in der Schule schimpft“, ergänze ich. „Alles das sind Geräusche, die man im Allgemeinen auch als Schall bezeichnet.“ Emil fand das lustig. Aber er hatte es wohl begriffen, denn ein Beispiel nach dem anderen sprudelte jetzt aus seinem Mund. Ich musste ihn echt bremsen. „Und du weißt ja auch, wie der Schall in deinen Kopf kommt, oder?“, fragte ich ihn. „Ja Opa, das weiß ich. Er kommt über meine Ohren in meinem Kopf. Wenn ich die nämlich zuhalte, höre ich nichts mehr“, entgegnete er. „Du hörst auch nichts, wenn du deine Ohren offen hast. Frag mal Deine Eltern!“, warf ich ein und Emil grinste über das ganz Gesicht.

Ich erklärte Emil jetzt, dass viele Dinge, Geräte, Tiere und auch wir Menschen Geräusche, also Schall erzeugen, was wir dann mit unseren Ohren hören können. Jetzt kam auch zum ersten Mal die Gitarre ins Spiel. Emil zupfte an einer Seite und konnte dann den Ton, auch eine Art von Schall, hören. „Ja und wie kommt dann jetzt der Schall von der Gitarre in mein Ohr?“, fragte er und wartete auf meine Antwort. „Das kann ich dir an Hand der Seite einer Gitarre gut erklären“, gab ich ihm zur Antwort.

„Schau Emil, wenn du eine Seite an der Gitarre zupfst, dann vibriert die Seite ein bisschen. Man sagt die Seite schwingt. Das sieht man besonders gut an der dicken Seite.“ Ich forderte ihn auf, mal die dicke Seite zu zupfen und dann mit dem Fingernagel an die schwingende Seite zu gehen. „Du wirst merken, dass sie immer wieder an den Fingernagel schlägt. Und zwar ganz schnell. So schnell, dass du es überhaupt

nicht zählen kannst“, ergänzte ich meine Erklärungen. „Ja und genau diese Schwingungen übertragen sich durch die Luft in dein Ohr. Man kann sie nicht sehen, aber wenn sie laut genug sind, spürt man den Luftzug“, erklärte ich ihm. Ich stand auf, ging in unser Fernsehzimmer und forderte ihn mit einer Handbewegung auf, mir zu folgen.

Lautsprecher

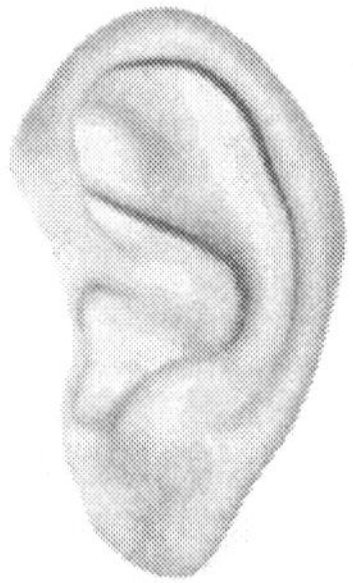

Ohr

Ich kann die Vorderfront unserer Lautsprecherboxen abnehmen und zeigte auf den großen Basslautsprecher. Als ich den Radio etwas lauter machte, konnten wir schon gut sehen, dass sich die Membrane im Takt der Musik, vor und zurück bewegte. Ich forderte Emil auf, seine Hand mal vor die Membran zu halten und drehte die Lautstärke noch etwas mehr auf. Er strahlte gleich über beide Ohren, konnte er doch den Luftzug spüren, den die Musik jetzt erzeugte. „Gut, dass die Oma nicht da ist“, rief mir Emil entgegen und hielt seine Ohren zu. Ich machte die Musik leiser und entgegnete: „Ja, gut das die Oma nicht da ist. Aber einmal können wir das

ja machen.“ „Versprich mir, dass du nicht petzen wirst, OK?“, beendete ich das Experiment. Ich baute den Lautsprecher wieder zusammen und wir gingen wieder rüber zum Tisch.

Schall pflanzt sich fort!

Ich erklärte Emil jetzt, dass sich der Schall nicht nur durch Luft übertragen kann, sondern dass er sich in alle möglichen Materialien fortpflanzen kann. Was dabei wichtig zu erklären ist, dass verschiedene Materialien den Schall unterschiedlich stark weitergeben. Manche sehr gut , manche aber auch sehr schlecht. Ich öffnete die Terrassentür, wollte etwas frische Luft hereinlassen, konnte Emil aber auch gleich zeigen, auf was ich hinaus wollte. Bei offener Türe hörte man ganz deutlich die vorbeifahrenden Autos auf der Durchgangsstraße. Ich machte Emil darauf aufmerksam und schloss die Tür. Sogleich wurden die Verkehrsgeräusche leiser. Ich forderte Emil auf, mal ganz nah an die Scheibe zu gehen und fragte ihn, ob er noch etwas hören würde. „Ja“, entgegnete er. „Ein bisschen hört man die Autos noch.“ „So jetzt gehst du mal zwei Meter nach rechts“, forderte ich ihn auf. „Auch wieder ganz nah an die Wand!“ Nein, er konnte jetzt nichts mehr hören. Ich erklärte ihm, dass die Fenster, auch wenn sie noch so schallisolierend sind, den Schall besser übertragen können, als die mit Dämmmaterial vollgestopften Wände unseres Holzhauses. Wobei Holz eigentlich den Schal sehr gut übertragen kann. Besonders, wenn das Holz sehr hart ist.

„Emil, ich werde dir jetzt noch etwas Interessantes zeigen, bei dem diese Uhr die Hauptrolle spielt.“ Ich

zeigte dabei auf die Uhr, die ich vor seinem Eintreffen auf den Esstisch gestellt hatte. Emil fragte schon am Anfang, was es denn mit dieser Uhr auf sich hätte. Aber ich hatte ihn auf später vertröstet. Es handelte sich um die kleine, messingfarbene Tisch Uhr, welche normalerweise auf Omas Schreibtisch steht. Ich forderte Emil auf, sich an die Stirnseite zu setzen und platzierte die Uhr, ihm gegenüber auf die andere Seite des Tisches. „So. jetzt müssen wir ganz still sein.“ Und wir spitzten beide die Ohren.

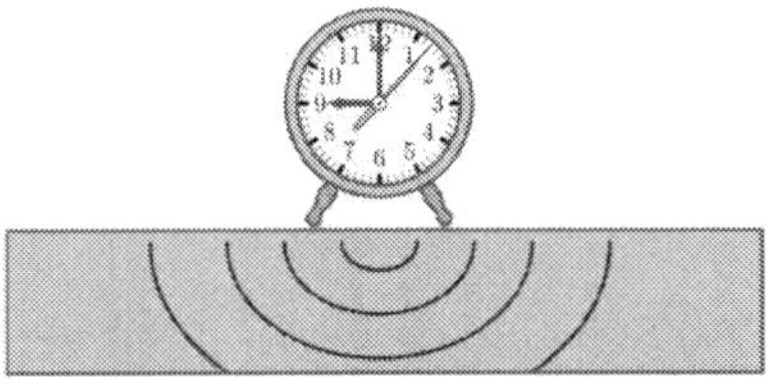

„Kannst du das leise Ticken der Uhr hören?“, flüsterte ich ihm zu und er versuchte sich auf die Uhr zu konzentrieren. „Ja, Opa. Ich höre ein ganz leises Ticken. Tick, tick, tick“, entgegnete er. „Genauso wie der Sekundenzeiger sich bewegt“, ergänzte er. „So, und jetzt versuche mal bitte, dein Ohr auf die Tischplatte zu legen um mal zu hören, ob du die Uhr immer noch hörst?“ Emil folgte meiner Aufforderung und machte ein erstauntes Gesicht. „Opa, ich höre das Ticken der Uhr ja viel lauter!“, rief er aus. „Und es klingt so klar“, ergänzte er. Ich erklärte ihm, dass dies ein gutes Beispiel dafür sei, weil sich der Schall in einem festen Material viel besser fortpflanzen könne, als in der Luft. Das Ticken überträgt sich über die vier

Füße der Uhr, auf die Tischplatte und dann weiter in deine Richtung, direkt in dein Ohr. Bei einer harten Vollholzplatte geht das natürlich besonders gut.

Als nächstes legten wir ein zusammengefaltetes Geschirrhandtuch unter die Uhr und Emil konnte erkennen, dass das Handtuch für den Schall ein unüberwindbares Hindernis darstellte. Er legte sein Ohr wieder auf die Tischplatte, konnte aber nichts mehr hören. Interessanterweise hörte er nicht mal mehr das Ticken der Uhr, als er sich aufrichtete und sich dann auf die Uhr konzentrierte. Die Tischplatte hatte nämlich zu Anfang der Uhr als Resonanzkörper gedient. Dies wurde jetzt durch das Handtuch unterbunden. Es war kein Ticken mehr zu vernehmen.

Wir bauen ein Telefon

„Du Opa, du hast mir doch gesagt, dass wir heute auch nach draußen gehen wollen. Irgendetwas wolltest du mir zeigen, was draußen viel besser geht“, fragte mich Emil als ich die Uhr wieder an seinen Stammplatz zurückgebracht hatte. „Ja, Emil dann gehen wir gleich mal nach draußen“, entgegnete ich ihm. „Bitte ziehe mal deine Schuhe an und zieh‘ dir eine Jacke über“. Wir gingen auf die Wiese hinter dem Haus. Zuvor nahm ich noch die Kiste mit. Emils Forscherkiste. Er war wie immer vorausgestürmt und wartete hinter dem Haus. Er war ganz gespannt, was ihn jetzt erwartete. „Emil, wir bauen jetzt ein Telefon!“, eröffnete ich ihm, stellte die Kiste auf den Rasen, nahm zwei Joghurtbecher und eine aufgewickelte Kordel aus der Kiste. Die Joghurtbecher waren natürlich ausgewaschen und die

Kordel circa fünf Meter lang. Sie darf nicht zu dünn sein und auf keinem Fall reißen, wenn man etwas stärker daran zieht. Ich gab Emil noch eine mitgebrachte Schere in die Hand und forderte ihn auf, ein kleines Loch in die Unterseiten der Joghurtbecher zu bohren. Gerade nur so groß, dass man die Kordel durchstecken konnte. Emil wusste nicht so recht, was er davon halten sollte, folgte aber mit Begeisterung meinen Anweisungen. Er steckte die Enden der Kordel durch die kleinen Löcher und befestigte daran kleine Stöckchen, welche wir von einem Busch abgeknickt hatten. Die Stöckchen konnten schon ein bisschen dicker sein, jedoch nicht länger, als der Durchmesser des Bechers.

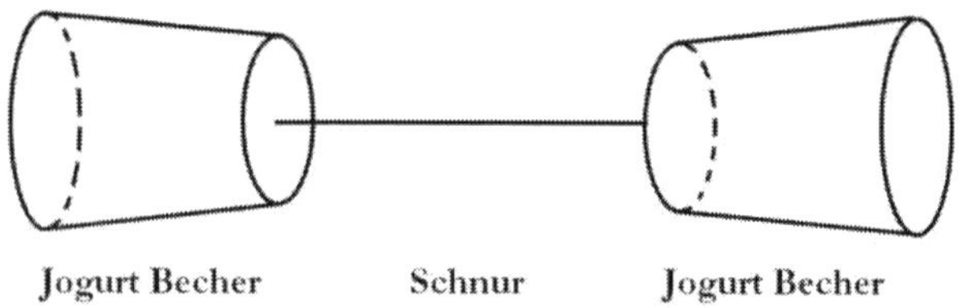

Als alles zusammengebaut war, bekam jeder von uns einen Becher und hielt ihn mit dem Blick auf die Öffnung vor sich hin. Wir entfernten uns jetzt solange rückwärts laufend, bis die Kordel sich spannte. Nun forderte ich Emil auf, sein Ohr an den Becher zu halten. Dabei war es aber wichtig, dass die Kordel auch immer gespannt blieb. Als er nun sein Ohr fest an die Öffnung des Bechers gelegt hatte, fing ich leise an, in meinen geöffneten Becher zu sprechen. „Hallo Emil, hörst du mich?“. Hier sollte man leise anfangen und dann etwas lauter werden.

Die Übertragung ist natürlich sehr stark von der Dicke der Kordel und den Umgebungsgeräuschen abhängig. Emil verstand mich aber gleich beim ersten Mal und war überrascht, wie gut das alles funktionierte. Der Schall wurde durch den Becher aufgenommen, über die gespannte Kordel geleitet, vom zweiten Becher verstärkt, wieder abgegeben und somit in Emils Ohr getragen. Wir probierten gleich mal die andere Richtung und Emil durfte auch mal was sagen. „Opa, hörst du mich?“ Ich nickte. „Opa, jetzt haben wir uns aber ein Schokolädchen verdient, oder?“, plärrte es aus meinem Joghurtbecher und ich nickte wieder. Wir packten unser Telefon in die Forscherkiste und gingen wieder rein. Emil wollte noch wissen, wie das denn mit den schnurlosen Telefonen funktionieren würde. Ich erklärte ihm, dass dies ein anderes Thema sei. Auch war ich mir in diesem Augenblick nicht ganz sicher, ob dies eine ernsthafte Frage war oder ob er mich veräppeln wollte. Ich ging nicht weiter darauf ein und wir verabschiedeten uns bis zum nächsten Mal.

KÖRPER I

„Wer nicht neugierig ist, erfährt nichts.“

< Johann Wolfgang von Goethe >

Es dauerte jetzt beinahe fünf Wochen, bis wir uns wieder zu einem Versuchstermin verabredet hatten. Es war bereits richtig Frühling geworden, wobei es heute aber eher nach Regen aussah. Emil bekam mittlerweile in der Schule einige Hausaufgaben auf, die er manchmal auch auf das Wochenende schob, um unter der Woche mehr Zeit für andere Dinge zu haben. Ich kann ja sowieso nur am Wochenende und das auch nicht immer und somit war der heutige Termin eigentlich der nächst mögliche gewesen.

Emil hatte seinen Freunden in der Schule von den gemeinsamen Versuchen erzählt und er war sehr stolz auf seinen Opa. Ich fragte ihn, ob die Dinge, die ich ihm schon gezeigt habe, im Unterricht mal angesprochen wurden, was er aber verneinte. Nächste Woche aber wollte die Lehrerin Magnete mitbringen und der Klasse darüber etwas zeigen. Emil war schon ganz gespannt was kommt.

Für den heutigen Tag habe ich mir etwas vorgenommen womit ich bei den Erklärungen immer etwas Schwierigkeiten habe. Das Thema lautet Körper. Was gibt es für verschiedene Körper? Was für Eigenschaften haben sie?

Welche Körper gibt es?

Natürlich habe ich mich ganz gut vorbereitet. Erst einmal wollte ich Emil zeigen, welche Art beziehungsweise welche Formen von Körper es geben kann. Natürlich wird er sie alle kennen und mich für blöd halten. Das ist jetzt auch das große Problem dabei. Man muss dem Kind erklären, dass zum Beispiel ein Würfel nicht nur das Ding mit den schwarzen Punkten aus seiner Spielesammlung ist, sondern ein geometrischer Körper, der in der Natur etliche Male vorkommt. Emil wird also schon viele Ausprägungen der einzelnen Körper kennen, kennt aber nicht deren Beschreibung also die Grundlagen der Körperlehre. Außerdem dürfen wir nicht in die Geometrie abgleiten. Wir wollen ja keine Körperberechnungen durchführen, sondern er soll einfach nur verschiedene Arten von Körpern und deren Eigenschaften kennenlernen.

Ich werde mich auch nur auf die für ein Kind seines Alters gängigen Körper beziehen, wie zum Beispiel die Kugel, den Quader, den Würfel, einen Zylinder, den Kegel und dann am Schluss noch auf unförmige Körper hinweisen.

Als Anschauungsmaterial habe ich bei Amazon ein Zwölferset von geometrischen Körpern für den Schulunterricht bestellt. Schöne Teile aus Naturholz für wenig Geld.

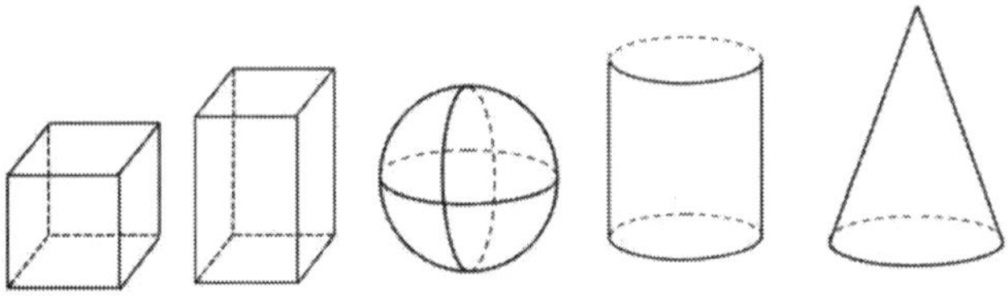

Wir hatten uns auf Samstag, 16:00 Uhr verabredet und wollten uns für die Körper und ihre Eigenschaften ein bis zwei Stunden Zeit nehmen. Draußen begann es jetzt zu regnen und ich hatte richtig Lust auf den nächsten Versuch. Den Rasen konnte ich noch heute Morgen bei trockenem Wetter mähen und Emil hatte auch nichts verlauten lassen, dass er nicht käme. Wir hatten bereits im Vorfeld besprochen, dass wenn er einmal nicht kommen möchte, er gerne absagen darf. Es soll ja kein Zwang werden. Wir sind ja hier nicht in der Schule. Ich betrachtete noch einmal meine Utensilien für diesen Nachmittag und just in diesem Augenblick klingelte es an der Tür.

Der Würfel

Wir setzten uns gleich an den Esstisch und Emil ließ wie immer seinen Blick über die verschiedenen Dinge gleiten, die ich vorbereitet hatte. Ich ließ mir auch immer ein bisschen Zeit, bis ich mit dem Thema begann. Er soll erst einmal ankommen.

Sein Blick viel gleich auf die verschiedenen, aus Holz gefertigten Körper. „Die kenne ich aus dem Kindergarten", rief er erfreut. Und das Interesse war schon geweckt.

„Ja, Emil. Ich werde dir heute etwas über diese Körper erzählen“. Er zog sogleich die fünf Teile zu sich herüber, wobei er aufpassen musste, dass die Kugel nicht gleich unter der Eckbank verschwand, da sie über den Tisch rollte und auf den Boden viel. „Nicht so schnell, Emil!“, sagte ich. „Wir fangen mit diesem Teil an.“ Ich zeigte auf den Würfel und fragte ihn, ob er so etwas schon mal gesehen hatte. „Klar Opa! Das ist ein Würfel. Aber der hat doch gar keine Punkte. Was kann man denn damit machen?“, entgegnete er und schaute mich fragend an. Schon waren wir mitten im Thema. Ich erklärte Emil, dass die Würfel, die er aus seiner Spielesammlung kennt, eigentlich Spielwürfel heißen, und man nur der Einfachheit halber, Würfel zu ihnen sagt.

„Du kennst doch auch die farbigen Zauberwürfel, oder besser noch die Sitzwürfel aus dem Kindergarten. Alle diese Dinge nennt man Würfel“, begann ich. „Und kannst du mir auch sagen, was alle diese Würfel gemeinsam haben?“, beendete ich meine Frage. Emil schaute mich mit großen Augen an. Er wusste nicht, auf was ich hinaus wollte. Die einzige Chance die ich jetzt noch hatte war, ihm durch weitere Beispiele die Würfelform zu veranschaulichen. Ich holte also mein Tablet-PC aus meinem Arbeitszimmer und suchte in der Suchmaschine nach Bildern von einem Zauberwürfel und einem Sitzwürfel. Ich wurde sogleich fündig und zeigte Emil die Bilder.

Zufällig waren dabei auch Lampen in Würfelform, was meine Beispielsammlung noch abrundete. Ich finde das Zeigen von Beispielen im Internet ist eine zusätzliche Bereicherung. Man kann ja gar nicht so viel Lehrmaterial zusammensammeln. Gut, man hält

die Dinge nicht in den Händen, aber eine Ergänzung ist es allemal.

„Schau mal, Emil! Alle diese Dinge haben die gleiche Form. Der Spielwürfel aus der Spielesammlung, der bunte Zauberwürfel, der blaue Sitzwürfel und sogar die in Würfelform gestaltete Gartenleuchte. Sie sind zwar verschieden groß, aber kannst du trotzdem irgendwelche Gemeinsamkeiten feststellen?“, fragte ich ihn. Nach einiger Zeit und etwas zögerlich antwortete er: „Ja, sie sehen von allen Seiten gleich aus.“ „Ja“, sagte ich. „Das hast du vollkommen richtig erkannt. Alle 12 Kanten eines Würfels sind gleich lang, beziehungsweise alle Seitenflächen sind gleich groß“, ergänzte ich. „Ich glaube du hast es verstanden.“

Ich erklärte ihm noch, dass gerade diese Eigenschaften den Würfel zu einem Würfel machen. Wichtig war in diesem Zusammenhang auch zu erwähnen, dass ein Würfel immer 8 Ecken hat und die Anzahl der Seiten immer sechs sind. Mit der Anzahl der Seiten schloss ich damit auch den Bogen zu einem Spielwürfel mit seinen maximal sechs Punkten auf den Seiten. „Das heißt“, betonte ich noch einmal: „Immer wenn wir einen Körper mit diesen Eigenschaften sehen, dürfen wir Würfel zu ihm sagen.“ Jetzt hatte Emil es verstanden. Er hatte auch verstanden, dass man immer zuerst den Körper mit seinen Eigenschaften begreifen muss und sich erst dann mit den dazugehörigen Beispielen beschäftigen sollte.

Der Quader

Jetzt konnten wir uns an den nächsten Körper

wagen. Ich wählte den Quader. Da der Quader eigentlich ein langgezogener Würfel ist, hatte Emil sehr schnell begriffen, was hier die Eigenschaften sind. Die Anzahl der Seiten sind identisch mit dem Würfel, wobei deren Größen aber unterschiedlich sind. Die beiden gegenüberliegenden Seiten haben immer die gleiche Größe und die parallellaufenden Kanten immer die gleiche Länge. Sehr anschauliche Beispiele sind hier Mauersteine. Ich machte einen schnellen Blick nach draußen. Es regnete gerade nicht und wir gingen kurz hinaus. Unser Nachbar hatte überall im Garten Stapel von Mauersteinen aufgeschichtet und wir konnten an den verschiedenen Formen schön sehen, was die Eigenschaften eines Quaders ausmachen. Wir nutzten diesen Moment auch, um eine kleine Pause zu machen und um uns die Füße zu vertreten. Ich hatte mir zwar einen kleinen Holzquader besorgt, aber die Mauersteine vom Nachbarn waren natürlich viel spannender.

Die Kugel

Nun wollte ich Emil in gleicher Weise die Eigenschaften einer Kugel beschreiben. Wir blieben dafür gleich draußen, weil es hierzu natürlich tolle Beispiele gab. „Weißt du Emil!“, begann ich. „Eine Kugel ist ein Körper, der rund ist und von allen Seiten gleich aussieht. Er unterscheidet sich nur im Durchmesser von anderen Kugeln.“ „Ja und was ist mit der Farbe?“, entgegnete Emil gleich. „Ich kenne rote und gelbe Kugeln!“.

„Siehst du, Emil. Auch bei der Kugel sollten wir uns erst einmal nur über die Form unterhalten und nicht gleich über die Farbe oder das Material“,

konterte ich. Ich erklärte Emil in den folgenden Minuten, dass eine Kugel eine absolute symmetrische Form aufweist und deshalb auch sehr leicht wegrollen kann, wenn sie auf einer schiefen Oberfläche liegt, oder sie angestoßen wird. Emil hat in einer Ecke am Haus einige Bälle deponiert, mit denen er immer gerne spielt. Anhand eines Fußballs, den er vorsichtig auf den obersten Punkt der leicht ansteigenden Hauseinfahrt legte, konnte er jetzt schön sehen, dass der Ball sich gleich nach unten in Bewegung setzte. Jetzt wusste Emil auch, warum der Ball das tat. Ich forderte Emil auf, mir noch einige andere Dinge zu nennen, welche so eine Kugelform besitzen. Er nannten gleich einige Bälle, die er aus dem Sportunterricht kannte und ich unterbrach ihn erst, als er ein Hühnerei als Beispiel nannte. „Nein, Emil, ein Hühnerei hat keine Kugelform. Es würde ja gleich wegrollen, wenn das Huhn das Ei legt“, entgegnete ich und er musste lachen, begriff aber, auf was ich hinaus wollte.

Der Zylinder und der Kegel

Wir gingen dann hinein und ich zeigte Emil jetzt noch die beiden letzten Körper, die ich vorbereitet hatte. Einen Zylinder und einen Kegel.

Auch hier war es mir sehr wichtig, im klar zu machen, dass man sich erst mit den Formen dieser beiden Körper befasst und wir uns und dann nach Beispielen umschauen. Wir fingen mit dem Zylinder an und ich erklärte ihm, dass der Zylinder, wenn man ihn aufstellt, immer oben und unten eine gleich große, runde Fläche besitzt, die von einem Mantel umschlossen ist. Der Einfachheit halber betrachteten

wir nur den geraden und nicht den schiefen Zylinder. Emil hielt den Zylinder in seiner Hand. Nach einer Weile fragte ich ihn, ob er mir schon einige Beispiele für einen Zylinder nennen könne. Ich merkte, dass er ein bisschen unsicher war. Irgendwie konnte er nicht gleich die Verbindung zu realen geeigneten Beispielen finden. „Schau mal“, versuchte ich ihm zu helfen. „Wenn man so einen Zylinder auf die Seite legt, kann man ihn doch rollen, oder? Und sieht dieser Zylinder nicht genauso aus wie ein Rad von Deinen Spielzeugautos?“ „Ja Opa, das stimmt“, beantwortete er mir meine Frage. Auf meinem Tablet-PC zeigte ich ihm jetzt noch eine alte Dampfwalze mit seinen dicken, walzenartigen Rädern und er schien begriffen zu haben, was ich meinte. Ich zeigte Emil noch weitere Beispiele für Zylinderformen und langsam konnte auch er mir ebenfalls einige Beispiele nennen.

Sehr oft kommen Zylinderformen bei Bauwerken vor. Sowohl als Brückenpfeiler oder auch als Wachtürme bei alten Burgen. Auch erklärte ich ihm, dass Zylinder sehr oft auch breiter als hoch sind. Muss man doch jede Münze von seiner Form auch zu den Zylindern rechnen.

Ich hatte noch das Bild von der Burg auf meinem Tablet-PC offen und deutete auf einen anderen Turm. Er hatte auch diese typische Zylinderform. Auf dem Turm war aber ein rundes, spitz zulaufendes Dach zu sehen, welches mit roten Schindeln bedeckt war. „Schau Emil!“ und ich zeigte auf das Dach. „Jetzt kommen wir zum letzten Körper, den ich dir zeigen wollte.“ Es ist ein Kegel.“

Gleich zu Anfang erklärte ich ihm, dass ein Kegelkörper nichts mit den Spielpuppen zu tun hat,

die er von seinem Kegelspiel kennt. Die Form des Kegelkörpers wird bestimmt durch eine kreisförmige Grundfläche, die nach oben hin zu einem Punkt zusammenkommt. Dabei deutete ich auf den Holzkegel den er mittlerweile in die Hand genommen hatte und fragte ihn, ob er nicht noch andere Beispiele für diese Kegelform kenne.

Abwechselt nannten wir einige Dinge, wie zum Beispiel eine Eistüte, die Tüte die er zur Einschulung bekommen hatte und sogar die Fichte draußen im Garten brachten wir ins Spiel. Letztlich hatten wir in den vergangenen fast zwei Stunden alle einfachen Körper angesprochen und es war Zeit aufzuhören. Emil verlor langsam seine Konzentration und als ich kurz mal andeutete, dass gleich die Sportschau beginnt, war sowieso fertig. Fußball war zwar nicht seine Lieblingssportart, doch mit Opa schaute er sich doch mal das eine oder andere Spiel, wenn auch nur teilweise, an. Manuel Neuer ist sein Lieblingsspieler.

MAGNETISMUS II

„Das Schönste, was wir erleben können, ist das Geheimnisvolle.“

<Albert Einstein>

Wieder sind einige Wochen ins Land gegangen. Von den Temperaturen war es schon fast Sommer und man konnte kaum glauben, dass es erst Anfang Mai war. Es war ein herrlicher Sonntag, meine Frau und ich hatten gerade gemütlich auf der Terrasse gefrühstückt. Emil und ich hatten uns für den heutigen Morgen verabredet. Wir wollten mal wieder gemeinsam in die Welt der Naturwissenschaften eintauchen. Ich hatte ein paar Tage frei und so konnte ich einige Versuche zum Thema Magnetismus ausprobieren, die ich Emil zeigen wollte. Er hatte ja vor einigen Wochen schon Erfahrungen damit gesammelt. Ich hatte ihm damals die grundlegenden Begriffe genannt und auch einige kleine Versuche mit ihm durchgeführt.

Mittlerweile hatte auch seine Lehrerin im Rahmen des Sachkundeunterrichts einen Magneten mitgebracht und einiges darüber erzählt. Für Emil war nicht viel Neues dazugekommen und somit war die Darstellung der Lehrerin eine sehr gute Wiederholung. Ich wollte natürlich genau wissen, auf welche Dinge die Lehrerin im Zusammenhang mit Magnetismus ihren Wert gelegt hat. Ich war dann aber recht zufrieden, als ich hörte, dass meine Ausführungen etwas praxisbezogener aber doch sehr ähnlich waren. Eine Sache war für Emil aber neu dazugekommen. Ich sprach damals von

„unsichtbaren“ Kräften die in einem Magneten aktiv sind, hatte aber niemals erwähnt, dass es eine Möglichkeit gibt, diese Kräfte in gewisser Weise sichtbar zu machen.

Und das war genau das, was die Lehrerin den Kindern gezeigt hatte. Vielleicht hätte ich dies auch damals erwähnen sollen. Die Lehrerin zeigte den Kindern Fotos, auf denen die Umrisse eines Magneten mit umliegenden Linien abgebildet waren. Die Linien traten alle aus dem einen Ende des Magneten hervor, machten einen Bogen und flossen wieder in das andere Ende hinein. Emil hatte mir gleich von diesen Fotos erzählt und ich sagte ihm, wenn wir uns das nächste Mal treffen würden, ich ihm das noch einmal genau erklären und zeigen wollte. Ich hatte mir also fest vorgenommen, ihm heute etwas über magnetische Felder zu erklären und dies auch an ein paar Versuchen zu verdeutlichen. Am Ende der Stunde hatte die Lehrerin noch einen Kompass gezeigt und den Kindern erklärt, dass man mit diesem Gerät anhand des Erdmagnetismus die Himmelsrichtung feststellen kann. Auf diesen Kompass wollte ich aber dann zu einem späteren Termin eingehen.

Magnetische Felder sichtbar machen

Wir hatten uns diesmal auf zehn Uhr verabredet. Ich räumte gerade noch die Frühstückssachen vom Tisch als es schon klingelte. Ich machte die Tür auf und Emil hielt mir gleich ein Blatt Papier unter die Nase. Dort waren die Umrisse eines Stabmagneten zu erkennen, die von gestrichelten Linien umringt waren. „Schau mal Opi, was ich da habe“, stieß er aus,

während er in die Wohnung stürmte. „Das hat mir Papa ausgedruckt!“. Er ließ das Blatt nicht los, während er seine Schuhe auszog. „du wolltest mir doch heute etwas über diese Linien erzählen!“. „Ja, das habe ich dir ja versprochen“, entgegnete ich. „Setz dich bitte mal an den Tisch. Ich muss noch deine Forscherkiste holen. Wir werden gleich anfangen.“

Um die magnetischen Feldlinien, die um einen Magneten wirksam sind, sichtbar zu machen, benötigen wir einen Magneten und eine Trennscheibe. Am besten aus gut durchsichtigem Plastik. Was nicht fehlen durfte war natürlich das Eisenpulver, das ich schon vor einiger Zeit besorgt hatte. Ursprünglich wollte ich ja anstatt der Plastikscheibe ein leeres Blatt Papier nehmen. Aber durch Zufall sah ich beim Stöbern in einem Bastelladen etwas, was ideal zu verwenden war. Es war eine circa 20 cm lange und 15 cm breite, rechteckige Plastikschale mit einem 2 cm hohen Rand. Man füllt diese Schale wohl mit einem Schwamm, um darin ein Blumengesteck zu arrangieren. Die Schale war glasklar verarbeitet und ausgezeichnet für meine Versuche geeignet. Der hohe Rand war natürlich auch ideal, da man jetzt nicht mehr so aufpassen musste, dass Eisenpulver zu verschütten.

Emil rutschte schon ganz gespannt auf seinem Stuhl hin und her, als ich die Sachen aus der Forscherkiste rausholte und sie auf dem Tisch ausbreitete. Mein Plan war es, die magnetischen Feldlinien sowohl an Hand eines Stabmagneten als auch eines Hufeisenmagneten zu zeigen. Ich nahm also die durchsichtige Plastikschale und streute so viel

Eisenpulver hinein, bis eine im Durchmesser ungefähr 10 cm große Fläche hauchdünn mit dem Pulver bedeckt war. Aber nicht viel. Es können ruhig einige Stellen nicht bedeckt sein. Das macht überhaupt nichts. Hauptsache, die bedeckte Fläche ist etwas größer als der für den Versuch verwendete Magnet. Ich stellte die Schale beiseite und forderte Emil auf, den Stabmagnet vor sich auf den Tisch zu legen. Danach erklärte ich ihm nochmal, dass die Kraftwirkung eines Magneten durch ein magnetisches Feld erklärt werden kann. Ein Feld, was den umgebenen Raum in einen besonderen Zustand versetzt. Man spricht hier auch von einem magnetischen Energiefeld, welche in andere Energieformen, wie z.B. Bewegungsenergien, umgewandelt werden können. Den letzten Satz hatte ich ihm natürlich nicht gesagt. Dafür fehlt ihm dann schon noch das nähere Verständnis. Was ich ihm aber gesagt habe ist die Tatsache, dass diese Felder die Kraft besitzen, das Eisenpulver entlang ihrer Feldlinien auszurichten.

„So, Emil. Jetzt nehme bitte mal ganz vorsichtig die Schale mit dem Eisenpulver und stelle sie auf den vor dir liegenden Stabmagneten. Und zwar so der Länge nach, dass das Pulver den Magneten vollständig überdeckt.“ Emil tat wie ihm geheißen und ich gab ihm noch den zusätzlichen Rat, die Schale immer mit einer Hand festzuhalten, da diese doch etwas wackelig auf dem Stabmagneten auflag.

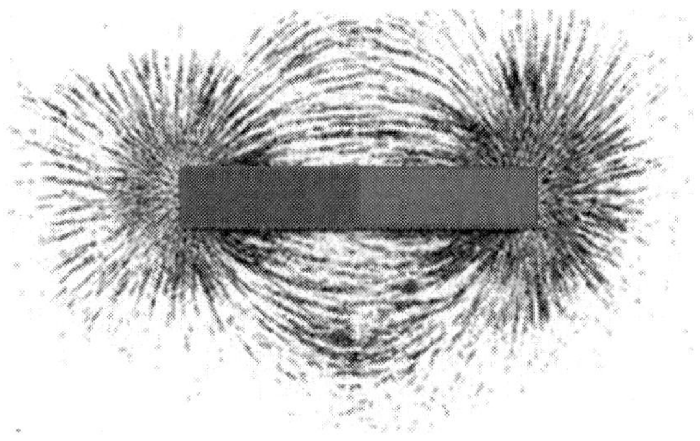

Magnetfeldlinien an einem Stabmagnet

Man sah jetzt schon, dass sich an manchen Stellen das Pulver bewegt hatte, aber noch keine so richtige Struktur erkennbar wurde. Das änderte sich schlagartig, als ich ihn aufforderte, ganz leicht mit dem Zeigefinger der anderen Hand an die Schale zu klopfen. Plötzlich formierte sich das Pulver auf der Schale und bildete diese Struktur, die Emil von den Fotos seiner Lehrerin und auch von dem Bild, welches sein Vater aus dem Internet ausgedruckt hatte, kannte.

Emil war beeindruckt. Damit hatte er wohl nicht gerechnet. Man konnte jetzt schön sehen, dass die Linien aus dem einen Ende des Magneten austraten und am anderen Ende wieder eintraten. Ich hatte ihm schon beim ersten Treffen erklärt, dass man die Seite des Magneten Nordpol nennt, an dem die Linien austreten. Das andere Ende, also in welchem die Felder wieder in den Magneten eintreten, nennt man Südpol. Eine kleine Wiederholung ist hier genau richtig.

„Kannst du dich eigentlich noch daran erinnern, als ich dir vor einiger Zeit gezeigt hatte, dass man zwei oder mehrere Stabmagnete hintereinander

hängen kann. Und dass dann immer ein Südpol an einem Nordpol hängt“, fragte ich ihn. „Ja, entgegnete er mir. „So wie die kleinen gelben Magnete aus dem Magnetspiel.“ Ich erzählte Emil, dass die kleinen Eisenpulverkörner durch die Nähe zum Stabmagneten alle selber zu kleinen Magneten mit je einem Nord- und einem Südpol geworden sind. Man nennt dies magnetisieren. Durch das Klopfen haben sich die Körner entlang der Feldlinien ausgerichtet. Das tun sie deshalb, weil ihre eigenen Pole vom Nord- und Südpol des Stabmagneten entweder angezogen oder abgestoßen werden. Sie ordnen sich entlang der Feldlinien so an, wie die Anziehung im Magnetfeld des Stabmagneten auf sie wirkt.

Ich forderte Emil jetzt auf, die Schale wieder vorsichtig hochzunehmen und in einem etwas weiteren Abstand auf den Tisch zu legen. Dann sollte er nochmal an die Schale klopfen und mir erzählen was jetzt passiert. Wie erwartet wurde die zuvor geordnete Struktur durch das Klopfen sofort aufgelöst, die Körner lagen wahllos auf der Schale verstreut und wir hatten unseren ersten für heute geplanten Versuch beendet.

„So, Emil, wie hat dir jetzt dieser Versuch gefallen?“ „Ja, super Opa!“, entgegnete er. „Ich werde gleich morgen der Lehrerin erzählen, was du mir gerade gezeigt hast. Es war echt klasse. Und was machen wir jetzt?“, ergänzte er in einem Atemzug. „Ich werde dir jetzt den gleichen Versuch, aber mit einem Hufeisenmagneten zeigen“, entgegnete ich. „Da sehen die Feldlinien nämlich ein bisschen anders aus.“

Ich schüttete das Eisenpulver wieder in die Tüte

zurück und verteilte es dann danach genauso wieder auf die Schale wie beim ersten Versuch. Emil nahm diesmal den Hufeisenmagneten und legte ihn auch wieder vor sich auf den Tisch. Auch nahm er vorsichtig die gefüllte Schale und setzt diese auf den Magneten. Man sah schon, dass Emil eine gewisse Routine für solche Dinge entwickelt hatte. Ich glaube es war keine schlechte Idee, dass er so viel wie möglich selber machen muss. Es dauert zwar ein bisschen länger, der Lerneffekt ist aber viel nachhaltiger, als wenn ich die Versuche nur selber durchführen würde. Auch begann er, nachdem die Schale auf dem Magneten zum Liegen kam, selbständig an der Schale zu klopfen. Die Eisenpulverkörner begannen sich sofort wieder auszurichten, nur das Bild war ein etwas anderes.

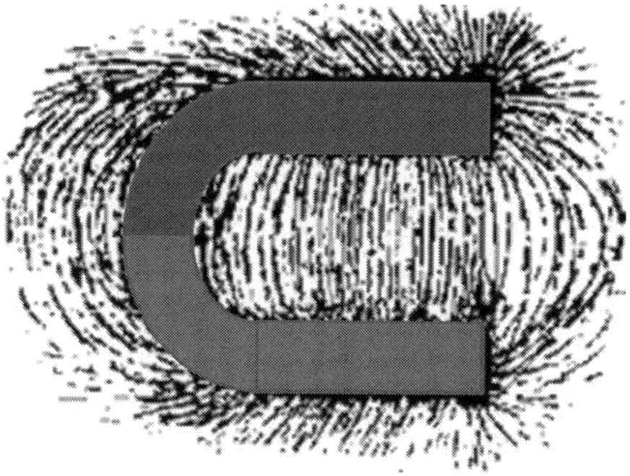

Magnetfeldlinien an einem Hufeisenmagnet

Es gab sowohl Feldlinien, die sich direkt zwischen den zwei gebogenen Seiten des Magneten formten, als auch welche, die sich in einem hohen Bogen von

einem Ende zum anderen formierten. Das Prinzip ist aber immer dasselbe. Die Linien beginnen am Nordpol und enden im Südpol des Magneten.

Während wir auch diesen Versuch beendeten und die Utensilien wieder in die Forscherkiste verstauten, machte ich ihm nochmal deutlich, dass wir Menschen diese magnetischen Kräfte weder sehen noch anderweitig spüren können. Das Sichtbarmachen durch das Eisenpulver ist für uns nur ein Hilfsmittel, damit wir uns die Wirkung, die für uns nicht sichtbar ist, erklären können. Anders ist es bei Tieren. „Emil, hast du eigentlich gewusst, dass es Tiere gibt, die sich an Hand von diesen magnetischen Feldlinien in der Natur orientieren können“, fragte ich ihn. „Unsere Erde ist nämlich ein riesengroßer Magnet der ebenfalls einen Nord und einen Südpol hat.“ Etwas verwirrend ist aber zu erwähnen, dass der magnetische Nordpol unserer Erde der geographische Südpol ist und der magnetische Südpol der geographische Nordpol.

Das habe ich Emil aber noch nicht erzählt, und werde es glaube ich auch nicht erzählen.

„Also man hat herausgefunden, dass die Kühe auf der Weide eher in nordsüdlicher Ausrichtung, als in ostwestlicher stehen und viele Waldtiere die Magnetischen Feldlinien zur Orientierung heranziehen. Man sagt auch, dass die Zugvögel unser Erdmagnetfeld sogar sehen können und sich dadurch, wenn sie ihre weit entfernten Ziele anfliegen, gut orientieren können. Die Tiere haben also einen inneren Kompass.“ „Und dazu möchte ich eigentlich jetzt als nächstes kommen“, ergänzte ich. „Aber zuerst machen wir eine kleine Pause“.

Wir bauen einen Kompass

Die Pause währte nicht lange. Emil war schon so gespannt was ich ihm als nächstes zeigen wollte, dass er mich dauernd löcherte, wann es wieder weiter geht. Zuvor schenkte ich mir aber eine zweite Tasse Kaffee ein und Emil eine heiße Schokolade. Ich machte ihm auch den Vorschlag, den zweiten Versuch auf der Terrasse durchzuführen. Auch eher eine Vorsichtsmaßnahme, da nun auch Wasser mit ins Spiel kommen würde. Aber dazu später mehr.

Für den Versuch lagen folgende Utensilien bereit. Ich hatte mir eine im Durchmesser etwa 4 cm große Plastikverschlusskappe besorgt. Die Kappe schloss ursprünglich eine runde Plastikdose, in der Pfefferminzbonbons waren. Die Ständer an der Kasse im Supermarkt sind ja voll mit diesen Dosen. Man könnte auch den Plastikdrehverschluss einer Getränkeflasche nehmen. Mir wäre der aber zu klein und der ganze Kompass ist dann auch zu instabil. Desweiteren habe ich einen etwas 5 bis 6 cm langen, dünnen Nagel aus Emils Forscherkiste genommen und dazu noch ein weißes Blatt Papier, eine Schere und eine Tube Alleskleber gelegt. Ganz wichtig dabei war noch einer unserer Stabmagnete, aber dazu kommen wir gleich.

Diesmal hatte ich mir vorgenommen, dass Emil den Kompass ganz ohne mein Zutun bauen sollte. Ich wollte ihm nur die eine oder andere Hilfestellung geben und die physikalischen Hintergründe dazu erklären.

Die Utensilien waren auf dem Terrassentisch aufgereiht und die Markise war ausgefahren, damit

uns die Sonne nicht blendet. Emil saß gespannt am Tisch. Es konnte losgehen. „So Emil. Du hattest mir doch erzählt, dass eure Lehrerin vor einiger Zeit einen Kompass mitgebracht hat“, leitete ich unsren zweiten Versuch ein. „Sie hat dir ja auch erzählt, dass man mit Hilfe eines Kompasses und ein bisschen Übung die Himmelsrichtungen feststellen kann. Du hast ja sicherlich davon gehört, wenn jemand davon spricht, dass er diesmal in den Süden in Urlaub fährt oder das es im Norden von Deutschland schon tagelang geregnet hat.“ Er bejahte und als ich ihn aufforderte noch ein paar Beispiele zu nennen und er dieses tat, glaubte ich ihm auch. Erstaunlicherweise kannte er Ost-Berlin und Nordkorea. Wahrscheinlich aus den Nachrichten. Wenn er jetzt noch Nordostwestfahlen gesagt hätte, hätte ich unser Treffen frustriert abgebrochen.

Im weiteren Verlauf erklärte ich Emil, dass es sehr oft von Nutzen ist, wenn man die Himmelsrichtung bestimmen kann. Man befindet sich zum Beispiel auf einem Schiff auf dem Meer, sieht rundherum kein Land, weiß aber, dass in nördlicher Richtung ein Hafen sein muss. In diesem Fall ist es sehr hilfreich, einen Kompass zu besitzen. Die meisten Schiffe haben genau aus diesem Grund einen Kompass in der Nähe des Steuerrades fest eingebaut.

„Können wir endlich anfangen?“, fragte Emil etwas genervt von meinen ausschweifenden Erzählungen. Ich fand es aber sehr wichtig, ihm klar zu machen, welche Bedeutung einem Kompass, besonders in der Vergangenheit, zukam. Heute in den Zeiten von Navi und Co. haben Kompasse ja schon fast ihre Berechtigung verloren.

Als erstes forderte ich ihn auf, das weiße Blatt

Papier vor sich auf den Tisch zu legen. Dann sollte er den runden Plastikdeckel mit der Öffnung nach unten auf das Papier legen und mit einem Bleistift den Deckel umranden. Er musste den Stift gar nicht so fest andrücken, da dieser Kreis nur ein Hilfskreis ist. Auf dem Papier war jetzt ein runder Kreis zu sehen, der die Größe des Deckels besaß. Als nächstes sollte er jetzt versuchen, außerhalb des Kreises einen zweiten, etwas größeren Kreis zu ziehen. Damit wir diesen Kreis später gut sehen, darf er den Stift jetzt ein bisschen stärker andrücken. Die äußere Kreisfläche wird dann später ausgeschnitten. Zuvor aber müssen wir noch die Himmelsrichtungen auf der Fläche einzeichnen.

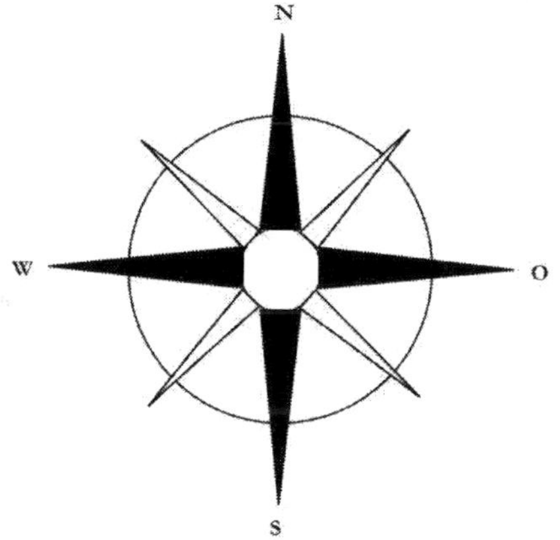

Kompassrose

Diese Beschriftung nennt man auch Windrose oder Kompassrose. Rose deshalb, weil die Beschriftung auf den alten Karten beziehungsweise den antiken Kompassen sehr oft reich verziert dargestellt wurde. Emil hatte die Kreisfläche jetzt vor

sich liegen und ich sagte ihm, dass er jetzt oben ein „N“, unten ein „S“, auf der rechten Seite ein „O“ und gegenüber auf der linken Seite ein „W“ schreiben sollte. Er folgte meiner Aufforderung und ich erklärte ihm noch einmal, dass die Buchstaben die Abkürzungen der Himmelsrichtungen Nord, Süd, Ost und West sind. Ich passte dabei ganz genau auf, dass er die Buchstaben auch exakt an die richtigen Positionen malte. Das war besonders wichtig, da die gegenüberliegenden Buchstaben jetzt mit einem Strich miteinander verbunden werden mussten, und sich dabei die beiden Linien aber in der Mitte im rechten Winkel treffen sollten. Hundertprozent muss das nicht gelingen. Es sieht aber besser aus.

Abschließend wurden zusätzlich noch von rechts oben nach links unten und von links oben nach rechts unten Linien gezogen, die später dann dafür benutzt werden können, um die Himmelsrichtung präziser zu benennen. Man spricht hier von NW für Nordwest, NO für Nordost, SW für Südwest und SO für Südost.

Emil hatte sein Werk vollendet und begann jetzt, den Kreis an der äußeren Linie auszuschneiden. Ziel war es, dass der ausgeschnittene Kreis ein bisschen über die offene Seite des Plastikdeckels passt. Emil tupfte ein paar Tropfen Kleber auf den Rand des Deckels und legte das runde Bild darauf. Wir waren beide sehr zufrieden.

Als nächstes benötigten wir eine Kompassnadel. Zur Herstellung haben wir uns ja schon mal den dünnen Stahlnagel zurechtgelegt, der aber in dem jetzigen Zustand noch nicht als Kompassnadel zu verwenden ist.

An dieser Stelle erklärte ich Emil noch einmal kurz

den Unterschied zwischen einem Magnet und einem Material, welches man mit Hilfe eines Magneten, magnetisieren kann.

„Emil, damit der Nagel jetzt die Eigenschaften eines Magneten annimmt, muss du ihn wie folgt bearbeiten“, begann ich meine Erklärung. „Lege den Nagel mit der Spitze zu dir auf den Tisch und streiche mit einem Ende des Stabmagneten immer wieder über den Nagel. Dabei ist es wichtig, dass du dabei am Nagelkopf beginnst, am Nagel entlangfährst und an der Spitze den Nagel wieder verlässt.

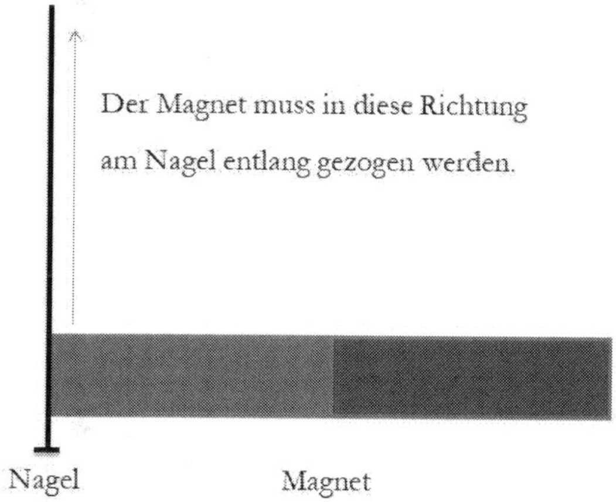

Am besten hältst du mit dem Daumen und Zeigefinger der einen Hand den Nagel am Tisch fest und streichst den Magneten, den du in der anderen Hand hältst, über den Nagel.“ Nach einigen kleinen Korrekturen klappte es prima. Emil war hochkonzentriert. Einige Male klebte der Nagel dann doch an dem Magneten, was aber nicht weiter schlimm war. Wichtig war nur, dass er die Richtung beim herüberziehen des Magneten nicht änderte. „Wie lange muss ich das den noch machen?“, fragte

er nach ein paar Minuten. „Drei, vier Minuten sollten es schon sein. Je länger, desto besser“, entgegnete ich ihm. Nach einer Weile sagte ich Emil, dass es jetzt reichen würde und wir nun zum nächsten Schritt kommen werden.

Er legte den Nagel vorsichtig zur Seite und ich forderte ihn auf, den Magneten wieder in die Forscherkiste zu legen. Er darf nicht mehr in die Nähe des Komoasses kommen, da er sonst unseren Versuch beeinflussen kann. Ich ging kurz in die Küche und kam mit einem mit Wasser gefüllten, tiefen Teller zurück. Emil musste jetzt den Plastikdeckel auf die Wasseroberfläche setzen und dann vorsichtig den Nagel quer auf den schwimmenden Deckel legen. Und zwar genau auf die Linie, die sich zwischen dem „N“ und dem „S“ befindet. Später wird der Nagel dann noch angeklebt, aber zuerst müssen wir noch ermitteln, wo Nord und Süd ist und ob der Nagel damit schon seine richtige Position hat.

„Emil, wir lassen jetzt einfach mal den Plastikdeckel und Nagel in Ruhe und verfolgen in welche Richtung sich der Nagel ausrichtet“, forderte ich ihn auf. „Wenn sich der Nagel in eine Position stabilisiert hat, sehen wir weiter“, ergänze ich. Unser selbstgebastelter Kompass torkelte über das Wasser und als sich die Oberfläche ein bisschen beruhigt hatte, stellte sich auch schon eine gewisse Richtung ein. Man musste nur aufpassen, dass sich das Gefährt nicht am Tellerrand verfängt, da sonst die Ausrichtung beeinflusst werden kann. Der Kompass muss frei schwimmen.

Langsam hatte sich jetzt der Kompass stabilisiert und wir haben somit schon einmal die Nord-

Südrichtung ermittelt. Sie liegt nämlich parallel zur Ausrichtung des Nagels. „So, jetzt müssen wir nur noch wissen, wo sich der geographische Nordpol tatsächlich befindet“, sagte ich Emil.“ „Ja, und wie bekommen wir das raus“, entgegnete er. „Wenn wir wissen, wo im Sommer die Sonne aufgeht, dann kann man das sehr leicht feststellen. Man schaut einfach in die Richtung des Sonnenaufgangs, streckt seine linke Hand seitlich von sich weg und zeigt somit mit der ausgestreckten Hand in Richtung Norden. Wenn Das „N“ auf unserer Kompassrose jetzt ebenfalls nach Norden zeigen würde, dann ist der Kompass richtig eingestellt. Zeigt das „S“ der Kompassrose in Richtung Norden, so müssen wir einfach den Nagel aufheben und entgegengesetzt wieder auf die Kompassrose legen. Und zwar genau wieder auf die Linie zwischen „N“ und „S“. Abschließend klebt man die Nadel auf das Papier.“

Dummerweise zeigte jetzt das „S“ der Kompassrose nach Norden und Emil machte ein enttäuschtes Gesicht, musste er jetzt ja ganz vorsichtig den Nagel aufheben und entgegengesetzt wieder auflegen. Er fixierte abschließend den Nagel mit einem Tropfen Kleber und blickte stolz auf sein Werk. „So Emil, dein Kompass ist jetzt fertig“, stellte auch ich zufrieden fest. „Der magnetisierte Nagel richtet sich jetzt immer so aus, dass das „N“ auf der Kompassrose immer auf den geographischen Nordpol der Erde zeigt.

Im Übrigen waren die ersten Kompasse ähnlich aufgebaut, wie derjenige, den wir jetzt gebaut haben. Nämlich mit einer schwimmenden beziehungsweise nassen Kompassnadel. Erst später, als die Mechanik

besser wurde, konnte man einen Kompass mit einer sogenannten trockenen Kompassnadel bauen, wie es heute üblich ist“, ergänze ich noch.

Emil spielte noch ein bisschen mit dem Kompass. Er drehte ganz vorsichtig am Teller und war erstaunt, dass sein Kompass die Richtungsänderung nicht mitmachte. „Schau mal Opa, der Kompass funktioniert ja wirklich toll“, stieß er aus. Ich musste ihn aber gleich wieder beruhigen und erklärte ihm, dass dies eher mit der Trägheit des schwimmenden Plastikdeckels zu tun hat und nicht mit den magnetischen Kräften. Ich forderte ihn auf, seinen Kompass mal so zu drehen, dass das „O“ der Kompassrose nach Norden zeigt und dann zu beobachten, ob sich der Kompass leicht in Bewegung setzt, um wieder seine ursprünglich Ausrichtung zu finden.

In der Zwischenzeit holte ich einen handelsüblichen Kompass aus Emils Forscherkiste und zeigte ihm wie einfach deren Bedienung ist. Durch die Vorarbeit mit seinem selbstgebauten Kompass verstand er sofort, worauf es ankam und sah sehr zufrieden aus. Mittlerweile hatte sich auch wieder Emils Wasserkompass neu eingestellt und zeigte wieder mit dem „N“ der Kompassrose nach Norden.

Es war jetzt schon fast Mittagszeit und wir hatten tatsächlich ganze zwei Stunden damit verbracht, magnetische Felder zu sehen, und sie zur Richtungsbestimmung nutzbar zu machen. Emil hatte sogar einen eigenen Kompass gebaut. Ihm hatte es heute richtig Spaß gemacht.

SCHALL II

„Alle Wissenschaftler versuchen, an der Pyramide menschlichen Wissens weiter zu bauen. Ich hoffe, dass ich einen kleinen Stein dazutun konnte."

< Stephen Hawking >

Pfingsten war sehr spät dieses Jahr und Emil hatte ein paar Tage frei gehabt. Von den Temperaturen waren seine Pfingstferien eigentlich wie Sommerferien. Das Thermometer knackte fast schon die 30 Grad Marke und der See war auch schon recht warm. Wir hatten uns geeinigt, dass wir uns erst wieder nach den Ferien treffen würden und ich hatte somit viel Zeit, mir etwas zu überlegen. Eigentlich wollte ich ja nochmal das Thema Schall aufgreifen. Ich hatte Emil damals versprochen, noch ein paar mehr Versuche zu machen, und im Besonderen auf die verschiedenen Tonhöhen einzugehen. Wir hatten uns im Frühjahr eigentlich nur über die Entstehung und die Fortpflanzung der Schallwellen unterhalten. Meine Entscheidung war also schnell gefällt und ich hatte mir auch schon einige Utensilien, die wir brauchten, besorgt.

Das tönende Lineal

Ich war gerade dabei zu überprüfen ob ich etwas vergessen hatte, als es schon an der Tür klingelte. Ich schaute auf die Uhr und grinste. „Etwas zu früh", sagte ich mir. „Aber ich bin ja schon fertig". Ich war eigentlich immer schon ein paar Minuten früher fertig. Ich hatte einige schöne Versuche vorbereitet

und konnte es kaum erwarten. Emil ging es wohl auch so. Ich öffnete die Tür aber keiner war zu sehen. Eigentlich ein klares Zeichen, dass er es war. Emil machte immer solche Späßchen. Meine Frau konnte da schon ein Lied von singen. Er ist halt ein Frechdachs. Ich spielte wie immer das Spielchen mit, schloss die Tür und wartete auf ein erneutes Klingeln. Emil ließ nicht lange auf sich warten und ich öffnete sofort die Tür. Wie immer hatte er keine Chance sich ein zweites Mal zu verstecken und lachte laut los. Irgendwann wird das schon von allein aufhören und solange machen wir ihm die Freude. Er hat einfach Spaß daran. Er flitzte rein und setzte sich sogleich an den Esstisch. „Opa, was machen wir heute?“, stieß er aus und wartete auf meine Antwort. „Ja Emil, was machen wir heute!“, entgegnete ich. „Kannst du dich noch an den Versuch erinnern, als wir das Schnurtelefon gebaut haben“, begann ich. „Damals hatte ich dir ja versprochen, noch ein paar mehr Versuche zu zeigen, dir etwas über die verschiedenen Tonhöhen zu erzählen und wie man diese erzeugen kann.“ „Oh ja, das ist super. Hätte ich dafür nochmal meine Gitarre mitbringen sollen?“, fragte er. „Nein, die brauchen wir heute nicht“, entgegnete ich. „Aber du hast Recht, mit der Gitarre hätte ich dir noch ein paar andere interessante Dinge zeigen können. Im Übrigen kann ich ja dann auch meine Gitarre holen, wenn wir sie tatsächlich brauchen“.

Wir kamen zum ersten Versuch heute. Ich nahm das Lineal, was ich zuvor aus meiner Schreibtischschublade geholt hatte und gab es Emil in die Hand. Es war so ein handelsübliches, 30 Zentimeter langes Plastiklineal, welches ich

wahrscheinlich schon zu meiner Schulzeit benutzt hatte. „Lege bitte jetzt das Lineal so auf den Tisch, dass das eine Ende des Lineals etwa zur Hälfte über die Tischkante schaut“, startete ich meinen Vortrag.

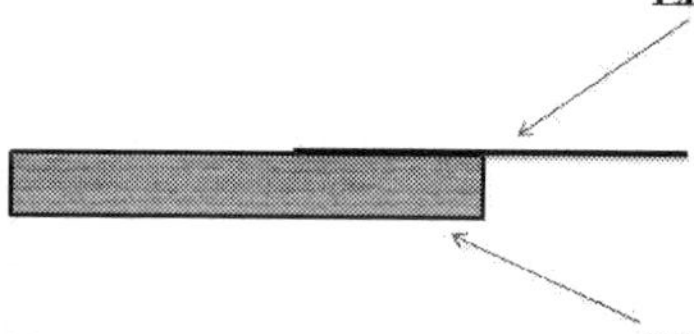

Emil tat wie ihm geheißen und fragte, was er dann machen sollte. „Jetzt drückst du mit der einen Hand die Seite des Lineals, welche auf dem Tisch liegt ganz fest auf den Tisch und zupfst mit der anderen Hand an dem frei überstehenden Teil des Lineals.“ Emil zupfte an dem Lineal und sogleich ertönte ein schöner, satter und tiefer Ton. Emil war begeistert.

„Das hört sich genauso an wie der Murphy, wenn ich ihn kraule“, sagte er. Murphy war unser alter Kater, der irgendwo auf der Couch lag und seinen Mittagsschlaf hielt. Als Emil noch ein Kleinkind war und kaum krabbeln konnte, suchte Murphy immer gleich das Weite, wenn Emil zu Besuch kam. Er konnte es nicht haben, wenn er von ihm am Schwanz gezogen und durchs Haus gescheucht wurde. Muffin war da anders. Sie war eine Katze und aus dem gleichen Wurf wie Murphy. Sie ließ alles mit sich machen und mochte Emil sehr. Leider ist Muffin schon vor einigen Jahren gestorben. Murphy ist jetzt

in die Jahre gekommen und hat sich mittlerweile an den Emil gewöhnt.

Ich erklärte ihm noch, dass durch das Schwingen des Lineals die Luft in Bewegung versetzt wird. Diese schnellen Luftbewegungen nennt man auch Schwingungen. Sie breiten sich ganz schnell in alle Richtungen aus und gelangen dann zu unserem Ohr. Emil konnte sich noch an unser damaliges Treffen erinnern, als ich ihm diesen Vorgang erklärt habe und nickte zustimmend.

„So und nun schiebst du das Lineal ein bisschen nach außen, so dass das Lineal ein bisschen mehr über die Tischkante hinausragt. Jetzt zupfst du wieder am Lineal und sagst mir was sich geändert hat. Emil zupfte wieder an dem Lineal. „Der Ton ist tiefer geworden!“, rief er aus und machte gleich noch mal ein paar Versuche. „Je weiter ich das Lineal herausschiebe, desto tiefer wird der Ton“, ergänzte er ganz erfreut.

Ich brauchte Emil gar nicht dazu motivieren, das Lineal in die andere Richtung zu schieben. Sogleich verkürzte er die Länge des überstehenden Anteils des Lineals und erkannte, dass der Ton immer höher wurde. Irgendwann war dann aber Schluss. Das Lineal konnte dann kaum noch in Schwingungen versetzt werden.

Danach forderte ich ihn auf, das Lineal nach dem zupfen ganz schnell nach vorne beziehungsweise nach hintern zu bewegen. „Aber sei vorsichtig. Nicht so weit. Nicht, dass das Lineal vorne rausrutscht“, ergänzte ich. Emil brauchte einige Versuchen und etwas Hilfestellung, konnte aber dann durch hin und herschieben und zupfen des Lineals, sich in der Tonhöhe verändernde Töne erzeugen. „Ganz wichtig

ist, je kürzer das Lineal von der Tischkante rausschaut und je schneller das Lineal schwingt, desto höher ist der Ton", erklärte ich ihm noch einmal abschießend und beendeten nun den Versuch mit dem Lineal.

Wer nicht hören kann muss fühlen

Bei dem Versuch mit dem Lineal habe wir eigentlich sehr schön sehen können, und ich meine das nicht im übertragenden Sinne, wie ein Ton durch Schwingungen entstehen kann, sich über die Luft fortpflanzt und dann über unsere Ohren hörbar wird. Hier diente der Holztisch als Resonanzkörper, der den erzeugten Ton verstärken kann.

Im nächsten Versuch können wir das Entstehen des Tons auch sehr leicht erkennen, wobei wir aber nun einen Teil unseres eigenen Körpers als Resonanzkörper verwenden wollen.

Wir brauchen dazu einen normalen dünnen Gummiring, den man in jeder gut sortierten Küchenschubladen finden kann. Zusätzlich zu dem Gummiring brauchen wir noch eine Schere, die ich ebenfalls schon vor Beginn der heutigen Sitzung bereitgelegt habe. Wieder soll Emil den Versuch von Anfang bis Ende durchführen. Es macht dann für ihn einfach mehr Spaß und der Lerneffekt ist auch gleich größer.

„So Emil", leitete ich den Versuch ein. „Jetzt nimmst du bitte die Schere und schneidest den Gummi an einer Stelle durch und legst die Schere dann wieder zur Seite. Die brauchen wir heute nicht mehr". Emil hatte jetzt ein circa 15 cm langes Gummiband in der Hand und fragte sich natürlich,

was er damit anfangen sollte. „Jetzt nimmst du das eine Ende des Gummis in den Mund und hältst es mit den vorderen Schneidezähnen fest“, begann ich erneut und deutete auf seinen Mund. „Das andere Ende des Gummis nimmst du zwischen den Zeigerfinger und den Daumen der linken Hand und ziehst so lange an dem Gummi, bis es straff zwischen dem Mund und den beiden Fingern der linken Hand spannt.“ „Jetzt musst du die Lippen leicht öffnen“, ergänzte ich. „Aber die Zähne müssen schon zusammen bleiben“, sagte ich schnell, als der Gummi zwischen seinen Zähnen herausflutschte und gegen seine Hand pfetzte. Emil fluchte leise, beschloss aber, es noch einmal zu versuchten und hatte jetzt, da er wusste worauf es ankam, gleich Erfolg. Er war jetzt für den Versuch bereit.

„Jetzt nimmst du bitte den Zeigefinger der rechten Hand und zupfst an dem Gummi“, forderte ich Emil auf. Er zupfte jetzt an dem gespannten Gummiband und es war ein leiser aber sanfter Ton zu hören. „Jetzt probiere mal den Mund, aber nicht die Zähne, ein bisschen zu öffnen und sage mir was sich verändert“. „Ja Opa, der Ton wird …“, entgegnete er. Just in diesem Augenblick schnalzte der Gummi aus seinem Mund und pfetze Emil ein zweites Mal gegen seine Hand. „Aua, das hat aber jetzt wehgetan Das ist aber ein blöder Versuch“, ergänze er mit schmerzverzerrtem Gesicht. „Du musst halt schon ein bisschen aufpassen. Aber du hast Recht. Der Ton wird lauter, wenn du den Mund ein bisschen weiter öffnen kannst. Das hat damit zu tun, dass dein Mund als Resonanzkörper fungiert, und den Ton verstärkt an die Umgebung abgibt. Wir hören ihn dann auch viel lauter.“

Emil machte jetzt ganz vorsichtig ein paar weitere Versuche mit dem Gummiband. Er versuchte den Mund während des Zupfens zu öffnen und zu schließen, um so die Lautstärke des Tons zu variieren.

Mittlerweile konnte er jetzt das Ende des Gummis mit den Vorderzähnen gut festhalten und trotzdem den Mund öffnen und schließen. Ich forderte ihn auf, wenn er jetzt an dem Gummi zupft, den Gummi etwas straffer zu ziehen. Er probierte es und sogleich veränderte sich der Ton in seiner Tonhöhe. „Siehst du Emil, das kannst du jetzt mit dem Stimmen deiner Gitarre vergleichen“. Auch hier können wir durch Drehen an der Mechanik die Tonhöhe einer Seite verändern und somit die Seite auf einen ganz bestimmten Ton einstellen. Wir beendeten den etwas schmerzhaften Versuch und wollten als nächstes noch mal sehen, ob wir einen etwas höheren Ton erzeugen können. Bisher waren die Töne immer sehr tief. So tief, dass wir die Schwingungen ja sogar sehen konnten.

Musik aus dem Weinglas

Für den folgenden Versuch habe ich ein großes Weinglas aus dem Küchenschrank geholt. Am besten geht ein Glas mit einem langen Stiel und einem glatten oberen Rand. Gläser aus sehr dünnem Glas sind besonders gut geeignet. Man muss aber sehr vorsichtig sein, da diese auch sehr leicht kaputt gehen können.

Ich füllte das Glas ungefähr zur Hälfte mit Wasser und stellte es vor Emil auf den Tisch. „So Emil, jetzt gehst du bitte mal ins Bad und wäscht dir gut die

Hände. Am besten mit viel Seife, damit deine Hände vollkommen sauber sind. Es darf vor allem kein Fett mehr auf dem Finger sein, sonst klappt der nächste Versuch nicht.“ Emil trottete ins Bad und man hörte wie er sich die Hände wusch. „Wenn du die Hände gewaschen und abgetrocknet hast, darfst du deinen rechten Zeigefinger wieder nass machen und kommst wieder zurück an den Esstisch“, forderte ich ihn auf. „Aber pass auf und tropfe nicht durch die ganze Wohnung“, ergänzte ich. Emil kam mit sauberen Händen und einem nassen Zeigefinger aus dem Bad zurück und setzte sich an den Esstisch.

„Emil, jetzt hältst du mit deiner linken Hand das Glas am Fuß fest, nimmst deinen nassen Zeigefinger, drückst ihn ganz vorsichtig auf die Glasumrandung und bewegst deinen Finger langsam um den Rand“, forderte ich ihn auf. „Aber nicht so fest, nicht dass das Glas kaputt geht“, ergänzte ich.

Zuerst hörte man gar nichts. Doch als ich Emil gesagt habe, dass er mal mit der Geschwindigkeit und mit dem Druck auf den Rand etwas variieren soll, hörte man hin und wieder einen hohen, klaren Ton. Nach ein paar Minuten Übung und nachdem er seinen Finger noch einmal angefeuchtet hatte, ging es dann schon viel besser. Er konnte den Ton sogar mehrere Sekunden aufrechterhalten und bewegte seinen Finger dabei mehrere Male um die Glaswand.

Ich erklärte Emil, dass durch das Entlangfahren mit dem Finger auf dem Rand des Glases, das Glas so in Schwingungen gerät, dass ein Ton erzeugt wird. Da das Glas auf unserm massiven Holztisch steht, der dabei als perfekter Resonanzkörper dient, erhielten

wir auch einen relativ lauten Ton. Emil war begeistert. Ich erklärte ihm auch noch, dass abhängig von der Wassermenge, die im Glas ist, sich die Tonhöhe verändert. Mehr Wasser im Glas erzeugt tiefere Töne, da das Wasser im Glas beim Erzeugen mitbewegt werden muss, und deshalb abgebremst wird und langsamer schwingt. Weniger Wasser erzeugt dann höhere Töne.

Emil war noch etwas am Probieren. Somit hatte ich etwas Zeit, mein Tablet PC zu aktivieren. Ich wollte Emil noch ein paar Beispiele zeigen, wie man mit solchen, mit Wasser gefüllten Gläsern auch Musik machen kann. Ich habe einfach auf meinem Tablet PC die YouTube App gestartet und den Begriff „Musik auf Wassergläser“ eingegeben und schon hatte ich eine Vielzahl an Beispielen, die ich Emil zeigen konnte. Es waren auch einige sehr virtuose Stücke dabei, die auch jeden Musiker faszinieren können. Echt klasse.

Eine Gabel nicht zum Essen

In einem weiteren, abschießenden Versuch wollte ich Emil nochmal zeigen, wie ein in Schwingung gebrachter Körper einen Ton erzeugen kann. Diesmal mit Hilfe einer Stimmgabel. Ich hatte mir eine kleine Stimmgabel im Internet bestellt.

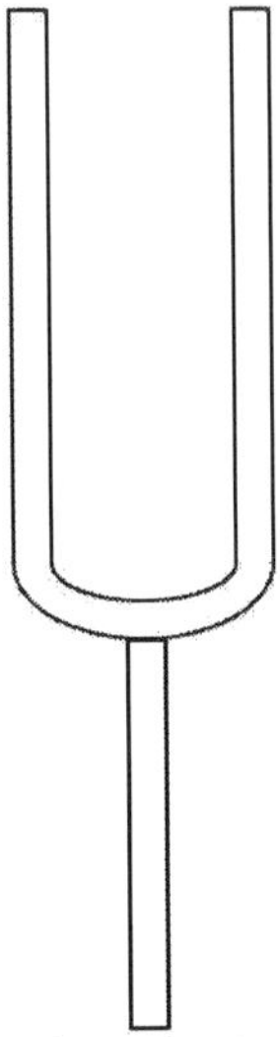

Stimmgabel

Dabei war ich echt erstaunt, was man für 3,65 Euro, inklusive Porto und Verpackung, so alles bekommen kann. Ich möchte natürlich nicht wissen, ob diese Stimmgabel genau die Vorgaben erfüllt, die eine professionelle Stimmgabel erfüllen muss. Also eine konstante Schwingung zu erzeugen, die genau 440 Herz (abgekürzt Hz) entspricht und den Ton a1 wiedergibt. Oftmals wird dieser Ton auch der Kammerton A genannt. So eine Stimmgabel ist auch für Sängerinnen, Sänger und Musiker ein kleines und handliches Hilfsmittel, dank dem sie wissen, wie hoch sie singen oder wie sie ihr Instrument stimmen müssen.

Um wieder zurück zur Physik zu kommen ist noch zu erwähnen, dass diese Schwingungen in Herz gemessen werden und ein Maß für die Anzahl der

Schwingungen pro Sekunde ist.

Ich zeigte Emil die Stimmgabel und gab ihm dazu die zuvor erläuterten Informationen. Er hörte mir gespannt zu und ich glaubte zu ahnen, dass er zuvor noch nie eine Stimmgabel gesehen, geschweige denn gehört hatte.

„Der Papa hat da aber eine App, wenn er seine Trompete stimmen muss!“, unterbrach er mich nach einer Weile ganz vorwurfsvoll. Auf diese Reaktion war ich ehrlich gesagt nicht vorbereitet. Mit aller Mühe versuchte ich ihm zu erklären, dass in der heutigen Zeit die Hilfsmittel zum Stimmen von Instrumenten moderner geworden sind, es aber wichtig ist, die Grundlagen zu verstehen. Nach einigen „Nein, aber …“ gab er dann endlich Ruhe und nachdem ich ihm dann erklärt hatte, dass die Entwickler dieser Apps auch wissen müssen, wie eine Stimmgabel funktioniert, hat er es dann schließlich auch eingesehen.

„So Emil, jetzt nimmst du mal die Stimmgabel und hältst sie am unteren Ende zwischen deinem Daumen und Zeigefinger deiner rechte Hand“, begann ich. „Die beiden Zinken müssen aber nach oben zeigen“, ergänzte ich sogleich als ich sah, dass er die Stimmgabel falsch herum halten wollte. „Jetzt schlägst du die Stimmgabel ganz vorsichtig so gegen die Tischkannte, dass ein Ton entsteht. Aber nicht gleich so fest. Nicht dass du uns Macken in den Tisch haust.“ Emil tat, wie im aufgetragen und man hörte einen leisen angenehmen Ton. Die Zinken schwingen dabei gegeneinander, das heißt, wenn die eine Zacke von einem weg schwingt, schwingt die andere Zacke auf einem zu. Das heißt auch, die Luft zwischen den Zinken wird einmal etwas verdichtet und einmal

etwas verdünnt. Diese winzigen Luftbewegungen breiten sich als Wellen aus und es entstehen Schallwellen.

Wie schon erwähnt, sind diese Schallwellen aber sehr leise, weil sie so klein sind. Genauer gesagt, die Auslenkung, man sagt auch Amplitude dazu, ihrer Schwingung ist sehr klein. Es ist schwierig, ihren Klang zu hören. Stellt man aber die angeschlagene Stimmgabel mit dem unteren Ende auf den Tisch, der dann als Resonanzkörper dient, wird der Klang viel deutlicher hörbar. Die harte Oberfläche schwingt nämlich mit der Stimmgabel mit, verstärkt die Schwingung und sorgt dadurch für einen lauteren Ton.

Genau das wollte ich Emil jetzt noch zeigen und forderte ihn jetzt auf, die Stimmgabel anzustoßen und dann mit dem unteren Ende auf den Tisch zu stellen. Er brauchte ein paar Versuchte bis es klappte, aber dann hörte man einen schönen, satten Ton. Emil war begeistert. Das Prinzip des Resonanzkörpers hatte ich ihm ja schon bei den vorhergehenden Versuchen erläutert. Aber hier macht sich der Unterschied besonders bemerkbar.

Zum Schluss erklärte ich Emil noch, dass verschiedene Lebewesen Töne unterschiedlich hören können. Eigentlich können fast alle Tiere besser hören, als wir Menschen. Auch ist es so, dass je älter man wird, je schlechter kann man hören. Kinder können viel höhere Schwingung wahrnehmen als ältere Menschen. Auch nimmt die Fähigkeit, leise Schwingungen wahrzunehmen im Alter deutlich ab.

Katzen dagegen, können vier Mal so schnelle Schwingungen wahrnehmen als wir Menschen und ein Igel ist sogar in der Lage, sehr hohe Töne zu

hören. „Aber ein Tier“, ergänzte ich. „ist in Sachen Hören Weltmeister. Es ist die Fledermaus. Sie kann acht Mal so hohe Töne wahrnehmen als du!“. Mit diesem Satz beendete ich unser heutiges Treffen und fragte Emil, wie es ihm heute so gefallen hat. „Spitze Opa, es macht echt Spaß“, entgegnete er. Ja, es macht ihm echt Spaß und mir auch.

KÖRPER II

„Der Fortgang der wissenschaftlichen Entwicklung ist im Endeffekt eine ständige Flucht vor dem Staunen.“

< Albert Einstein >

Seit der letzten Zusammenkunft waren wieder ein paar Wochen ins Land gegangen, Emil und ich hatten uns wieder für eine Stunde verabredet. Die Sommerferien waren schon in greifbare Nähe gerückt und wir wollten uns vorher noch einmal treffen. Ich wünschte mir, das Thema Körper noch etwas zu vertiefen und hatte mir dazu ein Buch von Wolfgang Wertenbroch „Einstieg in die Physik (Elementarwissen in der Grundstufe 1.-2. Schuljahr, siehe Anhang) näher angesehen, in welchem ich herrlich beschriebene Versuche gesehen habe, die ich in abgewandelter Form gerne aufgreifen wollte. Viele dieser Versuche kennt man von früher aus dem eigenen Physikunterricht, sind aber in diesem genannten Buch schön zusammengefasst.

Im Grunde gibt es schon sehr viel Literatur zu diesem Thema auf dem Markt, wobei einige Bücher viel Vorwissen voraussetzen und daher manchmal ungeeignet sind. Die Versuche, die ich in der nächsten Stunde machen wollte zeigen sehr deutliche, dass Körper einen gewissen Raum einnehmen. Das heißt, ein Körper hat ein gewisses Volumen und verdrängt somit das Medium in dem es sich gerade befindet. Das hört sich jetzt kompliziert und sehr unverständlich an, soll aber nur ausdrücken, wenn zum Beilspiel ein Auto über eine Straße fährt, das

Auto ständig die vor ihm existierende Luft verdrängt, deren Platz einnimmt und danach am Heck wieder freigibt. Man muss sich diesen Vorgang wirklich mal bildlich vorstellen. Und das ist gar nicht mal so leicht. Und da wir die Luft nicht sehen können auch nicht gut vorstellbar.

Da wir Luft nicht sehen können, sind wir immer dazu geneigt, den Raum der uns umgibt zu ignorieren. Ein fahrendes Auto ist für uns so selbstverständlich, dass wir eigentlich gar nicht darüber nachdenken und schon gar nicht irgendwelchen physikalischen Prozessen zuordnen. In der Physik nennt man diesen Prozess übrigens Verdrängung. Und wenn man wieder zu unserem Beispiel mit dem Auto zurückkommen möchten, dann wäre hier auch noch der Begriff des Luftwiederstand zu erwähnen. Je kleiner nämlich der Luftwiederstand eines Autos ist, umso leichter lässt sich die Luft, die sich vor dem Auto befindet verdrängen und umso weniger Energie wird benötigt.

Wir wollen jetzt aber wieder zu unserem Versuch zurückkommen. In ein paar Minuten steht Emil vor der Tür und ich habe noch nicht alles zusammen was ich für unser Zusammentreffen brauche. Da es nicht gerade sehr anschaulich ist, ein Spielzeugauto über den Tisch fahren zu lassen, und in diesem Zusammenhang die Verdrängung eines Mediums (Luft) durch einen Körper zu erklären, habe ich als Medium Wasser gewählt. Mit Wasser kann man sehr viele anschauliche Versuche zeigen und das Thema gut darstellen.

Alles bleibt trocken

Für den ersten Versuch habe ich einen großen, durchsichtigen Messbecher aus dem Küchenschrank genommen. So einen, mit dem man Mehl und andere Lebensmittel portionieren kann. Aber ein Liter sollte er schon haben, sonst tun wir uns nachher schwer bei der Versuchsdurchführung. Dazu brauchen wir ein schmales Glas, ein Papiertaschentuch und natürlich Wasser. Das lassen wir aber noch in der Leitung.

Schon klingelt es an der Tür. Ich machte auf und sah sofort den dicken Verband um Emils rechter Hand. „Na, mal wieder zu schnell mit dem Fahrrad um die Ecken gerast?“, fragte ich ihn. „Ja, ich wollte doch nur Noah überholen, und als erster am Spielplatz sein“, entgegnete er. „Und warst du?“, fragte ich. „Nein“, entgegnete er und fing an zu grinsen.

Emil war jetzt in einer Phase, in der alles nicht schnell genug gehen konnte. Schnell essen, schnell Hausaufgaben machen und natürlich schnell Fahrradfahren. Aber auch dies geht vorbei. Und wenn er sich nicht ernsthaft verletzt, ist ja alles gut. Emil setzte sich wie immer auf seinen angestammten Platz

und wartete was passieren würde. „Emil, vor einigen Monaten habe ich dir doch etwas über Körper erzählt. Was für verschiedene Formen es gibt und auch deren Eigenschaften erklärt“, begann ich meinen Vortrag und deutete nochmal auf die Kugel, den Zylinder und den Würfel die in der Forscherkiste lagen. „Heute möchte ich dir nochmal etwas über Körper erzählen, aber eher darauf eingehen, wie die Körper die Umwelt beeinflussen. Um genauer zu sagen, wie die Körper mit ihrer Umgebung reagieren.“

Ich setze mich Emil gegenüber und forderte ihn auf, das Papiertaschentuch in das Glas zu stopfen und umgekehrt in den Messbecher zu stellen. Natürlich sollte Emil den Versuch wieder selber durchführen. „Es ist besonders wichtig, das Papiertaschentuch ganz tief ins Glas zu stecken, nicht dass der Versuch dadurch in die Hosen geht“, unterstützte ich seinen Versuchsaufbau und kontrollierte alles nochmal, als er fertig war.

Natürlich wunderte er sich, was jetzt als nächstes kommen würde. Aber er tat was ihm aufgetragen wurde und schaute mich dann fragend an. „Schau Emil, vor dir steht jetzt ein Messbecher. In dem Messbecher steht ein umgestülptes Glas mit einem reingestopften Papiertaschentuch“, wiederholte ich nochmal den Versuchsaufbau. „Ja, Opa. Alles klar“, erwiderte er. „Kannst du mir jetzt bitte sagen, wo sich überall Luft befindet“, fragte ich ihn. Er dachte eine Weile nach und begann aufzuzählen, wo er meinte, dass sich jetzt Luft befand. „Im Messbecher und außerhalb des Messbechers“, sagte er und zeigte auf die genannten Orte. „Da hast du recht“, erwiderte

ich. „Wir dürfen aber nicht vergessen, dass sich in dem mit einem Papiertaschentuch vollgestopften Glas ebenfalls Luft befindet.“ Emil musste mir Recht geben und schaute sich das Ganze noch einmal an. „So, jetzt machen wir folgendes“, begann ich zu erzählen. „Ich hole jetzt noch eine Teekanne aus dem Küchenschrank und fülle diese mit Wasser. Du bleibst hier sitzen.“. Die gefüllte Teekanne gab ich Emil und forderte ihn jetzt auf, ganz vorsichtig Wasser in den Messbecher zu schütten. „Am besten ist es, wenn du den Strahl auf das Glas richtest. Aber ganz langsam schütten.“ „Und wenn das Glas noch circa zwei Zentimeter rausschaut, kannst du aufhören, dann ist es genug.“

Nach ein paar Sekunden ist die ausreichende Menge im Messbecher und Emil hört auf zu schütten. Er betrachtete sein Werk und fragte wie es weitergeht.

„Jetzt wirst du ganz vorsichtig das umgestülpte Glas aus dem Wasser ziehen. Du darfst es aber nicht kippen. Immer schön grade halten“, erwiderte ich. Emil zog das Glas vorsichtig heraus und stellte es, immer noch umgestülpt, auf den Tisch. Zuvor hatte ich noch ein Geschirrtuch aus dem Schrank genommen und auf dem Holztisch ausgebreitet. Hier konnte Emil das Glas abstellen ohne gleich den schönen Holztisch nass zu machen. Er wusste immer noch nicht, auf was ich rauswollte und fragte mich, was er jetzt als nächstes tun sollte. „Jetzt kippe das Glas bitte um und ziehe das Papiertaschentuch heraus.“ Das Papiertaschentuch ist ja vollkommen trocken!“, rief er erstaunt aus und überlegte sich, wie das nur sein konnte. Ich erklärte Emil, dass ja unter

dem mit einem Papiertaschentuch ausgestopften Glas auch Luft war und als er das Wasser in den Messbecher geschüttet hatte, die eingeschlossene Luft nicht entweichen, beziehungsweise nicht verdrängt werden konnte. Und somit blieben der Innenraum des Glases und damit auch das Papiertaschentuch vollkommen trocken. Das Wasser konnte die Luft nicht verdrängen.

Emil war schon etwas verblüfft, hatte er doch erwartet, dass er ein triefend, nasses Papiertaschentuch aus dem Glas popeln müsse.

Jetzt passierte etwas, was ich eigentlich nicht erwartet hatte. Er wollte den Versuch noch einmal wiederholen. „Du traust mir nicht! Denkst es wäre ein Zaubertrick“, entgegnete ich.

Emil wiederholte jetzt noch einmal den Versuch. Schüttete das Wasser aus dem Messbecher, stopfte ein frisches Papiertaschentuch in das Glas und stellte dieses umgekehrt in den Messbecher. Dann goss er langsam Wasser darüber und beobachtete dabei ganz genau, ob das Wasser auch in das umgekippte Glas eindrang. Als er schließlich das Glas wieder vorsichtig aus dem mit Wasser gefüllten Messbecher zog und das Papiertaschentuch untersuchte, musste er mir schließlich Recht geben.

Und als ich ihm dann noch einmal erklärte, dass ja die eingeschlossene Luft nirgends entweichen konnte, hat er den Versuch auch wirklich verstanden.

Bevor wir uns dem nächsten Versuch widmen wollten, erklärte ich Emil noch, wenn er diesen Versuch mal bei Freunden zeigen wollte, er darauf achten sollte, dass das Glas schon eher dickwandig und somit schwerer sein sollte. Erstens kann es nicht so schnell kaputt gehen und zweitens könnte es sein,

dass das Glas durch seinen Auftrieb, beim einlassen des Wassers, gar nicht auf dem Boden des Messbechers stehen bleibt und umkippt. Man sollte den Versuch also vorher mal ausprobieren.

Der Pegel steigt

Wir machten eine kleine Pause und ich fragte Emil, ob er einen Schokoladenriegel haben wolle. Ich meine er hat es bisher richtig gut gemacht und eine kleine Leckerei wirklich verdient. Er nahm natürlich dankend an und wir gönnten uns beide einen Riegel. Wenn ich ehrlich bin, war ich ja derjenige, der ein Stücken Schokolade wollte, aber das braucht ich Emil ja nicht zu sagen. Manchmal glaube ich aber, dass er mich ganz genau durchschaut und einfach mitspielt.

Beim nächsten Versuch benutze ich eigentlich genau die gleichen Utensilien wie beim vorhergehenden, nur brauche ich hierfür kein Papiertaschentuch.

Aus dem letzten Versuch hatten wir noch etwas Wasser im Messbecher und ich forderte Emil auf, das Wasser bis zur nächsten Markierung hin aufzufüllen. Der Messbecher besaß mehrere Skalen. Eine davon war für Flüssigkeiten gedacht und unterteilte die Skala in zehn Schritten zu je hundert Milliliter. Ich zeigte ihm die vierte Markierung und sagte, dass dies ein schöner Startwert für den nächsten Versuch wäre. Ganz vorsichtig füllte Emil das Wasser nach und stoppte erst, als er die anvisierte Markierung ziemlich genau erreicht hatte. Gute Arbeit dachte ich. Er hat seine Sinne schon ganz gut im Griff. Trotz seines dicken Verbands. Ich staune sowieso immer, wie

interessiert und aufgeschlossen er bei den Versuchen ans Werk geht. Der Grundstein für seine Aufnahmebereitschaft wurde sicherlich schon in der Zeit im Montessori Kindergarten und später in der Montessori Schule gelegt.

Der mit vierhundert Milliliter Wasser gefüllte Messbecher war jetzt für den nächsten Versuch vorbereitet und ich erklärte Emil, was jetzt als nächste Schritte folgen würde. Emil musste jetzt ganz vorsichtig das Glas nehmen und mit der Öffnung nach unten in den gefüllten Messbecher stellen. Zuvor sollte er sich aber genau einprägen, an welcher Markierung sich der Pegel des Wassers befand. Auch machte ich ihn darauf aufmerksam, den Pegel beim Einsetzen des Glases zu beobachten. Dabei sollte er ganz vorsichtig hantieren, damit die Oberfläche des Wassers nicht so sehr ins Schwanken kommt.

Jetzt war er an der Reihe und fing an, das Glas einzutauchen. „Ui“, stieß er aus, als er das Glas fast bis an den Boden des Messbechers eingetaucht hatte. „Das Wasser steigt ja!“. Sogleich begann er damit, das Glas langsam nach unten und nach oben zu bewegen und dabei ganz genau den Pegel des Wassers zu beobachten. „Setz das Glas mal ab und versuch mal abzulesen, wo der Wasserpegel sich gerade befindet“, forderte ich ihn auf. „Die Wasserlinie reicht jetzt fast bis an die sechste Markierung“, entgegnete er. Und tatsächlich hat sich der Wasserspiegel um einhundertachtzig Milliliter gehoben.

Ich dachte kurz nach und ja, das konnte ungefähr hinkommen. Das gewählte Glas kann einen Inhalt von ungefähr zweihundert Milliliter aufnehmen, ragte aber noch ein wenig aus dem Wasser heraus. Ich

erklärte Emil jetzt die Zusammenhänge und bezog mich dabei auch auf die Ergebnisse des vorangegangen Versuchs. Wieder ist wichtig zu erkennen, dass die Luft aus dem Glas nicht entweichen kann und somit das Glas als ein Zylinder zu betrachten ist. Auch erklärte ich ihm, dass beim eintauchen des Glases das Wasser nach oben verdrängt wird und den Wasserspiegel steigen lässt. Dabei hob und senkte ich nochmal das Glas, um ihm die Sache nochmals zu verdeutlichen.

Um das ganze Thema noch weiter zu beleuchten, nahm ich das Glas aus dem Messbecher und füllte den Messbecher weiter bis zur sechsten Markierung mit Wasser und stellte das Glas mit der Öffnung nach unten wieder hinein. Jetzt war das Glas vollständig im Wasser eingetaucht.

„Emil, kannst du jetzt bitte nochmal schauen, bei welcher Markierung sich jetzt der Wasserspiegel befindet?“, fragte ich ihn. „Ich denke er müsste jetzt knapp über der achten Markierung sein“, ergänze ich. Und tatsächlich pendelte sich der Wasserspiegel bei circa achthundertzwanzig Milliliter ein. Das entspricht genau dem Volumen des Glasinhalts. Genauer gesagt, dem Volumen des Glasinhalts plus des Volumens innerhalb der Glaswände.

Ich machte Emil noch darauf aufmerksam, dass man diese Messmethode sehr leicht dafür nutzen kann, um das Volumen sehr komplizierter Köper zu ermitteln. Dabei erklärte ich ihm noch mal den Begriff Volumen, der nichts anderes bezeichnet, als den Platz, den ein Gegenstand in einem Medium einnimmt. Für einige Körper, zum Beispiel einem Würfel, ist das Volumen sehr leicht zu berechnen. Bei anderen Körper dagegen eher schwierig. Weiter

wollte ich nicht darauf eingehen, da ihm dazu einfach die Grundlagen fehlten. Ich deutete nur noch darauf hin, dass er dazu später, in der Schule noch viel erfahren würde.

Flaschenpost

Als Abschluss für den heutigen Tag wollte ich Emil noch einen einfachen Versuch zeigen, der aber nochmal ganz deutlich machen sollte, dass sich Luft nicht einfach verdrängen ließ. Dazu habe ich eine leere, einen Liter fassende, Plastikflasche aus dem Keller geholt und mir einen Luftballon besorgt.

Meine Frau hatte ein ganzes Arsenal von Luftballons. In verschiedenen Größen und auch eine dazugehöriges Ballonpumpe. Man bekommt so eine Pumpe in jedem Spielwarenladen oder natürlich im Internet. Ich wählte einen Ballon in mittlerer Größe. Die Farbe war natürlich egal. Emil kannte sich mit der Pumpe schon recht gut aus und ich forderte ihn auf, den Ballon mal aufzupumpen, um einfach mal ein Gefühl zu bekommen, wie groß er werden kann und wieviel Kraft man dafür aufwenden muss. „Und was kommt jetzt?“, fragte er mich, als er den Ballon aufgepumpt hatte und er so ungefähr einen Durchmesser von dreißig Zentimeter besaß. „Jetzt merkst du dir die ungefähre Größe des Ballons und lässt die Luft wieder entweichen“, entgegnete ich. Sichtlich enttäuscht über meine Anweisung ließ er den Ballon los und er schoss im hohen Bogen durchs Zimmer. „Emil, bitte ein bisschen mehr Aufmerksamkeit. Das gehört alles mit zu unserem Versuch!“, reagierte ich auf seine Aktion. „Bitte hebe den Ballon wieder auf!“. „Du steckst jetzt den Ballon

bitte durch den Hals der Plastikflasche. Aber so, dass der Ballon nicht in die Flasche fällt und du die Ballonöffnung noch festhalten kannst.“ Emil tat wie im Geheißen und fummelte den Ballon so weit in die Flasche, bis er nur noch die Öffnung des Ballons zwischen Zeigerfinger und Daumen festhielt.

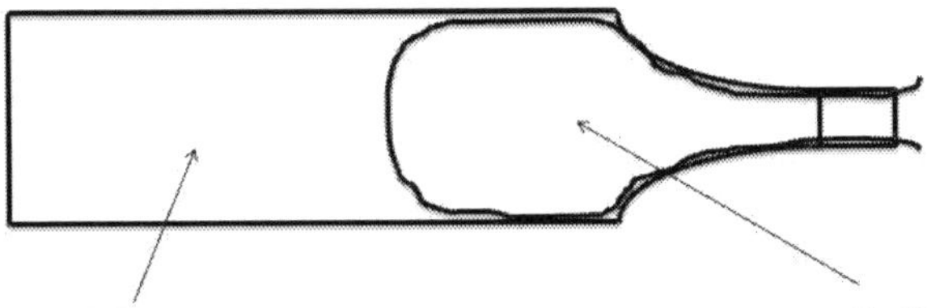

„Jetzt stülpst du bitte die Ballonöffnung über den Stutzen der Ballonpumpe und versuchst, langsam Luft in den Ballon zu pumpen.“ Langsam füllte sich der Ballon. Als aber der praller werdende Ballon die Öffnung des Flaschenhalses von innen verschloss, ging plötzlich gar nichts mehr.

Emils Blick war wie versteinert, hatte er doch erwartet, dass er den Ballon soweit aufpumpen konnte, bis er den kompletten Innenraum der Plastikflasche ausgefüllt hätte. Aber je fester er jetzt pumpte, desto mehr drückte der Ballon auf den Flaschenhals und verhinderte, dass die Luft aus der Flasche entweichen konnte.

„Siehst du, das hast du jetzt nicht erwartet, oder?“, fragte ich ihn. Bei meiner Frage konnte ich auch eine gewisse Schadensfreude nicht unterdrücken. „Warum kann ich den Luftballon nicht weiter aufpumpen?“ Er schaute mich bei dieser Frage schon fast flehend an und erwartete auch sofort eine Antwort.

„Kannst du dich noch an die vorhergehenden Versuche erinnern?“, fing ich an, die Frage zu beantworten. „Du hast ja gelernt, dass sich Luft, wenn sie eingeschlossen ist, nicht so einfach verdrängen lässt. Und hier ist es genauso. Durch das aufblasen des Luftballons wurde der Hals der Plastikflasche verschlossen und die in der Flasche befindliche Luft hat keine Chance zu entweichen. Und wenn du jetzt weiter in den Ballon bläst, dann wird das Volumen des Ballons größer und braucht mehr Platz. Diesen Platz bekommt er aber nicht, weil in der Flasche schon etwas drin ist.“ Emil schaute ungläubig in die dursichtige Flasche. „Auch wenn man es nicht sieht. Es ist Luft darin. Und das ist der Grunde, dass du den Ballon nicht weiter aufblasen kannst.“. Emil war immer noch baff, begriff aber langsam, was der Grund dafür war, dass der Ballon nicht größer wurde. „So und jetzt zeige ich dir noch, wie du trotzdem den Ballon soweit aufblasen kannst, dass der Ballon den ganzen Innenraum der Flasche ausfüllt. Ich ging in die Küche und zog einen Trinkhalm aus der Küchenschublade und steckte ihn durch die Öffnung des Flaschenhalses. Dazu musste Emil etwas Luft aus dem Ballon lassen, damit der Trinkhalm auch durchpasste. Danach forderte ich Emil wieder auf, Luft mit der Ballonpumpe in den Ballon zu pumpen. „Jetzt müsste es gehen. Nun hat die Luft, die sich noch in der Flasche befindet die Möglichkeit, durch den Trinkhalm nach draußen zu entweichen“, erklärte ich ihm und sagte, dass er weiterpumpen solle. Und tatsächlich wurde der Ballon immer größer und größer, bis er die Plastikflasche gänzlich ausfüllte. Jetzt hatte Emil es wirklich verstanden und wir beendeten den heutigen Tag.

LICHT

„Eine gute wissenschaftliche Theorie sollte einer Bardame erklärbar sein.“

< Ernest Rutherford >

Der Herbst meldet sich mit seinen Vorboten und die Sommerferien neigen sich auch schon dem Ende zu.

Emil wird in die zweite Klasse wechseln und ich wollte ihm noch ein Thema mit auf dem Weg geben, welches, wenn man sich näher damit befasst, neben dem Thema Zeit, zu einem der schwierigsten Themen zählt, was die Physik zu bieten hat.

Es geht diesmal um die Optik und im Speziellen um das Thema Licht. Als ich mich im Vorfeld unseres Treffens damit befasst habe, sah ich gleich, dass es nicht einfach werden würde, dieses Thema kindgerecht zu verpacken. Licht kann man nicht anfassen. Licht breitet sich unwahrscheinlich schnell aus. Schneller geht es nicht! Licht macht einfach nur hell. Wie hell es macht, hängt von der Größe und Stärke der Lichtquelle ab, mit der es erzeugt wird. "Wo viel Licht ist, ist starker Schatten", sprach Götz von Berlichingen aus der Feder von Johannes Wolfgang von Goethe. Umgangssprachlich wurde daraus „Wo Licht ist, ist auch Schatten“. Wer als Kind im Physikunterricht aufgepasst hat weiß, dass das stimmt. Auch wenn damals Goethe und wir heute dieses Zitat ganz anders benutzen.

Wie entsteht Licht?

Emil saß schon am Esstisch und wunderte sich, dass der Tisch fast leer war. Er war es von unseren vorhergehenden Treffen gewohnt, dass schon zu Beginn einige Utensilien auf dem Tisch lagen und er sich schon ein ungefähres Bild machen konnte, mit was er es heute zu tun bekam. Aber diesmal musste ich ihn enttäuschen. Ich hatte mich diesmal sehr gut vorbereitet. Aber alle Experimente, die ich mir zum Thema Licht zusammengesucht, beziehungsweise umgestaltet hatte, konnte ich mit Hilfe von alltäglichen Gegenständen durchführen oder wurden allein in unseren Köpfen durchgeführt. Sozusagen als Gedankenexperiment.

Der große Physiker Albert Einstein war ein Meister des Gedankenexperiments. Viele seiner, nur im Kopf durchgeführten Versuche, konnten aus technischen Gründen erst Jahrzehnte später praktisch wiederholt werden und blieben dadurch lange Zeit eine Theorie. Aber jedes Mal war er auf der richtigen Fährte.

Ich begann unser heutiges Treffen also etwas theoretisch und setzte mich ebenfalls an den Esstisch. „Emil“, begann ich meinen Vortrag. „Weißt du eigentlich wofür wir das Licht brauchen. Oder anders gefragt, wenn es kein Licht gäbe, was würde dann passieren?“ „Ja, dann würden wir nichts mehr sehen! So wie in der Nacht, wenn ich schlafe und die Rollladen unten sind“, antwortet er mir und war erleichtert, dass er für mich eine zufriedenstellende Antwort gegeben hatte. Ich war wirklich zufrieden, denn den Zusammenhang zwischen Licht und Sehen muss man erst einmal herstellen können. Wir sehen

Gegenstände, weil sie das von einer Lichtquelle erzeugte Licht reflektieren. Ohne Licht geht das nicht. Aber dazu später mehr. „Ja und weißt du auch, wie man Licht erzeugen kann? Kannst du mir ein paar Beispiele für Lichtquellen sagen?“, fragte ich ihn weiter. „Meine Taschenlampe, die ich in meinem Zimmer habe“, antwortete er. „Immer wenn ich nachts aufwache und ich muss aufs Klo, dann schalte ich zuerst meine Taschenlampe ein, damit ich in meinem Zimmer was sehen kann“. „Ja und kennst du noch weitere Lichtquellen?“, bohrte ich weiter nach. Emil überlegte weiter und nannte nacheinander verschiedene Lichtquellen. Dabei waren auch die Scheinwerfer eines Autos, die Straßenlaternen und auch die elektrischen Kerzen am Weihnachtsbaum. „Aber Emil, eine sehr wichtige Lichtquelle hast du doch jetzt vergessen! Eine die wir jetzt gerade im Moment nutzen. Sonst würden wir uns doch hier gar nicht sehen“, fragte ich ihn vorwurfsvoll. Aber Emil konnte sich nicht vorstellen, auf was ich jetzt hinaus wollte.

Je mehr er darüber nachdachte, desto ungeduldiger wurde er. „Es ist die Sonne, draußen am Himmel“, erlöste ich ihn. Seine Augen leuchteten und er ließ sich zufrieden zurückfallen.

Ja, ohne die Sonne würden wir nichts sehen. Wir bräuchten immer irgendeine elektrische Lampe oder müssten ein Feuer machen, um die Gegenstände in unserer Umgebung optisch wahrzunehmen. Man unterscheidet übrigens zwischen natürlichen und künstlichen Lichtquellen. Natürliche Lichtquellen sind eigentlich alle Lichtquellen die in unserer Natur vorkommen und ohne Eingreifen von außen Licht erzeugen können. Also ohne dass der Mensch dabei

eingreift. Dazu gehört zum Beispiel unsere Sonne, das Licht von Blitzen, die Polarlichter aber auch das Leuchten der Glühwürmchen. Unter künstliche Lichtquellen verstehen wir Lichtquellen, die von uns Menschen erzeugt werden. Dazu zählen alle Arten von elektrischen Lampen oder Kerzen oder das Licht einer Petroleumlampe.

Vorsichtiger müssen wir beim Mond sein. Er gehört weder zu den natürlichen noch zu den künstlichen Lichtquellen. Er ist einfach nur ein Körper, der von der Sonne angestrahlt wird und der sein Licht an die Erde weitergibt. Man sollte mal darüber nachdenken, wenn man das nächste Mal den Vollmond in seiner vollen Pracht am Nachthimmel sieht.

Bei den Planeten ist es übrigens gleich. Auch sie leuchte nicht selber sondern werden von unserer Sonne angestrahlt. Anders dagegen ist es bei den Sternen, die wir in einer klaren Nacht am Himmel sehen. Sie zählen auch, wie unsere Sonne, zu den natürlichen Lichtquellen. Ergänzend sollte man noch erwähnen, dass man sowohl von Lichtwellen als auch von Lichtstrahlen sprechen kann. Es kommt ganz darauf an, wie man es „sieht", das Licht. Als elektromagnetische Welle oder als energetische Photonen. Beide Eigenschaften kann man in Versuchen nachweisen. Weiter wollen wir uns aber nicht damit befassen und für Emil ist das Zukunftsmusik.

Auf eine Sache wollte ich Emil aber dennoch hinweisen, weil es in diesem Zusammenhang oft schon mal zu Irritationen gekommen ist. Vor einigen Jahren noch hat man die Helligkeit einer Lichtquelle immer mit der Wärmestrahlung, welches sie

ausstrahlte, in Verbindung gebracht. Vor der Zeit der Sparlampen, LED-Lampen und anderen Kaltlichtquellen wurde zu Recht behauptet, dass je heller eine Lampe ist, desto heißer sie auch wird. Eine 5 Watt Glühlampe konnte man locker mit der Hand anfassen, bei einer 40 Watt Glühlampe verbrannte man sich dagegen schon die Finger. Wie gesagt, heute ist dieser Zusammenhang nicht mehr gegeben, da es viele Lichtquellen gibt, die sehr hell leuchten, dabei aber kalt bleiben.

Wie sehen wir?

„Schau dir doch mal diesen Apfel an“, schritt ich in meinen Erklärungen fort. „Kannst du mir bitte, mit dem was du in den letzten Minuten gelernt hast, erzählen, was alles notwendig ist, damit du diesen Apfel sehen kannst?“

In unserer Gegend hatte die Apfelernte dieses Jahr schon recht früh begonnen und so konnte ich auf ein paar herrliche, knallrote Anschauungsobjekte zurückgreifen, die meine Frau in einer Obstschale auf dem Esstisch aufgestellt hat.

„Ja Opa, das wichtigste ist Licht!“, entgegnete er. „Das habe ich gelernt“, ergänzte er. „Ja da hast du vollkommen Recht“, entgegnete ich. „Ohne Licht können wir nichts sehen. Aber was passiert denn genau, wenn du diesen Apfel siehst?“ Emil schaute etwas ratlos und ich erklärte ihm die Zusammenhänge.

Wir haben also gelernt, dass das Licht, welches in einer Lichtquelle, in unserem Fall die Sonne, erzeugt wird, auf den Apfel trifft. Dort wird es von der Oberfläche des Apfels reflektiert und an unser Auge

weitergegeben. Unser Auge nimmt die Lichtinformation auf und gibt diese an unser Gehirn weiter. In unserem Gehirn entsteht damit das Bild eines Apfels, den wir somit sehen.

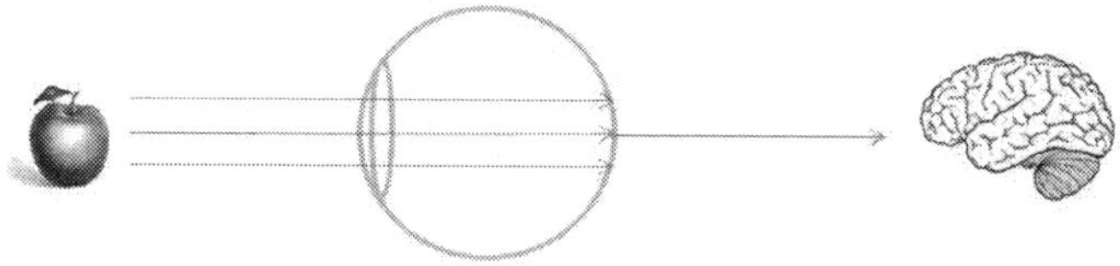

Ein roter Apfel

„Emil, vorher habe ich dir ja erklärt, wenn das vom Apfel reflektiert Licht auf unser Auge trifft, wir dadurch den Apfel sehen können“, setzte ich meine Ausführungen fort. „Aber weißt du auch, warum wir den Apfel so schön rot und die Banane so herrlich gelb sehen?“, schob ich eine Frage hinterher. Ich erwartete eigentlich keine Antwort und ich merkte auch, dass er sich diese Frage noch niemals gestellt hatte. „Nein Opa, ich habe keine Ahnung“, erwiderte er knapp. „Kannst du mir das bitte erklären?“ „Weißt du Emil“, begann ich. „Ohne Licht würde es eigentlich keine Farbe auf der Welt geben. Die meisten Lichtquellen senden ein weißes Licht aus. Genauso wie zum Beispiel unsere Sonne. In diesem weißen Licht sind alle verschiedenen Farben enthalten. Die Farben bilden sozusagen, alle zusammen, das weiße Licht. Und würde eine Farbe fehlen, so würde das Licht nicht mehr weiß

erscheinen. Scheint jetzt so ein weißes Licht auf einen roten Apfel, dann wird nicht das ganze Licht, sondern nur die Teile des Lichtes reflektiert, welche die gleiche Farbe haben wie das des Apfels.“ Der Vollständigkeit halber ist hier wieder zu erwähnen, dass die unterschiedlichen Farbtöne des Lichts, man nennt sie auch Spektralfarben, durch die unterschiedlichen Wellenlängen repräsentiert werden. Aber dies Emil zu erklären würde jetzt zu weit führen. Eigentlich schon erstaunlich. Man muss sich mal vorstellen, dass schon Isaac Newton Ende des 17. Jahrhunderts herausgefunden hat, dass sich das Licht aus verschiedenen Farben zusammensetzt. Nämlich Rot, Grün und Blau, die Haupt- beziehungsweise Primärfarben heißen. Übrigens sehen wir nur ungefähr 40 Prozent der im Sonnenlicht enthaltenen Farben. Man nennt diesen Bereich auch das Sichtbare Licht. Alle anderen Farben sind uns verborgen und liegen im ultravioletten, beziehungsweise im infraroten Bereich.

Wenn im Sommer, nach einem Gewitterregen der Himmel wieder aufreißt und wir dann das kreisförmige Lichtband eines Regenbogens betrachten, sieht man sehr schön die Anordnungen der Farben des sichtbaren Lichts. Zuerst das Violett, welches sich an dem nicht sichtbaren ultravioletten Licht anschließt. Dann sehen wir die Blautöne, die sich immer heller werdend, bis in den grünen Bereich bewegen. Oftmals ist der Bereich zwischen Blau und Grün so fließend, dass wir nicht entscheiden können, zu welcher Farbe wir einen Farbton zählen sollen. Danach folgen Gelb, Orange und Rot bis das Licht wieder in den für uns nicht sichtbaren, infraroten Bereich verschwindet. Der Regenbogen entsteht

übrigens durch Brechung des Sonnenlichts in den Regentropfen. Das Sonnenlicht tritt in den Tropfen ein und wird dabei in seinen Farbkomponenten zerlegt.

Gehen wir ins Wasser, sehen wir sogar noch interessantere Phänomene. Je tiefer wir tauchen, desto farbloser wird es. Zuerst verschwinden die Rotanteile, dann die orangen, die gelben und schließlich die grünen Teile des Lichts. Die blauen Anteile werden am wenigsten geschluckt und am stärksten vom Grund reflektiert. Ein Grund warum das Meer so blau ist.

Ist der Grund dann so tief, dass kaum noch Licht den Boden erreicht, nimmt auch die Blaufärbung ab und das Meer wirkt sehr dunkel. Ist dagegen an Küstengebieten das Wasser sehr seicht und der Meeresgrund mit hellem Sand bedeckt, dann können auch die noch vorhandenen Grünanteile des Lichts sehr gut reflektiert werden und das Wasser erscheint in dem so charakteristischen Karibikblau.

„Ja Opa, dann kommt also nur das rote Licht des Apfels an mein Auge?“, fragte mich Emil und unterbrach mich in meinen gerade aufkommenden Urlaubsgedanken. „Und wenn ich eine Banane anschaue, nur das gelbe?“, ergänzte er. „Ja Emil, du hast vollkommen recht. „Ja und was ist, wenn der Apfel genau neben der Banane liegt. Woher weiß denn mein Auge, was zu was gehört?“, fragte er und ich musste kurz mal schlucken. Auf so eine Frage war ich erst einmal nicht vorbereitet. „Weißt du Emil“, versuchte ich die Situation zu retten. „Der Ausschnitt, also das Bild, das du mit deinen Augen siehst, wird an der Rückwand des Auges auf eine Leinwand produziert. Das kannst du dir auch ungefähr so

vorstellen, wie wenn du dir im Kino einen Film auf der riesigen Leinwand ansiehst. Nur ist diese Leinwand, man nennt sie auch Netzhaut, in deinem Auge viel, viel kleiner und mit ganz vielen Zapfen und Stäbchen bestückt. Diese Zapfen und Stäbchen können die einfallenden Farben wieder auseinanderhalten und die Form des roten Apfels oder der gelben Banane werden mit Hilfe von Impulsen durch die Nervenbahnen an das Gehirn weitergeleitet. Das Gehirn macht dann daraus wieder ein Bild.“

Langsam merkte ich jetzt, dass Emil das Thema gedanklich erst einmal verarbeiten musste. Nicht, dass ich den Eindruck bekommen hätte, dass er es nicht verstanden hat, nein ich glaube, ich muss ihm jetzt ein bisschen Zeit geben, über das Erfahrene nachzudenken.

Ich fragte ihn, ob er eigentlich Fragen zu diesem Thema hätte, aber er verneinte. Für ihn war wichtig, dass er sich die Vorgänge noch einmal bewusst werden lassen konnte und ich verabschiedete mich mal kurz auf die Toilette.

Ich kam zurück und war eigentlich davon überzeugt, dass Emil mich mit Fragen bombardieren würde. Aber er formulierte nur eine Frage. Eine Frage, die es in sich hatte. „Opa, wie funktioniert eigentlich mein Gehirn?“, kam es ganz präzise aus seinem Mund. In seinem kleinen Gehirn ratterte es, und ich glaube, er braucht jetzt eine Antwort damit er sein Gedankenbild, das sich in den letzten Minuten gebildet hatte, abrunden konnte. „Weißt du“, begann ich vorsichtig zu erzählen. Ich wollte natürlich nicht so tief in die Materie eindringen. Außerdem war das auch nicht so mein Gebiet und ich war überhaupt

nicht vorbereitet. „Das Gehirn ist in verschiedene Bereiche eingeteilt, die unterschiedliche Aufgaben haben. Das Kleinhirn ist zuständig für den Gleichgewichtssinn und steuert deine Bewegungen. Der Hirnstamm steuert deine Organe, dein Herz, deine Atmung und auch deine Verdauung. Das Großhirn steuert das Denken und Handeln und bringt alle Informationen in einen sinnvollen Zusammenhang. Mit den Fünf Sinnen, zu dem auch das Sehen gehört, stellt das Gehirn fest, was draußen in der Welt geschieht. Die Fünf Sinne sind übrigens das Sehen, Hören, Riechen, Tasten und Schmecken. Die Sinneseindrücke werden im Gehirn in Gedanken und Gefühle umgewandelt.“ Auch diese Information musste Emil erst einmal verarbeiten.

„Ja, und wie kann mein Gehirn jetzt unterscheiden, was der Apfel und was die Banane ist?“, wollte er dann wissen. Ich war erstaunt, wie schnell er in seinen Gedanken hin und her hüpfen konnte. Ich denke mit dem Alter wird man da etwas träge. Er hatte Recht, diese Frage hatte ich noch nicht beantwortet. „Weißt du Emil, das Licht überträgt nicht nur die Farbe eines Gegenstandes sondern auch die Formen. Genauer gesagt die Umrisse und gegebenenfalls Überschneidungen zu anderen Gegenständen. In unserem Falle wäre das der runde Apfel mit seiner roten Farbe, die gelbe, gebogene Banane und wie die beiden Gegenstände nebeneinander liegen. All diese Information wird dem Gehirn zugeliefert. Das Gehirn baut daraus ein Bild zusammen, welches in deinen Gedanken entsteht. Aus seiner Erfahrung weiß dein Gehirn dann, wie ein Apfel aussehen muss und kann das Gesehene zuordnen.“

Tiefer wollte ich eigentlich nicht in dieses Thema eintauchen. Für mich war es wichtig, Emil die Grundbegriffe des Lichts näher zu bringen. Im Besonderen die Frage zu beantworten, warum das Licht für uns und auch für alle anderen Lebewesen so wichtig ist. Nicht nur, weil wir dadurch unsere Umwelt wahrnehmen können, sondern auch, weil, wenn wir es nicht übertreiben, es unserer Gesundheit und unserem Wohlbefinden gut tut.

Mittlerweile hatte Emil sich den roten Apfel geschnappt und fing genüsslich an, sich ein Stück herauszubeißen. Schon als Kleinkind hatte er Äpfel geliebt. Immer wenn er bei seiner anderen Oma war, freute er sich schon auf deren Apfelschnitze, welche sie schon auf einem Unterteller vorbereitet hatte. Natürlich ohne Schale. Ab diesem Zeitpunkt hieß diese Oma dann auch Äpfele-Oma.

Zum Abschluss erklärte ich Emil noch, dass das Licht nicht nur für uns, sondern auch für die Pflanzen lebenswichtig war. Erst durch die Lichteinstrahlung können Pflanzen wachsen und Früchte tragen. Die Pflanzen wandeln das Licht in Sauerstoff um, den die Menschen und Tiere zum Atmen brauchen. Ohne Licht würde es auf unserer Erde kein Leben geben.

„Emil, du weißt, dass wir uns in diesem Schuljahr das letzte Mal hinsichtlich der naturwissenschaftlichen Versuche getroffen haben. Deine Schule fängt ja bald wieder an und du kommst schon in die zweite Klasse“, begann ich mein Resümee des letzten Treffens. „Ich wollte dich jetzt mal fragen, ob es dir Spaß gemacht hat, was ich dir in den letzten Monaten erzählt und gezeigt habe.

Und wenn du weiter daran Freude hast, würde ich eigentlich im nächsten Schuljahr weitermachen.“ Emils Augen leuchteten. „Na klar, Opa. Es war ganz toll. Besonders das mit dem Kompass“, entgegnete er. „Was machen wir denn im nächsten Jahr?“, vervollständigte er seine Antwort. „Ich habe mir überlegt, dass ich dir im nächsten Jahr etwas über die Sterne und den Planeten erzählen möchte“, entgegnete ich. „Du hast ja gelernt, dass das Licht, welches unser Leben auf der Erde erst ermöglicht, von der Sonne kommt. Die Sonne ist aber nicht der einzige Himmelskörper den du kennst. Du kennst ja schon den Mond und auch die Sterne die du nachts am Himmel siehst. All diese Himmelsobjekte, und dazu gehört auch unserer Erde, bewegen sich im Weltall. Und weißt du, der Opa ist ein richtiger Fan vom Weltall und möchte Dir gerne ganz viel davon erzählen.“

Emil war begeistert und freute sich schon auf das kommende Schuljahr.

Und ich auch.

ENDE

„Sage es mir, und ich werde es vergessen. Zeige es mir, und ich werde es vielleicht behalten. Lass es mich tun, und ich werde es können.“

< Konfuzius >

ANHANG

Bezugsquellenhinweis

- Alle Materialien habe ich entweder aus dem Baumarkt (OBI, Bauhaus), bei Amazon (www.Amazon.de), aus unserer Küche beziehungsweise unserem Keller bezogen.
- Begriffliche, Hinweise und Anregungen für die Übungen erhielt ich ebenso durch Wikipedia (www.wikipedia.org), www.planet-wissen.de, als auch bei einschlägigen YouTube Videos (www.youtube.com).
- Alle Zitate fand ich unter www.zitate.net
- Folgende Bilder wurden am 06.05.2017 aus dem Internet heruntergeladen und anschließende nachbearbeitet:
- Lautersprecher, Seite 27 Mit freundlicher Genehmigung durch: www.tomshardware.de
- Messbecher Seite, 73: Mit freundlicher Genehmigung durch: www.rotert.com
- Alle anderen Bilder wurden vom Autor selber gestaltet.
- Bezüglich der Auswahl des Unterrichtsstoffs lehnte ich mich sehr stark an folgende Quellen an:
    - Einstieg in die Physik (Elementarwissen in der Grundstufe 1.-2. Schuljahr), 2. Auflage 2015 von Wolfgang Wertenbroch. Erschienen im Kohlverlag, Kerpen
    - Einstieg in die Physik (Elementarwissen in der Grundstufe 3.-4. Schuljahr), 1. Auflage 2010 von Wolfgang Wertenbroch. Erschienen im Kohlverlag, Kerpen
    - Experimentieren in der Grundschule II (Licht und Schatten – Luft und Feuer – Schall – Magnet – Strom), 1. Auflage 2010 von Brunhild und Peter Menzel. Erschienen im Oldenburg Schulbuchverlag, München

Über den Autor

Norbert Fiedler wurde 1961 in Konstanz am Bodensee geboren. Seine Vorlieben waren immer schon die Mathematik und die Naturwissenschaften. Er studierte an der Fachhochschule in Konstanz Technische Informatik und arbeitete anfänglich als Entwickler und Tester im Bereich Software. Später wechselte er in den Bereich Konfigurations- bzw. Qualitätsmanagement. Blieb der Software aber immer treu.

Wieder in Berührung mit den Naturwissenschaften kam der Autor nach der Jahrtausendwende. Ein zufälliges Zusammentreffen mit einem Physiker aus seinem Kollegenkreis, steigerte sein Interesse an der Physik von neuem. Im Selbststudium und nach vielen, nächtelangen Diskussionen mit seinem Physikerkollegen erarbeitet sich der Autor so ein fundiertes Wissen über viele Teilbereiche der modernen Physik.